Angosta

Héctor Abad Faciolince

Angosta

ALFAGUARA

Título: *Angosta*
Primera edición en Alfaguara: noviembre, 2020

© 2003, Héctor Abad Faciolince
© 2020, de la presente edición en castellano para todo el mundo:
Penguin Random House Grupo Editorial, SAS
Carrera 7 N.º 75-51, piso 7, Bogotá, D. C., Colombia
PBX (57-1) 7430700
www.megustaleer.com.co

Impreso en Colombia-*Printed in Colombia*

ISBN: 978-958-5118-10-2

Compuesto en caracteres Adobe Garamond Pro

Impreso en Panamericana Formas e Impresos S.A.

Penguin
Random House
Grupo Editorial

A Daniela y Simón, mis hijos

*Erraban oscuros bajo la noche solitaria
entre sombras.*

Virgilio

Abrió el libro por la mitad y se lo acercó a la cara*. Clavó su nariz en la hendidura de los pliegos como quien la hunde entre las piernas y los pliegues de una mujer. Olía a papel humedecido, a restos de polvo y a corteza de árbol. Lo cerró otra vez y lo alejó de la cara hasta que sus ojos distinguieron en la cubierta una acuarela del Salto. Comparó el Salto de la pintura con el Salto de la realidad. Ya no se parecían. Los mismos ojos enfocaron las letras del título y el nombre del autor. Era un breve tratado sobre la geografía de Angosta, escrito por un oscuro académico alemán. Miró la dedicatoria (familiar) y no

---

* ¿Quién? Jacobo Lince: 39 años, 78 kilos, 1,75 m de estatura. Nariz recta, rostro simétrico. Quemado por el sol (o por un ancestro africano, vaya uno a saber) y con hondas arrugas de expresión en la frente, alrededor de los ojos y de la boca, sobre todo en las líneas de la risa. Tiene algo juvenil en el aspecto, a pesar de sus años y pese a la barriga incipiente, que trata de domar con ejercicio. Brazos fornidos, barba cerrada de sarraceno y piel lisa, seca, casi lampiño en el resto del cuerpo. Vive solo en una suite del hotel La Comedia. Divorciado. Tiene una hija de nueve años, la única persona a la que quiere verdaderamente, pero habla poco de ella. Se ganaba la vida con una librería de viejo, La Cuña, con escritos para la prensa y como profesor de Inglés. Ahora es rico, pero casi nadie lo sabe y sigue viviendo como si no lo fuera. No cree en nada trascendente, pues hace tiempos sustituyó la religión por el sexo. Para él no es el espíritu, sino el deseo el que sopla dondequiera. De unos años para acá sus relaciones son siempre carnales, nunca sentimentales. Trata de comerse (este verbo en Angosta es lo que los machos dicen que hacen al copular) a todas las mujeres que conoce y que puede, siempre y cuando huelan bien y manifiesten signos exteriores de fertilidad, lo cual no quiere decir que las quiera embarazar: se hizo hace años la vasectomía.

entendió el epígrafe (en latín: *Ibant obscuri sola sub nocte per umbram*). Ojeó el índice, se saltó el prólogo y llegó hasta esta página, la primera, que sus ojos empiezan a leer en este instante:

Hay un territorio en el extremo noroeste de la América meridional que va desde el océano Pacífico hasta el río Orinoco, y desde el río Amazonas hasta el mar de las Antillas. Allí la cordillera de los Andes, agotada después de más de siete mil kilómetros de recorrido desde la Tierra del Fuego, se abre como una mano hasta que las puntas de sus dedos se sumergen en el Atlántico con una última rebeldía de casi seis mil metros de altura: la Sierra Nevada. Por entre los dedos de la estrella de cinco picos de esta mano corren seis ríos importantes: el Caquetá y el Putumayo, que van a dar en el Amazonas y fluyen hacia Brasil; el Patía, que con cauce torrencial y encañonado busca el océano Pacífico; el Atrato, que recoge las lluvias incesantes de las selvas del Chocó para derramarlas en el golfo del Darién, y dos ríos paralelos y mellizos, el Yuma y el Bredunco, que marchan hacia el norte hasta juntar sus aguas y desembocar en Bocas de Ceniza, fangoso desagüe sobre el mar Caribe, después de mil cuatrocientos kilómetros de travesía. Este territorio, desde hace un par de siglos, es conocido con el nombre que, si la historia del mundo no fuera una cadena de absurdas casualidades, debiera llevar toda América: Colombia.

Había encontrado el libro por la tarde, sin buscarlo, apoyado en una mesa de La Cuña, su librería. El título (simplemente el nombre de su ciudad, sin más datos) no le decía nada, pero por lo que alcanzaba a inferir después de las primeras frases, consistía en un informe académico escrito en el estilo llano y exhaustivo de los profesores. Jacobo estaba harto de lirismo y de literatura, quería leer algo sin huellas de ficción, sin amaneramientos ni adornos, y por eso había agarrado el libro, en un arranque de curiosidad, en el mismo momento en que salía de la librería sin despedirse de nadie. Una vez en la puerta miró el cielo sin nubes y tuvo la impresión de que la tarde iba a ser soleada y calurosa.

Distraído como siempre, no había mirado hacia el sur, de donde vienen las nubes y las lluvias. Por eso, de repente, mientras caminaba despacio hacia el hotel con el libro en la mano, lo sorprendieron los truenos, los goterones dispersos y gordos como piedras; se había desatado una de esas tormentas típicas de Angosta a finales de marzo. Para no mojarse demasiado, apuró el paso por las entreveradas callejuelas del centro, al tiempo que buscaba los aleros, se pegaba a las paredes y, como último recurso, se tapaba con el libro las primeras canas. Mientras avanzaba perseguía a casi todas las mujeres con la mirada y se dio cuenta de que debía de ser miércoles de ceniza, pues vio que a muchas de ellas se les estaba emborronando una mancha oscura sobre la frente. Hacía más de veinte años que no se ponía ese *memento mori*, quizá la única ceremonia de la religión de sus padres que para él guardaba todavía algún encanto: «Acuérdate, hombre, de que eres polvo y en polvo te has de convertir». Polvo. No alma, no espíritu o carne que resucita, sino la pura verdad a secas: polvo, ripio de estrellas, que es la sustancia de la que todos estamos hechos, sin ninguna esperanza de que el polvo vuelva a ordenarse hasta formar al único ser humano en que consiste cada uno. Las gotas de lluvia hacían que la cruz de los cristianos —sí, ahora la veía también en algunos hombres— se deshiciera en riachuelos negruzcos que bajaban amenazantes hacia los ojos, como si quisieran cegar a los fieles.

Cuando llegó a La Comedia, se sintió contento de poder leer y de no tener que salir otra vez, con semejante aguacero. Al encerrarse en su cuarto quiso consultar algo en el computador, se acercó hasta el aparato, alargó el dedo índice para encenderlo, pero se logró contener. Después de cambiarse la camisa humedecida por la lluvia y de hacerse un café negro bien cargado, se sentó en su sillón favorito, de espaldas al tenue resplandor de la ventana, en la amplia habitación del segundo piso que alquila desde hace años. Con una cara que no expresa ningún sentimiento de disgusto o placer, sigue leyendo la descripción que el geógrafo, un tal Heinrich von Guhl, le dedica a esta tierra en donde queda Angosta:

13

En la mitad de la cordillera Central, o del Quindío, es decir, en el centro del dedo del corazón de esa mano con que los Andes terminan, lejos del mar todavía, tierra adentro, en esa franja del trópico andino donde la altura de las montañas doblega el calor y el exceso de humedad, hay una vasta extensión sembrada de cafetales. Allí la zona tórrida, atenuada por la altitud, produce una temperatura monótona pero agradable; no hay largas sequías ni llueve demasiado, no padece el azote de huracanes o erupciones volcánicas, la tierra es fértil; la vegetación, rica y exuberante; la intensidad de la luz, incomparable; las especies de animales, numerosas y mansas con el hombre.

La capital de este curioso lugar de la Tierra se llama Angosta. Salvo el clima, que es perfecto, todo en Angosta está mal. Podría ser el paraíso, pero se ha convertido en un infierno. Sus habitantes viven en un lugar único y privilegiado, pero no se dan cuenta ni lo cuidan. El sitio fue un pueblo aburrido y casi arcádico durante tres siglos; luego, de repente, en menos de cincuenta años, creció tanto que ya no cupo en la batea de las vegas y de las primeras estribaciones de la cordillera. En el valle templado y fértil donde se fundó ya no queda ni rastro de bosque natural, de pastos o cafetos. Hoy todo el territorio está ocupado por una metrópoli de calles abigarradas, altos edificios, fábricas, centros comerciales y miles de casitas de color ladrillo que se encaraman por la ladera de las montañas, cada vez más cerca de la Tierra Fría, o se despeñan por los precipicios que van a dar en Tierra Caliente. Cuando la familia crece y los hijos se casan, los habitantes de Angosta tiran una losa de cemento encima del tejado de sus casas y a la buena de Dios le construyen una segunda o una tercera planta. Lo mismo ha pasado con la ciudad por falta de espacio: ahora tiene tres pisos, con una azotea en Tierra Fría y un sótano húmedo en Tierra Caliente.

Se dice que el nombre de Angosta se lo dieron los fundadores cuando, desde la cresta del altiplano, vieron el valle largo y estrecho. Por la mitad del valle corría un río revuelto y malgeniado, con remolinos hambrientos en la corriente, con meandros y dudas en su curso caprichoso, que en invierno se salía de madre y en verano dejaba ver lo que era de verdad en el fondo: una mustia quebrada con pretensiones de río, de enormes piedras grises, pulidas y abrazadas por la sucia corriente. Lo pusieron río Turbio no tanto por sus aguas nunca diáfanas, sino más bien por su índole indecisa y traicionera. Hoy esto no se nota, porque su lecho fue corregido y canalizado a mediados del xx, pero las vegas occidentales (ahora sembradas de fábricas), hasta esos años, con las lluvias de marzo o las de abril, terminaban siempre anegadas.

Jacobo detiene su lectura un momento, mete el dedo índice entre las hojas, se levanta y mira por la ventana. Está lloviendo afuera, como en el libro. Al fondo, hacia arriba, se ve la cresta irregular del altiplano, un borde azuloso velado por la llovizna, con la sombra a contraluz de algunos árboles. Trata de calcular desde dónde habrán visto los conquistadores el valle de Angosta, y cómo habrá sido antes su apariencia, sin edificios, sin casas, sin ruido, con muy poca gente, casi sin humo y casi sin sembrados. Vuelve a sentarse y abre el libro por donde el dedo índice se lo señala. Él mismo no lo sabe, pero cuando abre el libro y se sumerge en las palabras, es una persona feliz, ausente de este mundo, embebida en algo que, aunque habla de su ciudad, no es en este momento su ciudad, sino otra cosa mejor y más manejable, unas palabras que intentan representarla.

En el fondo septentrional del valle, el río se encañona entre dos paredes de peñas afiladas como sierras y termina su curso abruptamente, en el Salto de los Desesperados. El Salto es una cascada que se precipita por poco menos de mil varas castellanas, con largas caídas y breves pausas, tan vertiginosa y vertical que en su base, donde las aguas se rompen definitivamente y se esconden entre rocío y espumas, la vegetación cambia porque el clima ya es otro, el sol se enardece y la humedad se adensa, haciendo que el aire adquiera la consistencia pesada y malsana de la Tierra Caliente. El Turbio termina allí, con un suicidio, sin desembocar en parte alguna, sin ir a dar en la mar ni ser afluente de nadie. Literalmente, como si fuera de esponja, se lo traga la tierra. Se sabe que por allí hay cavernas, y es posible que una parte del Turbio siga un curso subterráneo, pues por un costado de la cueva de los Guácharos, no muy lejos del Salto de los Desesperados, hay agua enterrada que fluye despacio.

La base del Salto, desde tiempos inmemoriales, ha sido conocida como Boca del Infierno, por la voracidad sedienta con la que, como un volcán invertido, se traga el agua sin devolverla, dejando en el aire, por mucho espacio a la redonda, rocío suspendido que se deposita lentamente en las hojas de los helechos y de la caña brava, algo de espuma sucia entre las piedras, y un inmenso hongo de niebla espesa, del color de la leche, que se empieza a condensar desde el ocaso y solo se disipa por momentos, con intervalos inciertos, hacia el mediodía. Boca del Infierno fue también un nombre que se impuso por motivos religiosos, como una admonición a la multitud de suicidas que, en el siglo pasado, elegían el Salto como el sitio ideal —por infalible— para terminar voluntariamente con sus vidas. El golpe definitivo contra las piedras de la muerte coincidía con la entrada en el Averno, destino ineluctable de todos los suicidas, según nuestra amorosa religión verdadera. Cuenta una leyenda angosteña que todos los suicidas, al caer, se convierten en arbustos o guijarros y luego en árboles, en pájaros o en piedras. Esta intuición poética obedece probablemente al hecho incontrovertible de que allí es imposible rescatar los cadáveres.

Lince levanta los ojos y piensa en los suicidas. Si él fuera a suicidarse, se dice, no lo haría en el Salto. Me pegaría un tiro. O, mejor que eso, me haría pegar un tiro, que aquí es mucho más fácil y más barato. Pondría un aviso en el periódico: «Busco un sicario que me quiera matar. Honrosa (o jugosa, o al menos decorosa) recompensa». Y dejaría el teléfono de La Comedia para hacer el contrato. En realidad ya nadie se suicida en los Desesperados, aunque no por esto el sitio ha perdido su aroma de desgracia. Ahora el Salto es eso que en Angosta se conoce como «un botadero de muertos». Primero los matan de un tiro y luego los rematan tirándolos por el Salto. Se volverán polvo, o piedras; es poco probable que retoñen hasta volverse árboles o que alcen el vuelo como pájaros.

De pronto vuelve a sentir la apremiante necesidad de confirmar algo y, sin poder contenerse, se levanta. Mira la pantalla negra, apagada, el testigo luminoso que titila al lado de las teclas con un leve resplandor verde. Vuelve a sentarse en un último intento por dominarse, como quien reprime un tic o rechaza un mal pensamiento, pero algo por dentro lo empuja a ponerse de pie e ir hasta el computador. No puede evitarlo. Hunde una tecla y la pantalla se despierta. Presiona con rabia el botón del maus y el ícono del navegador, señala la dirección entre sus favoritos, escribe los números que se sabe de memoria, sigue las instrucciones que se sabe de memoria, teclea de memoria, a toda velocidad, los números de su contraseña, y al fin ve formarse en la pantalla esa respuesta que es como la primera bocanada de humo para un adicto: «Bienvenido, Jacobo Lince. Banco de Angosta. Posición global. Cuenta personal en divisas. Saldo disponible: $1.044.624». Lince sonríe satisfecho. Siente la tentación de consultar también el correo, pero consigue controlarse. Respira hondo, señala y oprime el ícono de la salida segura, vuelve a su sillón, baja los ojos y sigue con el libro:

> Los fundadores de la ciudad eran españoles, casi todos: vascos, extremeños, andaluces o castellanos, pero también judíos conversos y moriscos vergonzantes. La mayoría de ellos llegaron del Viejo Mundo sin mujeres, con la ilusión de enriquecerse rápido y volver a la Península convertidos en indianos ricos, pero una vez aquí, hundidos en estas breñas, por mucho que buscaron jamás pudieron encontrar El Dorado. El oro y las riquezas no fueron nunca del tamaño de sus sueños, así que la mayoría de ellos tuvieron que quedarse de mala gana, amañados con indias raptadas en los resguardos, arrejuntados con griegas y sículas traídas a la fuerza por tratantes de blancas del Mediterráneo, o amancebados con africanas compradas como esclavas en Cartagena de Indias, el mayor puerto negrero del Caribe.

Entre sus descendientes —mestizos y mulatos como todos, aunque con pretensiones de hidalgos, por lo ricos— a los que menos mal les fue la costumbre les concedió el título de *dones* y se mudaron a vivir a Tierra Fría, en la azotea de Angosta, un altiplano grande y fértil al que le dicen Paradiso. En el valle estrecho de la Tierra Templada, donde existía una encomienda de indios mansos, o al menos amansados, se quedaron los *segundones*, casta intermedia que se debate entre el miedo a que los confundan con los *tercerones* y la ambición de merecer algún día el título de don. A orillas del Turbio crecieron hatos de ganado blanco orejinegro y los segundones sembraron —además de café— maíz, fríjol y plátano. En la base del Salto de los Desesperados había minas de oro y platino, de aluvión, pero allá los indios no querían trabajar, por lo malo del clima y la certeza de la malaria, así que los dones compraron esclavos y la base del Salto se pobló de unos pocos dueños de minas, muchos mineros negros y unos cuantos braceros que se encargaban de la caña de azúcar y los trapiches. Así, con los decenios y los siglos, sucedió que Angosta se fue convirtiendo en lo que es hoy: una estrecha ciudad de tres pisos, tres gentes y tres climas. Abajo, en Tierra Caliente, alrededor del Salto de los Desesperados y la Boca del Infierno, y por las laderas que suben a Tierra Templada, hay millones de tercerones (exhaustas las minas, los dones regresaron a Tierra Fría y de abajo solamente conservaron los títulos de propiedad de las haciendas); en el valle del Turbio y las primeras lomas se hacinan cientos de miles de segundones, y arriba, en el altiplano de Paradiso, se refugia la escasa casta de los dones, en una plácida ciudad bien diseñada, limpia, moderna, infiel y a veces fiel imitación de una urbe del primer mundo enclavada en un rincón del tercero.

Los dones, a estas alturas del tiempo, no constituyen una raza, ni su nombre es un verdadero título de alcurnia, sino que esa es la forma tradicional como en Angosta se refieren a los ricos. No es un criterio étnico porque entre los dones hay blancos, mestizos, mulatos y unos cuantos negros. Como dijo uno de los historiadores de Angosta «aquí todos somos café con leche;

18

algunos con más café y otros con más leche, pero los ingredientes son siempre los mismos: Europa, América y África». Cuando los españoles fundadores, agotadas las minas, volvieron al valle del Turbio o a la Tierra Fría, a finales del siglo XIX, eran segundas o terceras generaciones de descendientes que se habían mezclado con esclavas de Tierra Caliente y lo español les quedaba más en el apellido y en el pundonor que en la falta de melanina, o a veces en algún accidente genético de ojos zarcos sobre piel morena. También los dueños de los hatos del valle se juntaron con indias, lo cual, entre hijos legítimos y naturales, barajó bastante la consistencia étnica de los grupos, hasta hacerla imposible de distinguir aun para ojos expertos. Hay blancos, negros, indios, mulatos y mestizos en todos los sectores de Angosta, entre los dones, los segundones y los tercerones. La única clasificación certera que se pudiera hacer consiste en que la mayoría de los tercerones, o calentanos, viven en Tierra Caliente (y a sus pobladores, por blancos que sean, se les considera negros o indios); la mayoría de los segundones, o tibios, viven en Tierra Templada (y nunca son blancos ni indios ni negros de verdad), y la mayoría de los dones, en Tierra Fría (y por negros, indios o mestizos que sean, siempre se llaman y se consideran a sí mismos blancos, y juzgan negros e indios a todos los demás).

Jacobo se mira las manos y los brazos. Mueve los labios para hablar, pero no dice nada; solamente piensa la pregunta que se hace: ¿de qué color soy yo? En verdad no lo sabe: café con leche, la leche de los Wills, su bisabuelo irlandés, y el café cargado de los Lince de su padre y de las otras mezclas teñidas o desteñidas de su madre. Es un segundón de nacimiento, según la nomenclatura que se ha venido imponiendo en Angosta desde hace tiempos, pero podría ser un don y vivir en Paradiso, si quisiera. Al menos eso es lo que cada día le confirma su saldo en dólares en la sucursal virtual del Banco de Angosta. El solo pensamiento le da, al mismo tiempo, tranquilidad y rabia, y se rasca la cabeza con impaciencia, pues a él las ideas molestas se le convierten en piquiñas dispersas sobre el cuero cabelludo.

Son las tres de la tarde de este lluvioso Miércoles de Ceniza. En el Check Point de las puertas de Paradiso, un chino está examinando con atención el pase provisional de un muchacho segundón de buen aspecto*, embutido en un traje de corbata que seguramente es prestado porque las mangas le quedan tan largas que le cubren las manos, y los pantalones le nadan en la cintura. Como no lleva cinturón, los pantalones tienden a caérsele. Cuando siente el incómodo cosquilleo de la tela áspera que se resbala por la pelvis y le roza las nalgas, le toca subírselos con las dos manos, en un gesto rápido de exasperación que no es posible disimular.

—¿Cuál es el motivo de su visita a Paradiso, señor Zuleta? —le pregunta el chino con uniforme de guardia de frontera, especie de overol cerrado de color añil.

—Tengo una entrevista de trabajo en la Fundación H, número 115 de la calle Concordia.

—Sí, aquí lo veo. ¿A qué horas piensa salir del Sektor F?

—No sé bien; cuando termine la entrevista, esta misma tarde.

—Usted es segundón, ¿no?

—Sí, así nos dicen.

—¿Tiene amigos o parientes en Tierra Fría?

---

*   Andrés Zuleta: 25 años, 66 kilos de peso, 1,77 m de estatura. Delgado, pálido, de cejas negras bien delineadas. Cara dulce y ojos grandes, negros, hondos, ojerosos, y una hilera de dientes perfectos que le adornan la sonrisa. El cuerpo es espigado y fibroso, pero a pesar de tantas cualidades, se nota que es inseguro, incluso torpe. Pese a sus años es virgen todavía, aunque se masturba regularmente, pensando en oscuros objetos del deseo. Es poeta, caminante, buen lector, y no carece de disciplina, aunque nunca ha tenido un trabajo fijo. Tiene ideas vagas sobre todas las cosas y muy pocas convicciones firmes. Todavía no lo sabe, pero hoy mismo dejará la casa de sus padres.

—No, que yo sepa.

—Escriba aquí su domicilio habitual y el nombre de sus padres. Ponga el apellido de soltera de su madre. ¿Alguna vez se ha dedicado a actividades terroristas o ha pertenecido a grupos declarados ilegales por el Gobierno?

—No, señor.

—¿Y algún pariente cercano?

—No.

—¿Tiene alguna enfermedad infectocontagiosa, sida, paludismo, fiebre amarilla, tuberculosis, sífilis, hepatitis B, gonorrea?

—No.

—¿Tiene algún desorden mental, consume drogas o es adicto a alguna sustancia prohibida?

—No.

—¿Pretende quedarse ilegalmente en Tierra Fría?

—Claro que no.

—¿Ha estado preso alguna vez?

—En mi casa.

—Sea serio, señor. ¿Alguna vez lo han arrestado por algún delito o por escándalos morales?

—No, señor.

—¿Alguna vez le ha sido negado el salvoconducto para entrar en Tierra Fría?

—No.

—¿Trae más de diez mil pesos nuevos, dólares o euros?

—Ojalá.

—Diga sí o no.

—No. —Al decir «no», Andrés siente que los pantalones se le caen, y se los jala hacia arriba con furia.

—¿Intenta transportar al Sektor F drogas alucinógenas, explosivos o cualquier tipo de sustancias prohibidas?

—Ni riesgos.

—Le repito: ¡limítese a decir sí o no!

—Sí. Digo, no.

—¿Ha estado alguna vez envuelto en operaciones de espionaje, terrorismo o sabotaje?

—No.

—Acerque la cabeza, por favor.

El guarda saca un termómetro y lo apoya sobre la frente de Zuleta. Espera unos segundos, el aparato da un pitido electrónico y el chino mira cuidadosamente el resultado. Apunta un número, 37,2, en el permiso de entrada. Después dice, mientras le sella el salvoconducto:

—OK, puede seguir. No se olvide de entregar este pase cuando salga. Welcome to Paradise.

Andrés ya había estado otras veces en el Sektor F, aunque solo de visita, con sus compañeros de bachillerato. A veces los colegios de Tierra Templada consiguen permisos provisionales para que sus alumnos puedan conocer las maravillas de Paradiso. Hacen excursiones de uno o dos días y visitan los monumentos, los museos, los parques de diversiones, la reserva nacional de frailejones en el páramo de Sojonusco, los nevados y las lagunas encantadas de los glaciares del macizo central. «Algún día algunos de ustedes, si se portan muy bien y trabajan muy duro, podrán vivir también aquí», decía la maestra. «Harán parte de los elegidos, llegarán a ser dones, y quizá se acuerden de la maestra que alguna vez les anunció el futuro».

Jacobo estira las piernas y suspira; después bosteza, parpadea, se hurga la oreja con el dedo meñique. Mete un trocito de papel aluminio entre las hojas del libro y camina hasta el baño para descargar la vejiga; de olfato muy afinado, reconoce en el olor los restos de su almuerzo: espárragos. Cuando termina de orinar va hasta la mesita de noche y llama por teléfono a la casa de su exesposa, en Paradiso. Contesta la muchacha del servicio, y le dice que doña Dorotea* salió hace rato con el doctor, no

---

* Dorotea Mallarino: 33 años, 62 kilos, 1,73 m de estatura. Estuvo casada con Jacobo Lince y hace poco contrajo segundas nupcias con Bruno Palacio,

sabe si de compras o a hacer alguna visita. Le pregunta también por Sofía, su hija, y la muchacha le dice que la niña también salió con los señores. Jacobo regresa al sillón de espaldas a la ventana y vuelve a abrir el libro con la descripción de su ciudad:

Desde hace treinta y dos años Angosta no es una ciudad abierta; nadie está autorizado a desplazarse libremente por sus distintos pisos. Al principio esta regla era tácita y cada casta permanecía en su gueto, más por costumbre o cautela que por obligación. Pero cuando arreciaron los atentados terroristas, a finales de siglo, las tropas de los países garantes acordonaron la zona, y la ciudad fue dividida, con nítidas fronteras, en tres partes: el Sektor F, correspondiente al llano de Paradiso, en Tierra Fría, con paso restringido; el Sektor T, el verdadero centro de Angosta, a lo largo del estrecho valle del Turbio, en la antigua zona cafetera, y el Sektor C, en algunas laderas de la orilla occidental del río, en Tierra Templada, pero sobre todo al pie y alrededor del Salto de los Desesperados, en Tierra Caliente. Las letras de estos sektores (la *k* se impuso gracias a la ortografía de uno de los ejércitos de intervención) corresponden a Frío, Templado y Caliente, pero la gente los conoce tan solo por la inicial.

La circulación entre Tierra Caliente y Tierra Templada, en ambos sentidos, carece de controles y podría llamarse libre, por lo que la frontera entre los Sektores C y T es más porosa que impermeable; es poco común, eso sí, que los habitantes del Sektor T bajen hasta la Boca del Infierno, pero esto no sucede por explícita prohibición del Gobierno sino por puro miedo o precaución de los segundones. En cambio, el acceso al Sektor F está completamente restringido y, además de la muralla natural que levantan las montañas, Paradiso está aislado por una *obstacle zone*, o área de exclusión, que consiste en una barrera de mallas, alambrados, caminos de huellas, cables de alta tensión, sensores

---

conocido arquitecto de Tierra Fría. Sofía Lince, nueve años, es la hija que tuvieron Jacobo y Dorotea durante su breve matrimonio.

electrónicos y multitud de torres de vigilancia con soldados que pueden disparar sin previo aviso a los intrusos. Por tierra (bien sea en bus, en metro, en bicicleta o en automóvil) hay un único acceso a Paradiso, a través del Check Point, un búnker subterráneo que está manejado por una fuerza de intervención internacional, de mayoría asiática (a sus integrantes se les conoce como chinos), de disciplina oriental y de rigor germánico. Al Sektor F solamente pueden entrar sin restricción alguna sus residentes, es decir, los dones. También pueden entrar los segundones (empleados, por lo general) o los tercerones (obreros contratados en oficios humildes, casi todos, o empleadas domésticas) que tengan salvoconducto, es decir, autorización para entrar en Paradiso a través del Check Point. No sobra decir que los habitantes del Sektor F pueden entrar o salir libremente de todos los sectores de Angosta, aunque por desinterés o cautela rara vez incursionan por debajo de su sitio de residencia. Las oficinas del Gobierno y algunas industrias quedan aún en el valle, por lo que muchos dones bajan a trabajar a Tierra Templada, pero siempre lo hacen con escoltas y guardaespaldas, en helicópteros o en caravanas de carros blindados, por temor a los atracos, miedo al secuestro, angustia de atentado, y en cuanto cae la tarde vuelven siempre a dormir en Paradiso, en apresurados y temerosos viajes de regreso. Para la gran mayoría de quienes nacieron y viven en Paradiso, pasar una temporada en Tierra Templada o, peor aún, dormir en Tierra Caliente son experiencias límite que significan toda una aventura. Bajar a esas partes de Angosta, para ellos, es el equivalente a correr un riesgo inútil, o a la insensatez pecaminosa que se comete en alguna noche de drogas, locura y borrachera.

Los mayores saben, y recuerdan, que antes las cosas no eran así y que hace algunos decenios todo el mundo podía subir a los llanos de Paradiso sin tener que mostrar ningún salvoconducto. Se sabe que la zona de exclusión y el Check Point nacieron con el milenio, en los tiempos de los atentados de la guerrilla, los secuestros masivos, las masacres de la Secur, los ajustes de cuentas entre bandas de contrabandistas, las explosiones humanas de los kamikazes y las bombas de los narcos. Se suponía que la «política de Apartamiento» (así se llamó en un principio) iba a ser solamente una medida transitoria de legítima defensa contra los terroristas, pero en Angosta todo lo precario se vuelve definitivo, los decretos de excepción se vuelven leyes, y cuando uno menos lo piensa ya son artículos constitucionales. La ciudad no se dividió de un día para otro; ya, en parte, había nacido separada por la geografía y por la riqueza de los habitantes de los distintos sitios. Los tres niveles, o los tres pisos de la ciudad, hicieron que esta división fuera más clara y nítida que en otras partes del país y del mundo.

Podría decirse, sin temor a exagerar, que la ciudad de arriba, considerada por los dones como una nueva Jerusalem en cuyo ascenso…

El timbre del teléfono interrumpe la lectura de Jacobo. Supone que es Dorotea, su exesposa, que ha regresado y quiere pasarle a la niña o convenir los días de visita antes de las vacaciones de Semana Santa. Le hace falta Sofía, a quien no ve desde hace una quincena por tontos contratiempos de última hora. Pone el papel aluminio entre las hojas del libro y se levanta a contestar. No es Dorotea, sino Jursich*, uno de los empleados de la librería, que le pregunta si por casualidad no habrá cogido un libro de un tal Heinrich Guhl que él había dejado sobre la mesa.

---

* Dionisio Jursich: 58 años, 69 kilos, 1,81 m de estatura. Calvo como una bola de billar. En su juventud fue editor de revistas, músico y humorista, pero el alcoholismo y la cocaína arruinaron su vida. Después de un largo período de rehabilitación consiguió volver a trabajar, en la librería de Jacobo Lince, y esto fue un renacimiento para él. Tiene una gran memoria y una cultura libresca impresionante. Estuvo casado con una gran editora, dulce como el almíbar, pero las adicciones de él terminaron con la dulzura de ella, y con su matrimonio. Tiene dos hijos ya mayores que volvieron a Serbia, la tierra de sus ancestros.

—Lo tenía separado una estudiante que está haciendo la tesis sobre la historia de Angosta y la política de Apartamiento.

—Sí, lo tengo yo. Lo vi en la mesa y me dieron ganas de leerlo; ya sabes que tengo debilidad por el Salto. Perdón, pero no sabía que estuviera encargado. Podría llevarlo ya mismo, si se necesita.

—Tal vez sí. La dueña vino y está aquí, esperándolo. Está tomándole fotos a la librería, mientras espera. Dice que le pueden servir para ofrecerlas en un periódico —Jacobo y Jursich se quedan callados un momento, como si no supieran qué más decir. Al fin Jursich sigue—: Yo no he leído el libro. ¿Es bueno?

—Acabo de empezar y por lo menos es cuidadoso, con datos precisos sobre todo esto, pero en realidad no dice nada que nosotros no sepamos. Trae una cita muy buena que creo que es de López de Mesa, aunque me gustaría verificarla porque viene sin nota. Pero en fin, si está encargado te lo llevo.

—Lástima que tengas que venir otra vez hasta acá, con este tiempo. Yo dejé el libro ahí encima, pensando que a nadie le iba a interesar. Podría ir yo mismo a recogerlo, pero ya sabes que Quiroz* es incapaz de atender a los clientes. No me gusta dejar sola la librería y aquí está la estudiante, y hay más gente. Claro que podría decirle a ella que vuelva otro día.

—No tenemos otro ejemplar, ¿cierto?

—No. Es un libro más bien raro, salió en una edición académica en Berlín, y aquí no ha circulado, que yo sepa.

---

* Agustín Quiroz: 76 años, 68 kilos, 1,77 m de estatura. El bohemio más célebre de Angosta, Sektor Tierra Templada. Habitó con su santa madre hasta que esta murió, a los ciento ocho años. Luego Agustín se pasó a vivir, por consejo de Lince, a los altos de La Comedia. Nunca ha trabajado; toda la vida ha bebido, dibujado y leído. Fue caricaturista, autor de sonetos, retratista, torero medroso, comentarista taurino, traductor de las obras completas de Eça de Queiroz y de la mejor novela de Machado de Assis. Quiere y no quiere a Jacobo Lince, pero trabaja con él en La Cuña. Trabaja es un decir.

26

—Bueno, entonces lo llevo. Llego en media horita; que la muchacha me espere.

—Listo.

Jacobo le echa un vistazo a la calle por la ventana. El aguacero se ha convertido en una llovizna casi invisible, llevadera. Suspira, se pone los zapatos, coge el libro ya inútilmente señalado por el papel aluminio (hace una bolita de metal que tira en la papelera) y se dispone a salir de nuevo con el paraguas bajo el brazo. Casi nunca puede cumplir con su sueño de quedarse toda una tarde sentado, tranquilo, leyendo. Mira el reloj; son casi las cinco de la tarde.

Después del Check Point, Andrés camina a través de corredores inmaculados con piso de mármol. Un poco más adelante sale a la superficie por las escaleras eléctricas de la estación Sol. Cuando uno atraviesa el Check Point y llega a Paradiso, con solo dar un paso ya está en él, como si no hubiera un territorio de transición entre los dos sectores. Por el lado opuesto, en T, todo es distinto, pues nada es feo de inmediato, sino que se va deteriorando paulatinamente: las escaleras empiezan en baldosa y terminan en cemento pelado; los corredores están limpios cerca del Check Point, pero más adelante son casi siempre sucios y oscuros porque no hay dinero para reemplazar los bombillos ni plata para pagar los barrenderos, y hay basura, cáscaras, papeles en el suelo. Fuera de eso, la soledad del comienzo se va convirtiendo en una multitud más numerosa a cada paso. En las esquinas empiezan a verse facinerosos con cara de buenos amigos, y gente sospechosa que sale de la multitud y se ofrece como guía a cambio de monedas, o jíbaros que venden drogas baratas aunque, dicen, de la mejor calidad. El silencio inicial se va volviendo música bailable, paso a paso, como si hubiera que llenar la tristeza visual con alegría auditiva y, poco a poco, cada vez más, los indigentes van enseñando la miseria de sus carnes: llagas purulentas, pedazos desmembrados del cuerpo, bolsas con drenaje de heces o de sangre. Hay mendigos acuclillados en los rincones, cada vez más mendigos que piden con gestos perentorios y agresivos, si bien en silencio, para no despertar a los pocos celadores que están encargados de evitar la mendicidad (está prohibida en los subterráneos del metro), pero viven haciendo la siesta a todas las horas del día y de la noche. Al otro lado, en cambio, terminado el ascenso a Paradiso y superadas las ventanillas del Check Point, se tiene de inmediato la sensación de estar ya en un país del primer mundo: poca gente, muy poca gente, ambiente limpio, luminoso, brillante, con pocos pobres, sin mendigos, lleno de casas amplias y resplandecientes con las fachadas en revoque de piedra blanca, edificios modernos o muy bien restaurados, jardines, flores, setos sembrados con orden y concierto. El único peligro son los atentados.

Andrés sale a la superficie por un costado de la Plaza de la Libertad. Esta es una gran explanada, amplia, con prados de un verdor esplendoroso y salpicada de árboles ornamentales (yarumos plateados, guayacanes, ficus, sauces, eucaliptos, laureles), con edificios modernos por los cuatro costados y una estatua en el centro, la del gobernador Silvio Moreno, el gran ideólogo del Apartamiento, con su puño en alto y su frase más célebre labrada en bronce y puesta entre comillas debajo de sus pies calzados con botas de montar: «¡La separación es la única solución!». Una idea rústica y una rima grotesca, según la sensibilidad lógica y musical de Andrés Zuleta.

Está lloviendo, pero parecería que esta parte de la ciudad y sus habitantes tuvieran alguna solución mágica para que el agua no los moje; solamente los hace brillar más. La cruz que algunos transeúntes llevan sobre la frente no les chorrea por la cara. Andrés se confiesa, con cierto pesar por su gente y por sí mismo, que en Paradiso las personas se ven más bonitas. Caminan más alegres por las calles y van muy bien vestidas (a nadie se le caen los pantalones, por lo menos), son más sanas, mejor alimentadas. A veces, es cierto, pasan algunos gordos tan gordos como nunca los hay en el Sektor T y menos en C; barrigas que se doblan sobre los cinturones, carnes que sobresalen de los grandes faldones de algodón, pero hasta los obesos de arriba, casi siempre, tienen muy buen semblante y caminan llenos de esa satisfacción oronda que tienen los bueyes bien cebados, aunque vayan camino del matadero. Los únicos pobres que hay en Tierra Fría ya no son tan pobres, tienen trabajo temporal, no piden limosna (aquí la prohibición de pedir se respeta) y están solo de visita, pues cuando cae la tarde regresan al valle del Turbio, en T, o a las estribaciones del Salto de los Desesperados, en Tierra Caliente. Los únicos tercerones autorizados a dormir en Tierra Fría son los porteros y las empleadas domésticas internas, que permanecen arriba todos los días menos los domingos, y unos pocos incluso los domingos.

Siguiendo un trecho por la Avenida Bajo los Sauces (las aceras son anchas, los soportales de las construcciones evitan que los peatones se mojen, las vitrinas de los almacenes rebosan de productos; hay cafecitos con terrazas en donde conversan y se besan parejas alegres y sin prisa; pasan perros jalando de sus amos, sanos y malcriados como hijos únicos), con la mirada perdida ante tanta opulencia, Andrés al fin se encuentra de frente con la calle Concordia. Allí, doblando a la derecha, a unas dos cuadras, en el número 115, está la Fundación Humana, mejor conocida en Paradiso como H. La cita es a las cuatro de la tarde y Zuleta llega a las puertas de H un cuarto de hora antes. Ve el aviso luminoso de un bar, busca monedas en sus bolsillos, pero teme que no le alcancen para un café; pedirá un vaso de agua, de la llave. Cuando se dispone a entrar, un vigilante aparece de la nada, con su uniforme azul y su chaleco antibalas; se le acerca, se le pone delante y le bloquea el paso. Zuleta se detiene. Ya le habían advertido que arriba huelen de lejos a los segundones.

—Una requisa —dice el guardia, seco, y le pasa un detector de metales por el cuerpo.

—¿Lleva armas?

—No.

El vigilante lo mira de arriba abajo, con aire desconfiado.

—¿Puedo pasar? —pregunta Zuleta tratando de disimular la timidez.

—Claro —dice el vigilante, haciéndose finalmente a un lado, y añade en un inglés con mucho acento—: *Dis is a frii contri*. —La sonrisa fingida que se le planta en la cara no usa ni uno solo de los músculos involuntarios.

Andrés traga saliva y siente el pulso acelerado mientras se acerca a la barra. Pide el vaso de agua, de la llave, y mira el reloj. El barman le acerca un vaso lleno, sin mirarlo. Andrés se lo toma de un solo golpe, sin despegar los labios. Sueña con que le den ese trabajo. Apenas tiene una idea vaga de la actividad a la que H se dedica. La fundación es una especie de empresa paraestatal que funciona con capital privado. Los mayores colaboradores son un grupo de ONG europeas y su presidente, el doctor Gonzalo Burgos, que es un don puro, médico retirado con obsesivas ideas filantrópicas. Puede financiar la fundación gracias a que es el accionista mayoritario de Ron Antioquia, una empresa que tiene plantaciones de caña de azúcar en Tierra Caliente y que destila ron y aguardiente en la zona industrial del Sektor T. El doctor Burgos dedica casi todas las ganancias que le da esta empresa a costear los gastos de la fundación. En principio se sabe que H debe velar por las buenas relaciones entre los habitantes del Sektor F y, más importante aún, que debe auspiciar una política de ayuda y buena vecindad con los otros dos sectores de Angosta, T y C. En realidad, la Fundación H es la única entidad de Tierra Fría que en los últimos años se ha opuesto abiertamente a la política de Apartamiento, y ha llegado a pedir que se supriman los salvoconductos por lo menos los fines de semana, para que «todos los angosteños, sin distingos de origen o de clase, recuperen el goce de su ciudad», como reza un folleto que explica su misión. Esta política no le ha hecho la vida fácil a la fundación, y H es vista con extrema suspicacia por el Gobierno, el cual incluso ha publicado cartas abiertas en la prensa, en las cuales denuncia a «los traidores de una causa justa y necesaria para la paz y la defensa contra el terrorismo, que se escudan en nuestras libertades democráticas y abusan de ellas para propiciar el desorden y la disolución de la sociedad, como si los ciudadanos de bien no estuvieran viviendo la peor amenaza de su historia».

Jacobo llama el ascensor, pero pasan varios minutos (el cuerpo cambia de pierna de apoyo, el botón se hunde de nuevo, el mismo dedo rasca sobre la coronilla) y el aparato no llega. Por falta de huéspedes, a veces, el ascensorista negro se duerme por la tarde, y la insistente chicharra de llamada, a la que está acostumbrado como a un ruido de su propio cuerpo, no logra despertarlo. Sin molestarse, con esa resignación que dan las incomodidades cuando se repiten, Jacobo baja los dos tramos de escaleras y cuando pasa frente a la recepción le hace un guiño a Óscar*, señalando hacia la puerta del ascensor con el dedo pulgar. El portero sonríe y dibuja en el aire, con las manos, un gesto de impotencia. Jacobo abre el paraguas y camina hacia la catedral bajo la llovizna transparente. Sigue siempre la misma ruta para ir a su antigua casa, y pasa por un costado del viejo almacén de objetos sagrados de su tío, el canónigo**. Lo mira sin rencores, no le importa que sea un mal recuerdo, y ve la colección de copones, casullas, sobrepellices, sotanas, cristos, vírgenes de porcelana y terracota, estampas de todos los santos, novenas, exvotos y oraciones para todos los órganos, todos los miembros y todas las dolencias del cuerpo y del espíritu. Luego pasa frente al atrio de la catedral, con la puerta mayor casi siempre cerrada, hoy abierta. De la nave central de la iglesia, cuando

---

* Óscar Monsalve, 46 años, regordete. Portero diurno de La Comedia. Vive en un barrio popular en la frontera entre T y C.
** El padre Javier Wills falleció hace más de un decenio. Historiador y teólogo, canónigo de la catedral de Angosta, era el único tío materno de Jacobo Lince. Fuera de su canonjía, era dueño de un almacén de objetos sacros en la misma plaza de la catedral.

pasa, está saliendo una hilera de hormigas con la tachadura fresca de ceniza en la frente. En un arranque, Lince resuelve entrar en el templo y hace la fila para ponérsela él también: «Acuérdate, hombre, de que eres polvo y en polvo te has de convertir». A Jacobo los rituales le resultan ridículos y se siente incómodo cuando está frente al cura, como si alguien lo estuviera viendo mientras hace algo sucio o en una postura indecente, de esas que solo se asumen cuando nadie nos ve. Al salir de nuevo a la luz y a la llovizna de la calle, se limpia la cruz con el dorso de la mano, como quien se despeja un mal pensamiento. Abre el paraguas y sube por la calle Machado. No tiene afán, aunque sabe que lo están esperando, y camina despacio hacia la que fue su casa de infancia y luego su casa de separado hasta hace apenas un lustro, cuando los montones de libros lo desterraron.

Desde hace mucho tiempo su casa tiene nombre, puesto con grandes letras encima de la puerta: «La Cuña, libros leídos». Tuvo que convertirla en una librería de viejo por falta de alternativas y de espacio. Cuando Angosta era otra cosa, la casa quedaba en un barrio bueno, Prado, y en una carrera que se llamaba Dante. Después el sitio se fue deteriorando, Prado empezó a llamarse Barriotriste, la carrera Dante se convirtió en 45D, y ahora la librería, atiborrada de libros viejos, queda en un sitio decaído del Sektor T, en la mitad de una manzana que es apenas un eco de lo que fue. Las casas vecinas se han vuelto también negocios. La Cuña está entre la funeraria El Más Allá y un consultorio cardiológico de nombre todavía más absurdo, Taller del Corazón. Por eso Jacobo le dio ese nombre a la librería, La Cuña, como un último escollo de defensa entre el infarto y la tumba.

El padre de Jacobo, don Jaime*, le había dicho siempre lo mismo durante muchos años: «Yo fortuna no tengo. La única

---

* Jaime Lince. Profesor emérito de la Facultad de Idiomas de la Universidad Autónoma de Angosta, ocupó las cátedras de Inglés, Francés e Italiano.

herencia que voy a dejarte son estos libros». Y así había sido. Le dejó de herencia una biblioteca metida en un caserón de dos pisos, desvencijado, con manchas de humedad en las paredes, pintura desconchada y goteras histéricas en el techo de tejas de barro. La casa era del tío cura, hermano de su madre, el cual vivía en el segundo piso y les alquilaba barata la planta baja al cuñado y al sobrino. Durante más de dos decenios el tío no les aumentó el canon de arrendamiento, que acabó siendo del todo simbólico, sin duda por la vergüenza de que su hermana, Rosa Wills*, se hubiera fugado con un don a Tierra Fría, abandonando al niño y al esposo de la noche a la mañana, sin siquiera pedir disculpas, sin dar explicaciones y sin previo aviso.

Tras el abandono, la casa se fue cayendo poco a poco, la buena mesa de antes se convirtió en bazofia culinaria, la cama era un desierto estéril de pesadillas eróticas, y el padre de Jacobo, enfermo de resentimiento, más viudo que los viudos verdaderos, se refugió cada vez más en la lectura y en un silencio rencoroso al que apenas de cuando en cuando renunciaba con una frase breve o con el hipo intermitente del mismo comentario, un eco de amargura en su memoria: «Se llamaba Rosa, tu madre la difunta, y era un puñado de espinas». Siempre el mismo sonsonete con pequeñas variaciones: «Espinas fue la Rosa, tu madre la difunta». Y poco más decía, salvo lo meramente indispensable para no vivir fuera del mundo, y la misma jaculatoria repetida entre dientes todas las mañanas, cuando abría

---

Lleva más de doce años bajo tierra en el barrio de los acostados. Hombre de carácter árido y reservado, sobre todo después del abandono de su esposa.

* Rosa Wills. Madre casi desconocida de Jacobo Lince. Su fuga con un riquísimo industrial del altiplano, Darío Toro, fue una catástrofe familiar sin antecedentes. Se dice que de joven era tan bonita que todos los hombres se paraban a mirarla pasar. De su segundo matrimonio tuvo también una hija, Lina, pero a Jacobo no volvió a verlo nunca más desde que se fue, cuando él tenía nueve años. Falleció hace apenas tres años, según *El Globo*, «después de una larga y penosa enfermedad». Antes de morir dictó un testamento que introdujo cambios en la vida de Jacobo Lince.

los ojos y veía a su lado un vacío como de precipicio: «Este es el despertar de un condenado a muerte». Tres cuartas partes de su sueldo se le iban en comprar libros de todo tipo, nuevos y viejos, y en esa misma proporción de su tiempo se ocupaba en leerlos, aprovechando no solamente sus insomnios entre las dos y las seis de la mañana, sino incluso los encierros más íntimos en el sanitario (donde prefería la brevedad de los versos, que le ayudaban a mover el estómago) y los ratos de comida pasados en la mesa ante un hijo que acabó aceptando el silencio como un derecho irrevocable de su padre, y adoptándolo él también a fuerza de voluntad e introspección. La lectura se convirtió cada vez más, para ambos, en una manera de oponer resistencia a la realidad.

Así, aunque los libros en un principio se guardaban solamente en la biblioteca de la casa, poco a poco, cuando el espacio, incluidos el suelo y las ventanas, se terminó, fue necesario sacarlos y se fueron tomando el resto de la planta baja, primero los corredores, luego la sala, el comedor, todos los cuartos, para acabar ocupando incluso parte de la cocina y de los baños. Cuando don Jaime se murió (por una angina de pecho mal tratada en el taller de al lado), la biblioteca se componía de unos once mil volúmenes en cuatro idiomas: inglés, francés, italiano y español. La mayoría en español, claro, pero muchos en lengua original, porque don Jaime había sido profesor de esas lenguas durante cuarenta años, más de media vida, hasta que al fin se jubiló poco antes de morir. En general no eran libros caros, ni bien encuadernados, ni había muchas primeras ediciones, mucho menos incunables, pero eran la herencia que había recibido Jacobo, y su único patrimonio.

También el tío cura, un par de años después, al irse a reunir con los ángeles y con los santos (según sus pías y optimistas creencias sobrenaturales), dejó sus libros al sobrino predilecto, y así los ejemplares que ocupaban buena parte de la casa llegaron casi a quince mil. En su testamento, el canónigo lo nombró además heredero universal de sus pocos bienes terrenales, básicamente el almacén de ornamentos, además de los dos pisos de su casa en la carrera Dante, ahora 45D. Jacobo, dueño de un ateísmo dulce y poco militante, misericordioso con todas las creencias de los demás, por insensatas y absurdas que le parecieran, procedió de inmediato a realizar, sin saña y sin remordimientos, el almacén del canónigo, por cualquier cifra y en tan mal negocio que al cabo de pocos meses dilapidó en una revista y en su malogrado matrimonio, lo recabado de los ornamentos. Al verse sin un centavo, mantenido a regañadientes por el suegro, Jacobo reconoció que por primera vez en su vida tendría que dejar de ser un mantenido y trabajar en algo. Pensó en alguna otra manera de ganarse la vida y lo mejor que se le ocurrió fue convertir su casa, es decir, la biblioteca de sus dos antepasados, en una librería.

Lince se había graduado en Periodismo, en la Autónoma de Angosta. Después había hecho un posgrado en Estados Unidos, donde conoció a Dorotea, su efímera esposa, quien quizá por vivir fuera del país estuvo dispuesta a casarse, al escondido, con un segundón que parecía tener futuro. Cuando volvió (don Jaime y el tío canónigo no habían desencarnado todavía), su primer trabajo fue como corrector de estilo de la revista *Pujanza*, un bodrio publicado por la Academia de Historia Angosteña. El estilo de esta publicación trimestral, pomposo, falso y rebuscado, le resultó incorregible. En esa revista se dedican, sobre todo, a las genealogías, y hacen disquisiciones larguísimas para demostrar que todos los apellidos de los dones de Angosta se remontan a nobles familias españolas, godas de origen y todas de cristianos viejos, nunca heréticos, jamás conversos, de sangre más limpia que los Reyes Católicos, y que pasaron a Indias para traernos la luz del Evangelio, la lógica aristotélica y las bellezas de la lengua española. Llevan años publicando elogios de la raza angosteña, que según ellos es la decantación de los hidalgos de la Península, su pulimiento por la selectiva naturaleza del trópico, y para ello van haciendo la historia de los apellidos, linaje por linaje, en largas tiradas bíblicas, como copiadas del Libro de los Paralipómenos: el vizconde Ricardo Arango casó en Palos con Josefina Vargas y los hijos fueron

Joaquín, Elías, Pedro. Pedro engendró a José María, José María a Clodomiro, Clodomiro a Alberto, Alberto a Santos, Santos a Juvenal, Juvenal a Luis Alberto Arango, que pasó a América, se afincó en Santa Fe, es el fundador de esta noble familia, y dejó amplia descendencia de cuya alcurnia, buena crianza y nobleza hay prueba sin tacha en los anales de Angosta. Así avanzan, apellido por apellido, y todavía no han llegado ni a la jota.

Harto de tonterías y mentiras, de blanquísimos patriarcas e ínclitas matronas intachables (de dónde venía entonces tanta podredumbre local, si todos los habitantes y dirigentes de Angosta eran prohombres, a su vez hijos y nietos de próceres y santas), se retiró de *Pujanza* poco después de la muerte de su tío el canónigo, convencido de poder sobrevivir con lo que este le había dejado en casullas y devocionarios. Con la plata que levantó de la venta del almacén de ornamentos intentó hacer dos buenos negocios: el matrimonio con la muchacha de Tierra Fría conocida en Norteamérica (gracias a esta alianza obtuvo su primer salvoconducto para entrar en Paradiso) y la edición de una revista cultural con Gaviria*, Quiroz y Jursich, el reducido grupo de sus amigos. La revista se llamaba *El Cartel de Angosta*. Lo de «cartel» era una ironía (durante años el cartel de Angosta fue famoso en el mundo por sus exportaciones de marihuana y cocaína), pero también un acrónimo de «cine, arte, literatura». Sacaron varios números, tal vez no tan malos, al menos no se hablaba de apellidos, pero al poco tiempo, dado que todas las juntas de redacción terminaban en farra, y dado que nadie estaba interesado en adquirir la revista, ya no les quedó dinero para comprar el trago ni el papel, así que cerraron.

---

* Carlos Gaviria: jurista insigne. Una de las pocas personas dignas, cultas e independientes que ha producido Angosta en los últimos años. Sumergido en el pantano de la política, trabajó poco tiempo en la revista. Amenazado de muerte por la Secur, tuvo que salir al exilio. Nunca quiso visitar la librería, pues como es hombre pulcro en extremo, de higiene muy estricta, siente asco al tocar libros que otros han manoseado y manchado de sudor y lágrimas.

La otra mitad del almacén se le fue en amueblar el apartamento que alquiló con Dorotea en Tierra Fría. Por tratar de sobreaguar estuvo escribiendo crónicas, muy mal pagadas y publicadas solo de vez en cuando, para los dos periódicos de Angosta, *El Heraldo* y *El Globo*, hasta que al fin se dio cuenta de que su único recurso para sobrevivir era usar los miles de libros de su casa como base para una librería de viejo.

Criado casi sin reglas, solitario, incapaz de ese tipo de autocontrol que permite soportar a los jefes, los horarios y las oficinas, lo ideal para él era abrir su propio negocio, y no emplearse de planta en un periódico, como le habían propuesto varias veces. Pero como no todos los meses la librería le daba para vivir, se acostumbró a hacer trabajos complementarios a destajo, como dar clases particulares de Inglés, a quince dólares la hora, en Tierra Fría, desde que obtuvo el salvoconducto, y antes a tres dólares en Tierra Templada. A veces era más profesor que periodista, o más librero que cronista, pero cada día se volvía una cosa o la otra, según el ritmo de lo que se estuviera moviendo más. «En Angosta, si uno es segundón, para no morirse de hambre requiere por lo menos tres trabajos», dice.

En todo caso, como su único patrimonio palpable, fuera del caserón desvencijado, eran esos quince mil libros heredados, su mayor empeño laboral era el negocio en la carrera Dante. Después todo pudo haber sido distinto, muy distinto, cuando llegó la carta del notario con noticias de arriba, pero él no quiso ya cambiar de vida, por una especie de tozudez mental o de orgullo de tibio. Gracias a la carta, lo único que hizo fue agrandar el negocio de la librería y ponerles sueldo a Jursich y a Quiroz. Así nació y creció la librería, en un principio con los libros del tío (muchas obras piadosas, pero también de historia y filosofía) y del padre, o mejor dicho, con la parte de los libros del tío y del padre que a él no le gustaban. Al principio no vendía los libros que le interesaban, pero después dejó de importarle porque todos los clientes se antojaban precisamente de los libros que no quería vender, y entonces empezó a negociarlos, por necesidad, pero también por desencanto, pues desde que abrió el negocio se dio cuenta de que los libros perdían fascinación para él, se despojaban de su halo sagrado: habían dejado de ser unos objetos puros, maravillosos (la música callada, la voz de los muertos que se escucha con los ojos) y habían terminado por convertirse en algo con precio, es decir, sin valor: en una mercancía.

Jacobo, bajo un paraguas negro, está pasando frente a la funeraria El Más Allá. «Acuérdate, hombre, de que eres polvo...», vuelve a decirse. Empieza a oscurecer sobre Angosta cuando atraviesa el umbral de la librería. Jursich, su viejo amigo, calvo como una nalga, ictérico como un bebé prematuro por su problema de vesícula, desde hace un par de años el vendedor principal y el alma verdadera de La Cuña, lo recibe con su sonrisa de siempre, con sus dientes manchados de nicotina encima de la chivera blanca y reluciente, de hidalgo de otros tiempos. Es alto y delgado como un espagueti, de rasgos étnicos contradictorios (eslavo con genes de hordas orientales), segundón con cara de don, pero habitante de las tibias vegas del Turbio. Jacobo le entrega de inmediato el libro del geógrafo alemán, como quien se deshace de la prueba de un delito, y Jursich le dice, mientras señala a una muchacha alta que está tomando fotos:

—Esa es la dueña.

Jacobo mira a la fotógrafa, que todavía no se ha dado cuenta de la llegada del recadero con su libro. La mira y la mira desde lejos. No deja de mirarla mientras se acerca a la mesa sin saludar y sin cuidar sus pasos, y se sienta, todo el tiempo sin dejar de mirarla, confirmando otra vez una de las pocas convicciones de su vida: que no es el espíritu sino el deseo el que sopla dondequiera. Es más o menos consciente de esa alegre tortura de su vida, una constante que lo mortifica y lo exalta: no puede ver una mujer bonita sin quedar atrapado en una telaraña de sensaciones ensoñadoras que ya no lo dejan pensar en nada más. Acaba de verla y ya no está aquí, en la que fue su casa, abandona el presente para soñar con un futuro que no sabe cómo fabricar, pero que a toda costa quiere conseguir, un futuro en el que las bocas se junten y su cuerpo se confunda con el de ella, atados con un nudo ciego, oscuro, húmedo, móvil e inmóvil, en la mitad del cuerpo. Antes, cuando era muy joven todavía, creía tener un corazón muy amplio, abierto de par en par, de esos que se enamoran a primera vista, y así explicaba los sucesivos reemplazos que le hallaba a todo cuerpo, el deseo soplando en todos lados como en una borrasca. Ahora se conoce mejor y sabe que no se enamora casi nunca, pero que a primera vista es seducido fácilmente, muchas veces, con el único requisito de que la mujer parezca fresca, tersa, limpia, nueva.

Sin poder contenerse, sin poder cambiar el hilo de sus pensamientos, mira a esa muchacha a la que no conoce siquiera, a quien no ha oído decir ni una palabra, y que ya, sin embargo, le hace crecer por dentro algo que no puede tener sino un nombre: ganas. No le gusta ser así, pero es así, y las veces que ha intentado contenerse, su cabeza lo engaña, lo lleva por vericuetos traicioneros hasta conducirlo (como tira la soga de la argolla engarzada en la nariz del buey) a lo mismo, siempre a lo mismo. Ahora piensa que lo mejor es no resistirse, no rebelarse, no pelear, dejarse ir tras el deseo, que sopla dondequiera.

Andrés parece todavía un adolescente, tanto en su aspecto como en el carácter, que es voluble, inquieto e inestable. Nunca supo, de niño, lo que quería ser cuando fuera mayor, y cuando se lo preguntaban decía cualquier cosa para salir del paso: médico o abogado o bombero o pintor. Le daba igual y le sigue dando igual. No sabe qué quiere ser, ni todavía sabe qué es, aunque ha sido constante en una sola cosa: todos los días escribe versos y se cree poeta, título que en su cabeza no coincide con una profesión, sino más bien con algo al mismo tiempo «luminoso y vergonzoso», para decirlo con una de sus peores pero más sinceras consonancias. Terminó a los trancazos el bachillerato, repitiendo varias veces las materias exactas, pero nunca quiso estudiar una carrera, porque había decidido que lo suyo eran los sueños y los versos. Tampoco entendía por qué, entonces, tenía que buscarse un oficio, si ya lo tenía. Sus padres, no sin razón, detestaban en él esa manía de creerse iluminado. Andrés fingía buscar un trabajo, pero eran búsquedas tímidas, inútiles, y ante el espectáculo deplorable y constante de su vagancia, sus padres lo odiaban cada día más: no podían comprender cómo había podido salirles un hijo así, inestable y voluble, con manías de escriba y ensueños de letrado. Ya no lo soportaban, y como último recurso lo enviaron a vivir en otro barrio, con la abuela materna*, que era la única que adoraba al niño y se desvivía por él, le aguantaba los moños, incluso los versos, le hacía la comida de enfermo que a él le gustaba (los muslos apanados, el arroz blanco, las papitas fritas con salsa de tomate). Pero quiso la mala suerte que a los seis meses la abuela tuviera una trombosis y quedara paralítica, perdida del mundo e incapaz de valerse por sí misma. Andrés la cuidó más de un año, casi dos, y de ese oficio de enfermero vivía (la cambiaba, la lavaba, le daba la sopa, la llevaba al hospital, cobraba la pensión), hasta que la abuela se murió. Su poca plata se esfumó en el final del tratamiento y en el entierro, y el nieto huérfano de abuela tuvo que volver al fuego lento de la casa de sus padres, donde se sintió aún más extraño que antes, una especie de pariente arrimado, en medio de un reproche y unos desdenes continuos que lo iban aniquilando por dentro.

La vida en familia, con su hermano militar, disciplinado y exitoso (el modelo a seguir, hijo, si fueras como Augusto**), con

---

* Matilde Abad. Ancianita a la que Andrés conoció ya tan vieja que le parecía mentira que hubiera sido niña o que hubiera nacido alguna vez. Sin embargo es verdad que nació en Jericó, población cafetera al suroeste de Angosta, y que vivió casi un siglo. Murió hace un par de años. En vida fue una santa, o eso es lo que se cuenta en la familia.

** Augusto Zuleta. Capitán del Ejército. Cómplice de la Secur, el más sanguinario grupo paramilitar de Angosta. Enredado en tráfico de armas y de municiones, pues es el encargado de desviar a la Secur las supuestas importaciones que se encarga de hacer para el Ejército.

su madre que ante él siempre se sintió como una gallina criando un pato, con su padre que se definía «satisfecho por todo en esta vida, menos por haber engendrado un hijo inepto y para colmo afeminado», con la soledad y el odio mutuo que crecía en un ambiente hostil, se fue volviendo cada vez más asfixiante hasta hacerlo cultivar delirios de suicidio y una permanente sensación de desastre. El muchacho no sabía hacer nada, se sentía inadecuado para cualquier trabajo, tampoco estudiaba, y pretendía pasarse las horas emborronando letras sobre las páginas blancas, con la aspiración condenada al fracaso de que sus padres consideraran ese ejercicio inútil como un oficio decente. Sin trabajo, sin profesión, sin ánimos ni intereses para estudiar nada en serio, la situación se había vuelto intolerable. Hubo varias discusiones violentas en la sala de la casa, con gritos heridos y vajilla rota, hasta que Andrés resolvió sin decirlo que en cuanto encontrara un trabajo, por humilde que fuera, se iría para siempre de la casa de sus padres.

Fueron muchos meses durante los que solamente tuvo un sitio donde dormir, tres bocados amargos cada día, y un ambiente perpetuo de rechazo y reproche. Sus padres se negaban a darle un solo peso y su único recurso en metálico era un manojito que su abuela le había dado antes de enfermar, y que atesoraba como una última y diminuta sensación de potencia. Por lo demás era un esclavo sin un céntimo, sometido por hambre, en una familia que lo detestaba por vago, que desconfiaba del uso de sus partes más bajas porque no se le conocía novia ni amiga, y que veía sus versos y su sensibilidad como una prueba más de un pecado nefando. No podía ir a cine, no podía tomarse una cerveza, ni comprar un libro, un café o una revista. No podía siquiera comprar un billete del metro o pagar un bus para ir al centro. Se convirtió en un gran caminante. Caminaba a todos lados y aunque llegara a pie hasta Barriotriste no podía parar siquiera a tomarse una Coca-Cola o un vaso de agua. Hasta los atracadores habían fracasado un par de veces con él. En esas condiciones, toda muchacha era inaproximable. Además les temía a las mujeres, no estaba seguro de gustarles ni de que le gustaran, todas le parecían peligrosas, amenazantes, olorosas, y los pocos amigos hombres, más bien raros (sí, también afeminados), se habían cansado de tener siempre que invitarlo sin que él les diera nada a cambio, ni un roce, ni una mano, ni una ilusión postergada.

No había nada gratis en el Sektor T, ni había parques públicos o conferencias libres o espectáculos a los que se pudiera ir sin pagar. Sabía que en Paradiso, en cambio, había parques sin rejas, se organizaban exposiciones y espectáculos de puertas abiertas, actividades para los niños, para los jóvenes y las personas de la tercera edad, ofertas que aparecían en las páginas de los periódicos, pero inaccesibles para él que nunca tendría cómo conseguir un salvoconducto. Vivir sin un centavo en el bolsillo, durante meses y meses, daba la peor de las sensaciones de derrota, de ineptitud y fracaso. Dos cosas lo salvaron: la vieja biblioteca pública, a la orilla del río, donde podía pasarse horas leyendo versos sin que nadie lo estorbara, y un pequeño club de ajedrez cercano a Barriotriste, en el que no cobraban por jugar y donde siempre se hallaba un contrincante dispuesto a pasar las horas frente al tablero.

Era casi imposible encontrar algún trabajo en T para un segundón sin destrezas, y Andrés aprendió a comer humillaciones y a tragar amargura, tratado como un apestado y un zángano en su propia casa, entre frases de burla y miradas de desprecio. Había visto la oferta de trabajo en la biblioteca, en la sección de empleos de *El Heraldo* de Angosta, que revisaba a diario con mirada de lupa, y se aferró a esa esperanza con la ciega intuición de haber encontrado su destino. El aviso era escueto, seco, y por eso mismo le llamó la atención; en meses de entrevistas y hojas de vida, nunca había visto nada parecido: «Se busca persona que sepa redactar», y seguía un número de teléfono. Redactar, sí, quizá eso era lo único que él sabía hacer. En ese teléfono le informaron que lo ayudarían a conseguir un permiso de tránsito (menos de ocho horas) para entrar en Paradiso, de modo que se pudiera presentar a una entrevista en Tierra Fría. Efectivamente, en una oficina del Gobierno le concedieron el pase para subir el miércoles siguiente. A las cuatro en punto, después del vaso de agua y de caminar diez minutos, arriba y abajo, por la acera del frente, tocó el timbre en la dirección que le habían indicado, bajo la placa dorada con el número 115 de la calle Concordia.

En la sala de espera había otros dos candidatos al puesto, una mujer y un hombre, ambos segundones, y poco después llegaron dos hombres más y otra muchacha. Se veía que los seis querían el empleo, porque se vigilaban de reojo y evitaban hablar o mirarse de frente, con una hostilidad imposible de disimular. Cuando Zuleta notó (es algo que se huele) que la última en llegar era de familia de dones, se desanimó y estuvo a punto de retirarse antes de hacer la prueba de ingreso que les habían anunciado, pero en ese mismo instante los hicieron pasar a una oficina donde había varios escritorios. La prueba consistía en redactar tres esquelas de pésame imaginarias, en las que el sentimiento de las condolencias debía ir en grado ascendente: para lamentar la muerte del padre de un desconocido, la primera; luego por la madre de un conocido, y finalmente por la hija adolescente de un amigo íntimo. Tenían media hora de tiempo para redactar las cartas. Cuando entregaron las hojas pasadas en limpio, les pidieron que fueran a dar un paseo, les dieron un bono para comer algo (la muchacha de Paradiso lo rechazó diciendo que mejor se iba un rato a su casa, que estaba cerca) y les indicaron que volvieran a las seis. Los cinco segundones, ya menos suspicaces tras la prueba, se fueron juntos; la muchacha de F se fue aparte, por su propio rumbo, lanzándoles apenas una breve mirada de lejana conmiseración. Usaron el bono para comer pedazos de pizza en un chiringuito de la Avenida Bajo los Sauces (otra vez, al entrar, la pregunta por las armas, el detector de metales, no vaya a ser que estos segundones nos quieran atracar, o peor, que se quieran volar por el aire y estallarnos a todos).

Al volver los fueron llamando a la gerencia, uno por uno. Hubo un buen síntoma: la muchacha rica salió de la entrevista personal con la cara desfigurada; más que iracunda, iba con un gesto de incrédula indignación. No la habían escogido. A

Zuleta le tocó de último, y cuando entró lo atendió una señora mayor*, coja, sonriente, muy amable. Elogió sus mensajes, le dijo que el último la había llevado al borde de las lágrimas (de eso se trataba), y, tras una breve entrevista, le anunció que el puesto era suyo y que podía empezar, ella calculaba, antes de Semana Santa, cuando le expidieran el salvoconducto permanente que le permitiría trabajar y permanecer de día (aunque no pernoctar) en el Sektor F. La fundación haría las gestiones pertinentes para ayudarle a sacarlo.

Andrés le dijo que no podía creer que lo hubieran preferido a él, un segundón, por encima incluso de una muchacha que, evidentemente, era hija de dones. La señora lo miró con extrañeza y en tono de reproche le explicó que uno de los principios de la fundación consistía en no juzgar a nadie por el grupo al que perteneciera sino por lo que la persona misma demostrara ser. Lo habían escogido porque sus cartas eran las mejores, y esas cartas serían siempre mejores así las hubiera escrito un hombre, una mujer, un blanco, un indio, un negro o un tercerón. Si las hubiera escrito la muchacha, la habrían escogido a ella, pero no por ser doña, sino por lo que ella misma había sido capaz de hacer. La señora le mencionó después, con más dulzura, que no todos en Angosta tenían el mismo criterio para juzgar a la gente, y de hecho le tenía que hacer saber que para un segundón (ella odiaba la palabra, pero se la decía para que se entendieran) había ciertos riesgos al trabajar en una entidad como H, una institución que tenía posiciones encontradas con el régimen, pero esto a Andrés no le importó. Antes de las ocho, después de dar un último paseo por las calles de Paradiso (se sentía un turista en un país extraño), el joven bajó radiante al valle de Angosta y, con esa rebeldía feliz que tienen algunos

* Cristina de Burgos, gerente de la Fundación H, esposa del doctor Burgos, filántropo. Tiene más de setenta años, pero sigue siendo tan activa como una muchacha. Es lo que se dice una mujer feliz, que quiere dedicar la parte final de su vida a hacer alguna labor útil por el resto de la gente.

hombres a los que la adolescencia les ha durado más allá de lo que cualquiera se esperaría por la edad, esa misma noche dio un portazo en la casa de sus padres, sacó una maleta de ropa, dos cajas de libros, el atadito de billetes de la abuela, su libreta de versos y apuntes para versos, su cuaderno de reflexiones (casi un diario), y se fue a vivir en un cuarto del último piso de un hotel destartalado por el centro, La Comedia.

El Gran Hotel La Comedia, en el Sektor T, muy cerca de la catedral, fue un imponente albergue de turismo. Sus nueve pisos hacían de él, hace ya casi un siglo, el edificio más alto de Angosta y el hotel más lujoso de la ciudad. Allí se quedaban los visitantes ilustres, las actrices de cartel, los cantantes de ópera que se desgañitaban en el Teatro Bolívar (ahora derruido), los toreros famosos que venían a la Feria de La Candelaria y los políticos pudientes en gira electoral. Con el progresivo deterioro del valle, cuando los dones empezaron a emigrar a Tierra Fría, el hotel fue decayendo hasta que perdió su rango y fue desclasado a pensión.

Ahora las suites de la segunda planta se alquilan como apartaestudios, aunque también reciben servicios hoteleros (aseo, tendida de camas, lavado de ropa, restaurante). A medida que se asciende por los pisos, las habitaciones van bajando de precio, al tiempo que pierden categoría y comodidades. Toda un ala del hotel, dos plantas (la cuarta, la séptima) y muchas habitaciones fueron clausuradas por el deterioro sufrido durante el tiempo de los atentados: ventanales arrancados de cuajo, muros resquebrajados, muebles sepultados bajo montañas de escombros. Arriba, en la última planta, además de la lavandería y los tanques de agua potable, queda el «gallinero», una galería de cuartos diminutos (a los que no se les presta ningún servicio de aseo o de ropa blanca) que en el apogeo del hotel se cedían a la servidumbre y ahora se alquilan por mes anticipado, a un precio módico, generalmente a personas solas,

45

a ancianos abandonados por la familia o a parejas varadas que no han podido instalarse todavía. Si el dos de cada mes no han pagado su pensión, los clientes del gallinero son sacados de La Comedia sin contemplaciones, poco menos que a las patadas. Una cuadrilla desinfecta a toda prisa el espacio liberado, y más temprano que tarde hace su entrada algún otro huésped que haya conseguido pagar la mensualidad anticipada.

Las suites del segundo piso las alquila directamente el gerente del hotel, el señor Rey*, y están reservadas para personas de cierta categoría y con alguna capacidad de pago. Son cuatro, pero en este momento solo hay dos ocupadas. La 2A es desde hace tiempos la residencia fija de Jacobo Lince, el librero, primo segundo del señor Rey. La 2C está ocupada por Luisita Medina**. Luisita sufre de retinitis pigmentosa, el mal de Borges, una enfermedad incurable de la vista, y tarde tras tarde se queda más ciega, por lo que a toda hora tiene a su lado a una especie de lazarilla, Lucía***, que es los ojos, las manos y casi que las piernas de Luisita. No modula, Lucía, eso sí no, porque doña Luisita sigue siendo la dueña de su lengua, que es escasa, pero irremediablemente agria, cuando no feroz, a pesar de la bondad de fondo de su corazón.

* Arturo Rey. Importante hotelero de Angosta, sobre todo en los tiempos idos, cuando valía la pena tener hoteles en el Sektor T. Estudió hostelería en Suiza y pudo comprar el hotel La Comedia en una transacción afortunada hace ya muchos años. Después vino la decadencia del sektor. Los atentados y el tiempo no han acabado de arruinarlo, pero ya nada es lo que era, y todo en su vida parece ir camino de la disolución.

** Luisa Medina. Señora diminuta, 76 años, 43 kilos, 1,45 m de estatura. Es la imagen de la tristeza, de la soledad, pero también de la bondad. Prima hermana del célebre memorialista Gaspar Medina, perteneció a una de las familias más importantes de Angosta, familia tan venida a menos como el hotel La Comedia.

*** Lucía Estrada, tercerona de buenos sentimientos. Duerme en un cuarto contiguo al de su ama, y es su vista, su amanuense y su enfermera.

A partir del tercer piso, y hasta el octavo, el hotel tiene quince habitaciones por planta (salvo las clausuradas) y sus huéspedes varían con los meses. Hay algunos clientes fijos también en estos pisos, pero sobre todo hay cuartos desocupados o inhabitables por el deterioro, y unos cuantos que se reservan para encuentros de amor furtivo o para viajeros ocasionales que pernoctan apenas una vez en Tierra Templada. Todos estos cuartos son muy parecidos, aunque los muebles son más viejos, las camas más malas, los tapetes más calvos y el mantenimiento peor a medida que se asciende por el edificio. En La Comedia, cuanto más se sube, los habitantes más bajan de categoría, los clientes reciben menos atenciones y son tratados con menos consideración, tanto por los porteros como por el ascensorista negro de uniforme blanco (que en realidad son dos, aunque gemelos idénticos, por lo que nunca se sabe cuál de ellos está de turno ni cuál hace la siesta ni cuál está de buen o de mal genio) y los demás empleados.

Entre los huéspedes de los pisos intermedios hay dos, en especial, que llevan mucho tiempo en el hotel y son tratados por el gerente con cierto respeto. Uno es Antonio*, o Toño, «el peluquero de la mafia», que vive en el quinto piso con un muchacho al que presenta como su sobrino, Charlie**. El muchacho es frágil y adamado, con ademanes suaves de doncella; se pasa las horas viendo televisión o paseando sus carnes níveas por los corredores y el vestíbulo, sin hacer nada útil ni inútil, siempre sonriente, dejando a su espalda una estela de perfume dulzón y de canciones infantiles tarareadas entre dientes, como un ángel hermoso pero desafinado. Toño tiene una peluquería en la planta baja del hotel, a un costado de lo que alguna vez

* Antonio Quintana: 29 años, 65 kilos, 1,72 m de estatura. Ojos claros, serenos. Delgado, de buen humor, dicharachero, chismoso.
** Carlos Aristizábal, alias Charlie. Amigo de Toño el peluquero. Menor de edad, tercerón abandonado por la familia. Toño, poco a poco, se ha convertido en su padre, más que amante, aunque lo ame de las dos maneras.

fue una galería de tiendas que hoy están polvorientas y clausuradas con rejas herrumbrosas y candados con lama. O'toños, se llama su peluquería, el único espacio que todavía se abre en toda la galería, y allí se cortan el pelo casi todos los que viven en La Comedia, más un grupo de clientes tenebrosos que vienen de fuera y que a veces usan la peluquería como guarida de juntas y reuniones clandestinas.

Otro huésped que es tratado con consideración (el gerente lo invita a sus ceremoniosas cenas mensuales) es el profesor Dan*. Este vive en La Comedia desde hace años, en dos cuartos contiguos del tercer piso, invadidos por libros y revistas especializadas en matemáticas. A Dan no se le conoce ninguna relación corporal o sentimental con personas de ningún sexo. El último domingo de cada mes desayuna con una señora mayor (nadie está seguro de si es su madre o alguna otra pariente, ni nadie se lo pregunta), y de los huéspedes del hotel solo conversa a solas, y muy de vez en cuando, con Jacobo. Una vez se lo explicó: «No me gusta intercambiar ideas con nadie, porque salgo perdiendo. Con usted, en cambio, quedamos casi a la par, y a veces gano».

El noveno piso, o gallinero, es el de menos rango de todo el escalafón. El gallinero tiene un solo baño para todos los cuartos, al fondo del corredor, con dos duchas y un par de sanitarios divididos por mamparas de lata, más un brumoso espejo común, a la entrada, encima del lavamanos. Una vieja gorda y

---

* Isaías Dan: 48 años, 1,75 m de estatura, 71 kilos. Húngaro de origen, vive en Angosta desde hace más de treinta años. Enseña Álgebra Conmutativa en la Autónoma de Angosta. Encanecido prematuramente, solitario y ticoso, metódico y rutinario. Los porteros y el ascensorista doble le dicen Relojito, porque es más puntual que las campanas de la catedral (sale siempre a las seis, vuelve a las doce, otra vez a las dos, y hasta las seis). Los demás huéspedes, en cambio, le dicen el Marciano, por sus hábitos estrafalarios y por su aparente ausencia de emociones, ya que es imposible conocer sus sentimientos, si acaso los tiene.

48

malgeniada, Carlota*, de duro corazón y durísimo trato, inquilina fija del cuchitril al frente de las escaleras, se encarga de evitar, hasta donde es posible, que las diferencias entre los habitantes del gallinero (protestan por el ruido, por los olores, por la tos y los estornudos, por el turno en el uso de los sanitarios) se conviertan en un altercado o en una pelea mayor. Hace años, cuando todavía Carlota no estaba allí para amainar los ánimos y escoger los inquilinos, una reyerta a raíz de una discusión entre dos habitantes del gallinero terminó en un conato de incendio, heridas de cuchillo, un huésped muerto y el otro desaparecido por la policía secreta, como castigo y escarmiento para que cosas así no se repitan. Carlota misma recoge las mensualidades, el primero o el dos de cada mes, y solo tiene contemplaciones con algunos de los clientes más antiguos, a quienes ocasionalmente les presta uno, máximo dos meses, de su propio bolsillo, con intereses de agiotista. Vive de la usura y de no pagar el cuarto a cambio de cuidar el gallinero, mantener el orden entre los inquilinos, barrer el corredor, medio limpiar los baños y recogerle la mensualidad, con una pequeña ganancia, a la gerencia.

En este momento los nueve cuartos, distinguidos por números y letras del alfabeto pintados a mano en la parte alta de las puertas, con tinta verde y en la caligrafía incierta de Carlota, están distribuidos así: en el 9A, Londoño**, pintor de cuadros grandes como murales, quien por falta de trabajo se ha convertido en pintor de brocha gorda. En el 9B el Estropeadito*** (así

---

*   Carlina La Rota, alias Carlota. Más solterona que solitaria (tiene amigas), amargada pero honrada. Cien kilos de grasa y agua, piernas hinchadas, con várices, y cara abotagada. Vieja conocida del señor Rey, con quien siempre ha trabajado.

** Germán Londoño. Extraordinario pintor de Angosta cuya obra será reconocida tarde, cuando para él ya no importe.

*** Nadie conoce el verdadero nombre del Estropeadito. Poco a poco su cuerpo se reduce. Mucho después del final de esta novela, acabará siendo arrastrado en una carretilla, por la iglesia de La Candelaria, solo torso y

le dicen porque le falta una presa de todas las que todos tenemos repetidas: un ojo, una oreja, un brazo, varios dientes, una pierna, y gentes hay que dicen que hasta uno de los dos testigos de su masculinidad), vendedor de lotería y, según él, soñador de números. El Estropeadito, con buen humor, se toma el pelo a sí mismo hasta el punto en que la risa se convierte en reflexión sobre los límites de la identidad: «Primero me dijeron tuerto, luego tungo, después manco, más tarde cojo y mueco, pero al ver tanto estrago ya quedé en lo que soy: el Estropeadito, y al paso que voy, voy a quedar en el mero tronco de mi cuerpo, porque ya hasta los pelos se me están cayendo. Pero en fin, díganme ustedes: ¿en qué momento de la vida, por cosas que le falten, deja uno de ser uno? Por mí, mientras pueda vender lotería y soñar números, así sea sosteniendo los billetes con los dientes, yo seguiré siendo yo…».

—¿Y si te cortan la cabeza, Estropeadito? —le preguntó una vez Carlota, tratando de anularlo. Y él contestó:

—Pues eso depende. Si me la cortan para ponérsela a otro cuerpo, salgo ganando. Si me ponen la cabeza de otro, lo pierdo todo, porque, ¿sabe una cosa, Carlota?, en el trasplante de cabeza es preferible donar el cerebro que recibirlo.

Al lado del Estropeadito, en el 9C, vive desde hace nada Andrés Zuleta, poeta joven, tímido y bien parecido, recién empleado en una fundación de Paradiso; en el 9D, doña Carlota, la guardiana; en el 9E vive una pareja que no sale jamás y que nadie nunca ha visto; solo de cuando en cuando se los oye discutir, de celos imaginarios, pues ninguno de los dos se mueve del cuarto; en el 9F un bohemio de piel apergaminada, con uñas largas de bailarina china, fumador empedernido, bebedor cotidiano, gran conversador y mejor persona, Agustín Quiroz. Agustín no tiene ninguna profesión oficial, pero como es viejo conocido de Jacobo Lince (fue amigo de su padre) desde hace

---

cabeza, nada más, sosteniendo (como era su temor) los billetes de lotería con los dientes.

algunos años se presenta como «asesor lírico» de la librería La Cuña.

El 9G está vacío en el momento, pues el techo está desfondado y requiere una reparación para la que no hay recursos; el 9H lo ocupa a ratos una mujer de la vida que duerme de día y sale de noche, Vanessa*, aunque jamás lo usa para su trabajo, según disposiciones de doña Carlota, y en el último, el 9I, al lado de los baños (el peor sitio del gallinero, y el más barato, por lo ruidoso y oloroso), un señor a medias extranjero y a medias local, de aspecto y apellido eslavo al principio, Jursich, y luego Arango en el segundo. Su edad es difícil de calcular a primera vista, aunque se nota que es mayor de cincuenta y menor de sesenta, sin profesión conocida (se dice que fue maraquero en otros tiempos, pero ahora está retirado de la percusión, porque el alcohol le cambió el ritmo y no le puso sino que le quitó de las manos el temblor necesario). Amigo íntimo del bohemio Quiroz, este se lo recomendó a Lince primero como redactor de *El Cartel* (es un gran editor, ve los errores de gramática, de lógica, de puntuación y hasta de gusto, como con un radar que es solo suyo) y luego para empleado de su librería (porque es enamorado de los libros y no quiere venderlos, y los clientes entonces se sienten siempre ganando, tienen la sensación de que le han quitado un pedazo de entrañas cada vez que les vende). Ahora vive de eso, de recomendar libros viejos, o leídos, como le gusta decir, y de venderlos a regañadientes. Es delgado y alto, con un residuo de lanugo rubio sobre las orejas, y más que de los libros parece seguir viviendo, íntimamente, del placer de la música. Su única pertenencia es un equipo de

---

* Vanessa. Nombre artístico de Herminia Meneses. Nacida en Angostura, provincia de Antioquia, hace veintisiete años. Lleva casi un decenio en su profesión. Sana y bonita, ha tenido la doble suerte de no contraer venéreas ni de traer hijos al mundo. Se ha sometido a tres abortos sangrientos y clandestinos, como son siempre los abortos en Angosta, pues la ley los define como infanticidio.

sonido y miles de CD que mantiene en el cuarto y oye por las noches, sin descanso y sin ruido. Por lo poco que gana y por lo poquísimo que come («maldita digestión, me afecta la vesícula») se diría que sobrevive de aire.

Los huéspedes del gallinero, por falta de recursos, casi nunca bajan al comedor de La Comedia, donde tendrían alguna rebaja como clientes fijos, y les toca prepararse sus pocos alimentos, cuando los tienen, en el propio cuarto. Esto hace que el piso a veces apeste, y que vivan en un constante peligro de incendio, por los cortocircuitos en las parrillas o por los alimentos que se queman. Sin embargo, como al cabo de los años en el hotel se ha creado un tipo de sociedad con algo de asistencia mutua, algunos de ellos han recibido beneficios de los clientes más acomodados, en especial de Luisita Medina y de Jacobo Lince. La mujer triste y el librero alegre alquilan los mejores cuartos y son sin duda los huéspedes más pudientes de toda La Comedia, la clase alta que ocupa las plantas bajas. La cercanía ha creado entre ellos una especie de solidaridad, y a veces Luisita invita a almorzar a Londoño, el pintor, o a Vanessa, la mujer de vida alegre. Jacobo, por su parte, siente que cada día se vuelve más amigo del bohemio Quiroz y de Dionisio. Dice de ellos dos, y de sí mismo, que son «un espectro, una sombra y un fantasma», y como siempre disfruta de su compañía y les tiene confianza, entre los tres atienden la librería a casi toda hora (aunque Agustín, en realidad, no atiende nunca, sino que algunas tardes hace acto de presencia, como un obispo benévolo que va de visita a los caseríos lejanos de su diócesis, para tener contentas a sus ovejas descarriadas).

Jacobo, los ojos cazadores, verdes, felinos, sobre la piel muy oscura, quemada por el sol (o por un ancestro africano, vaya uno a saber), sigue extasiado mirándola despacio, hundido en sus ensueños. La vida, para él, cobra sentido a ratos, solamente, y esos ratos coinciden con la lectura de algo que lo exalte, o con la ilusión de que en algunas horas, días, meses, podrá conocer un cuerpo que por algún motivo lo seduzca. Hoy pudo leer algo sobre Angosta, y se entretuvo, pero mejor aún, acaba de encontrar a una muchacha a la que sueña con ver desnuda, con poderla tocar, besar, oler, abrazar. Otro verbo se le viene a la cabeza ya desbocada, más tosco y caballuno, pero lo rechaza de su mente con un gesto de la mano, como si se estuviera espantando una mosca. Es verdad que lo piensa, eso que no se dice ni le gusta confesarse, no por un pudor que ya no tiene, sino por preservar en sus nuevas relaciones un espacio para algo que no quisiera que fuera siempre carne, solo carne. Decide no pensarlo más, la mira solamente. Después se inclina hacia Jursich para decirle algo al oído:

—¿Cómo se llama? —le pregunta en voz baja.

—¿Qué? —pregunta el eslavo, y en ese solo *qué* en voz muy alta se nota que no le interesa ser prudente.

—Que cómo se llama —repite Lince en voz más seca, todavía muy baja.

—¡Camila*! —exclama Jursich a todo volumen, como si estuviera anunciando la entrada de una estrella, y Jacobo se pone colorado, con una mezcla de vergüenza y de ira.

La fotógrafa mira hacia donde está Dionisio, le sonríe y se acerca como si la hubiera llamado. Jacobo enfoca el piso de baldosas hasta que ve unos zapatos rojos, horrendos, que van sangrando el suelo mientras se acercan.

---

* Camila Restrepo: 24 años, 1,75 m de estatura, 68 kilos. Estudiante de último año de Periodismo. Como redacta mal, ha preferido dedicarse a la fotografía, para la que tiene buen ojo. Fue modelo y participó en numerosos desfiles de moda, hasta que engordó algo, perdió el empleo y tuvo que conseguirse un novio medio mafioso (el Señor de las Apuestas) que le prohibió que adelgazara para volver al modelaje. Frívola, superficial, pero encantadora en toda su liviandad de buena amante, alimentada por insaciables chorros de estrógenos.

—Aquí Jacobo le trajo el libro sobre Angosta, señorita. Fundamental para su tesis, diría yo; es más, imprescindible. Imagínese, el ladrón era el mismo dueño de la librería, ja —Jursich agitaba el volumen y la palabra *Angosta* del título, en la cima del Salto, se mecía en su mano temblorosa de maraquero, como en un terremoto, bajo los dientes amarillos que manchaban su sonrisa.

Camila vuelve a mirarlo un instante sin decir nada. Se pone unas gafitas redondas, falsas, de miope que no es, afectando una seriedad de filósofa, excesiva para un fotógrafo. Al fin sonríe y da otros pasos cardenalicios hacia la gran mesa de madera. Esa habitación había sido el comedor de la casa, y Jacobo había resuelto conservar ahí la mesa ovalada con las ocho sillas para exhibir libros buenos y reunirse alrededor de ella. Si miraba hacia la cabecera, como ahora, podía ver la sombra de su padre, comiendo en silencio, con un libro al lado de la sopa de arracacha mal preparada, o repitiendo entre dientes que eran espinas las rosas de Rosa, la difunta madre de su hijo. El comedor se había convertido en el sitio donde los clientes se sientan a hacer visita, si no quieren comprar o si ya compraron. Hace las veces de caja, de recepción, oficina y lugar de tertulia de La Cuña. Algunas tardes, cuando los clientes empiezan a escasear, Quiroz, el largo espectro de barba, saca de su bolsa una botella de aguardiente. Jursich, fantasma de lo que fue, toma agua, porque hace años dejó de beber, por sus problemas de adicción y de vesícula biliar, aunque ya nunca se le compuso el pulso; Jacobo, sombra fiel de sí mismo, casi nunca bebe, o cuando bebe se permite una cerveza belga o una botella de vino español, a cargo de esa cuenta secreta que varias veces al día consulta en el computador.

En La Cuña, por supuesto, casi siempre se habla de libros, de novelas o poemas, o de historias. Los presentes practican un rato ese deporte lleno de reglas tácitas y oscuras infracciones, hecho de amores súbitos y repentinos odios, que consiste en comentar bien o mal y en pocas frases a toda la fauna de los escritores de Angosta y del mundo, sus libros nuevos o viejos, en verso o en prosa, y se van encerrando en el flujo de sus palabras hasta las nueve o diez de la noche. Después se van juntos al hotel, casi siempre, o Jacobo se escabulle a alguna de sus cacerías nocturnas, de sus conquistas incesantes que él llama apuros de la carne, necesidad fisiológica, esclavitud del cuerpo, capaz de sacrificar cualquier conveniencia, cualquier compromiso definitivo o ineludible por una noche de amor.

Hoy sabe que no puede ser tímido, y se agazapa en la silla antes de atacar. Casi lamenta haber adquirido la conciencia de las cosas tontas, pero necesarias, que conviene sacar a relucir cuando se quiere seducir una mujer, y que antes nunca hacía por cálculo, sino por fino instinto. Se levanta y va a lo que fue la cocina de su casa; en la despensa están las copas rojas de su abuela, que pasaron a su tío y luego a él; no quedan más que cinco, es verdad, pero son suficientes para darle cierto brillo a la mesa cuando las lleva, y un aire más distinguido a la botella de vino que destapa, con un golpe seco del corcho cuando sale (al fin Camila mira, con un tris de avidez en la mirada). Lince sabe que el terreno de la conquista conviene regarlo con un poco de gasolina alcohólica, y algo de ceremonia, de gestos teatrales, si quiere conseguir que la mujer se acerque, y poder halagarla con su charla, con pequeños elogios disimulados en los pliegues de la frase, único camino que puede hacer que ella responda, y sonría, y tal vez se desnude, al fin, que es en últimas lo que sueña, y lo que quiere conseguir.

Se le ocurre otra idea. «Ya vuelvo», dice, casi grita Jacobo, y sale un momento mientras el vino se airea. Va hasta el mercadito que hay en la esquina y compra pan francés y queso amarillo. Camina rápido. Sabe que el animal que conquista es el animal que llega con una presa entre los dientes, que no hay hombre superior a aquel que sale con un carcaj de flechas y regresa cargado de cacería. Cuando vuelve a sentarse frente a la mesa, elogia en voz alta el queso y el pan y la botella, y hace chasquear los dedos y la lengua, invita a los demás a que se acerquen, y muestra su hilera de dientes muy blancos, grandes, una manera fácil de adornar las palabras. Camila no lo mira, él ve que no lo mira, ni se acerca. Pero ese alejamiento es ya excesivo, una defensa férrea, de ajedrecista que se cuida, tal vez porque ya ha intuido que las blancas pretenden atacar por el flanco de la dama.

Jacobo se levanta, un alfil insidioso, y le lleva una de las copas, rebosante de vino, con unos destellos de luminosidad que animan el aire, pero ella dice que no con la cabeza, aunque con una sonrisa levísima (primer peón perdido), y se refugia otra vez en la cámara, en las fotos repetidas a Quiroz y a las estanterías atiborradas de historias imposibles. Se oye el ronroneo de la conversación de Quiroz y de Jursich con otro visitante que acaba de llegar, mientras Jacobo les pasa pedazos de queso y copas llenas de vino. Los tres están mirando una vieja colección de tarjetas postales de Angosta, que el visitante ha traído para ofrecer en venta. En algunas se ve el valle casi virgen, con pocas construcciones, o unas pocas manzanas blancas rodeando la iglesia de la Veracruz. Mientras comentan las diferencias entre el antes y el ahora, Quiroz les lanza una de sus paradojas, tal vez citando a alguien: «Estas no son postales de Angosta como era antes, sino postales de otra ciudad que por casualidad se llamaba también Angosta». Tanto Quiroz como Jursich son locuaces, lo cual quiere decir, en el fondo, que no son presuntuosos, ni se cuidan, ni temen las consecuencias de lo que dicen, y les tiene sin cuidado quedar bien o quedar mal. Jacobo se cuida más (es más creído), pero suelta la lengua cuando está presente una mujer que le gusta. El Maestro Quiroz, así le dice mucha gente, Maestro (con mayúscula), fuma sin parar y de la sombra pálida que es salen humo y palabras. No es una persona que calcule el efecto de sus frases, ni que se cubra la espalda o proteja algún prestigio que jamás ha buscado, ni que tema ser odiado o busque ser querido. Simplemente suelta sin censuras el hilo de sus pensamientos, que como están llenos de bonhomía, pero no exentos de amargura, producen ese efecto agradable que deja la impresión de que detrás de esas palabras hay comprensión y conocimiento del mundo, además de un ánimo tolerante y festivo. Habla con esas inflexiones, esos apuntes y esa dulce e inofensiva mala leche que es tan solo suya. Jursich habla menos que Quiroz, pero nunca deja de soltar sus frases ingeniosas, precisas, con algunas pausas dramáticas, de papa, bien ritmadas por su voz recia, como salida de ultratumba, aunque en general sus anotaciones son sobre todo una muleta para que Quiroz siga soltando el soplo ameno de su charla.

El ritual de todas las semanas se parece, aunque no haya invitación ni previo aviso: se sabe que casi siempre Quiroz despacha (despacha es un decir) en La Cuña los miércoles y viernes. Por las tardes se trepa al segundo piso y finge clasificar los libros en orden alfabético. A las siete de la noche el Maestro cierra la puerta, que es como decir que abre la función, y si alguien quiere entrar (si es de los que saben que adentro hay movimiento), toca el timbre y se une a la tertulia. Los que van llegando, pocos o muchos, se arriman a la mesa, a conversar, pero sobre todo a oír hablar al bohemio Quiroz, cuando se digna ir, que no es siempre (lo de los miércoles es solo una tendencia, y lo del viernes una fijación, pero con excepciones). Si está, la librería se llena desde el crepúsculo, como si todos los contertulios descubrieran por instinto su presencia. Hay quien dice que huele las señales de humo de sus interminables cigarrillos. Sin cita, sin necesidad de avisar, llegan y se van hombres y mujeres, muchachas y viejos. Con el paso de las horas, y con el ron, la cerveza, el vino, el aguardiente (todos los que van saben que deben traer su botella bajo el brazo, su ración personal), se va armando una charla que gira alrededor de las palabras de Jursich y de Quiroz. Quiroz es pálido y tiene la piel muy blanca y muy seca. Cuando se lo ve andar, parecería que no va a poder dar el siguiente paso, pero cuando habla, las palabras le fluyen con una gracia serena, juvenil, y con una sintaxis y un léxico que deleitan a cualquiera que disfrute con un buen conversador. Cada vez se parece más a Valle-Inclán, no en lo que cuenta, sino en el aspecto; y a pesar de los años y de la palidez, muchas de las mujeres que lo visitan acaban enamorándose de él y a veces se quedan a dormir en el antiguo catre del clérigo (doblado en un rincón de la vieja habitación que fue su dormitorio de casto, como una invitación a morigerar los impulsos de la concupiscencia). En esas noches, esporádicas pero no escasas, la sombra de Quiroz informa que no volverá con los demás al hotel y se quedará a cuidar los incunables que no existen. Si ellas se acuestan no se sabe, ni nadie lo pregunta, pero la noche entera la pasan con él, quizá abrazadas a su sombra larga.

Quiroz es bastante conocido en Tierra Templada, una especie de ícono del Sektor T, y por eso Camila le toma fotos. La muchacha usa la cámara como si fuera un arma y, casi sin mirar a los demás de la tertulia, sin dedicarles una sola palabra, con actitud despectiva, dispara y dice que las fotos de Quiroz y de los libros son para el archivo del periódico. No mira a nadie, ni habla, ni quiere recibir queso ni vino, como si tuviera afán de terminar rápido un trabajo gráfico encomendado por alguien, para poder largarse.

Lo primero que Jacobo pensó de Camila fue que era grande y alta, más alta que él, más alta que todos los presentes en la librería, como si midiera cerca de uno con ochenta, que para Angosta es muchísimo. Después trató de calcularle la edad mirándola a los ojos cuando se quitaba la máscara de la cámara, y concluyó que tendría más de veintitrés y menos de veintiocho años. Su mirada bajó. Usaba manga sisa y tenía grandes pecas sobre los hombros, como de alguien muy blanco que ha recibido demasiado sol en el trópico. Debajo del cuello, después de las clavículas, hay dos protuberancias imponentes. Ese tipo de mujer voluptuosa, que vive de sus curvas, no es de las que le interesan a Jursich o a Quiroz. Jacobo, en cambio, escala mentalmente esos montículos hasta la cumbre y luego los desciende despacio tratando de no llamar la atención, apenas deteniéndose un instante a otear el horizonte desde la cima plácida (nevada, se imagina, de una nieve rosada, de una aurora boreal). Es increíble el aire que se respira en las montañas y la atracción del polo por la luz. Su mirada baja más, a Tierra Caliente, y halla que la cintura es firme y estrecha, las caderas amplias, las piernas largas, la horcajadura estrecha. Se imagina la espuma del Salto de los Desesperados, envuelta en niebla clara, bajo oscuros arbustos. El vestido le llega un poco más arriba de las rodillas. La silueta de las piernas es agradable y tiene un tobillo de trazo tenue que no ofende. Los zapatos bajitos, rojos y blancos, son espantosos, y los pies grandes, demasiado largos.

Durante quince minutos que a Jacobo le parecieron más, Camila le siguió tomando fotos a las estanterías atiborradas de libros y a las palabras de Quiroz (a sus labios inquietos), con flash y sin flash, revisando el resultado en su cámara digital, borrando lo mediocre, salvando lo salvable, repitiendo ideas y ángulos y tomas, muy concentrada. Pensaba que podía vender las fotos al periódico y parecía no ver a nadie más. La noticia del libro no la había emocionado (no lo había cogido, ni hojeado, mucho menos se lo había llevado a la nariz para olerlo) y el apellido de Guhl seguía ahí sobre la mesa, humedeciéndose en la acuarela del Salto, frente a Jursich, que tocaba tambor sobre el dibujo. La fotógrafa tenía ojos solamente para Quiroz, pero de un momento a otro pareció ver a Jacobo, que no le había quitado la mirada de encima, cuerpo arriba y cuerpo abajo, caminante de cumbres y hondonadas. Camila se quedó apuntándole un instante con la cámara y le dijo:

—A ver, míreme, que le voy a tomar una foto a usted también. ¿Usted cómo se llama?

—Juan Jacobo. Pero ¿para qué me va a tomar fotos a mí?

—Foto. Una sola. Usted es el dueño oficial de todo esto, ¿no? Eso me dijo el señor. Es para el archivo. Nunca se sabe. Quién quita que alguna vez esto se vuelva un negocio importante, o un antro de terroristas, o una célula del Jamás, y eso lo arrastre a usted al abismo. Hasta el que menos se piensa, de un día para otro, puede volverse digno de publicación. O pasar otra cosa. ¿Qué tal que algún día usted llegue a matar a alguien?

—Ah, gracias, aunque sinceramente creo que usted no tiene el más remoto sentido de la intuición —dijo Jacobo. Y miró fijamente al objetivo con sus ojos felinos, para la foto de sucesos.

—¿Juan qué? Lo tengo que apuntar en el archivo.

—Tenorio.

—No. En serio.

—Juan XXIII.

—¿Y no será más bien Juan Sinmiedo? Bueno, pues se va a quedar sin apellido. A ver, Quiroz, por favor, mire otra vez para acá. Así, así.

Cuando terminó de disparar y sacó de la cámara la tarjeta agotada de memoria, Camila pareció relajarse, y en vez de abandonar la librería, como todo en su actitud hacía calcular, guardó la cámara en una bolsa, suspiró hondo, se sentó al lado de Jacobo y le pidió que le diera un vinito, que después del deber ya sí se lo aceptaba, con una voz que parecía doblegada de repente. Lince le sirvió hasta el borde la copa que le tenía reservada, y el rojo sobre el rojo vibró bajo los bombillos. Camila acercó la boca a la oreja de Jacobo, como para no interrumpir a los otros mientras oían a Quiroz, pero en realidad con cierta impudicia descarada, y se puso a decirle algo, en voz muy baja, con un aliento tibio, cosquilloso, y la puntica roja de la lengua asomada entre los dientes blancos y los labios carnosos. Ahora era ella la que había desplegado torres y peones, y también atacaba. Mientras le hablaba, Jacobo no la oía sino que la olía. O no es que la oliera, sino que ella olía, no había manera de no olerla porque olía mucho, a un perfume penetrante y oscuro, que Jacobo no sabía en ese momento si le gustaba o no, pero que fue un perfume que después le gustó y llegó a teñirse para él de un aroma violento. Jacobo la olía, la olía, y ella hablaba:

—No era para ofrecerla en el periódico, su foto, sino para mí. Usted tiene una cara rarísima, incongruente, más de espía que de asesino. Una cara que, cuando la imprima, la voy a descifrar. Además, se le ve rarísima esa cruz en la frente; no le cuadra.

—¿Yo?

—Ajá, usted.

El dulce ateo se acordó del impulso que había tenido un rato antes, de ponerse la cruz en la catedral. Su mano también estaba manchada de ceniza. Se pasó varias veces la manga por la cara, hasta que calculó que la huella negra se había trasladado al puño de la camisa, antes blanquísimo.

—Y usted también tiene algo raro. El olor —le dijo Jacobo, como para vengarse.

—¿Olor a qué?

—No sé, más a Mata Hari que a fotógrafa; usted sabrá. Pero creo que lo que huele es el perfume y no usted.

—Ah, sí. Possession, se llama.

—Me parece un buen nombre para ese perfume. ¿Lo usa siempre?

—No, hoy.

—Pues tuve buena suerte.

—O mala. Nunca se sabe.

—Usted siempre dice que nunca se sabe.

—Es que nunca se sabe.

—Si yo te invitara a comer, a salir por ahí, ahora mismo, después de terminar el vino, ¿saldrías? —Jacobo estaba bailando al son que le habían puesto. Había pasado al tú de repente, con brusquedad, pues ya el segundo vaso de vino le ayudaba a ser más directo con la desconocida.

—Nunca se sabe —dijo Camila, y se rio. De inmediato, como un resorte, se levantó para ir al baño, pero más que tener una urgencia parecía que no quisiera contestar la pregunta de Jacobo ni seguir el rumbo que había tomado la charla entre los dos, sino más bien enrocarse en el silencio, como arrepentida quizá del ritmo que ella misma le había impuesto a la conversación.

Cuando volvió del baño, Camila ignoró a Jacobo (pero cogió una rebanada de queso) y se metió en la charla de los otros sin ser invitada; se puso a preguntarle cosas a Quiroz, sin ton ni son. Que si le gustaban los perros o los gatos, que si prefería la carne o el pescado, que por qué nunca se había casado, que si se sabía algún soneto de memoria. Quiroz desechó con la mano las primeras dos preguntas; a la tercera dijo que todo bohemio que se respete debe vivir con su madre, o si mucho en un hotel, y a la cuarta empezó a recitar sonetos de Gerardo Diego y de Francisco Luis Bernárdez. «Tú por tu sueño y por el mar las naves», decía un endecasílabo, y también: «Tiene la forma justa de mi vida, y la medida de mi pensamiento».

Como a las ocho de la noche Camila se levantó y dijo que se iba. Jacobo hizo lo mismo, como un espejo, y dijo que la acompañaba. Jursich le entregó a la muchacha el libro sobre Angosta, que ya iba a olvidar. Iba a pagarlo, pero Jacobo dijo que se lo apuntaran a él. Quiroz levantó las cejas, sorprendido de que Jacobo se fuera tan pronto esa noche, aunque enseguida comprendió el motivo, o lo vio, sin tenerlo que pensar; iba a comentar algo, a decir una maldad, a hacerle una advertencia a Camila («cuidado con la red de un solterón»), pero tuvo que volver a mirar a un muchacho que se lo tomaba todo muy en serio y le hacía preguntas de mala entrevista radial:

—¿Usted cree en el compromiso social del escritor? ¿Es necesario que el intelectual se pronuncie sobre la situación de Angosta? ¿Qué opina de los terroristas de Jamás y de la política de Apartamiento?

—Suerte con el interrogatorio —le dijo Jacobo, mientras veía que Quiroz bostezaba sin ganas y decía «yo qué voy a saber», para evitar caer en esa trampa, en el campo minado de las preguntas políticas.

Salieron caminando por la Avenida José Antonio Galán, que es una cuchillada que parte en dos el corazón del viejo Prado, convertido en Barriotriste precisamente a causa del tajo que esa avenida le propinó. Seguía cayendo una llovizna modesta y menuda, y los relámpagos iluminaban el borde de las montañas a lo lejos. A pesar de la lluvia, resguardados bajo plásticos, había vendedores ambulantes (de frutas, de cigarrillos, de marihuana); también montones de mendigos que chorreaban agua, mutilados tendidos en el suelo que señalaban con los muñones el gorro de la limosna, tipos sanos con facha de atracadores y atracadores con facha de personas decentes.

Había, sobre todo, mucha gente que caminaba rápido a causa de la lluvia y de la hora, tibios de traje oficinesco, calentanos molidos por el trajín físico de todo un día, todos con el mismo afán de llegar pronto a casa. Mucho humo, mucho ruido, muchos gritos, muchos buses, muchos taxis, pocos carros particulares. Camila caminaba rápido, dando unas zancadas inmensas, y Jacobo a duras penas la podía seguir, sin poder ofrecerle siquiera el abrigo de su paraguas. Como era más alta que él, a pesar de los zapatos bajos, se sentía doblemente doblegado, arrastrado. Ella no se dignaba ni siquiera mirarlo y tampoco le decía ni una palabra. Jacobo no sabía si estaba molesta y tampoco sabía si despedirse, o simplemente aflojar el paso y dejarla que se perdiera entre la multitud, con sus zancadas gigantescas y sus horribles zapatos rojiblancos que rayaban la acera como hojas de cuchillos al salir de una herida. Lince tenía que caminar mucho más rápido de lo normal para no perderla de vista. No entendía por qué estaba haciendo esto, el perro rijoso que persigue sin razón, por el puro olor, las feromonas de una hembra de la que ni siquiera sabía si estaba o no en celo, como tampoco sabía si esto podía tener algún sentido en un mundo que intentaba estar regido ya no por el instinto, sino por la cultura y las convenciones sociales, por complicados rituales de cortejo y conquista. Era evidente, cada vez más evidente, que la muchacha con su estela de perfume posesivo caminaba hacia el metro. Entraron a la estación Teatro Ópera, Jacobo siempre pisándole los talones. Pasaron los torniquetes y ella subió al andén con dirección al sur. En el vagón había un solo puesto y el librero la invitó a sentarse con un gesto de la mano que ocultaba sus pensamientos, o más bien sus instintos, más de primate que de hombre galante. Vio el pelo mojado de Camila, el partido blanco, recto, por la mitad, y su rostro salpicado de goticas de lluvia. Hizo otro gesto cortés: le entregó un pañuelo, porque en los humanos la atracción inmediata se disfraza de detalles corteses. Ella le agradeció y se secó la cara con el pañuelo blanco de algodón.

CUADERNO DE ANDRÉS ZULETA

Miércoles. Ese señor al que desde hace veinticinco años me acostumbré a llamar papá*, enorme y gordo como un hipopótamo, estaba sentado frente al televisor, como siempre, leyendo las páginas rosadas de la *Gaceta Deportiva*. Su gran cara de cerdo albino estaba iluminada por los chorros multicolores y el sonido perpetuo de la televisión, casi siempre en irreales realities, en telenovelas o en programas de concurso. No la apagan nunca, ni de día ni de noche, ni siquiera cuando salen y la casa se queda sola. Cuando llegué a la sala mi papá estaba protestando entre dientes contra el árbitro («calentano malparido»), pues por su culpa el Independiente de Angosta había vuelto a perder con Millonarios. Le habían anulado un gol legítimo y habían expulsado al Boleta, el mejor jugador, me dijo sin mirarme, o se lo dijo al aire, o a la televisión, porque sabe que a mí el fútbol me tiene sin cuidado.

Le lancé las dos noticias en la cara, rápido, una tras otra, como balas: «Conseguí trabajo en Paradiso. Me voy de la casa». Mi papá me miró con una sonrisa irónica, como diciendo «ah, sí, trabajo; ah, sí, te vas», pero sin decir nada, haciéndome una radiografía con los ojos, midiéndome desde los zapatos hasta el pelo, con la comisura de los labios doblada hacia la izquierda, con la mirada amarilla de búho que desde niño me ha hecho temblar. Puso el periódico rosado en el suelo. «Ya te veremos volver con la cola entre las patas». Eso fue lo que dijo mientras yo le daba la espalda y me iba al cuarto a poner toda mi ropa en una maleta y los libros en un par de cajas. Cuando estaba

---

*   César Zuleta. Contador jubilado de una de las fábricas de telas más antiguas de Angosta, Tejidos Finos. Hombre promedio, que vota por el Partido Conservador pero que ha reemplazado la pasión política por el fanatismo deportivo. Toda su cultura proviene de la televisión y su mayor orgullo es su hijo mayor, el capitán Augusto Zuleta, del cuerpo de infantería del Ejército.

empacando entró mi mamá*, las manos en jarras, la sonrisa irónica copiada de mi padre, aunque para el lado derecho: «Dice César que te vas. ¿Y para dónde, si se puede saber? Espero que no termines en un tugurio de Tierra Caliente, amancebado con alguno de tus amigos maricones».

Le dije que iba a trabajar en una oficina, en Tierra Fría, y que por un tiempo viviría en una pensión por Barriotriste. No quise decirle el nombre del hotel ni responder al insulto. Solo le dije, como soltando un nudo en la garganta, un taco atragantado detrás del esternón: «Nunca me ha gustado vivir aquí. No he sido feliz ni un solo día de mi vida aquí. No digo que haya sido culpa de ustedes, a lo mejor fue mía. No encajamos, parezco hijo de otras personas que no conozco; no tuyo, ni de él. Tampoco soy hermano de mi hermano». La voz casi no me salía, no por la conmoción, sino por el miedo que tenía de decir la verdad. Las manos me temblaban.

Cuando salí creo que respiré con libertad por primera vez en varios años. Era una sensación casi olvidada, como de último día de colegio, o como esas primeras tardes en que me fui a vivir en la casa de la abuela y nadie me criticaba, podía salir sin que me hicieran un cuestionario, y tenía cien pesos en el bolsillo. Ya había anochecido. La llovizna me caía sobre la cara, como limpiándome. Veinticinco años de cárcel, de mentiras para poder sobrevivir, eso sentía que estaba dejando a mis espaldas; dos decenios y medio de humillaciones, un cuarto de siglo de órdenes y burlas. ¿La ingratitud de los hijos? No. Todo en mi casa fue siempre para Augusto, mi hermano mayor, mi modelo a imitar, el hijo perfecto. Es capitán del Ejército, es un soldado de la patria, es un jefe nato, un líder congénito: la

---

* Berenice de Zuleta. Ama de casa, piadosa, sin mucha personalidad. También ella quiere más a su hijo mayor, pero, a su pesar, no ha dejado de sufrir por el pequeño poeta. Lo que más teme en la vida es que su hijo menor sea homosexual. «Eso sí sería lo peor que nos podría pasar», dice y se dice sin sosiego.

ausencia de dudas, las convicciones profundas sobre el orden, la disciplina, la estabilidad y la novia rubia de uñas rojas, vestido sastre, medias de nailon y tacones medianos.

La maleta con toda mi ropa no me pesaba cuando la metí al taxi; las dos cajas de libros eran lo único que en los últimos diez años me había permitido vivir allí, en ese ambiente de goles, tácticas deportivas y estrategias militares, condecoraciones, medallas, banderolas, charreteras, operativos antiterroristas. Todo lo que yo hacía les resultaba ridículo. Mi interés por la cocina, mis juegos de palabras, mis amigos, mi falta de novia, mi supuesta haraganería, un suicidio moral, una demostración más de mi falta de disciplina y de carácter, de mi rebeldía idiota, así decían, de mi manera enfermiza de confundir libertad con libertinaje, creatividad con pereza, simplemente porque nunca quise entrar en la universidad, como él quería, o en el Ejército, como mi hermano mayor.

Cada día el chantaje de un plato y una cama a cambio de obediencia; cada semana la burla por mis papeles emborronados y mi gran pereza. Una noche, al final de la comida, mi padre nos mira solemne y dice: «No se levanten, les quiero leer algo que encontré». Y saca del bolsillo unos papeles arrugados, los borradores de mis últimos poemas, y los empieza a leer poniendo voz aflautada, de marica, algo que yo había escrito con dolor, y que él trataba de destrozar con risa: «Todo está preparado: la maleta, las camisas, los mapas, la esperanza. Me estoy quitando el polvo de los párpados. Me he puesto en la solapa la rosa de los vientos», y mientras lee se ríe, muestra los dientes sucios de remolacha y se ríe, se ríe («la rosa de los vientos, ja, la rosa de los vientos, qué rosa será esa, ja»). Luego sigue leyendo, en falsete: «Todo está a punto: el mar, el aire, el atlas. Solo me falta el cuándo, el adónde, un cuaderno de bitácora, cartas de marear, vientos propicios, valor y alguien que sepa quererme como no me quiero yo». Vuelve a reírse, y comenta: «Es cierto, es cierto, solo te falta el cuándo y el adónde. Porque adónde se podrá ir un pendejo como este, mírenlo, mírenlo no más», y miran el gesto de dolor y rabia que debo estar haciendo, y el capitán se ríe también, el capitán que ayuda a echar cuerpos al río para que nadie los registre ni aparezcan en las estadísticas de homicidios (que estropean la imagen de la patria), y mi mamá se lleva una mano a la boca para taparse el agujero negro que se le abre en convulsiones de risa. Cuando intento levantarme, el capitán me agarra por la manga: «Quédate, cobarde, o no tienes valor para oír tu propia ridiculez, maricón». Entonces mi padre toma otro papel mío, y lee con voz de soprano, de loca: «Invéntate una trama de callejas sosegadas donde la policía no utilice más armas que una escoba». Y aquí mi hermano gritaba «sí, claro, con escobas vamos a barrer a esos hijueputas terroristas». Y entre risas seguía leyendo en falsete mi papá: «Condúceme a ese sitio, ese lugar donde sepa la muerte que no puede quebrarnos la alegría y que por muchas víctimas que se cobre siempre habrá alguien que en nuestro nombre esté venciéndola». Al fin mi hermano me soltó el brazo. El señor que leía me entregó los papeles salpicados con su saliva sucia, untada todavía de su mal aliento. Me pude ir al refugio de mi cuarto. Eso, varias veces, hasta que empecé a escribir mis poemas en un alfabeto secreto para que al menos ellos no me los leyeran.

El señor Rey (le interrumpí su cena, pero no pareció molestarse) oyó mi presupuesto. «Bueno, creo que no puede aspirar a nada más que un cuarto en el gallinero; quizá pueda bajarse algunos pisos cuando le empiecen a pagar el sueldo. Tiene suerte, ahora hay dos habitaciones libres, y eso es raro, porque las del último piso son las más baratas y las primeras que se arriendan. Solo le recomiendo una cosa: sea amable con Carlota, la encargada del noveno, y no se atrase en los pagos, que ella es drástica con eso; mejor dicho, implacable». Me fui a ver el cuarto. El ascensor, de madera, lento, traqueteante, con un ascensorista negro que no se dignó mirarme, con un espejo de cuerpo entero que en cambio me miró todo el trayecto, solo sube hasta el octavo, y hay que hacer a pie el último tramo de las escaleras. En el gallinero, el hotel cambia de olor (el señor Rey no quiso acompañarme, «yo por allá no subo, joven, lo lamento», dijo, y volvió a su ración de fideos solitarios), se vuelve una mezcolanza de ajos y chorizos fritos, rancios ya, un vaho de fritanga, tabaco negro, orina fermentada y cuerpos sudorosos, con las hormonas en franca decadencia. La señora Carlota es una masa de grasa y una mueca en la cara que no alcanza a ser desprecio ni sonrisa. Me abrió de mala gana el cuarto, con su llave maestra. Una cama con colchón de crin de caballo, una mesa con un taburete de pino crudo pintado con brea y gasolina, un tragaluz en el techo, sucio de musgo y polvo y hojas viejas, que sirve de iluminación, baldosas de granito en el suelo, manchadas de años y de mugre, un pequeño armario empotrado con olor a humedad, un grifo de agua fría que gotea sobre una poceta de peltre abollada (blanca con lunares negros: parece un perro dálmata) y un enchufe con los alambres al aire para una parrilla eléctrica. «Puede traer algunas cositas, para completar, pero no le aconsejo que llene mucho el cuarto porque se va a sentir más estrecho, asfixiado; se lo digo por experiencia», aconsejó doña Carlota con su voz ronca y gangosa de tabaquista irredimible. Era un pésimo cuarto, más pequeño que el mío en la casa, en un piso hediondo, pero yo me sentía libre y contento. Es mi buhardilla en París, pensé. Pagué, con los pocos ahorros que me quedaban de los tiempos de la abuela, dos meses anticipados (doña Carlota al fin sonrió de verdad, porque tal vez no confiaba en mi pecunia, y seguro le dan un porcentaje) y bajé a caminar bajo la lluvia, feliz de mojarme, como si el agua estuviera bautizando mi libertad. Respiraba a mis anchas y por dentro me repetía un ritornelo, al fin, al fin, al fin. Solo una nube negra, lejana, en el horizonte: si llegaba a perder mi puesto en la fundación, o si me negaban el salvoconducto para F, me tocaría volver a la casa, con-la-cola-entre-las-patas. No. Quemaría las naves, me hundiría en Tierra Caliente, en el tugurio vaticinado por mi madre, cualquier cosa, pero a la casa no regresaría nunca más, ni a deshacer los pasos.

Herido. Anoche volví al hotel casi a la medianoche, pero no podía dormir, tal vez por la excitación de tantas cosas que me han pasado en tan poco tiempo. Escribí un rato en el cuaderno y seguía sin sueño. Era muy tarde, pero decidí salir de nuevo, porque ahora no tengo que rendirle cuentas a nadie y quise aprovechar esta nueva sensación de que nada me amarra. Salí a la calle y estaba soplando un aire para mí desconocido, helado, como si viniera de los páramos del sur, en donde nace el Turbio, más allá de Cielorroto. No tenía chaqueta y el viento me calaba los huesos, mecía los inmundos charcos de las calles y enloquecía las hojas de los árboles. Después de dos o tres truenos que iluminaron todas las calles de Barriotriste, empezó a caer con un ruido feroz un granizo peligroso, cada uno del tamaño de una uchuva. Me protegí bajo un alero temiendo que las gotas de hielo me descalabraran.

Vi las turbas de mendigos buscando refugio en los portales, pegados a las paredes, como yo, mal envueltos en trapos, páginas de periódico y cajas desarmadas de cartón. Algunos estaban acostados en los andenes e intentaban dormir, tiritando, interrumpiendo de vez en cuando el duermevela y el temblor para beberse un trago de alcohol industrial que los ayudara a llegar al otro día. A algunos —si tienen un peso viejo para sobornar a los guardianes— los dejan dormir en los corredores subterráneos del metro, con tal de que salgan antes de las cuatro y media, pues a esa hora llegan las brigadas de limpieza, cientos de tercerones parcos, cejijuntos, de mirada hosca y disciplina aprendida, que los van arriando fuera del establo, y los mendigos salen humeantes, malgeniados, envueltos en su propio coro de blasfemias lejanas, por las bocas oscuras del metro, como bocas del infierno.

Yo he visto todo esto en una sola noche de salida, de euforia y de desvelo. Cuando amainó la granizada, la lluvia arreció, y yo volví al hotel, pero no me di por vencido ni me acosté a dormir, pues quería estar afuera celebrando mi libertad hasta la madrugada. Saqué de la maleta la vieja gabardina negra de mi abuelo. Quizá pareciera un maniático con ella, o un detective de película vieja, pero no me importaba y salí por tercera vez a trajinar las aceras batidas por el agua y los remolinos de aire paramuno. El granizo se había vuelto agua fría y viento helado.

Entré en los cafés para que la lluvia no me acabara de calar, y pedí un café con leche en el primero, un café largo en el segundo, un café negro en el tercero, un café como quieras en el cuarto, hasta ver chispas en los ojos y sentir en carne viva la garganta, y un temblor digno de Parkinson en las dos manos. Me hubiera gustado también un carajillo, pero lo que me queda de mi abuela son unos pocos pesos, y quería llegar hasta el final de la noche con los ojos abiertos. No me emborraché; miraba los borrachos y observé lo que siempre sucede en las cantinas: las hembras en grupo y los hombres a solas en mesas desoladas. Los solitarios miran hacia el vacío o hacia adentro, hacia sus propios huesos, y las mujeres conversan. A veces, muy pocas veces, alguna pareja de jóvenes, jóvenes como yo, hombre y mujer, con la inocente ilusión del amor duradero en la mirada. Cambié de cantina muchas veces; luego estuve en el diminuto barrio islámico, apenas dos manzanas en los bordes de la Tierra Templada, para reconfortarme con un último café fuerte, hervido y con cardamomo. Ahí los hombres solos se hacen compañía entre ellos, tomando té de menta y fumando tabaco perfumado o, cuando están más contentos, hachís norteafricano en aparatosos narguiles burbujeantes. No hay mujeres en las inmediaciones de los cafés árabes, ni una, ni jóvenes ni viejas. Más lejos, en la calle de los tercerones ascendidos, hay estruendo de música bailable, siempre, todos los días, como si para ellos todos los días fueran de fiesta. Se oye un tambor de fondo, perpetuo y rítmico como el corazón, y muchachas que agitan las tetas operadas, hombres morenos y gordos, opulentos, que intentan bailar pero que con el borde del ojo atisban al cliente de la cocaína, del crack, de las granadas o de los fusiles. Al fin amaneció y yo caminé hacia el hotel, entre el trotecito resignado de putas ojerosas todavía con ánimos para hacerme señas con las cejas, mientras el aire se convertía en niebla, en humo, en humedad. Empezaban a pasar los primeros buses, a toda velocidad, envueltos en el vaho negro de su

70

aliento. El sol no se veía pero ahí debía estar, sólido, omnipresente, porque los pisos bajos de los edificios adquirían sus contornos y el aire se empezaba a calentar. Después de una noche rara, el clima del Sektor T volvía a ser el de siempre, tibio, repetitivo, idéntico a sí mismo.

Casi llegando al hotel vi un bulto oscuro sobre la acera. Pensé que era un mendigo borracho, un desechable, como les dicen acá, de esos que se llevan antes de muertos para darles un golpe de gracia y estudiar anatomía con sus cuerpos en la Facultad de Medicina. «Hey», me llamó, cuando yo empezaba a sacarle el cuerpo. Tenía la cara ensangrentada y sucia, olía a una mezcla de orina, sangre y mierda. «Qué pasa», le dije. «Ayúdeme a levantar, por favor, yo vivo en La Comedia», me dijo. Yo me incliné a levantarlo y le creí, porque su olor era el mismo del gallinero.

Al fin ahí, con el metro en movimiento, con el pañuelo en la mano y con los ojos vueltos hacia arriba, Camila se dignó mirarlo otra vez y dirigirle la palabra.

—¿Por qué se vino detrás de mí?

—Porque nunca se sabe.

—¿Y para dónde vamos?

—Yo voy detrás de usted, hasta donde se pueda. No fue fácil seguirla; estuve a punto de dejarla ir.

—¿Quiere que nos bajemos en Pandequeso y vayamos a bailar?

—Sí quiero, aunque no sé bailar.

—¿Ni siquiera boleros?

—Boleros sí, cualquiera baila boleros.

—Entonces solo bailamos boleros —dijo ella.

—Entonces solo bailamos boleros —hizo eco el librero.

Siguieron una o dos estaciones en silencio. Después se desocupó un puesto, Jacobo se sentó al lado de la fotógrafa y acercó la boca a la oreja:

—Si no me hubieras dicho lo de la cara de espía, yo no me habría atrevido a caminar contigo, detrás de ti. Tenía que saber algo más. Si soy espía más me vale espiarte.

—Y yo te dije lo de la cara a ver si te atrevías a caminar detrás de mí. Soy agresiva con los que me gustan. Tómelo, tómalo como una buena señal. Pero cuando pasó lo que yo quería que pasara, me puse tensa. ¿Tú qué haces, te pasas el día hablando en esa librería con semejantes borrachos?

—Ahora voy menos, porque ellos me ayudan, los borrachos. Y ojo, que los borrachos son amigos míos, además de ser mi salvación. No quiero a mucha gente, en general. También trabajo como profesor de Inglés, en Paradiso; tengo una alumna rica*, bonita. A veces hago traducciones. Y escribo uno que otro artículo, de vez en cuando, para *El Heraldo* o para *El Globo*, cuando me lo piden, o aunque no me lo pidan. No pagan mucho, pero sirve. Tú haces fotos para *El Globo*, ¿o entendí mal?

—Hago ahí las prácticas de la carrera, y a veces me las compran, pero todavía no soy de planta, porque no he terminado la universidad. Estoy en el último año de Periodismo, en la Pontificia. Conozco tus artículos: hay una profesora que nos los pone como ejemplo y nos los hace leer. Son entretenidos, dan risa, pero no muy profundos, dice la profesora. En todo caso mi tesis no va a ser sobre fotografía, voy a hacerla sobre otra cosa. Quiero ver cómo cubrieron los periódicos el momento en que se decidió dividir a Angosta por sektores. Para eso es el libro.

—¿Estudias en la Pontificia? ¿La de solo mujeres que queda en Tierra Fría? ¿Y allá les gusta que hagan tesis políticas?

---

* Beatriz Encarnación Potrero, la belleza encarnada. Exploradora y heredera, como Diana Palmer. Hija de un senador. De ambos se hablará más adelante.

—Más o menos. En todo caso yo no soy de allá, soy tibia y vivo por el estadio, en T. La carrera me la paga mi novio*, y él mismo me consiguió el salvoconducto para estudiar arriba.

—Entonces el novio sí es rico.

—Es un don rico y viejo y casado. Tiene más de cuarenta años, casi cincuenta. Y nunca podemos salir los viernes porque está con la familia. Es el dueño de Apuestas y Chances Nutibara. ¿Lo conoces?

—A él no, pero todo el mundo conoce Apuestas y Chances Nutibara. Yo todos los martes le juego al 739, por ayudarle a un lotero que vive en el hotel, el Estropeadito, que dizque soñó un día que yo me iba a ganar un premio gordo con ese número. No le creo, claro, pero según el Estropeadito cada vez es más probable que me gane el premio, y yo le sigo la corriente, digan lo que digan los estadísticos. Tu novio es mafioso, entonces, un tercerón ascendido.

—Yo no diría que mafioso. Y si fue calentano, ya nadie se acuerda de eso. Está metido en ese negocio, el de las apuestas, que es un negocio duro, porque nada se puede dejar al azar, o al menos eso dice él, serísimo. Pero yo no me meto con lo que él hace. Más que un novio es un amigo, un apoyo: me paga también el apartamento por el estadio.

—¿Y te deja salir los viernes con desconocidos?

* Emilio Castaño, mejor conocido en el bajo mundo de Angosta como el Señor de las Apuestas. Tiene 48 años y mide 1,63. Gran trabajador, vigoroso, violento como pocos. Su negocio de apuestas, obviamente, es la perfecta pantalla para lavar los dólares de su verdadero oficio: el narcotráfico. Casado en Paradiso, se aburre profundamente en Tierra Fría, pues pertenece a un mundo en todos los sentidos más caliente. Tiene una sexualidad difícil, pues casi nada lo excita. Le gusta Camila por ser mucho más joven y mucho más grande que él, y tiene la fantasía de dominarla a su antojo. Oculta muy bien un secreto, que lo hace sufrir a él y reír a su mantenida: un pene pequeñito, de impúber.

—Digamos que sí. Al menos si digo que salgo a hacer fotos para el periódico. Dejo el celular prendido, por si me llama. Tranquilo.

—Y si te llama, ¿qué le dices? ¿Que estás con un amigo?

—No, le digo que estoy trabajando. Tranquilo.

—No estoy intranquilo. Además, no estamos haciendo nada. Solo vamos en el metro. Ni siquiera hemos empezado a bailar.

Llegaron a la estación Pandequeso y se bajaron. No hacía un tiempo como para estar afuera y se veía poca gente. Alrededor de Pandequeso hay muchos locales donde se puede bailar. Salsa, vallenatos, porros, trance, música americana, house, lo que sea. Y boleros también, de vez en cuando, en algunos locales anticuados. Se metieron en un sitio que se llama Lengua de Trapo. Fuera de unos pocos borrachos y dos o tres parejas que se resguardaban de la lluvia, el sitio estaba casi vacío. Pidieron media botella de ron y Coca-Colas. Al rato pidieron también un plato de empanadas con ají y limón. Conversaban, y cada vez que ponían un bolero, se levantaban a bailar. Mientras bailaban Jacobo acercaba la nariz al cuello de Camila, y la olía, la olía largamente, olía la posesión. Al bailar se dio cuenta de que no era más alta que él. De lejos parecía más alta, pero al acercarse vio que eran de la misma estatura, uno setenta y cinco. Eso le dijo ella, por lo menos:

—Tenemos la misma medida, como el poema que recitó Quiroz.

—¡Ojalá! —contestó Jacobo.

Sentados a la mesa apenas si se rozaban las rodillas, pero cuando se volvían a levantar a bailar (ya se habían tomado dos o tres rones), ahí mismo que los cuerpos se acercaban, Jacobo le olía el cuello y Camila le hablaba al oído. Después de unos pocos compases, mientras bailaba, con el aliento tibio de las palabras recorriéndole las espirales de la oreja, Jacobo sintió contra la bragueta una erección durísima, casi dolorosa. Ella juntaba el cuerpo contra el suyo, un abrazo apretado, una almohada firme y cálida, envolvente. Él percibía las colinas simétricas y grandes, muy firmes, de los senos, y más abajo sentía que el monte de Venus de Camila hacía presión contra su pubis. Ella tenía que sentir la dureza que había detrás de los pantalones. Era un abrazo, ese baile, con movimientos parecidos a los del amor. Ella parecía necesitar ese abrazo. Y se apretaba contra él, aumentaba el ritmo de la respiración, se le salía por cada poro la sed de posesión. Al irse a sentar, a Jacobo le costaba trabajo caminar, y si alguien lo hubiera mirado a la mitad del cuerpo, le habría notado el bulto. Mientras estaban sentados, por suerte, la erección bajaba un poco y el deseo le daba una tregua. Como la música estaba muy alta y ponían boleros solo de vez en cuando, tenían que hablar casi a los gritos. Así era casi imposible decirse cualquier cosa, pero no es imposible conocer a alguien con solo monosílabos, con síes y noes, talveces y quiénsabes después de las preguntas. También ayudan los hombros que se levantan, las sonrisas, los gestos de la boca y de los ojos, el movimiento horizontal o vertical de la cabeza. Iban a salir, ella dijo que no se podía arriesgar hasta muy tarde porque el mafioso podía buscarla en el apartamento, pero vieron que afuera arreciaba una tormenta, con granizo. Se quedaron y pidieron otra media botella de ron, rodajas de limón, más Coca-Colas y más hielo. Camila prefirió apagar el celular porque a esa hora nadie está trabajando.

—En todo caso no creo que me llame ya, a estas alturas.

Siguieron otros bailes y otras durezas casi dolorosas en la mitad del cuerpo. Mientras bailaban podían acercar la boca al oído, el oído a la boca, y supieron más cosas de los dos. Ella supo que él vivía solo en un hotel, que era separado y tenía una hija en Paradiso, Sofía, de nueve años. Supo que no quería dedicarle todo su tiempo a la librería y que hacía esos otros trabajos ocasionales para amenizar la vida y completar la plata del mes.

Camila le preguntó cómo había hecho para conseguir el salvoconducto para pasar a Tierra Fría y dar sus clases. Jacobo le mintió con un silencio y luego con una frase confusa, nebulosa, sobre un funcionario amigo. No le gustaba mencionar la verdadera razón (de eso no hablaba nunca), su cuenta secreta, el golpe de suerte que lo había convertido en don sin querer y que podría sacarlo del Sektor T, si quisiera, para siempre, aunque siguiera viviendo allí por elección, por rabia, por costumbre. Tampoco quiso hablarle mucho de su exesposa y de su hija pequeña en Tierra Fría; solo las mencionó, aunque Camila intentaba saber más. Jacobo cambió de tema, trató de hablar de ella. Así supo que Camila se había peleado con los padres, segundones con dignidad, por el tipo de Apuestas Nutibara, un malevo que mantenía a su hija pero la rebajaba a la categoría de querida, que era una forma elegante de decir mantenida, moza, concubina, puta, barragana, según ellos. Camila le contó que le gustaría ser fotógrafa profesional y que tenía dos hermanas a las que poco veía. Al apartamento que el novio viejo le pagaba por el estadio no podía llevar a nadie, ni siquiera a sus hermanas, y vivía muy sola. El tipo la visitaba una o dos veces a la semana, y casi sin preámbulos la desnudaba como quien saca del armario una muñeca inflable, dijo Camila, «e intenta hincharme por una única válvula, con un inflador diminuto», añadió, tratando de darle una máscara de humor al asco y al resentimiento.

Supieron también que habían nacido el mismo mes, pero él quince años antes; que a él le gustaba la comida china y a ella los caballos; que a él le gustaban los libros y a ella la televisión. Era una muchacha simple, que sufría, que tenía un cuerpo hermoso (de esos que los mafiosos adoran ocupar, penetrar y mostrar), y a la que no le iba a servir de nada el libro del geógrafo Guhl, pues lo único que pretendía era graduarse cuanto antes haciendo una tesis intrascendente, sin pensarla, copiada de otros libros, nada más. Eso estaba permitido, o mejor, era la norma en todas las universidades de Angosta, arriba y abajo.

Por la «ley zanahoria» (una medida del último alcalde, que intentaba morigerar los horarios de los bares y cantinas para evitar más muertos y rebajar el índice de alcoholismo local, uno de los más altos del mundo), Lengua de Trapo cerraba a las dos de la mañana. Jacobo pagó la cuenta, dejó una propina excesiva, y salieron a la calle. Estaban muy prendidos y caminaban hombro contra hombro, despacio, para despejarse la cabeza con el aire helado de la noche y con las gotas de llovizna en la cara. A Camila le dio frío y Jacobo le prestó su chaqueta azul, una chaqueta simple, vieja, impermeable, con el cuello rojo. A ella le quedaba bien, como a la medida, y más tarde, al devolvérsela, durante semanas quedaría impregnada con el recuerdo de la posesión.

Sin la música podían hablar en un tono de voz normal, y se oía la risa retumbar en las cortinas metálicas que a esa hora iban cayendo como guillotinas en los portales de los bailaderos. Cuando dos se conocen y se gustan, la risa sustituye a cada momento las palabras; los besos ocupan el espacio de la risa y las miradas acarician. A las dos ya no pasa el metro y solo quedan algunos bares y bebederos clandestinos (*after parties*, les dicen), así que cogieron un taxi amarillo y se subieron atrás. Mientras el taxi los llevaba hacia el estadio (Jacobo se ofreció a acompañarla hasta el apartamento) se besaron. Camila es de las que saben dar besos. Jacobo también. Ella entreabría los labios, sin desgonzar la boca, acariciando los de él un momento. Ambos se daban tiempo para reconocerse antes de que las lenguas se buscaran, salieran de su cárcel para explorar la otra celda. Primero jugueteaban afuera, en el borde, y luego más adentro, conociendo el cielo del paladar, el borde afilado de los dientes, luego otra vez afuera, de paseo por encías y de nuevo a los labios, con la humedad perfecta y la presión perfecta y una violencia tan tenue que se volvía tierna. La erección de Jacobo era insoportable, y ella apoyó ahí la mano, con una leve presión y un movimiento suave, de bolero. Camila no metió la mano por dentro de los pantalones, pero le acarició la espalda y le gustó esa piel, lisa, muy suave, de bebé. Él sí metió la mano debajo de la blusa, debajo del sostén, y acarició esos senos que había estado escalando mentalmente desde por la tarde. Eran de una firmeza increíble, y ante el roce de su mano, las cimas ganaron aún más altura y dureza y consistencia. Sin darse cuenta del tiempo, un rato después, después también de luces, curvas,

semáforos en amarillo intermitente, sirenas a lo lejos, limpia-
parabrisas rítmicos, miradas curiosas desde las aceras, el taxista
les avisó, con tos y con palabras —ellos seguían sumergidos en
una oscuridad de manos y de lenguas—, que habían llegado.
Jacobo le preguntó si no podía tomarse un té en su casa, o un
último trago, pero ella dijo que era imposible: vigilaban sus
pasos y visitas. Le preguntó si no quería caminar con él al otro
día, y otra vez ella le dijo, con tristeza, que era imposible. Le
preguntó si tal vez el domingo, y le dijo que el domingo quizá
sí, si algo pasaba, si el mafioso se iba a su finca de Tierra Caliente. Le apuntó el teléfono del hotel en un papelito. Escribió los
números con cifras muy claras y muy grandes, más el número
de su habitación, 2A. Para despejarse la cabeza, para bajarse la
tensión en la mitad del cuerpo, para correr el riesgo de que lo
atracaran, resolvió irse caminando hasta el centro.

La vio atravesar la puerta, le hizo un gesto de despedida
con la mano y empezó a caminar. Después de una o dos cuadras, la erección le dio una tregua a su cuerpo y el pensamiento
pudo seguir un rumbo más reflexivo. Como otras veces, pensó
que su vida estaba dominada por esa especie de radar que percibía o emitía señales en la mitad de su cuerpo. Esa antena er-
guida era la brújula que dirigía su vida, la manecilla, el índice
que le señalaba el camino, un camino no recto, o recto solo
porque seguía la dirección de una rectitud; no sabía cómo evitar o cómo sacarle el cuerpo a la aguja de esa brújula que lo
llevaba inútilmente, insaciablemente de cuerpo en cuerpo, sin
sosiego, sin descanso, sin vuelta atrás.

Un bache en la calle lo sacó del ensimismamiento. El pie
derecho se le hundió en un charco, se le dobló el tobillo y estuvo a punto de caerse. La torcedura, por suerte, no fue completa, ni le alcanzó a doler. Las aceras (aunque no las hay siempre
en el Sektor T) estaban mojadas, y el asfalto brillaba. Caían
gotas dispersas sobre la chaqueta, que ella le había devuelto en
el portal de su edificio. Se olió el cuello humedecido por la
lluvia y el olor a Possession hizo que su brújula sintiera de nuevo la atracción del Polo. Desechó la idea, molesta, de que otra

vez se estaba enredando con alguien a quien no quería, a quien solamente quería ver desnuda y nada más. Pero el ron y el recuerdo de Camila borraron la culpa y le dieron la sensación de ser invulnerable. Caminó más tranquilo, recordando el cuerpo de Camila, los pliegues de su piel, el tacto de sus senos entre sus dedos, el olor a posesión que quedaba en su pecho, en sus manos, y sobre todo en el cuello rojo de la chaqueta. En estos pensamientos, siguiendo la dirección ciega pero segura de su brújula, la larga caminada se le hizo corta. Cuando faltaba poco más de una cuadra para llegar al hotel un campero blindado, negro, grande, con las luces encendidas y los vidrios polarizados, se le acercó lentamente por delante. «Mala cosa», alcanzó a decirse Jacobo. Cuando llegó a su altura tres tipos* se bajaron como rayos del jeep y de inmediato lo encañonaron y lo agarraron de la camisa y de los brazos.

—¡Quieto, papá! No se me mueva ni un milímetro, papacito —dijo el más fornido.

—El cacique Nutibara le manda decir que nadie, oiga bien, que nadie puede salir con su novia. Ni aunque sea por motivos de trabajo —dijo otro.

El tercero también habló, con la misma muletilla inicial:

—El cacique Nutibara le manda decir que si vuelve a enterarse de que usted estuvo con Camila, así sea tomándose un tinto, entonces va a conocer el fondo del Salto, si no se muere del susto antes, en la caída.

El primero no volvió a hablar y le pegó en la cara el primer puñetazo. Los demás lo imitaron, con los puños y con las botas (botas texanas de vaqueros, alcanzó a ver Jacobo), hasta que cayó al suelo, doblado por el vientre, para intentar protegerse

---

* El nombre de dos de estos no tiene mayor importancia; el tercero, el jefe, se llama Jesús Macías y es un mayor retirado del Ejército, acostumbrado a la violencia y a la tortura. Los otros dos son muchachos reclutados en C, y aunque están entrenados para matar, no le llegan a los tobillos a su jefe, que es un enfermo mental.

de los golpes. Sintió sabor de sangre y de pantano en la boca, sintió que se le vaciaba la vejiga, que los esfínteres se relajaban. Sensación de polvo mojado y de ceniza contra la nariz. Una patada con toda la fuerza en los testículos le hizo perder momentáneamente el sentido. Ya los otros golpes le llegaban como aturdidos por la confusión mental. Oyó una frase más:

—No le des más, Chucho, no le des más, que el mancito este tampoco se comió a la moza del jefe. Vámonos.

Jacobo quedó hundido en un sopor doloroso, con la respiración entrecortada. Un tiempo después, imposible saber cuánto, la luz del amanecer le dolió un instante en las pupilas, pero todo el cuerpo le dolía mucho más. No podía moverse sin sentir que se desbarataba, que se le descoyuntaban todos los huesos del cuerpo. Se quejó, pero no había nadie por ahí. Respiraba con dificultad y le dolían las costillas, el vientre, la cabeza, los brazos. Vio unas piernas que se acercaban, un impermeable largo, oscuro, que le dio miedo, hasta que distinguió las facciones de un muchacho con cara de buena persona, o no, mucho más que eso, con cara de ángel de la guarda.

—Hey —lo llamó—. Ayúdeme, por favor, yo vivo en La Comedia.

El muchacho se inclinó, le puso una mano sobre el hombro, e intentó levantarlo. Tenía una mirada sencilla y limpia, capaz de inspirar confianza a cualquiera que la viera. Al moverlo, aunque Andrés lo hizo con mucha delicadeza, Jacobo soltó un gemido:

—¡Ay! Debo tener las güevas reventadas, y las costillas rotas —dijo.

—Y también la nariz, hermano —le contestó Andrés Zuleta—. Yo también vivo en el hotel, desde anoche. Si se apoya en mi hombro lo ayudo a llegar a la puerta, y llamamos un médico, o una ambulancia. ¿Qué le pasó, qué le hicieron?

El dolor lo hacía sudar frío. Estaba empapado en lluvia, envuelto en mugre y en coágulos de sangre. Olió su propia inmundicia ensuciándole la ropa y el cuerpo. Sintió náuseas y asco de sí mismo. Tuvo un acceso de tos y con la tos vinieron unas ganas irreprimibles de vomitar. El muchacho lo sostuvo por las axilas mientras vaciaba el estómago contra un poste. Había ron, empanadas, Coca-Cola y sangre en el vómito. Después caminaron muy despacio, con dificultad, hasta el hotel. Ramiro*, el portero, alarmado («pero qué le pasó, don Jacobo, ¿lo atracaron? Aquí lo han estado llamando… una señora»), prestó su hombro para subirlo hasta el cuarto, y Andrés le limpió la cara con una toalla húmeda. Le ayudó a quitarse la ropa, a destender la cama y a echarse sobre el colchón. En esas sonó el teléfono. Jacobo le señaló el aparato; Andrés contestó y oyó una voz de mujer:

—Siquiera que contestas. Soy Camila, es la décima vez que te llamo. Espero que no te hayan hecho nada. Los guardaespaldas de Emilio me estaban esperando en el apartamento. Te vieron bajar del taxi. Qué tal que hubieras subido. Les dije que eras uno al que le había hecho una entrevista. Querían obligarme a decirles dónde vivías, yo me negaba y ya se iban a ir a perseguirte cuando me vieron el papelito en la mano. Saben tu nombre, la dirección, todo. Llamaron a Emilio para pedirle instrucciones, y yo temí que hubiera pronunciado la definitiva. Estás bien, ¿sí? —Camila había hablado como un rayo, sin esperar respuesta.

—Habla Andrés Zuleta. ¿Con quién quiere hablar?

—¿No es el cuarto de Jacobo?

—Sí, se lo paso.

Jacobo cogió la bocina con dificultad, las manos magulladas le temblaban, y oyó un momento la voz de Camila. Hundió el botón de mute, le dio las gracias a Andrés y le dijo que después se verían. El muchacho salió y pidió el ascensor para

---

* Ramiro Patiño. Portero nocturno de La Comedia. Tiene un olfato educado en largos años de desconfianza que le da un sexto sentido para detectar a los huéspedes, sus intenciones, sus cualidades y defectos. Por sus juicios rápidos, hace amistades o enemistades inmediatas. Siempre quiso a Jacobo, a pesar de sus lacras, o por ellas.

subir a su cuarto, en el gallinero. El ascensor no llegó y subió a
pie los ocho pisos que le faltaban. A las nueve de la mañana
estaba escribiendo su diario, todavía.

Empezaba a caer la tarde sobre Angosta cuando dos Mercedes, uno blanco y uno negro, se metieron por un túnel en
descenso y llegaron casi al mismo tiempo al garaje de un edificio. Era una imponente construcción de unos veinticinco
pisos, con vigas de acero a la vista y cristales reflectivos, situada
en el corazón de Tierra Fría. Detrás de los Mercedes venían
otros vehículos grandes, jeeps o camionetas de vidrios polarizados y ventanillas acorazadas. Algunos hombres de gafas oscuras, con bultos de armas bajo las pretinas de los pantalones,
los seguían en motos de alto cilindraje. Del Mercedes negro se
bajó un hombre gordo, bajito, de saco y corbata, que se abo-
tonó la chaqueta al apearse del carro. Tenía unos cincuenta y
cinco años y se saludó de mano con el otro hombre, tan bien
vestido como el primero, que a su vez había salido por la puerta derecha posterior del automóvil blanco. Tomaron juntos el
ascensor y por el citófono dijeron, cada uno, una frase distinta: «Caballo de paso fino», dijo el primero; «toro cebú», dijo el
segundo. Cuando dijeron su contraseña se iluminó el botón
del último piso, el 24, y el ascensor empezó a subir a toda velocidad, sin detenerse en ninguno de los pisos intermedios. En
pocos segundos las puertas del ascensor se abrieron y los dos
señores alcanzaron a leer el gran aviso en grandes letras de la-
tón, «Greta, Gremio de la Tierra de Angosta». Después de un
zumbido electrónico sonó un clic y ambos entraron rápidamente a través de una puerta de vidrio, que se cerró a sus espaldas.

Otros carros del mismo tipo, hasta completar siete, fueron
llegando al sótano del edificio, con pocos minutos de diferencia.
El ritual se repitió de modo casi idéntico. Los guardaespaldas
se bajaban de las motos y a las carreras abrían la portezuela

trasera derecha. Por allí se bajaba un hombre, gordo o flaco, generalmente de mediana edad, impecablemente vestido, que se subía al ascensor e iba directamente hasta el último piso. Todos daban una contraseña distinta: «garrapata», «alforjas», «báscula». Al entrar a la oficina de la última planta se metían por un pasadizo que los llevaba a una antesala, y luego hasta una habitación casi vacía (una mesa, unas perchas, unas sillas) en la que todos procedían a cambiarse para asistir a su reunión mensual. Eran los Siete Sabios.

Del grupo de guardaespaldas, y en último lugar, subió uno solo, que por el citófono del ascensor se presentó como Comandante Tequendama. El numeroso cuerpo de guardias que había llegado con los Siete Sabios se quedó en el sótano del edificio, algunos fumando y otros conversando, algunos amigables y otros recelosos.

CUADERNO DE ANDRÉS ZULETA

Después supe que se llamaba Jacobo Lince y me di cuenta de que había tenido un lío de faldas con la mujer de un pez gordo. Olía a alcohol y a sangre, también a excrementos, pero se veía, por el resto, que no era persona sucia. Debieron de haberlo pillado con la esposa del tipo, o algo así, un tal Emilio. Estaba magullado, lleno de hinchazones, pero no moribundo. Vomitó hasta las tripas. Cuando llegamos al hotel vi que era de los huéspedes más distinguidos porque el portero parecía consternado al verlo así, y lo trataba bien, con mucho más respeto que a mí. Dijo que una señora lo había llamado varias veces, preguntando por él con angustia. El tipo parecía haber perdido el sentido y decía algo así como «esos malparidos casi me matan, eran tres, no pude defenderme». El portero me ayudó a subirlo al ascensor y a llevarlo (el negro se hizo el dormido) casi arrastrado hasta su cuarto del segundo piso. Es un cuarto mucho mejor que el mío, con baño, con una sala. Tiene una mesa redonda, el comedor, un sillón enorme, como para leer, y cocineta. Hay libros en desorden en las estanterías, de todo tipo, y en el baño volúmenes de poesía. Yo le llevé una toalla húmeda para que se limpiara la cara, pero casi no podía mover los brazos, que habían recibido muchos golpes y patadas, seguro por protegerse. Le ayudé a quitarse la ropa llena de barro y chorreada de vómito y de sangre. Tenía morados por todo el cuerpo. Se ve que lo molieron a golpes. Se quejaba de dolor en el bajo vientre y en los testículos. Yo iba a llamar a la Cruz Roja cuando sonó el teléfono; era una voz ansiosa que me confundió con él y empezó a explicar algo sobre los guardaespaldas de un tipo, el tal Emilio. Dijo que se llamaba Camila y yo le pasé a Lince. Me dijo que me fuera. No sé cómo seguirá, pero no creo que se muera. Mañana averiguo.

Viernes. He decidido que esta mesita sea un escritorio. La he puesto debajo del tragaluz después de limpiar el vidrio por fuera con una esponjilla. A pesar de estar limpio, no entra mucha luz por ahí; es una ventana tan pequeña que no alcanza a iluminar la habitación y solamente sirve para informarme si es de día o de noche. Por la mañana una luz muy débil me acaricia las mejillas y no alcanza siquiera a despertarme. En este momento es de día, pero parece que ya fuera a oscurecer. Odio los días oscuros, que en Angosta ocurren muy rara vez, afortunadamente. Estuve muy ocupado, en vueltas por las oficinas del Gobierno, tratando de reunir los papeles para el salvoconducto de entrada a F y el permiso de trabajo. Conseguirlo es más difícil de lo que creen en la fundación: exigen certificados de salud, de buena conducta, pasado judicial, referencias personales, garantías bancarias. El hecho de que mi hermano esté en el Ejército (tuve que mencionarlo, a mi pesar) me ayudó bastante, pues él, como oficial, ya tiene salvoconducto fijo para pasar a Tierra Fría cuando se le ocurra.

Por la tarde le pregunté al portero por el señor Lince. Me autorizó a subir. Estaba solo, sin camisa. Es un tipo promedio, diría yo: ni gordo ni flaco, ni alto ni bajo, ni blanco ni mulato, ni joven ni viejo (tendrá entre treinta y cinco y cuarenta años). Tiene un torso ancho, fornido. Me dio las gracias por la ayuda de la madrugada. Dijo que se sentía mucho mejor y que estaba esperando a que se le deshincharan ciertas partes para levantarse. No me explicó nada de lo que le ocurrió, pero yo, por imprudencia de su amiga, ya lo sé. No le hice saber que lo sabía. Me preguntó por mí y le dije lo de mi nuevo empleo en la Fundación H. Me dijo que conoce al doctor Burgos por unas conferencias en la universidad, y que tanto él como su esposa son unas de las pocas personas decentes que hay en Paradiso. Parecía sincero. Después me invitó a que pasara algún día por su librería. Yo la conozco, se llama La Cuña y venden libros viejos. Lástima que tengan poca poesía, le dije. Me prometió mostrarme un cuarto repleto de poesía, en varios idiomas y de todos los países. Es un cuarto al que solo tienen acceso algunos iniciados, me dijo, como queriendo que me volviera cómplice. Después hizo otra cosa que me sorprendió: me miró de arriba abajo y me preguntó si estaba tan mal de plata como de ropa. No me quedó más remedio que decir la verdad: que estaba mejor de ropa que de plata. Me dijo que le acercara una cajita metálica que había en el cajón de una cómoda, a la derecha. Se la llevé. La abrió y vi que adentro había un fajo de billetes, dólares, todos de cien. Sacó cinco y me los entregó. Dijo: «Me los va devolviendo cuando empiecen a pagarle su sueldo en la fundación, si puede, y si no puede, tranquilo».

Hacía años que yo no veía tanta plata junta. Cogí un billete y le devolví cuatro. «Con esto tengo», le dije, pero él me obligó a que me llevara tres. «Y ya sabe que no tengo afán en que me los devuelva; precipitarse a pagar las deudas es de muy mal gusto», dijo. No sé si me estaba pagando el hecho de que lo hubiera recogido en la calle, pero no parecía. O sí. Solo me dijo que lamentaba haberme sometido a su vómito, a su olor. Es como si sintiera vergüenza de su cuerpo. Me dieron ganas de abrazarlo y de ponerle yodo en las heridas con un algodón blanco, pero me contuve.

Me siento rico. Tengo un espacio todo mío y puedo escribir sin temor a que me lean y se burlen. Me parece increíble no tener que escribir con alfabeto cifrado. Al fin escribo también en libertad.

Permiso. Hoy me entregaron el salvoconducto. Pasado mañana empiezo mi trabajo en la fundación. Una de las prostitutas que el jueves me miraban en la calle con fingida lujuria vive al lado y se llama Vanessa. Me dio la mano y me dijo su nombre. Se rio, aunque no había ningún motivo para risas. A mí me daba vergüenza mirarla y que me mirara. Tiene un escote hondo, hondo, y el vestido le llega hasta el borde de esa parte del seno en donde cambia el color. A estas alturas de mi vida nunca me he acostado con una mujer. Ni puta ni no puta. Nunca he sido capaz; llego hasta el borde y retrocedo. ¿No valdría la pena probar? Sería otro pedazo de mi nueva vida. Tendría cómo pagar.

Era cómodo, en el colegio, cuando algunos compañeros se atrevían a confesar que todavía no. Yo no era el único y me unía tranquilo a ese pequeño pelotón de inexpertos. Pero el batallón menguaba cada mes, hasta que uno, para no quedarse solo, tenía que mentir, decir que sí cuando no. A lo mejor yo no fui el único que mintió; quizá en el primer grupo de los que habían «botado cachucha», así decían, ya había uno que otro fingidor, como acabé siendo yo. Para mí no ha sido nunca fácil enfrentarme a un cuerpo desnudo, ajeno, tan distinto. Tal vez por eso en un tiempo me junté con amigos gays. Al menos ellos no me presionaban para que fuera donde las «chachas», así decían también, y hasta me ofrecían plata prestada, si era ese el problema. Pero los gays querían entonces que lo hiciera con ellos, que tampoco era mi plan. Su compañía lo único que me dio fue fama de marica en la casa y en el colegio. Así me fui volviendo un solitario que sueña con otros cuerpos, pero que ante la cercanía de otro cuerpo, tiembla de temor.

Mientras lo pienso miro por la ventana, es decir, miro hacia el cielo por la pequeña abertura del tragaluz que está sobre mi cabeza. Un pajarito ha empezado a hacer un nido con pajas en un rincón; no las quiero limpiar. Las nubes en Angosta son blancas y parsimoniosas. No hay viento que las empuje ni brisa que las disperse, casi nunca, porque las montañas son una barrera que detiene el aire. También el tejado alrededor del tragaluz. Desde arriba, si uno mira hacia atrás llegando a Paradiso, ve la nube de esmog, negra y densa, a veces parda, que envuelve el valle del Turbio. Aquí el aire está como estancado y las nubes se mueven muy despacio, como la luna, casi imperceptiblemente, y al fin, si uno se queda mirándolas, terminan por pasar o disiparse. A veces cambian de color, se ennegrecen de repente, arrojan una tormenta incontrolable de rayos, como si la furia de los dioses se concentrara toda contra el valle. Parece una advertencia de los cielos, a ver si la gente recapacita y cambia. Pero no. Entre tanto relámpago se agotan casi siempre, las nubes, pero también en ocasiones, como antenoche, se revientan en lluvias que barren las aceras y limpian el aire. Al fin la nube de esmog vuelve a la tierra. Me gusta cuando llueve sobre Angosta. Aun tres días después, pareciera que el aire se hubiera dado un baño.

El tercer jueves de cada mes, sin falta, el señor Rey invita a comer a algunos de sus huéspedes. Como es una persona tradicional que intenta preservar las formas que alguna vez imperaban en La Comedia, hace llegar pequeñas esquelas escritas en gran caligrafía, con tinta sepia, que son introducidas por debajo de la puerta de cada uno de los convidados: «El señor Arturo Rey (y las volutas de la ye subrayan el apellido en una especie de rúbrica barroca), gerente general del hotel La Comedia, se complace en invitarle a una cena que se llevará a cabo en el comedor principal el próximo día jueves. Hora: 8 p.m. RSVP». Casi siempre sus invitados son los mismos: su primo segundo, Jacobo Lince; doña Luisita Medina, la mujer más triste de Angosta (epíteto hiperbólico puesto por el señor Rey, amante de la epopeya), con Lucía, su lazarilla muda; el profesor Dan, inteligente como nadie y sordo como ninguno; Quiroz (el único invitado del gallinero), el cual toma una cena líquida y gaseosa, pues jamás prueba bocado, pero se toma todos los tragos y se fuma todos los cigarrillos de la noche, y Antonio, el peluquero del hotel y de la mafia. Este último es, siempre, el más elegante, el primero en llegar, el último en retirarse, el que más pondera los platos de la comida y el que más goza con la invitación. Se pone un traje oscuro, de ceremonia, con camisa almidonada, corbatín de color fucsia, y asume modales y ademanes de gran señora, pues aunque masculino en su apariencia (barba azul cerrada en mentón y mejillas), su cuerpo parece injertado en un alma femenina que a la vez modifica hacia el lado mujeril los ademanes de su cuerpo. Lo único que lamenta es que el gerente no invite también a Charlie, el supuesto sobrino con el que vive en su habitación del tercer piso. Pero tampoco a Jacobo le invitan nunca a ninguna de sus concubinas, y eso que se sabe que es un picaflor impenitente, por lo que Antonio se resigna a su momentánea falta de pareja, sin insinuar ninguna innovación en los hábitos del señor Rey. A veces Charlie se acerca hasta los límites del comedor y mira con coquetería, quizá también con hambre, la cabeza asomada por detrás de la puerta principal. Todos, menos Luisita, giran la cabeza; el gerente mismo lo ve pero se hace el de la vista gorda, y Antonio se limita a meterse en el bolsillo del saco, mal envuelta en una servilleta de papel, su propia porción de postre.

El señor Rey asiste siempre con su esposa*, una señora en la quinta década de sus días, que hace hasta lo imposible por

---

* Catalina de Rey es una chilena siútica. Así dicen allá y la palabra aparece en algunos diccionarios. Vive con su marido en casi medio piso de La Comedia. No pudo tener hijos porque siendo muy joven, en una operación equivocada, le sacaron ovarios y matriz. Fue bonita, pero la menopausia prematura le ajamonó las carnes. Nunca estudió nada. Disfraza con buenos modales su perfecta ignorancia y su definitivo aburrimiento. Vive en un

parecer rubia y atractiva todavía, como lo fue sin duda alguna vez. Es dueña de ese tipo de buena educación aburrida que se conoce con el nombre de agradable y que consiste en decir siempre única y exclusivamente lo correcto. Pretende ser optimista y positiva ante cualquier circunstancia, ante cualquier contratiempo, ante cualquier historia, por calamitosa que sea. Las pocas veces que habla, aburre y se aburre, y como para corroborarlo con signos visibles, casi todas sus frases terminan en un bostezo contagioso.

Jacobo, todavía magullado una semana después de la golpiza del miércoles, del jueves en la madrugada, se ha disculpado esta vez. No le gusta exhibir sus miserias. Si estuviera presente, habría invitado a la concurrencia a vino tinto, por su cuenta, y se habría sentado al lado de doña Luisita para ponerle tema, como siempre, haciendo esfuerzos por sacarla de su mutismo, del disco rayado de su amargura inamovible. Su lazarilla, Lucía, la alimenta con cierto automatismo (el tenedor y la cuchara van y vienen, rítmicos, de los platos a la boca, a veces el vaso de agua se apoya en los labios, después la servilleta) mientras su ama calla, mastica, traga. Lucía quizá se sentiría autorizada a hablar si Luisita no hablara. Esta noche el profesor Dan trata de reemplazar a su amigo Jacobo y le habla a la señora ciega de su esposo, el profesor, a quien conoció hace muchos años en la universidad. Con su voz estruendosa de sordo, exclama:

—Yo me acuerdo de la tarde en que se murió el profesor; fue algo muy doloroso... —dice Dan, pero doña Luisita lo interrumpe y le corrige, seca:

—No se murió. Lo mataron. Y mataron también a mi hijo.

No dice nada más. Dan oye la aclaración y se disculpa; se da cuenta de que con ella es una falta de tacto intentar tener

---

mundo superficial y lamenta no poder vivir en un mundo más superficial, en Tierra Fría. En el fondo del pecho no le perdona eso a su marido: que sea un segundón.

tacto. La velada cae en un limbo del que no consiguen sacarla ni los apuntes graciosos que de vez en cuando Quiroz envía al aire, envueltos en humo, desde su cena líquida. Finalmente la conversación cae sobre el asalto a Lince, pero todo se resuelve en un montón de frases genéricas sobre lo insegura que se ha vuelto la vida en Angosta, cada día peor, y lo peligroso que resulta salir de noche en Tierra Templada. Dichosos los de arriba que pueden quedarse fuera hasta tarde. Todos saben que detrás de la golpiza hay un lío de faldas, pero solamente Quiroz alude al hecho indirectamente, con un refrán: «Tanto va el cántaro al agua, que se rompe».

La señora Rey no soporta que su marido invite a Quiroz, y por eso, rompiendo su buena educación, nunca celebra sus chistes ni sus dichos. Cada mes le dice a su marido que esta vez no lo invite, se lo ruega, pues «ese barbudo no come, se viste como un mendigo, envuelve los aromas de los platos en tabaco y en tufo de aguardiente, fuera de que termina borracho y hay que llevarlo al cuarto en andas, es el colmo».

—Es cierto que no come, es obvio que fuma, claro que se emborracha y quizá sea cierto que no se viste como el peluquero o como tú —conviene el señor Rey—, pero dice cosas mucho más inteligentes y oportunas que el peluquero y, siento decirlo, también que tú, y que todos, porque Dan es torpe socialmente y Jacobo no piensa sino en lo que sabemos. Qué puede importarme a mí o a nadie cómo se vista Agustín; ni que lo invitáramos por la ropa o para un desfile; o pensarás que soy de los que echan a sus amigos a la calle porque se empobrecen. A Agustín lo conozco desde hace cincuenta años, y para mí no tiene defectos.

La última vez que su esposa le había puesto el tema, el señor Rey había hablado con rabia, había terminado la discusión con un portazo y se había retirado a su oficina, dando zancadas de ira. Llamó a Carlota y le dio la orden de que toda la ropa de Quiroz se la lavaran y plancharan gratis en la lavandería del hotel desde ese día en adelante. Reconoce lo viejo y raído que anda Agustín de ropas, y se reprocha lo poco consciente que ha sido del deterioro de su aspecto. Quizá su mujer dejaría de joder si él se atreviera a pasarle su ropa usada a Quiroz; es tanta que le sobra, y le quedaría bien con pocos ajustes. Pero teme que el Maestro se ofenda con el ofrecimiento, y prefiere no hacérselo. Mandó comprar tres camisas, una blanca, una gris, una beige, nuevas, e hizo que se las pusieran a Quiroz en el cuarto, encima de la cama, sin ninguna explicación. Esta noche, al principio de la velada, el señor Rey notó complacido que Agustín estaba estrenando la camisa blanca. Lástima que le echara encima la ceniza del cigarrillo, e incluso algunas ascuas que le abrían roticos sin que Agustín se diera cuenta siquiera.

Al final de la comida, cuando doña Luisita y su lazarilla se retiran, el señor Rey les cuenta a los demás la historia del profesor, el marido de la mujer más triste de Angosta, que él se sabe al dedillo. La cuenta en voz baja, y Dan apenas si alcanza a oír algunos jirones del relato, aunque lo entiende todo leyendo los labios y siguiendo a saltos los sucesos porque ya muchas otras veces se lo han contado. Al marido de doña Luisita, dice Rey, lo sacaron de la casa en Prado (cuando Prado era Prado, y no esta pocilga de ahora) una madrugada, de eso hace más de quince años. Eran matones de la Secur. Llegaron en varios jeeps blindados, con las luces exploradoras encendidas todo el día. Inmovilizaron al mayordomo que los atendió a la entrada de la casa, subieron hasta el segundo piso, tumbaron la puerta del cuarto con una almadana y se lo llevaron tal como estaba, en piyama y descalzo. Cuando el hijo de doña Luisita, apenas un adolescente, salió de su habitación y se les opuso, cargaron también con él, «porque es bueno cortar el árbol y quemar la semilla», eso habían dicho. Ambos aparecieron pocas horas más tarde, las manos atadas con alambre, la espalda y el estómago quemados con colillas de cigarrillo, los brazos y el ombligo pellizcados con alicates, con varios tiros en la cabeza y en el abdomen. Tenían un letrerito sobre el pecho, escrito a mano: «Por colaboradores del CEA».

El peluquero interviene y cuenta que uno de sus clientes le dio detalles sobre esa muerte: había sido ordenada por el Consejo, una especie de pequeño tribunal de personas muy influyentes que funciona en Tierra Fría.

—A mí me han contado que cuando el Consejo decide la suerte de alguien, ni mi Diosito lo salva. Ojalá nunca caigamos en su mira. El hijo del profesor no estaba sentenciado, pero se metió a defender al padre, y por ahí derecho se lo llevaron. El que me lo contó dijo que por respeto a la señora no quisieron tirar los cadáveres por el Salto de los Desesperados. Y que si no era colaborador, al menos era simpatizante, o demasiado comprensivo con los grupos terroristas.

—Por lo menos dejaron de sufrir —dice la señora Rey en un susurro, con un suspiro leve que al instante es reemplazado por su eterna sonrisa de satisfacción mientras se pasa la mano por el pelo, como intentando acomodarse un mechón rubio que nunca ha dejado de estar en su sitio. Luego su mano baja, empuñada, hasta la boca, y cubre a medias un prudente bostezo, el eterno semáforo que les dice a sus huéspedes: «Se hace tarde, señores, no se demoren mucho en terminar el postre».

El CEA, sigla de Contra el Apartamiento, era un pequeño grupo guerrillero que fue destruido por el ejército en los tiempos de la división de Angosta, aunque durante años siguieron en función algunas de sus células, y todavía quedan unos cuantos reductos suicidas (los kamikazes de Jamás, una disidencia dura, más radical que el CEA, ahora dedicada a actividades terroristas) en las honduras más inhóspitas de Tierra Caliente. El marido de doña Luisita se había opuesto a la división de la ciudad, y aun después de consolidada no se resignó y hacía marchas del silencio en señal de protesta, escribía artículos a favor de la unión, intentaba mantener viva la memoria ya nebulosa de la ciudad cuando era una y estaba abierta, pero nunca perteneció al CEA, pues él era pacífico y se declaraba contra toda violencia. Se opuso con todas sus fuerzas a la partición de la ciudad, después a la falsa normalidad del Apartamiento, a través de la resistencia pacífica. Aun así, pagó la protesta con su vida y fue tratado como un terrorista más. Luisita quedó con una única hija, María Luisa, y en esa vida joven depositó los pocos ánimos que le quedaron de seguir existiendo, hasta que también la hija se mató, años después, en un accidente de helicóptero con visos de atentado, cuando iba a cubrir una masacre cometida por la Secur en Boca del Infierno. Desde que perdió la única razón que le quedaba para seguir viva, dejó su casona en el barrio Prado (que ya empezaba a volverse Barriotriste), guardó los muebles, los cuadros, los libros, las vajillas, las lámparas finísimas de su casa en un depósito junto al río, y se instaló en el hotel, sin avisar a los amigos ni a los parientes, casi de incógnita. Durante mucho tiempo no quiso ver a nadie ni hablar con nadie, hasta que la ceguera la obligó a contratar a Lucía, y las repetidas invitaciones del señor Rey fueron doblegando su resistencia a todo intercambio social. Todavía ahora es una persona extremadamente reservada y silenciosa, con un fondo de amargura que la hace desconfiar de casi todo el mundo. Es difícil sacarla de su mutismo y arrancarle siquiera una pequeña frase, pero habla a veces, con frases breves y feroces, casi gruñidos de bestia herida. Come poco, deambula por el hotel y por las calles, la mano puesta sobre el hombro de sus ojos, y cultiva un resentimiento que no sabe cómo canalizar, pero que siempre se traduce en lo contrario, en una desmesurada generosidad sin sentido y en unas milagrosas obras de beneficencia que decide a su capricho. Fue rica, quizá lo sea todavía, y reparte lo que tiene a manos llenas, de un modo inesperado y sorprendente.

Asiste ensimismada a las comidas del señor Rey. Aunque las agradece y dice disfrutarlas, nunca parece estar presente en la situación ni en contacto con lo que los invitados hablan a su alrededor. Come lo que le dan, sin apetito, como en un acto de disciplina, se toma una copa de vino tinto, al parecer con más gusto, y es la primera en retirarse a su suite, en el segundo piso, con una breve frase de agradecimiento para el señor Rey y una mínima inclinación de cabeza lanzada hacia el aire, para todos los demás. Pese a la sequedad de Luisita con el librero Lince, este le cae bien, y hay otros huéspedes del gallinero a quienes a veces invita a almorzar, más por ayudarles que para tener una compañía que no busca. A veces les presta sin intereses, o incluso les regala la mensualidad de la pensión, cuando tienen algún aprieto. Se dice que el señor Jursich, el eslavo, hasta antes de empezar su trabajo en La Cuña, vivía solamente de la caridad de doña Luisita, la mujer más triste de Angosta.

El profesor Dan, el Relojito, habla con un acento difícil de definir. Podría ser el español nativo de un chileno o de un costarricense (con sus erres líquidas y sus verbos arcaicos), o el rastro imborrable de otra lengua materna imposible de suplantar por completo. Se está quedando sordo y eso quizá lo vuelve aún más solitario, por la dificultad que tiene de entablar una conversación fluida. Cuando se cita con Jacobo para un brandy y una pipa en su cuarto, al final de la tarde, más que sostener una conversación, Jacobo oye un monólogo de Dan durante un rato, y después le propina su propio monólogo. Es su manera de conversar sin las inevitables interrupciones aclaratorias de la sordera. Como si cada uno le diera al otro una breve conferencia. A Dan se le nota que, salvo las clases, pasa días completos sin hablar, y al tener ocasión parece que se desahogara y suelta sin pausa una corriente desbordada de palabras, como si estas hubieran sido represadas y estuvieran ansiosas por salir. «Habla de la misma manera en que beben los hombres sedientos», era la frase que a Lince se le venía siempre a la cabeza mientras lo escuchaba.

En realidad Dan no se siente cómodo casi en ninguna parte. Incapaz de olvidarse de sí mismo, vive pendiente de sus pensamientos y es una víctima de su propia conciencia. No es pomposo ni solemne, sino torpe, cohibido, incapaz de asumir con autenticidad un aire desenvuelto. Es más, cuando intenta superar con voluntad su incomodidad permanente, resulta patético. Con el ciego propósito de lograr liberarse de sí mismo, en ocasiones bebe más de la cuenta, pero el alcohol no le da locuacidad ni alegría, sino que lo sume en una oscura tristeza. Borracho, se da cuenta mejor que nunca de su profundo desacuerdo con el mundo. Percibe lo que es: un inadecuado al sitio y a la época.

Lo más doloroso para él es que su forma de ser le impide conseguir pareja. Incluso las mujeres menos atractivas, más pasadas de años, no lo consideran como un posible candidato a sus afectos. Él las mira como las miraría un preso, detrás de los barrotes del sentimiento de inadaptación que lo atenaza. A veces les dirige la palabra, intenta un tímido paso de seducción, una pregunta, pero esta siempre resulta la más inoportuna, y ellas pasan de largo, despectivas. Él esto no lo reconoce, pues dice que ya consiguió la paz de los sentidos y que el sexo no lo inquieta, ni busca desahogos en la carne, solo en las matemáticas y en el pensamiento geométrico.

Su actitud corporal tampoco ayuda, con esos ojos que apenas tocan un instante, con mirada oblicua, los ojos del otro, para luego refugiarse de nuevo en las propias manos o en el aire, las pupilas inquietas, como si buscaran una mota de polvo suspendida en el espacio. Esa incapacidad de mirar de frente deja una desagradable impresión de hipocresía, pero si fuera hipócrita de veras, lo podría ocultar, y nunca puede. Su cuerpo retraído, doblado sobre sí mismo, contrahecho a pesar de no tener malformación alguna, revela lo que es: un inseguro.

Al finalizar la comida del jueves, poco antes de las once, el profesor Dan resolvió ir al segundo piso a visitar a Jacobo. Dan vivía en la luna, o en sus problemas de altas matemáticas, que es lo mismo, y por eso en toda la semana no se había enterado de la golpiza a Lince, pero como este había sido tema de conversación en la mitad de la cena, resolvió ir a verlo en cuanto la reunión se disolvió con los bostezos de la señora Rey y la caída en el sueño y los ronquidos etílicos de Quiroz. Llamó a la puerta (un toque largo y dos cortos, su inicial en clave morse: -..), y Jacobo lo autorizó a que siguiera. Estaba consultando algo en internet, tirado en la cama, con el portátil sobre su regazo, y antes de desconectarse apuntó un número, un millón cuarenta y cuatro mil setecientos dieciocho, y tiró el papelito doblado en el cajón de la mesita de noche.

Después de preguntarle cómo seguía y de contarle breve-mente que Quiroz había opinado que tal vez se le estaba yendo la mano con sus aspavientos carnales y sus desafueros senti-mentales, Dan, sin preámbulo alguno, casi sin ton ni son, em-pezó a hablar de sus propias teorías sobre la soledad y el matri-monio. Aunque con Jacobo conservaba todas las formas de esa cortesía más bien anticuada que le resultaba indispensable para relacionarse con cualquier persona, era quizá con el único hués-ped de La Comedia con el que conseguía hablar sin temor; se relajaba y dejaba salir sin titubeos el hilo de su pensamiento.

—Yo no le temo a la soledad, señor Lince, y tal vez usted tampoco. Nadie que viva en un hotel le teme a la soledad, y yo me he dado cuenta de que todos aquí somos unas islas, o un archipiélago, para ser exactos, una manada de solitarios disper-sos y delimitados por un pequeño espacio. Es cómodo vivir entre tantas soledades porque cada cual se siente uno más de la misma especie, y no un lunar o un bicho raro. Pero me pregun-to si esta soledad no nos llevará a veces a cometer imprudencias innecesarias. ¿No estará usted corriendo demasiados riesgos con el fin de evadir la soledad, señor Lince?

Se detuvo un momento y miró de arriba abajo al nazareno. A pesar de lo magullado, Lince no inspiraba compasión, pues se veía restablecido y la salud se le notaba sobre todo en esa especie de euforia que sienten los que han estado a punto de morir y no han muerto. Mientras miraba a su amigo, el profe-sor Dan iba llenando su pipa lentamente, y siguió acariciando la picadura al tiempo que soltaba su divagación sobre la sole-dad:

—Entiéndame, no le estoy echando a usted la culpa de los golpes que le dieron; sería una infamia. Pero perdóneme si le hago una pregunta personal: ¿usted ha estado casado alguna vez? No tiene que responderme, si no quiere. Yo no quiero sa-berlo, en realidad. ¿Usted sí? Ah, divorciado. Se lo digo porque yo nunca me he casado. Se lo pregunto para podérselo contar.

Creo que contar intimidades es una impertinencia, al menos hasta que la otra persona no haya revelado también alguna. Yo me pregunto por qué se casa la gente. Dicen que por amor, y yo lo dudo. Claro que a veces pasa, lo del amor. Pero me parece que la mayoría de los hombres (y las mujeres ni hablar) detestan la libertad. La gente no se casa por amor, sino porque esa es la costumbre, y por terror a la soledad. Además, la mayoría de las personas son infelices y confían en que, ¿cómo decirlo?, la extenuación, la molestia constante del matrimonio les va a servir como solución a la infelicidad. Los hombres piensan que serían felices si no estuvieran casados; las mujeres piensan que serían felices si tuvieran otro marido. Ese es el secreto del matrimonio: nos da la coartada perfecta para atribuirle una causa a nuestra infelicidad. Los casados piensan que no son felices porque están casados, o que si no estuvieran casados con esa persona serían felices, y que si no han conseguido nada en la vida es porque su pésimo matrimonio no se los ha permitido. También sirve de disculpa, el matrimonio, para la propia inutilidad. A veces se separan, se vuelven a casar, y después de pocos meses, o si tienen suerte tras unos pocos años, tampoco son felices ni han logrado nada extraordinario. Pero ni aun así se dan cuenta de que el matrimonio es su coartada perfecta para explicar la infelicidad.

Jacobo no le contestó; sabía que no debía interrumpir a Dan cuando empezaba a hablar de corrido. Una sonrisa vaga le flotaba sobre la cara, y escuchaba al profesor como quien oye una melodía moderna, algo extraña quizá, y traída de los cabellos, pero amena en el fondo. El profesor Dan había encendido la pipa y el dulce aroma del tabaco le acariciaba la nariz con una reminiscencia agradable de sus años de fumador. Ahora Lince había abandonado el tabaco, por el asma.

—Además, la libertad, usted lo sabe mejor que yo, es muy difícil de dirigir, y lo lleva a uno a cometer tonterías. Al menos yo, hace algunos años, cometía tonterías, tonterías como las que usted suele cometer, señor Lince, y perdóneme que se lo diga, hasta que resolví ser un solitario y un infeliz hasta el fondo, y a cabalidad. Yo soy un solitario, señor Lince, usted lo sabe, y un infeliz, pero no me interesa la soledad de nadie ni me importa la infelicidad de los demás. Tampoco atormento a nadie con mi propia infelicidad, eso jamás, ni le echo la culpa a nadie. Usted se preguntará por qué vivo en esta pensión. Yo tengo pasaporte húngaro y podría vivir sin problemas en Tierra Fría. Incluso podría hacer la Aliyá, si fuera un creyente convencido, e irme a vivir a eso que ustedes los gentiles llaman Tierra Santa, donde tengo parientes. Tampoco tengo por qué vivir solo; yo he tenido algunas opciones de matrimonio, incluso una vez estuve comprometido y a punto de casarme, y dejé a la novia con el ajuar comprado y las invitaciones repartidas. En el último minuto rompí el compromiso, a usted se lo puedo contar. Pobre muchacha, pero le fue mejor: yo no soy bueno para vivir con. Es raro que en español no se puedan poner preposiciones al final de la frase, con lo cómodas que son. Pero vuelvo a mi tema: podría decirle que ambas decisiones han sido una elección moral; que no me caso con la hipocresía del matrimonio, que la política del Apartamiento me parece abominable y que lo mío es una muda protesta social, una insubordinación ética. No es así, en ningún caso. Yo vivo aquí, sin pareja, porque me resulta cómodo y barato. Sobre todo, barato. Yo podría pagar una suite como la suya, señor Lince; quizá también podría conseguirme parejas ocasionales, como usted, aunque admito que esto me resultaría más difícil a mi edad y sin sus atributos. —El profesor Dan sonrió, escéptico, y la sonrisa de Lince pareció un espejo—. Pero su suite es cara, las conquistas quitan mucho tiempo, fuera de que pueden terminar a los golpes, como usted sabe —y aquí Dan se permitió por segunda vez una sonrisa, que Jacobo correspondió con un golpe de tos—, y a mí me basta una cama de una sola plaza y un escritorio para pensar en mi problema.

Lince sabía muy bien que habían llegado al punto doliente de Dan, a su locura, a lo que tarde o temprano mencionaba siempre en cualquier conversación. Dan vivía, en realidad, para resolver un problema de álgebra abierto desde hacía casi un siglo. Este problema era, para él, lo mismo que las mujeres eran para Jacobo: lo más importante, la gran pregunta, la ausencia de respuesta, el motivo de sus ansias. Una bocanada de humo blanco salió de entre los dientes acompañando las palabras:

—Yo he dedicado veinte años de mi vida a pensar en un solo problema, como ya se lo he dicho, ¿no?, y quizá los años más agudos de mi mente los perdí, se lo voy a confesar, intentando resolver un problema más terrenal y más ridículo: con quién acostarme. Es posible que yo haya sido en otra época como usted, Jacobo. Pero eso ahora no me importa. El mío es un problema estupendo, un problema abierto, monstruoso, lleno de significados, para el que ni siquiera se sabe si existe una solución. Se llama Conjetura del Sumando Directo, aunque seguro eso no significa nada para usted; es un bonito nombre, yo creo, como llamarse Bárbara o Ana o Marianne. Tal vez mi problema, para ser resuelto, necesite un nombre de mujer, sí: Verónica, Rita, Claudia, Sonia, Andrea, Clara, María, Patricia, Tatiana, Clemencia —el profesor parecía haber perdido el hilo del discurso, se había quedado patinando en una lista interminable, atrancado en el lodazal de su memoria, quizá en su harén de sombras y fantasmas—, Valentina, Silvia, Carmenza, Paula, Mercedes, Janet, Eliana, Pilar… en fin. Tal vez así lo hubiera resuelto, habría resuelto mi conjetura si no hubiera perdido tanto tiempo tratando de que me abrieran de par en par un par de piernas, todos esos nombres que ni siquiera consigo recordar muy bien. Qué tontería, con lo saludable y sencilla que es la masturbación, señor Lince. Se piensa en una mujer como quien piensa en un problema de álgebra, en un agujero negro, y esa mujer virtual o de la memoria se vuelve real; yo puedo palpar sus carnes en mi pensamiento, y eso me basta. Las fecundo, tengo pruebas tangibles de esto, y luego vuelvo a lo realmente interesante, a mi problema.

Dan pidió permiso para entrar al baño. No cerró la puerta, abrió la llave y se tomó varias manotadas de agua, sorbiendo con fuerza, como si fuera agua caliente o sopa. Luego se lavó la cara, se masajeó los párpados y los pómulos, se secó con la toalla y volvió al cuarto. La pipa se había apagado, y desde antes de sentarse siguió con lo que venía diciendo:

—Y ahí sigo, con mi problema abierto, sin saber si lo podré resolver. ¿Sabe usted el chiste de los matemáticos? Es el mismo chiste del borracho al que se le pierden las llaves de noche y las busca alrededor del poste del alumbrado, y solo ahí. Solo ahí porque todo lo demás está en penumbra, en la oscuridad total, y solo allí, en la pequeña zona de luminosidad, cree que las podrá encontrar. Así son las matemáticas: una noche oscura, un universo de penumbras impenetrables, y los matemáticos tenemos que buscar con los pocos instrumentos de que disponemos, en la parte iluminada, aunque tal vez ahí nunca se encuentre la llave. Quizá yo no encuentre la solución, pero voy recogiendo objetos más o menos útiles, un clip, un pelo enroscado, una moneda de cien. De esos objetos que encuentro están hechas mis clases en la universidad.

Se detuvo un momento y entornó los ojos hacia el techo, como cogiendo impulso para seguir. Al hablar iba poniendo signos de puntuación con sus gestos. La coma era un breve parpadeo; el punto y coma un lento alzar de cejas; el punto una sonrisa un poco más abierta. Esa sonrisa se esfumó de nuevo cuando emprendió la siguiente perorata; su manera de poner mayúsculas era tomar mucho aire para el primer impulso de sus labios:

—La conjetura me lleva a la teoría de la intersección, la teoría de la intersección a los manifolds C infinitos, los manifolds C infinitos a los espacios anillados, los espacios anillados a la teoría Sheaves y a su cohomología, a los funtores derivados, al álgebra homológica y el estudio de las secuencias exactas, a las resoluciones de los funtores, a Tor, a Ext, a los módulos proyectivos, a sus análogos en bundles, a las Sheaves localmente libres y sus resoluciones, a su homología, a la K-teoría de Atiyah y Grothendieck, al teorema de periodicidad Bott y al estudio de la alta homotopía, y este es solo un fragmento de todo el mapa, apenas una de las posibles ramas del árbol; las otras ni siquiera han sido mencionadas —Jacobo disimuló un bostezo y Dan alcanzó a ver por el rabillo del ojo las contorsiones de una boca que lucha por permanecer cerrada. Por eso dijo—: Pero lo aburro seguramente, señor Lince, perdóneme, usted con esos chichones, usted con su sueño, y yo con mis angustias. ¿No?, ¿no lo aburro? Entonces sigo, o no sigo, mejor vuelvo.

»Creo que nosotros no podemos decir que vivimos aquí por una decisión moral, así como yo evito mezclarme con mujeres, no por un acto ético, o místico, o por un ejercicio de continencia, sino para poder pensar con libertad en mi problema, porque las matemáticas me apasionan mucho más que el sexo (entre una noche pasada con Cleopatra y una noche con Fermat, yo escogería sin dudarlo a Fermat). Pero la decisión de vivir aquí y no en Paradiso no puede ser tampoco una elección moral, pues la división que aquí existe es tan inmoral como la que existe en toda la ciudad. Bueno, es cierto que aquí, al menos los del gallinero, si quieren, pueden entrar al comedor principal; hoy Quiroz cenó con nosotros, por ejemplo. Cenó es un decir: se emborrachó con nosotros. Pero aquí o en cualquier parte de Angosta vivimos algo sucio. Es como si esta ciudad estuviera maldita. Sí, maldita, desde que está separada, tajada, como el mundo, y desde que las personas tienen que pedir permiso para poderse mover. Antes se decía que era absurdo ponerle puertas al campo; ahora el campo es una puerta cerrada, una gran muralla imposible de traspasar. O quizá ya no haya campo y por eso parece lógico que todo tenga puertas. Usted y yo tenemos el privilegio, inmoral, de podernos mover a través de esas puertas. Inmoral porque si no nos podemos mover todos, los que sí podemos deberíamos quedarnos quietos, iracundos, inmóviles, tristes. Me dan asco los segundones que solo sueñan con irse a vivir a Tierra Fría, que les lamben el culo a los dones para que los acepten alguna vez entre ellos. Y aún más asco los que proponen que al menos a nosotros, los tibios que vivimos en T, nos den un permiso los fines de semana, para dejar todavía más aislados a los calentanos. Lo que pasa es que en esta ciudad uno está irremediablemente obligado a llevar una vida

101

inmoral. El solo hecho de movernos por ella, hacia arriba con respeto o hacia abajo con miedo, es inmoral.

»He hablado demasiado, señor Lince. Antes le pregunté si se había casado alguna vez. Me gustaría saber la historia, y me gustaría saber por qué usted puede moverse como Pedro por su casa, arriba y abajo, libre por los dos sektores, como yo. Sospecho que esto tiene que ver con su matrimonio, con su anterior matrimonio, mejor dicho, pues me dice usted que ya está divorciado. Quisiera saber eso y, si no le molesta, me gustaría que pensara también en lo otro, en su problema matemático, digamos, en esa obstinación suya en andar siempre detrás de las faldas, o de mujeres nuevas, como si en cada cuerpo de mujer hubiera alguna pista para resolver el problema de la sexualidad. Yo ya pasé por eso, y fue una pérdida absoluta de tiempo, una lista de nombres sin rostro y sin piel, quizá lo que impidió que resolviera mi problema cuando estaba más lúcido y tenía el cerebro más fresco, con menos años de uso. Ya le digo que para la pura necesidad biológica hay otras soluciones más serenas, más a la mano y más prácticas.

Jacobo tosió. Cuando le hacían una pregunta directa sobre su vida personal era como si le dieran un empujón o una bofetada. Se desconcertaba. No sabía por dónde empezar ni qué era exactamente lo que querían saber de él: detalles generales, una silueta de la situación, o entresijos, rincones, recovecos.

En realidad, la historia no era tan difícil de contar, aunque había algo cursi en ella. Había ocurrido hacía casi seis años y él ya vivía en el hotel, pero en ese tiempo no podía subir a Paradiso ni pasar el Check Point para ir a ver a Sofía, su hija, que crecía lejos, distinta, distante.

Para cualquiera, esa carta recomendada habría sido un gran golpe de suerte, una felicidad. Para muchos otros, casi todos, lo que anunciaba la carta habría sido también una gran tristeza, una inmensa desgracia. Para Jacobo, el sobre y la noticia fueron algo incomprensible, una caída en una especie de estupor del que nunca ha salido por completo. La carta decía, simplemente, que su madre, Rosa Wills, había muerto y que él debía presentarse en Paradiso para una reunión con su media hermana para definir algunos pormenores de la herencia.

De su madre conservaba un recuerdo nebuloso en el que todas las emociones habían sido borradas por la voluntad o por el tiémpo. A su media hermana nunca la había visto, no sentía por ella afecto, ni siquiera curiosidad, y apenas si sabía de su existencia por unos comentarios amargos de su padre. «La Rosa de las espinas, la difunta, me dicen que parió otra flor, que ha de ser otra espina para ti». Ella tendría, a esas alturas, cuando se conocieron para la lectura de los documentos, poco menos de veinte años. No se cayeron bien.

En ese mismo sobre, el notario le anexaba un salvoconducto provisional que le permitiría entrar al altiplano para estar presente durante la apertura de los documentos de sucesión. De no presentarse, decía la carta, se le nombraría de oficio un representante. Recuerda su regreso a Paradiso, después de años sin poder entrar, tras su separación. Les había hecho una visita sorpresa a Dorotea y a la niña. Más tarde, sin decirle nada a nadie, cogió un taxi y se presentó en la notaría. Después de una hora todo había cambiado para siempre, aunque desde el principio, por dentro, resolvió que por fuera nada iba a cambiar.

Según la Ordenanza de Empoderamiento 737, aprobada hace algunos años por el Concejo de Angosta-Tierra Fría, cualquier persona que certifique ser propietaria de una fortuna igual o superior a un millón de dólares tiene derecho a fijar su residencia en Paradiso y a recibir el tratamiento de don, sin importar sus orígenes geográficos, étnicos, religiosos o familiares. Basada en esta ordenanza, su madre, su exmadre, la muy espinosa Rosa Wills, había resuelto cambiar las disposiciones de su testamento, poco antes de su muerte. De la inmensa fortuna que le había dejado su marido, un magnate de la industria química, le reservaba un millón de dólares, ni un peso más, ni un peso menos, al hijo que había abandonado hacía casi treinta años, Jacobo, concebido durante su primer matrimonio con el profesor Jaime Lince. Todo el resto de la fortuna, sesenta o setenta veces más, pasaría a su muerte a la única hija de su segundo matrimonio, Lina, concebida en segundas nupcias con el empresario químico Darío Toro, ya fallecido. Lina consideraba que esto, ese único millón dejado a un tibio, era un robo a su padre y un detrimento a su propio patrimonio. Había entablado un pleito, pero su demanda no prosperó. La exmadre, Rosa Wills, dijeron los jueces, habría podido disponer incluso de una cifra mayor para asignación libre, o para su hijo, según su voluntad.

Palabras más, palabras menos, esto decía la segunda notificación notarial que a los pocos meses recibió Jacobo en el hotel, en un sobre de correo recomendado, casi igual al primero. El señor Jacobo Lince podía hacerse presente en la Notaría Primera de Paradiso, en cualquier momento a partir del día siguiente, para recibir instrucciones sobre su fortuna y hacerse cargo de ella. En caso de querer adquirir el título de don, la misma notaría podría tomar por su cuenta, por un costo irrisorio, los trámites pertinentes. Jacobo no había querido poner abogado ni presentarse en los juzgados para atender la demanda. Pero había ganado, sin querer. Más que alegrarse, le dio un ataque de risa y lo único que atinó a decir fue: «Esto parece una novela de Corín Tellado. Madre arrepentida deja fortuna inmensa a su hijo segundón para redimir en parte su culpa y sacarlo de la miseria. Media hermana intenta despojarlo de su herencia, pero la maldad pierde y triunfa la justicia. No me lo creo ni yo mismo».

Luego se puso a pensarlo con más seriedad. ¿Qué hacer? ¿Romper con toda dignidad esa carta y arrojarla al fuego con gesto displicente, como todo un hidalgo de los tiempos idos? ¿Cambiar de vida y acceder a la clase nobiliaria de la noche a la mañana, feliz como un personaje de Balzac que recibe una herencia de una tía desconocida, perfecto *Deus ex machina*? En fin, después de meditarlo dos o tres días, después de consultarlo con la almohada —su segunda conciencia—, Jacobo decidió mandar una carta en la que acusaba recibo de la notificación del notario y solicitaba que se encargara a un banco de manejar esa suma mientras él resolvía de qué manera iba a disponer del dinero. También autorizaba los trámites para adquirir el título de don y el salvoconducto perpetuo o tarjeta de residencia. Luego pensó en seguir su vida igual, como si tal cosa, sin tomar ninguna decisión definitiva de la que algún día se pudiera arrepentir. No pensaba contarle a nadie, ni a su propia hija, ni a sus amigos más cercanos, de su nueva situación. Solamente su amigo Carlos Gaviria, el abogado, sabía del asunto, pues requería de cierta asesoría técnica. Y ahora había resuelto contárselo también a Dan, tal vez porque él se lo preguntaba con tanto candor, directamente, y porque confiaba en su temperamento silencioso. Sí, como era un marciano, quizá era uno de los pocos que recibirían la noticia sin juzgarlo.

Lo cierto es que podía ser un don, si quisiera, o era un don, en el fondo y en la superficie, y desde hacía algunos años podía visitar a su hija en Tierra Fría, e incluso conservaba una alumna rica y bonita en Paradiso. Pero en los meses y años que siguieron a ese golpe de suerte Jacobo había hecho hasta lo imposible para que nada en su vida se modificara. Los cambios habían sido pocos: el sueldo para Jursich, el contrato ficticio para Quiroz. Y luego, poder trabajar menos porque gastándose apenas una porción de los intereses tenía de sobra para vivir en T con una holgura que para su tipo de vida anterior eran lujos. Le había quedado, eso sí, un tic: verificar diariamente (o varias veces en una mañana, si estaba nervioso) que todo fuera cierto, que su millón de dólares siguiera intacto en la cuenta del Banco de Angosta, sucursal Plaza de la Libertad, y creciendo poco a poco, por efecto de los intereses. Tenía una tarjeta de crédito escondida: Prudential Investments, decía, con el nombre del banco, pero nunca tocaba un centavo del capital, ni en caso de emergencia. Afectaba los intereses solo en caso de necesidad, o para pequeñas bobadas que casi siempre tenían el mismo fin: comprar regalos a su hija o conquistar una mujer.

Jacobo tosió. Cuando le hacían una pregunta directa sobre su vida personal era como si le dieran un empujón o una bofetada. Su cabeza, en un solo segundo, recorrió la historia de su herencia, pero no quiso empezar por ahí. Tomó otro rumbo. Empezó por una consideración más general que había estado haciéndose esa semana después de los golpes de los matones del apostador. Si Dan podía divagar sobre Grothendieck, quizá él también podría remontarse hasta Darwin.

—Mire, profesor Dan, yo no sé bien qué me llevó a casarme ni qué me queda de ese matrimonio, ni por qué desde hace años lo único que prefiero son relaciones ocasionales. Pero empecemos por mi esposa, para ir con orden, como a usted le gusta. Ella es una doña, es cierto, y en un principio el salvoconducto para entrar en Paradiso me lo dieron por motivos de unificación familiar, como se dice, pero al separarme perdí el derecho a entrar allá. Después de algunos años, dos o tres, lo recuperé por un motivo muy banal, de telenovela. Aquí debo ir más atrás. Yo fui huérfano de madre, toda la vida, aunque tenía mamá y se llamaba Rosa Wills, pero en la casa siempre nos referimos a ella como a «la difunta». Esta viva se volvió difunta y este hijo se hizo huérfano cuando Rosa dejó a mi padre, se arrejuntó con un don riquísimo de Paradiso y después se casó con el mismo, que era un empresario de apellido Toro. Después de muchos años enviudó. Poco antes de que la difunta se muriera definitivamente, se acordó a última hora de mí y me dejó una suma, exactamente la cifra que exigen en Paradiso para conceder la residencia sin que importe el origen: diez millones de pesos nuevos, o un millón de dólares, mejor dicho. Una fortuna, ¿verdad, profesor Dan? Pues eso me dejó y casi nadie lo sabe. Ni quiero que usted se lo revele a nadie; confío en su prudencia. Dejarme esa cantidad tiene algo de mensaje cifrado, y de bofetada también. El mensaje dice: te abandoné para poder vivir aquí; te abandoné para que pudieras vivir aquí:

Paradiso, eso es lo único que importa, y salir de ese pudridero donde estás.

El profesor Dan, imperturbable en casi todos los asuntos de la vida, tenía una evidente debilidad por la plata. Al oír la confesión de su amigo el librero, los ojos le empezaron a brillar y, sin siquiera darse cuenta, en su mente ocurrió algo: Jacobo Lince había sufrido una metamorfosis repentina y, en adelante, siempre, seguiría siendo otro para él.

—Tengo tarjeta de residente, desde entonces, pero prefiero vivir aquí. Esa plata está invertida en unos títulos y crece, crece, porque yo no toco un céntimo, ni lo aprovecho ni nada, salvo migajas de los intereses. Algún día tal vez lo herede mi hija, y eso es todo, pero no quiero que ella sepa que yo tengo semejante capital. Me da cierto gusto que me desprecie un poco por ser un segundón. Es una lección póstuma que le estoy preparando, una lección inversa a la de mi madre la difunta. Últimamente me interesan las huellas que quedan. Es lo que he estado pensando en estos días de enfermo, profesor, y este es mi problema, no digamos algebraico, sino vital.

Jacobo hizo una pausa, como para reunir bien las ideas en su cabeza. Acomodó las almohadas y se incorporó apoyándose en la cabecera de la cama.

—El amor deja huellas, pero dónde. ¿Dónde, profesor Dan? Eso es lo que he estado preguntándome en esta semana de recuperación. Es agradable estar enfermo, a veces, sobre todo cuando uno sabe que se está reponiendo y cada día las heridas duelen menos, menos, hasta que casi no duelen, esconden sus filos, se amellan las cuchillas, y casi sonríen, casi hacen cosquillas desde sus costras e hinchazones. El amor deja huellas, profesor Dan, supongo que deja huellas, pero yo no sé bien dónde ni cómo.

»Esta vez parece que todo está muy claro. Intenté acostarme con una muchacha que es novia de un mafioso y ese amor me dejó en el cuerpo unas huellas evidentes, que usted mismo puede ver: todos estos morados e hinchazones. ¿Y entonces del matrimonio con mi esposa, o de todas mis otras relaciones

107

ocasionales, qué huellas me quedaron en el cuerpo o en eso que antes se llamaba el alma? He estado dedicado a preguntarme esto toda la semana. No he hecho otra cosa que lamerme las heridas y mirarme los golpes desde la machacada del miércoles de ceniza, que ya era jueves en la madrugada. Los leñazos me dejaron de cama, como usted puede ver. Las huellas del amor, en cambio, son mucho más tenues, menos escandalosas.

»Al principio estuve muy concentrado en los turupes, en el aguasangre que se volvía costra; de día y de noche me tocaba los puntos dolientes, que eran casi todos los rincones de mi cuerpo, desde los dientes, mire, este incisivo lo tenía flojo, pero ya parece que se hubiera fijado una vez más al hueso del maxilar. Me detenía en cada sitio, empezando por la nariz de boxeador, hasta llegar a la punta de los dedos de los pies, pasando por infinidad de puntos intermedios. Me tomaron varias radiografías (tórax, cráneo, brazos, piernas) y por suerte no me encontraron ningún hueso roto, fuera de una fisura en el tabique de la nariz. "Esto lo mejor será dejarlo quieto; si me pongo a operarlo le cambio el perfil", dijo el especialista. Lo de los testículos hinchados, si usted los hubiera visto, profesor, parece que tampoco es grave, salvo el dolor, y este se me ha venido pasando con hielo y con paciencia. Tal vez los testículos hinchados sean también una huella del amor... Qué va. Es tan evidente la imagen, que me parece tonta.

»Pero sin usar metáforas baratas puedo decirle que esta vez me gustó que el amor, un amor que ni siquiera se consumó, profesor (a usted no tengo por qué ocultarle la verdad), que este amor, al menos, hubiera dejado huellas. Porque de todos los otros amores, amorcitos, amoríos, el único rastro que me queda es un recuerdo que se va borrando, una sensación de algo que queda inasible, insatisfecho, triste de nuevo. A mí me gusta el amor furtivo, profesor, y creo que no estoy preparado para ningún otro, pero nunca he podido saber por qué es el único amor que me gusta, si no crea compromisos, ni deja huellas, ni cura la soledad. Me encantan los besos clandestinos, cargados de saliva dulce y de mordiscos dulcísimos, me gustan las caricias entre pecho y espalda, sobre todo si me las hace una mujer a la que no conozco; disfruto con las frases y gritos enardecidos, y añoro esas humedades y esos líquidos que entran en contacto al unir durante breve o largo espacio esas partes que se atraen y se jalan y se juntan y se rozan y se estrujan y se vacian y se sacian, y que con nombre latino y solapado llamamos genitales. Tal vez por eso no me guste la simple paja, profesor, porque sin humedades e intercambios de babas y de humores (aunque no dejen huellas), no me parece que la cosa sea completa. Tal vez sea eso: que yo he preferido siempre el amor sin huellas, sin rastro, sin consecuencias ni compromisos, pero no el amor virtual; no llego a tanto, quizá me falte una mente más profunda, más matemática, menos realista. Al menos durante, porque después todo es igual: un recuerdo impalpable, pero durante, no, prefiero el amor real aunque no deje huellas. Porque, le pregunto otra vez, ¿dónde deja huellas el amor? No en el corazón, o en eso que la gente propensa al lirismo llama el corazón. En la memoria, tal vez, sí, pero esas son huellas leves, inofensivas, restos de recuerdo que no ponen en riesgo a nadie y que se van borrando. Eso es lo que opino: que son muy tenues y casi inocuas las huellas del amor furtivo.

»Mi amor serio, mi amor matrimonial, en cambio, dejó una huella, una huella gravísima, una huella tan honda que comparada con ella todas estas cicatrices no van a ser nada. Pudieron haberme matado y la consecuencia, incluso en ese caso, habría sido menor. Ya le he hablado de eso, pero quizá nunca le he querido explicar su trascendencia, lo que me pesa, lo que me ocupa y preocupa: yo tengo una hija. Ahora tiene diez años, digo, todavía son nueve, y es una huella que me pesa más que mi propia vida. Es más, es lo único importante y definitivo que me ha pasado en la vida. A raíz de esa hija, se llama Sofía, creo que entendí en qué consiste, en el fondo fondo, la grave incomprensión que hay entre hombres y mujeres, entre varones y hembras, entre novios celosos y esposas en celo, entre los dos sexos de este mamífero superior con conciencia que somos los humanos. Me parece que la fuente de la mitad de nuestras desavenencias consiste en lo distinto que sentimos esta única huella seria del amor: los hijos. En los hombres el sexo puede ser unas cuantas señas sin importancia en la memoria (que muy rápido olvida), para la mayoría de nosotros. En cambio en la mujer puede ser una cicatriz que dura la vida entera, es una huella inmensa porque consiste nada menos que en otro cuerpo hecho y derecho. Esa fue la consecuencia del sexo que durante decenas y decenas de milenios temieron las mujeres: algo que crece en el vientre, y chupa sangre y duele y nace y llora y mama y pide y habla. La píldora o cualquier otro método anticonceptivo para las mujeres no puede cambiar la forma de la mente y del sentimiento de la noche a la mañana; en cambio, el miedo a una enfermedad vieja o reciente (sida, sífilis, blenorragia, hepatitis) no le pone coto al programa ciego de fecundadores que traemos en el alma, en nuestro programa vital, los varones.

»Yo lo entendí, profesor, porque me enamoré de mi hija como se enamora una mujer de sus hijos, visceralmente. Porque viví con ella, porque la cargué y le cambié los pañales y la llevé de paseo y la monté en columpios y le di muchas veces el tetero. Si un hombre no se vuelve mujer aunque sea unos meses no puede entender lo que sienten las mujeres, la seriedad con que ellas toman el sexo y las relaciones duraderas. Claro, yo he vuelto a ser el macho tradicional, el fecundador que siembra sus semillas y se larga. Claro que me hice la vasectomía, profesor, porque ya no quiero cargar con esa horrible responsabilidad de dejar una huella definitiva. Pero mi programa ciego sigue activo, y me dice noche a noche, tarde a tarde: fecunda, fecunda, fecunda. Mete tu miembro en toda vulva joven que te ofrezcan, que para eso viniste a la vida. Esa es nuestra tragedia de varones, profesor, que usted tiene la suerte de poder resolver con la mano y la imaginación, quizá por ser algebrista, imaginativo, abstracto, más que por ser hombre.

»Mi matrimonio, que era un buen matrimonio, se desbarató por culpa mía, por culpa de este programa tonto que me llevó a buscar otros cuerpos distintos al cuerpo de Dorotea. No me siento culpable, profesor, no es eso. Todos los hombres somos así, o casi todos, y los que no ejercen es porque tal vez no tienen oportunidades, o nacieron con la fortuna de ser desganados, flojos de hormonas, faltos de apetito. Son hombres raros, así como algunas mujeres también son raras: las muy ganosas, las perras como solemos ser perros los hombres, y que son infieles sin pudor y sin reglas, sobre todo con tipos que les parecen buenos como portadores de semillas, garañones de algún modo preferibles a sus propios maridos. Pero en fin, en este caso el que falló fui yo, fiel a mi instinto más que a mi mujer. Y no con culpa. Lo hice casi sin darme cuenta, engañándome a mí mismo como me sigo engañando desde entonces, creyéndome enamorado cada vez que creo que puedo sacar placer de una mujer distinta. Pero ya al menos sé que lo mío es una tragedia, una trampa del instinto, una guerra perdida al final, siempre, pero que sin embargo quiere pelear mil batallas y ganarlas. El sexo es eso: mil batallas vencidas para al final perder la guerra. Mejor dicho, la guerra es imposible de ganar, la guerra consiste en esas batallas que se suceden una tras otra, y nada más.

»Esta vez, al menos, en esta batalla de la semana pasada, me ocurrió algo interesante. Al fin el amor furtivo se puso serio y me dejó todas estas huellas en el cuerpo. Algo es algo. El mafioso protector de Camila me llevó hasta el borde de la fosa, y eso tiene algo de bueno, que me ha recordado todo esto. Ahora ella me llama a veces, compungida, culpable, consternada, y se ofrece para venir a cuidarme un rato, que es como decirme que me ofrece su cuerpo. Yo le digo que no; me dan miedo todavía las advertencias de los matones, y le digo "mejor seamos prudentes, Camila, no sabes lo que duelen las patadas en las güevas". Al menos la hago reír. Esta vez pagué cara mi noche de boleros, el amacice, los besos y las caricias en el taxi, mi perpetua erección, la dicha de mi brújula. Muchas otras veces he llegado hasta el final, he pasado noches enteras, completas, sin ninguna consecuencia fuera de los humores que se entremezclan y se derraman, saliva, semen, secreciones, sudor. Al fin y al cabo tiendo a pensar que para los hombres el sexo es una experiencia siempre feliz y siempre sin consecuencias graves. Esta vez la vida me recordó que el sexo también es una cosa seria y que por su causa se ha matado más gente que por la misma comida, o por el territorio, o por la religión, o por los bienes. Pero ahora vámonos a dormir, profesor, que es muy tarde y ya me he puesto pesado con mis reflexiones.

»¿Mi matrimonio? Pues ya le dije que fracasó por lo mismo de siempre o casi siempre. Porque quise abrazar el cuerpo de otra ni siquiera más joven ni más bonita ni más rica, sino simplemente otra. La ley de la variación que nos gobierna, o, como decía un poeta cojitranco: "El mayor apetito es otra cosa, aunque la más hermosa se posea". Me descubrieron, y no me machacaron hasta dejarme sin sentido, pero Dorotea resolvió separarse, y separarme, sobre todo, de mi hija, que ha sido lo más duro y lo más grave, porque mi hija es lo único importante que me ha pasado en la vida, lo único duradero. Si fuéramos desmemoriados e inconscientes como leones, como chimpancés, la cosa no me importaría, pero yo sé que lo poco que de mí quedará en esta vida cuando me muera, está ahí, en esa niña, en Sofía. Por eso le tengo la sorpresa de ese dinero de la señora Wills, que dizque fue mi madre y me tuvo a mí y rompió también con el programa más serio de su vida, verme crecer, cuidarme, todo eso.

»Pero a mí siempre me pareció exagerada la decisión de Dorotea de divorciarse de mí por un lío de faldas sin mayor importancia. Le reclamé muchas veces por su irascibilidad, por sus celos y por sus excesos de vigilancia. Yo me creía muy moderno, profesor, y pensaba que el sexo no tenía mayor importancia, al menos el sexo que no lleva al embarazo. Todavía pienso lo mismo, de tarde en tarde, si me conviene. El comienzo de mis discrepancias con Dorotea fue incluso teórico, más que real. Fue verbal, más aún, escrito, pero yo no pretendía abrir hostilidades, ni mucho menos declarar la guerra. Lo que pretendía era dejar un testimonio sincero y escueto de mi pensamiento. Quise declarar en público mi intemperancia, mi falta de continencia. Eso fue tonto, ingenuo, más que sencillamente franco, como pensaba. Y claro, Dorotea lo tomó mal, más que mal, pésimo, y de la rabia de ese día no se repuso nunca del todo.

»Lo que pasó fue lo siguiente: escribí en *El Heraldo* un artículo; lo titulé "Epitalamio", y pretendía ser una alabanza del matrimonio, con motivo de las bodas de una amiga de los dos. El artículo empezaba así: "El matrimonio es una bendición. Y la única forma de hacerlo duradero es la infidelidad". Dorotea tuvo con esa frase, y antes de leer más allá perdió la paciencia. Me llamó por teléfono a La Cuña:

»"Necesito una explicación. Mejor dicho, no hay explicación. El matrimonio no les dura a los maridos perros. ¿Qué es esto? ¿Te crees muy astuto o piensas que me voy a dejar pintar como una imbécil complaciente ante mis amigas y ante mi familia? Lo que escribiste es ridículo, humillante, patético y explosivo. Si eso es lo que piensas, cásate con otra, con todas las otras, y no sigas conmigo".

»"Mi amor…", empecé a decirle yo, muy humilde, muy meloso, con unas palabras que nunca uso, "mi amor", pero Dorotea me tiró el teléfono con un golpe en el oído.

»Y ese fue solo el principio teórico, profesor Dan. Después vino la comprobación práctica de mi teoría, con lo que se acabó del todo mi matrimonio y, lo que es grave, la cercanía con mi hija. Pero aquel epitalamio, en realidad, el comienzo de nuestra batalla conyugal, pretendía ser un elogio sincero del matrimonio, se lo juro. A mí me gustaba el matrimonio, y era franco al decirlo. Me gustaba abrir los ojos por la mañana, estirar el brazo y encontrar un cuerpo cálido a mi lado, con la respiración sosegada, los ojos cerrados y la boca abierta (un pequeño sendero de saliva camino de la almohada). Me gustaba comer en compañía, cocinar entre dos, caminar en pareja, compartir una botella, no esta vida de hotel que se parece a la vida de los hospitales, sin siquiera enfermeras para la consolación de los cuerpos dolientes. Me gustaba tener hijos, jugar con mi niña, y discutir sobre la mejor educación que se puede darles, o si es verdad que uno tiene alguna capacidad verdadera de influir en el carácter de los hijos, como no sea simplemente la aceptación amorosa del carácter con el que nacieron. Me gustaban las frases repetidas, cada vez más previsibles, y los sobreentendidos casi telepáticos de la convivencia. Era bueno hacer excursiones todos juntos, y poner un mantel en el campo, para un pícnic con papas hervidas, vino tinto, huevos duros y pollo de paseo, y rodarse en cartones por las faldas de un pinar, niños y adultos, en un calvero ablandado por un colchón de agujas que hace resbalar bien el cuerpo cuesta abajo, con una deliciosa sensación de precipicio en el estómago. Me gustaba la conversación con las luces apagadas, los chismes del día o de la noche, los comentarios malignos pero cariñosos sobre los amigos. Me gustaba mucho la mutua observación, el permanente señalamiento de los defectos del otro, que es como un alfiler necesario, indispensable, para desinflar la vanidad de cada uno, y sobre todo del macho prepotente. Era cómoda la familiaridad con el olor, con las costumbres, incluso con los tics y con los gestos, con las miserias repetitivas de la máquina del cuerpo (los insomnios míos, las sequedades de ella, los huesos traqueteantes al doblar las rodillas, los dolores de muela). Era bueno el matrimonio hasta el extremo de tener por pareja un detector de mentiras que leía en mi rostro como en un libro abierto. Además yo les temía, profesor, a los graves efectos perniciosos de la soltería que veo en todos nosotros, los que vivimos aquí en este hotel: un egoísmo subido, una progresiva intolerancia, un avance en la avaricia y en las rutinas inflexibles, el descuido en los hábitos higiénicos y la hosquedad de carácter, la tendencia al ensimismamiento, el supremo egoísmo que traen los días sin que nadie señale, reclame ni moleste. Mire alrededor, profesor, mírese usted mismo: todos somos una manada de solterones imposibles.

»Claro, lo que yo menos soportaba del matrimonio, y lo que escribí en ese artículo, lo que fue el principio del fin de mi relación con Dorotea, era ese problema insoluble de la exclusividad del vínculo sexual. Por eso yo escribí, aunque sin insistir mucho en el asunto (por respeto, y porque es inevitablemente muy molesto), que era necesaria, siempre, una cierta dosis de infidelidad. Obviamente escondida, negada hasta la sangre, clandestina. O no infidelidad, que la palabra encierra ya una condena. Digamos recreos del cuerpo, diversiones, distracciones, leves desvíos del camino recto. Solo esas aventuras momentáneas, esas amenas curvas del camino, los burladeros del amor furtivo (contra el toro iracundo que es el matrimonio), hacían de la vida conyugal una carga llevadera, por todas sus otras virtudes, que son muchas, menos su grave defecto, la exclusividad en el trato carnal, la propiedad privada y excluyente del cuerpo del otro (y de su tiempo, por miedo a que el tiempo lleve hasta otro cuerpo). Lo mío no era pura ingenuidad, profesor, no me creo el cuento de la pareja abierta o demás zarandajas: sé que todos, hombres y mujeres, queremos ser los dueños únicos de la entrepierna de la pareja. Que no me la miren mucho, que no me lo toquen. Los varones le tememos a la infidelidad, en últimas y aunque no seamos conscientes de ello en estos tiempos de métodos anticonceptivos, por miedo a que nos empaquen para siempre un hijo ajeno; las mujeres, por ricas e independientes que sean, por temor al abandono y a sentirse desprotegidas, sin la exclusividad de su macho proveedor. Pero esas dos actitudes, muy viejas, muy animales, programadas con sangre y genes en el cerebro más antiguo, pueden contrarrestarse por medio de la razón y de la trampa.

»No hay de otra: esa parte de nuestra honda condición humana solo puede aceptarse con el engaño y con el autoengaño. Engaño: hacerlo sin que el otro, sin que la otra se dé cuenta. Autoengaño: pensar que el otro, que la otra, no lo harán nunca, ni siquiera al escondido. Y más: aceptar tácitamente que lo harán, pero no quererse enterar más allá de una lejana sospecha (lo cual equivale a decir: no preguntar, no indagar, no investigar). Ahí está la verdadera sabiduría del matrimonio, la única que permitiría hacerlo perdurable, la que yo no supe vivir con inteligencia, como habría podido, lo que me ha traído hasta estas soledades y estos golpes. El señor este de las Apuestas Nutibara, que hasta dispone espías y guardaespaldas para cuidar la entrepierna de la estudiante y fotógrafa, su propiedad privada, no se porta muy distinto a como me porto yo, aunque con métodos más parecidos a los de nuestros antepasados de hace cien mil años; él es más fiel a su programa de defensa y violencia, de muerte al agresor que se atreva a acercarse a su hembra. Hasta dio muestras de ser muy civilizado al mandar a sus matones a amenazarme y golpearme, pero no a matarme, como habría podido (como quería el tal Chucho, su matón principal), y muy bien habrían podido, digo yo, porque aquí no pasa nada cuando matan a alguien, como usted lo sabe.

»Fíjese, Dorotea no fue muy distinta a él. Después del artículo se dedicó a vigilarme como un marido celoso, como un cacique de Tierra Fría, igual que el dueño de Apuestas Nutibara con Camila, su moza. Fue terrible; dejé de vivir con una esposa y empecé a vivir con un vigilante, con una espía. Esto llegó a ser casi literal, pues acabó contratando en Tierra Templada un detective que me pisara los talones. Yo en ese tiempo estaba bien con ella, en todo sentido; estaba fascinado con mi hija de meses y con el pecho opulento de la mujer que la amamantaba. En esos días no buscaba consoladores de la carne, se lo aseguro. Ella me vigilaba inútilmente: contaba el número de mis condones en el cajón de las medias (por si un día faltaba uno); revisaba mis correos electrónicos, averiguaba mis claves secretas, revisaba los números más marcados en la cuenta de teléfono, hasta llegó a escarbar en la basura y a pegar los papeles que yo había roto, para encontrar indicios de mis traiciones. También el trabajo del detective privado fue durante muchos meses infructuoso, y Dorotea le pagaba el sueldo por no hacer nada, por no descubrir nada.

»Hasta que un día, sin planearlo, casi sin darme cuenta, caí en una celada más o menos inocente de mi propio cuerpo. Una pequeña tentación no reprimida, aceptada con risa y algo de alegría, con un placer de agua cuando se tiene sed, no con palpitaciones del corazón ni compromisos del alma. ¿Era amor? Claro que no era amor; eran ganas, pero a veces esas cosas se

116

confunden, sobre todo a los ojos de los otros, que suponen que todos los abrazos son iguales. A la salida de la librería, el detective inútil me detectó saludando de beso en la mejilla a una señora joven. Nos siguió y nos vio entrar juntos a este mismo hotel que ha sido el escenario de tantas cosas mías (yo no vivía aún aquí, y no tenía planes de hacerlo, ni remotos). Me vio pagar una habitación. Notó en el tablero del ascensor que la señora y yo nos bajamos en el piso ocho, el de los cuartos de paso. Nos vio salir de nuevo dos horas después, caminar un rato por la calle cogidos de la mano, y luego despedirnos, otra vez de beso, frente a la librería, en la carrera Dante. Y el detective, con fotos y un recuento detallado de las horas perdidas, le entregó su informe a Dorotea, dos días después, en el apartamento de Paradiso que yo había amueblado.

»La niña estaba en esa edad en que todavía no habla pero algo entiende, en que todavía no camina pero gatea, en que se duerme muchas horas de la noche si no duele la barriga. Yo iba a dormir en Paradiso, y esa noche se desató la tempestad. Fue casi un año después del fatídico artículo, inútilmente sincero, sobre el matrimonio, el que había desencadenado en mi mujer la sed insaciable del espionaje, de querer saber, de creer sospechas y negar verdades. Dorotea me recibió con los puños cerrados, me propinó en la cara puñetazos de boxeador (peso pluma, o no tan peso pluma, pues Dorotea es grande, y alta), mucho menos duros que los que me dieron hace una semana, me gritó palabrotas en angosteño y en castellano, me escupió en la cara, me mostró las fotos, me dijo el nombre, profesión, edad y estado civil de la pecadora, y por último me echó de la casa pegándome en la espalda con todos los objetos que fue encontrando a su alcance mientras yo salía: un vaso, un cenicero, una caja de bolitas de cristal y la reproducción en miniatura de una escultura griega. Esa noche volví a Tierra Templada ya muy tarde (más magullado en el honor que en la espalda), con el último metro, dormí en mi vieja cama de La Cuña, en mi antiguo cuarto, y tuve un desesperado ataque de asma, algo que no me daba desde la niñez, cuando mi madre se fue. Fue inútil pedir perdón o intentar reparar el daño. Una muralla infranqueable de furia se opuso, imposible ya de derribar. Siguieron las agresiones de la familia de Dorotea (que en adelante me odió y me trató siempre con una única palabra: perro), la separación y los papeles del divorcio.

»Poco después, por presiones de la familia de Dorotea, muy poderosa, me cancelaron el salvoconducto "por unión familiar" que me permitía pernoctar en Paradiso. "Ya no hay unión alguna que preservar, señor Lince", me explicó un funcionario displicente. Al principio la situación era humillante. Durante varios años, una vez al mes, en la estación Sol, Dorotea atravesaba la frontera, y del lado de T, pero sin ensuciarse, antes de los controles, me entregaba a la niña por encima de los torniquetes. Yo pasaba el día con la niña (de dos, de tres, de cinco años) unos días agobiantes y apresurados en que intentaba divertirla de una manera histérica: helados, pizzas, parques de diversiones, juguetes, zoológico, librería, compra de chucherías y de ropa. Sofía lloraba a ratos y desde muy pronto quería volver arriba con Dorotea, a Tierra Fría. No me conocía sino como de lejos, en esos brevísimos ciclos mensuales en los que no alcanzábamos a establecer un nexo de padre e hija. A las siete o a las ocho yo, exhausto, devolvía a la niña somnolienta, casi con alivio, por encima de los torniquetes del metro, en la estación Sol, a una Dorotea que a duras penas me saludaba y se llevaba a la hija, haciéndole preguntas y carantoñas, hacia el Check Point. Lo pasaban rápido, con una inclinación de cabeza de los chinos al ver su tarjeta azul de residente, en la que estaba inscrita también Sofía, aunque fuera hija de ese segundón que se quedaba mirando desde lejos, los ojos muy abiertos, ya nostálgico del mes vacío que seguiría del otro lado, entre la librería, las traducciones y las clases de Inglés en Tierra Templada.

»Durante varios años de furia, peticiones inútiles, ruegos, desasosiego, me fue negado todo permiso para entrar en Tierra Fría. No tenía permitido ir a ver a mi propia hija. Y Dorotea dejaba que la viera en el Sektor T solamente una vez al mes, los

118

sábados o los martes, según su capricho, de diez de la mañana a ocho de la noche. Punto. Sofía aprendió a hablar con el acento de arriba, a vivir con los caprichos de arriba, con las costumbres ostentosas de los padres de Dorotea, un industrial blanquísimo y una matrona tirolesa a la que le gustan las novelas de detectives, el cerdo en todas sus manifestaciones culinarias y los juegos de cartas. Y yo, culpable de traición y de adulterio, ya no tenía hija, o sí, pero una niña lejana que me miraba como a un molesto pariente pobre al que su madre obligaba a ver de vez en cuando y de muy mala gana. Hasta que ocurrieron dos milagros casi simultáneos: Dorotea consiguió novio, volvió a casarse (y eso mitiga todos los odios y vela el resentimiento), y mi difunta madre se murió de verdad. Vino el milagro del clavo que saca otro clavo, y el milagro de la señora Wills, ese millón que me dio entrada a Paradiso y a las clases allá, y que me dio esta nueva seguridad que ostento y pocos saben en qué se apoya y dónde se origina.

»Dos veces me han castigado, profesor, por el amor furtivo; esa primera vez, fundamental, y esta vez, en que pudieron haberme matado, pero solo me dejaron magullado. Y no por esto pienso cambiar de vida, por trágica que sea, profesor, pues si cambiara dejaría de serme fiel a mí mismo. En fin, profesor Dan, creo que ya le contesté todas sus preguntas; ahora le propongo que nos vayamos a dormir, mire la hora que es.

CUADERNO DE ANDRÉS ZULETA

Tierra Fría. La persona que me entrevistó y contrató, doña Cristina de Burgos, la esposa del presidente de la fundación, es una señora coja, vieja y alegre. Tiene casi setenta años y sin embargo vive de buen genio y todo lo emprende con unos ánimos de quinceañera. Puede que sea alegre gracias a sus millones —aunque yo he conocido millonarios amargados—, pero en todo caso ya es un mérito que no la hayan afligido ni la vejez ni la cojera. Hay personas que nacen con la alegría por dentro, una alegría que no doblegan las calamidades y menos las molestias, y que solamente puede ser quebrada por una catástrofe. Creo que mi jefa nació con la suerte de tener ese temple. Me gusta doña Cristina por su entusiasmo, y además la quiero porque me dio el trabajo a pesar de que yo no tengo ningún título (o solo el dudoso título de ser un segundón) y aunque le confesara que en mi vida yo no había sido otra cosa que estudiante, o si mucho poeta, y mal poeta.

«Está bien», me dijo, «aquí no será lo mismo, ni podrá hacer grandes alardes de lirismo, pero puede que le sirva la experiencia».

Luego sonrió con una ironía que no me pareció hiriente y añadió:

«Le va a tocar meterse en la prosa del mundo. Ah, y a propósito de prosa, un último consejo: póngase cinturón, para que no se le caigan los pantalones».

La oficina queda en la parte más elegante de la zona comercial de Tierra Fría, en el segundo piso de este valle. No todos tienen el privilegio de poder trabajar en Tierra Fría. Allá todo es más limpio, el aire es transparente, está lleno de parques y de árboles, los novios se besan en las esquinas, la gente puede salir de noche y se sienta en las bancas a conversar, los almacenes son tan caros que a uno le da miedo hasta pararse a admirar las vitrinas, no vaya a ser que le cobren por mirar. Yo antes había ido a Tierra Fría, claro, pero como quien dice de turista, porque uno ahí, si no es muy rico, se siente un extranjero. Los únicos ciudadanos de Tierra Fría son los que tienen plata, mucha plata, los que se sienten blancos aunque su piel refleje otro color.

Para ir desde La Comedia hasta Tierra Fría debo caminar unos diez minutos hasta la estación Central. Ahí se juntan varias líneas del metro. Cojo la línea A, que sube a Paradiso, hasta la estación Sol, donde queda el Check Point. La línea A es una especie de tren en ascenso que sale desde Tierra Templada, en la parte intermedia de Angosta, en Barriotriste, y llega hasta el

120

principio de Tierra Fría, no muy lejos de la oficina. La línea A funciona con grandes vagones amarillos que pasan cada cinco minutos (cada dos, en las horas pico). Desde la estación Central hasta Sol, donde debemos desembarcar todos los segundones o calentanos que queramos pasar al otro lado, pues es la que está debajo de la frontera, hay unos veinte minutos en ascenso continuo. En los subterráneos de Sol hay un túnel con ventanillas y zonas de inspección donde es obligatorio mostrar los documentos. A veces se forman colas y aglomeraciones, pero casi siempre los funcionarios chinos son eficientes y en cuestión de media hora se hacen los trámites de inmigración. Al salir de Sol hago siempre el mismo recorrido: costeo la Plaza de la Libertad, miro la odiosa estatua de Moreno, tomo por la Avenida Bajo los Sauces, doblo a la derecha por la calle Concordia, y en el número 115 llego a mi destino.

La empresa funciona en una vieja mansión de familia convertida en oficina. La casona tiene dos pisos y es tan grande que el espacio ha sido dividido en tres partes. En el piso de abajo están las oficinas donde yo redacto la correspondencia y donde trabajan la señora, a veces una de sus hijas, y otras quince empleadas más, todas mujeres. Yo soy el único hombre en esta empresa, sin contar a John, el chofer que hace los mandados, pero ese vive en la calle, llevando encomiendas, trayendo reclamos, recibos y facturas, o repartiendo cartas y folletos con los análisis, las estadísticas y las denuncias de la fundación.

El segundo piso de la casa está dividido en dos espacios. En la parte de adelante, la que da a la calle, queda el consultorio del doctor Burgos, que ahora permanece cerrado casi siempre. En la parte de atrás queda la presidencia de la fundación, es decir, el despacho del doctor Burgos, el marido de la señora, que es médico, aunque hace años que no ejerce la medicina y ahora se dedica a obras de filantropía. Él es el presidente de H, y quizá por eso mismo no se ensucia las manos con casos menores, como contratar redactores de informes, que es lo que yo soy. Él se ocupa de lo verdaderamente peligroso e importante: torturados, secuestrados, desaparecidos, pobres, desplazados, los deportados de Guantánamo, cosas así. El doctor Burgos explica que él ya no ejerce la medicina sino la poliatría, o sea que se ocupa de la curación de la polis, es decir, en su caso, de sanar a esta incurable ciudad de Angosta. El doctor Burgos, cuando llega en su carro blindado, sale del garaje y se mete por un patio central que da a un corredor, hasta que se encuentra con las puertas, también blindadas, de su despacho. Él prefiere la parte de atrás porque no da a ninguna calle, no pasan carros ni gente y es más silenciosa. Creo también que se siente más seguro en el fondo, al menos con el obstáculo de dos puertas cerradas.

Todos los días, de lunes a viernes, paso al otro lado. Los sábados y domingos son para mí. Muestro mis documentos de identidad y enseño lo más importante, el salvoconducto. Los segundones con permiso de trabajo permanente tenemos que escribir una contraseña en un teclado verde, y pasar luego a la sala de inspección. Allí me escanean de arriba abajo, y si las máquinas no funcionan tengo que desnudarme y dejarme auscultar. Lo peor es cuando las máquinas no funcionan, porque los agregados de inspección tienen unas manos pegotudas y unas maneras falsamente cordiales de tocar.

Hace unos meses hubo un recrudecimiento de los atentados del grupo Jamás y desde entonces las medidas de seguridad se han vuelto oprimentes. Miradas torvas y llenas de sospecha tratan de identificar a cualquier portador de la peste. Todos los que vienen de abajo, sobre todo si son calentanos, pueden llevar adentro la semilla de la muerte. Ha habido incluso atentados suicidas, por triste imitación de casos lejanos, incluso con lavado de la mente y promesas de vida celestial. Estos kamikazes que buscan el cielo a través del martirio son astutos, se visten bien, llegan recién afeitados y con la ropa muy limpia, la cara les huele a agua de Colonia, y de pronto saltan por el aire, una gran explosión ilumina la zona de los dones, y todo se vuelve cuerpos lacerados, miembros desperdigados, sangre a borbotones, sirenas de ambulancias, gritos de auxilio, desesperadas voces de socorro que no pueden detener la arrogante modestia con que la muerte llega. Del portador de peste apenas queda un humeante montículo de ceniza en el que los policías tratan de encontrar algún resto de carne donde practicar las pruebas de genética que los conduzcan a los familiares —sus casas son destruidas y todos los miembros de la familia son esposados y llevados a los campos de Guantánamo—. Se buscan cómplices, y todo conocido, por remoto que sea, se convierte en sospechoso para la eternidad.

Cada vez que hay un atentado, sin falta, caen los magníficos fuegos artificiales de los misiles teledirigidos desde los satélites. Aterrizan con gran estruendo en Tierra Caliente, y casas, cuevas de terroristas —o eso se dice—, supuestos arsenales saltan por el aire en mitad de la noche, y nuestros ojos atónitos miran el chisporrotear de las llamas, el fuego danzante entre el viento y el rocío que llega desde el Salto. Uno se duerme con ganas de que sea ya otro día y los bombardeos terminen. Los tercerones, al amanecer, recogen sus muertos, renuevan su odio y juran venganza eterna contra los dones. De ahí se nutren los kamikazes de Jamás.

Entre nueve y nueve y media entro a trabajar. La hora es flexible por los percances que pueda haber en el Check Point; en esto la señora y el señor Burgos son muy tolerantes. En esto y en todo. Los chinos, cuando son nuevos —y esto ocurre con cierta frecuencia porque son muchachos que prestan servicio militar—, son un desastre para las máquinas y no saben moverse entre los papeleos burocráticos. Algunos no reconocen el alfabeto occidental. Detrás de vidrios blindados están los jefes máximos, casi invisibles, pero se distinguen porque son blancos o rojizos, norteamericanos que con ojos incrédulos miran el desastre, el desorden imposible de los chinos novatos, sin poderlo enderezar. Son supervisores, pero sus quejas no llegan a ninguna parte y ya están resignados a que todo funcione mal. Los chinos hablan en chino, y con las filas de TS (Trabajadores Solidarios, eso soy yo) en mal inglés. Yo tengo en regla mis papeles de TS. En muchas semanas de pasar y pasar no me han hallado ni un alfiler ilegal. No podría tener una hoja más limpia, y sin embargo cada mañana es la misma tortura: media hora de fila, un cuarto de hora de escáner e inspección, dos horas cuando las máquinas están descompuestas. Entonces nos tocan todo el cuerpo con las manos y a veces nos desnudan para inspecciones completas. Las mujeres van por otra fila y las requisan chinas de su sexo. Cuando las máquinas están dañadas a mí me gustaría ser mujer.

—Hay una manera de poder verla sin peligro —dijo el señor Rey, sentado en el sillón de lectura de Jacobo, de espaldas a la ventana.

—¿Y cómo podría ser? —le preguntó Lince desde la cama, tapado a medias por una sábana y ya con todas las hinchazones y los dolores atenuados por una semana larga de convalecencia.

—Al final de esta cuadra, apenas al otro lado de la calle, queda el consultorio de mi hermano, que es odontólogo. Ella podría ir allí a una consulta, a varias consultas, a un tratamiento largo de conductos, o de ortodoncia, a un reemplazo de las calzas de amalgama (el plomo es tóxico, dicen ahora) por rellenos de resina.

—¿Y con eso qué?

—Nadie lo sabe. O casi nadie. Es un residuo de los tiempos idos. Hay unas escaleras internas que dan al sótano del edificio donde está el consultorio de mi hermano. En ese sótano hay una puerta, y esta llave amarilla abre el candado de esa puerta. —El señor Rey sacó dos llaves del bolsillo de la chaqueta—. Ahí arranca un pasadizo oscuro (hay que llevar linterna), de unos noventa metros, que llega hasta otra puerta. Esta llave plateada abre el candado de esa otra puerta, una reja de hierro. Cuando ella la abra, estará en el sótano del hotel y podrá subir a cualquiera de los pisos por la escalera de servicio.

—Camila tiene que pedirle una cita a tu hermano el dentista.

—Ajá. Y llevar las llaves y una linterna. Luego venir aquí, digamos una hora. Y volver a salir por los sótanos y por el consultorio. Nadie se daría cuenta de que vino al hotel a encontrarse contigo.

Jacobo estuvo pensando un momento. El único problema que veía era cómo avisarle a Camila del sistema. No confiaba en la privacidad del mail y pensó en un método más anticuado. Cogió el teléfono y llamó a Jursich a la librería.

—Dionisio, necesito que llames a la fotógrafa del otro día, sí, a Camila. Dile que vaya a La Cuña por otro libro útil para su tesis. Una sociología de Angosta en los tiempos del Apartamiento escrito por otro absurdo profesor alemán. Dile eso. El teléfono te lo voy a dictar. Voy a mandar un sobre para que se lo entregues —Lince colgó el teléfono.

—Exacto, Jacobo. No sabes el gusto que me da poder ayudarte en algo; y poder darles por donde se merecen a esos que se dedican a dar golpes. Lo que hay que a hacer ahora es pedirle la cita a mi hermano. ¿Te parece bien a las diez de la mañana, el martes? Digamos de diez a doce. ¿Será suficiente para un primer encuentro? O segundo, o tercero, no sé bien... —El señor Rey sonreía satisfecho.

A continuación llamó al consultorio y le dijo a su hermano que necesitaba un servicio como en los tiempos de los toreros, los cantantes y los presidentes, pero para un huésped menos ilustre esta vez, el primo Lince, que estaba en un aprieto. Los hermanos parecían entusiasmados, se hacían chistes privados reviviendo viejas glorias y viejos servicios casi olvidados del Gran Hotel La Comedia. Después el señor Rey le dictó a Jacobo las instrucciones para Camila y metieron en un sobre la hoja con las señas y las llaves de las puertas. Jacobo le rogaba en la nota que sacara también una copia de llaves para él, y que se las trajera. Que quemara además las instrucciones cuando se las aprendiera; no debía dejar rastros de nada. Tenía que pedir una cita a la hora que ella pudiera, si no podía el martes a las diez. El dentista se lo haría saber al gerente del hotel, o a él directamente. El señor Rey llamó a un maletero y le pidió que llevara de inmediato ese sobre hasta La Cuña, para entregárselo al señor Jursich.

Eran las diez y cinco del martes cuando Camila tocó a la puerta. Tenía algunas telarañas enredadas en el pelo, pero venía con una cara radiante, una sonrisa de picardía satisfecha, y corrió a la cama a revisar el cuerpo de Jacobo. Arrojó al suelo la cartera y la linterna rodó hacia un lado. Le quitó la sábana, le abrió la camisa. Tocaba cada morado suavemente con las yemas de los dedos, y después con la lengua. «Perdón por esto, y por esto, y por esto», iba diciendo herida por herida y tumefacción por tumefacción. Jacobo volvió a oler el perfume a posesión y volvió a acariciarla como en la noche del baile en Pandequeso, como en el taxi que la llevó al apartamento por el estadio. Siguieron los mismos besos de aquella noche, y las manos buscaron las partes todavía nuevas de los cuerpos. Estaban desnudos los dos y se miraron largamente, felices. Al rato estaban confundidos ya en ese abrazo completo con el que Jacobo venía soñando y que había pagado caro por anticipado. El riesgo que corrían, el temor a ser descubiertos, los hacía más violentos. Después de las once ella salió corriendo, Mata Hari furtiva por los túneles de una ciudad secreta. Jacobo se quedó desnudo, en la cama, mirando hacia el techo. Era un amor agradable, a pesar de lo peligroso, pero era triste que la única hondura que tenía ese amor fuera el peligro. Porque Jacobo no sentía ningún amor por Camila, y ni siquiera afecto, solo un deseo intenso e insolente de olerla y penetrarla, quizá lo mismo que sentía el Señor de las Apuestas. Sacó un par de cuentas en su cabeza y concluyó que esa muchacha no era otra cosa que unos sesenta o sesenta y cinco kilos de buena carne, nada más. Era casi siempre lo mismo con sus amantes ocasionales: entraba en ellas, como se lo indicaban sus instintos, con la flecha que se hundía por la húmeda rendija entre sus piernas, deliciosamente estrecha, perfectamente angosta, como la puerta que conduce al paraíso, pero al salir del cielo se hallaba otra vez afuera, perdido en su limbo de indiferencia, sin saber si quería entrar otra vez por esa estrecha puerta, a gozar las delicias, o si era mejor quedarse en el limbo de sus libros. Debía dejar pasar un día, al menos, para poder volver a desearlo, para poder engañarse otra vez con el pensamiento de que eso, tan solo eso valía la pena de vivirse en esta vida: la entrada por la angosta rendija, por la alcancía jugosa donde sembraba su semilla estéril.

Después de ese día las citas de Camila con el odontólogo se multiplicaron. Se hizo un tratamiento de conductos, primero. Luego algo de ortodoncia en dos incisivos inferiores que se le montaban uno sobre el otro. Después emprendió el cambio de todas las amalgamas por resinas modernas. Sin saber qué más inventar siguió con el blanqueamiento. A veces los guardaespaldas del Señor de las Apuestas la acompañaban hasta la sala de espera, y se quedaban ahí o volvían por ella una o dos horas después. Ella se escabullía por el pasadizo y corría a La Comedia. Eran visitas breves, pero muy intensas, porque no podían ser más de una o dos por semana, para no delatarse, y a veces había tenido que cancelar alguna, por orden del Señor de las Apuestas. El mafioso que mantenía a Camila era un tipo de cuidado, y ella estaba advertida de que su fin sería una larga caída por el Salto de los Desesperados, de piedra en piedra hasta que se la tragara la tierra, en caso de ser hallada culpable de traición. También Jacobo sabía que lo vigilaban, pero confiaba en que sería muy difícil que descubrieran el secreto. No se escribían ni se llamaban por teléfono; jamás se veían en otro sitio que no fuera el hotel. Pero aun así para Camila no era fácil eludir los controles de ese señor que no era su marido, que la mantenía y a precio de mantenerla la vigilaba más que si fuera el legítimo esposo, con una desconfianza y una furia de orangután envejecido y asediado por enemigos menos viejos.

Camila se presentaba en el consultorio de repente. A veces pedía la cita solo un momento antes, a cualquier hora (tres de la tarde, diez de la mañana, siete de la noche). Llegaba al hotel ya lista, ya dispuesta, y casi sin mediar palabra ella y Jacobo se enzarzaban en un asalto de sexo incandescente, tierno y violento, lento y apresurado al mismo tiempo. Tenían en la memoria el miedo al Señor de las Apuestas, pero se vengaban de él como quien se venga de un dios tirano e impotente, ciego a veces. Se arrancaban la ropa a zarpazos, se besaban todo el cuerpo con lengüetazos felinos, y todo el rato sumergidos en una oscura sensación de peligro y de muerte que hacía cada encuentro más intenso, con la corazonada permanente, en ambos, de que esa podría ser la última vez que se veían, lo que los hacía abrazarse siempre con un afán y unas ansias de primera vez, al mismo tiempo desvirgamiento dulce y dura despedida.

No había conocido nunca Jacobo a una mujer más ávida, o más vehemente, para usar una de esas palabras que ya no se usan. Las humedades marinas de su bajo vientre, que Jacobo lamía y penetraba, un charco de ostras frescas, un pulpo de ventosas inmensas, un perfume picante, un agobio de selva, estallaban una y otra vez con gemidos de fiera herida, en emisiones de goma como clara de huevo que lo embadurnaban hasta los muslos, en acosos frenéticos (más, más, más, préñame, préñame, más hondo, más, sin parar, más, más, preñada, preñada, déjame preñada, ay, ay, mamá, despacio, ay, rápido, no, ay, sí, por Dios, aaaaaaaahjhhhiiiaaaaahh), y luego en unos gritos que hacían temblar las ventanas y protestar a los huéspedes del tercer piso. Jacobo trataba de contener por mucho tiempo sus emisiones (para esto leía métodos japoneses en su librería), para intentar darle gusto, pues Camila era capaz de asaltos de dos horas, con tantos orgasmos que a veces no cabían en los dedos de las manos, y largas tandas de alaridos. Cuando ella se iba, corriendo hacia sus citas absurdas con el dentista (que le cambiaba una amalgama a las carreras, para justificar tanta dedicación), el cuerpo y la mente de Jacobo tardaban todo el día en reponerse del aturdimiento producido por los gritos, de los morados dejados por los mordiscos, de las tumefacciones en las partes asediadas con deliciosos golpes de pelvis y viscosos masajes de caverna. De noche y de día relámpagos de visiones de su cuerpo lo despertaban excitado, o lo hundían en un ensueño erótico que endurecía la mitad de su cuerpo con blandas reminiscencias. Era un amor sin hondura, sí, era un amor superficial de pura piel; nada hondo había en Camila, fuera del miedo al Señor de las Apuestas, el terror al abismo del Salto de la muerte, pero eso los unía con ese firme lazo que tiene lo prohibido cuando además de prohibido es peligroso.

CUADERNO DE ANDRÉS ZULETA

Ropa. Cuando la ropa sucia ya no cabe en el canasto de mi cuarto, la llevo a una lavandería de monedas que está en mitad de la calle de los autobuses, a cinco manzanas de La Comedia. El ruido de esta calle es infernal, el humo es inclemente, y todas las caras de quienes andan por las aceras van teñidas de negro, inmundas por el hollín. También la mía, los días en que voy a lavar. Lo que sucede es que en el hotel cuesta demasiado y no hay otro sitio por el barrio donde pueda lavar la ropa sucia. La divido en blanca y de color. Meto las monedas, echo el detergente y me pongo a esperar sentado en una banca, la mirada en el vacío, o en las caras vacías de las personas que esperan como yo a que termine el remolino monótono de las lavadoras. Nunca nos dirigimos la palabra. Huele a lavandería, la puerta está siempre cerrada para que no se cuele el humo de los escapes, y nos envuelve el vapor, el sofoco, casi como en un baño turco, mientras afuera pasan interminables filas de autobuses atestados, caras con hollín, miradas hacia el suelo. Antes llevaba algún libro, pero al salir de ahí tenía las hojas arrugadas de humedad y en el trayecto por la calle de los autobuses se le pegaba el hollín, por lo que me quedaba en las manos un calendario negro que no valdría nada ni para mis vecinos de La Cuña. Así que espero, sin hacer nada, y recito por dentro poemas que me sé, y cuando se me acaban pienso en algo o pongo la mente en blanco y llego a una especie de serenidad. Cuando termina el lavado meto la ropa mojada en inmensas centrífugas de secado. Salgo después de una hora, de hora y media si hay turnos, pero antes de salir envuelvo mi atado de ropa limpia en bolsas de plástico, para que no se me llene de hollín mientras camino por la calle de los autobuses. En mi cuarto del gallinero tengo un armario con cajones y ganchos de plástico. No plancho nada, en la fundación no me lo exigen, puedo ir con las camisetas arrugadas, y ya me estoy acostumbrando a no usar ropa planchada. Al menos esto lo he aprendido a apreciar de mi madre, nada más: que me planchaba la ropa.

Cerca de la lavandería hay una zona fronteriza, casi de tercerones. Es un laberinto de calles sin asfalto, polvorientas a veces, en los meses secos, empantanadas hasta los tobillos en los meses de lluvia. Pero por ahí no me adentro casi nunca, solo cuando quiero ir hasta un restaurante de comida rápida, para llevarme algo ya preparado al hotel. Por todas esas calles se ve lo mismo: las farmacias, las tiendas, los graneros, los estancos, todos los pequeños negocios tienen rejas de hierro para prevenir los atracos. Atienden por una ventanilla minúscula, con ojos asustados, y desconfían hasta de las monjas.

Angosta es difícil de entender, para los forasteros, y todos en el fondo somos forasteros en Angosta, porque es imposible seguir el ritmo de su crecimiento, arriba y abajo, en cualquiera de sus dos mitades o de sus tres cascos. La topografía del valle es plana, pero ambos lados del río tienen partes altas, hacia las cordilleras que rodean el valle. El río es inmundo, color mierda, y los segundones soñamos con una corriente de agua que sea como el río Cristalino que hay en Tierra Fría. Los habitantes de Paradiso, en cambio, aburridos de tanto orden y control (en su sektor no hay ni siquiera un rastrojo), sueñan con pasar noches de farra en uno de los sectores de abajo; los habitantes de Boca del Infierno añoran un trabajo, una casa en T, un permiso para pasar temporadas en Paradiso. No quiero esquematizar ni dividir a Angosta en ricos y pobres. La cosa es más ambigua de lo que parece, aunque obviamente en Paradiso, que ahora conozco mejor, viven los más ricos. El caso es que tenemos archimillonarios mafiosos también en Tierra Caliente, con casa de veraneo e hijos naturales que viven en Tierra Fría. Yo antes no lo sabía, pero en la fundación hay montones de estudios y de documentos. He leído una tabla demográfica. Por cada habitante de Paradiso hay tres en el Sektor T y doce a los pies del Salto. No se sabe bien, en realidad, cuánta gente vive en Boca del Infierno; han intentado hacer censos, cada cinco o seis años, pero la gente se esconde, no se deja entrevistar, temen ser expulsados aún más lejos, o que los datos sirvan como información para los operativos sangrientos de la Secur. Las cifras más precisas hablan de seis millones (pero podrían ser ocho si se cuentan las invasiones de desplazados que se acumulan hacia las lagunas fétidas de Babilonia, casi llegando al Bredunco). En el mismo espacio, pero claro, con parques y avenidas y mejores servicios, vive medio millón de habitantes en Tierra Fría. Hay fábricas tanto arriba como abajo, pero son muy distintas, y los obreros de las fábricas de Paradiso parecerían la élite limpia de los barrios menos astrosos del Sektor C, si pasaran a estos lados y los vieran. Desde que trabajo en la fundación estoy dejando de ser poeta para volverme sociólogo. Eso me aburre, pero al menos me entero de dónde estoy parado. Es la prosa del mundo, como dice mi jefa, la dulce señora Burgos.

Nido. Lo estoy vigilando desde hace algunos días. En un rincón entre el techo y el tragaluz, una tórtola empezó a hacer un nido. El nido lo completó en poco tiempo y ahora pasa casi todas las horas del día y de la noche empollando sus huevos, que son tres. Durante el día nos miramos y creo que la tórtola ya me tiene confianza. Tal vez ha notado que yo no he vuelto a abrir el tragaluz, por protegerla, aunque me gustaría airear un poco el cuarto. He optado por comer cosas crudas (frutas, yogur, si mucho un té) con tal de que la pieza no se me llene de olores. Al alba siento un arrullo y un piar. Me gusta más despertarme así que con el despertador. También con sus ojos fijos la tórtola me dice que ya es hora de apagar la luz, por las noches. Anoche, al apagarla, del hueco oscuro de la memoria brotó una luz, mejor dicho, una frase. Es un antiguo poema que ya no recuerdo dónde leí y que decía, más o menos: «Tienen los pájaros sus nidos empezados, menos tú y yo, ¿a qué esperamos

131

ahora?». Lo malo es que este poema está dirigido a alguien y yo no tengo a nadie a quien dedicárselo.

Con el tiempo y las visitas de Camila, el apetito, todos los apetitos fueron regresando a la mente y al cuerpo de Jacobo. El mejor síntoma de su recuperación fue que una noche sintió ganas de salir, finalmente, de caminar, y harto del eterno menú internacional de La Comedia, se antojó de comer en un restaurante que hacía mucho tiempo le había recomendado Quiroz. Como el espectro de Agustín ya no come ni camina, no quiso acompañarlo, pero le dijo que era el mejor restaurante chino de Angosta, o al menos eso le parecía antes, cuando aún padecía el vicio incomprensible de comer. «Queda en la zona de frontera, en la primera calle de C, después de pasar el río, pero es un sitio limpio, apacible, seguro todavía. Está apenas en el primer círculo, un limbo tranquilo entre los dos sektores, pues todavía no está uno en la parte brava de verdad. Bajas por la Cuesta de Virgilio y vas mirando a la derecha. Es un cuchitril diminuto, no tiene cara de nada, pero es el mejor chino de Angosta, eso sí te lo aseguro, aunque no es chino del todo: hacen comida ecléctica, digamos así, y además es barato. El Bei Dao, se llama, y casi nadie lo conoce, porque aquí se creen que al otro lado del Turbio lo único que se come es mierda, o si mucho mazamorra, aguapanela y arepa».

Eran las seis de la tarde y Jacobo caminó hasta la estación Central, contento de sus piernas, que ya le obedecían con entusiasmo. Iba pensando en el cuerpo de Camila, que había ido al dentista esa mañana, y aún sentía sus dientes mordiéndole la espalda. Cogió el metro hacia el norte y se bajó en la estación Desesperados, en el borde del Salto, la última parada antes de que el valle se hunda en Tierra Caliente. Ahí repasó por dentro las indicaciones de Quiroz: tenía que pasar el río (por la parte más estrecha, antes de los primeros rápidos) y coger por la primera cuesta con la que uno se topa al bajar de la barca; la cosa no tiene pierde. No le gustaba alejarse de T, se sentía perdido al hundirse en esa selva, pero esto era apenas unas cuadras, apenas al otro lado del Turbio, el limbo aún, como decía Quiroz.

El caso es que estando todavía dentro de los límites de T, a este lado del mundo, sin haber pasado siquiera el río, Jacobo ya se encontró, sin saber cómo, en una ciudad que no reconocía. Como si hubiera abierto una de esas puertas mágicas de *Matrix*, esa parte de Angosta le resultaba tan extraña como un lugar nunca visto. Trató de no asustarse con la sensación y se alejó de las callejuelas aledañas al Salto, cada vez más hacia los bordes del valle, hacia el norte, ya muy cerca de la Roca del Diablo, la piedra panda y alta, una especie de meseta en miniatura, balcón hacia el vacío desde donde solían tirarse los suicidas, en el borde del Salto. Los callejones que se acercaban al río tenían nombre todavía, nombres religiosos: Monte Tabor, Viacrucis, Señor Caído, Niño Perdido, Calvario… Llegó a la orilla y a un pequeño muelle, a esperar una balsa que lo pasara al otro lado. Vio un viejo de barbas largas y blancas, desdentado, y este le aconsejó con el dedo a un barquero (parecía la copia del viejo, su hermano gemelo: las mismas barbas, la misma espalda doblada sobre el remo) que se acercaba despacio por la parte más estrecha del Turbio. Jacobo subió a la balsa y cruzó el río de pie, respirando por la boca para evitar las bascas que le daban sus efluvios mefíticos, y sin mirar el agua color café con leche. Hace cien años se pescaba en el Turbio («sabaletas tornasoladas y argentinas, riquísimas en espinas y en sabores», decía Guhl), pero hoy es una cloaca venenosa de olores nauseabundos donde apenas si crecen bacterias anaeróbicas. El barquero no dijo ni una palabra; los remos se hundían en la mierda del río sin hacer ruido. La corriente no los alejó de su rumbo, como si no llevara fuerza alguna, a pesar de que al fondo, a la derecha, se oían los primeros rugidos de la caída. Al bajarse, el barquero le dijo: «La calle que busca empieza ahí. Me paga cuando vuelva, si es que vuelve».

Jacobo asintió y tomó calle abajo por la estrecha boca que el barquero le indicó como la Cuesta de Virgilio. Emprendió el descenso con desconfianza, mirando siempre a la derecha, tratando de identificar el restaurante. Había varias vitrinas con ideogramas chinos, pero estaba muy claro que no eran restaurantes, sino graneros, pequeñas tiendas de bisutería, botones, telas o embelecos. De repente la oscuridad se apoderó del cielo y le cayó encima como una ruana negra, sin aviso. Quizá había pasado ese crepúsculo instantáneo de los trópicos, o tal vez las lámparas del alumbrado público dejaron de funcionar al entrar en C, o ya no las había en esa parte. Sin saber cómo, bajo sus pies, la cuesta se convirtió en una calleja destapada, sin pavimento, y empezó a sentir polvo y piedras en los zapatos. Unas cuantas luces de colores se encendían en algunos zaguanes sucios y mal iluminados. Cada vez había más gente, más ruido, un ritmo hondo de tambores a lo lejos. Jacobo miraba para arriba, para atrás, hacia los lados; por cada uno de los rostros con los que entraba en contacto (ojos hundidos en rabia, pelo cortado al rape, cejas juntas) sentía miedo, y él los miraba a todos a los ojos, con desconfianza, tratando de prever el momento del ataque. «Si le da miedo, para qué sale, segundón güevón», le gritó un muchacho, iracundo. Ya no sabía si eso seguía siendo la Cuesta de Virgilio. Preguntó, pero lo miraron como se mira a un bicho que no sabe la lengua: «Aquí las calles no tienen nombre, pendejo», oyó que le gritaban. Bajó por unas escaleras vaciadas en cemento, todavía más angostas que la calle, por las que se cruzaba con hombres borrachos que intentaban remontar la cuesta, al parecer en dirección del río. Empezó a oír música, cada vez más fuerte; no una, sino muchas, en una mezcla indefinible. El ruido de tambores, voces, baterías, maracas y acordeones subía de volumen a cada paso, lo aturdía, le confundía el pensamiento, y cada vez sentía que más ojos lo observaban con ira desde las esquinas, como miran los perros bravos a los intrusos, sin siquiera ladrar, solo gruñendo y enseñando los colmillos, el pelo erizado y los músculos tensos antes del ataque. A veces pisaba acequias de aguas fétidas, a veces pisaba colas de gatos famélicos que se limitaban a mostrarle los dientes, a veces esquivaba cuerpos de borrachos tirados en el suelo y envueltos en el aliento de su propio vómito. Vio cruces de cemento sobre túmulos de piedra, sin saber si eran tumbas o simples recuerdos del sitio donde alguien había muerto. Sintió que lo empujaban y se reían de él, una pelota de goma le golpeó la espalda (o tal vez una piedra que le pareció blanda) y le quedó un ardor caliente de recuerdo. El callejón por el que iba era ciego, o desembocaba en una pequeña rendija. Entró por allí y el aire se volvió un humo fétido, pesado. Cuando quiso devolverse, no supo hacia dónde estaba la salida. Corrió unos metros y sintió que el asma (casi nunca le daba, pero desde un ataque que había tenido hace años, ya no confiaba en él, y menos en sus bronquios) le impedía seguir; volvieron a dolerle los testículos. Se detuvo a tomar aliento y miró a todos lados; arriba, muy alto, había un techo de zinc. No tenía ni idea de dónde se encontraba; parecía haberse metido, sin darse cuenta, en un edificio laberíntico, lleno de hoyos desde donde se asomaban cabezas que lo miraban con furia. De cada hueco salía humo, un humo denso y pestilente de drogas desconocidas que le embotaban el entendimiento.

Se dio vuelta, caminó rápido, casi corrió, y sin pasar ninguna puerta, al doblar una esquina, le pareció salir del falansterio sucio. Volvió a ver cruces dispersas, pero al menos ya no había humo de drogas ni miradas turbias. Miró hacia arriba y ya no había techo; estaba al aire libre y volvió a respirar, aunque no se sentía mucho más seguro. Dobló por una calle más iluminada y entonces la vio*, o vio su pelo muy rojo y muy corto, con puntas erizadas, como una llamarada en la cabeza, sentada en un taburete forrado en vaqueta, tarareando entre dientes una especie de rap infestado de palabrotas (la rima iba en uta,

---

* ¿Vio a quién? A una desconocida: Virginia Buendía, 19 años, 1,58 m de estatura, 55 kilos, alias Candela, por su pelo rojo. Nació en un barrio de invasión por C, hija de una familia de desplazados de la Costa. Hay algo en su cara que se parece a un imán y que impide a todo el que la ve quitarle los ojos de encima.

en orro, en rrea, en imba), con un cigarrillo en la mano, a la puerta de una cantina miserable y sin nombre. Era la única que no parecía borracha en esa calle, la única que no parecía maleva, por lo que decidió hablarle:

—No sé dónde estoy, estoy perdido.

Ella lo miró con una sonrisa irónica, y le contestó, la voz neutra y distante:

—Está a las puertas del infierno, mi don, nada menos que a las puertas del in-fier-no. —Partía las sílabas, y al final le soltó una carcajada.

Jacobo sabía que su vestimenta no era la del estilo de los dones, por lo que el don que la pelirroja le lanzó tenía que ser irónico. Caminó hasta pararse a su lado y la miró de cerca, desamparado, tratando de refugiarse en su cara, que era tranquila, fresca, e inspiraba confianza. Ella seguía ahí sentada, sin mirarlo siquiera, con el cigarrillo en la boca y su rojiza lumbre intermitente, la espalda apoyada en el espaldar del taburete arrimado contra la pared con las dos patas delanteras en el aire. Mirándola a los ojos (unos ojos raros, asimétricos, de colores distintos, amarillo uno, café el otro) le pidió, tratando de poner una voz neutra:

—Ayúdeme a salir de aquí, lléveme al río.

Ella volvió a sonreír aún más irónica:

—Está apenas a tiempo —le dijo—: un paso más y ya no hay quien lo saque. Pero cuánto me paga.

Y Jacobo, sin pensarlo:

—Todo lo que llevo en el bolsillo, en los cuatro bolsillos.

Ella se levantó del taburete como un resorte, gritó hacia adentro «¡ahora vuelvo!», y lo cogió de la mano, diciéndole:

—Venga pues, yo lo saco de este infierno, mi don, que a usted aquí me lo atracan, me lo chuzan y me lo descuartizan en un santiamén, para venderlo como carne buena. Peores cosas han pasado por aquí, pero verá que conmigo ni lo tocan: aquí a mí me conocen y me respetan. No se preocupe, venga.

Todos saludaban con cariño a la pelirroja («qué más, Candela, y ese man qué pitos toca»). Ella les repetía siempre la

136

misma consigna: «Fresco, que el hombrecito viene conmigo, es de confianza». Bajaron un buen rato por un callejón destapado, con trechos de barro y trechos de polvo y trechos de cascajo. Luego empezaron a subir por unas escaleras todavía más empinadas que las que él había descendido, la pierna quieta siempre más abajo, y al intentar seguir el paso firme de la muchacha empezó a sentir que otra vez se quedaba sin aliento. Los malditos bronquios, precisamente ese día, lo estaban traicionando. Buscó el aparatico del asma que llevaba siempre en el bolsillo y le pidió una pausa a la pelirroja. Ella le dijo, riéndose:

—Cuidado me roba, abuelo, que todo lo que hay en sus bolsillos es mío.

Cuando terminó de aspirarse ella tomó el inhalador y lo miró a la luz roja de un bombillo macilento:

—Por esto no me dan nada, mejor se lo devuelvo, abuelo. ¿Qué es?, ¿oxígeno?

Jacobo, el abuelo de treinta y nueve años, le dijo que sí con la cabeza, para no tener que ponerse a explicar nada.

—¿Qué vino a hacer por acá, abuelo? Usted se ve que no es de por aquí; usted, como mínimo, es del otro lado, y a lo mejor de arriba.

—Vivo en T, pero ¿por qué me dice abuelo? Ni que fuera tan viejo.

—Pues, que yo sepa, por aquí nadie llega hasta la edad de las canas, o casi nadie. Y a usted ya se le ven, y por montones; se debería teñir. ¿A qué vino por acá, abuelo, a que lo mataran? ¿Se cansó de vivir cómodamente?

—Vine porque soy un resucitado, y porque me hablaron de un restaurante chino, el de un tal Dao o Bao o Beo, ya no me acuerdo, dizque a mitad de la Cuesta de Virgilio, apenas empezando el Sektor C.

—Ah, el Bei Dao. Lo conozco, ese es el único cielo que hay en este infierno. Queda en la cuadra china, eso que ustedes llaman la Cuesta de Virgilio. Pues venga yo lo llevo, está cerquita.

—No, ya no tengo apetito.

—Fresco, abuelo, que conmigo le vuelve. Y Dao es parcero mío, de los buenos. Pero eso sí, me invita a comer a mí también, que tengo un hambre que muerde desde ayer.

—Pues me invitará usted. Acuérdese que toda la plata que yo llevo es suya —alcanzó a decir Lince, ya capaz de bromear.

—Ah, ya se me había olvidado. Bueno pues, entonces yo lo invito. Pero démonos nombres. Yo me llamo Virginia, aunque me dicen Candela. Y usted, ¿cómo quiere llamarse?

—Voy a llamarme tal como me llamo: Jacobo Lince. —Y se soltaron las manos, que ya tenían cogidas, para volver a dárselas, como recién conocidos.

La pelirroja dobló algunas esquinas, subió por otra loma con escalas de cemento, y no tardaron en hallar el sitio, escondido en un local que estaba por debajo del nivel del piso. El restaurante quedaba, en efecto, en la mitad de la Cuesta de Virgilio, pero a mano izquierda bajando (no a la derecha, como recordaba, disléxico, el fantasma Quiroz), y era normal que Jacobo no lo hubiera visto, pues su entrada se reducía a una puertecita diminuta, muy angosta, al final de seis escalones en descenso, apenas con un ideograma oscuro de señal en la pared, y ningún aviso, ningún nombre, ningún otro indicio que no fuera ese olor maravilloso que solo reconocen los entendidos. Adentro, una especie de sótano excavado en la falda de la montaña, cabían apenas seis mesas apeñuscadas, una barra de dos metros de largo, y hacia atrás la cocina, a la vista de todos desde las mesas. El restaurante era perfecto. Una mezcla increíble de ideas e ingredientes de comida criolla con sazón oriental. El dueño, Bei Dao, tenía unos modales pausados, de una sofisticación insospechada, quizá de mandarín con cuatro mil años de cultura pesándole sobre los hombros o alzándolo por las axilas. Recibió a Jacobo con una larga reverencia y a la pelirroja con una sonrisa amplia, clara, blanca. Sus manos eran largas, elegantes, la piel de una tonalidad indefinible, de papel de arroz, casi transparente. Ella, al sentarse, ordenó la comida especial, la que pedía su hermano los días de celebración, en los buenos tiempos.

—Yo pago, así que no se preocupe, Dao, y usted tampoco, ojo de lince —dijo, haciéndoles guiños a ambos con sus dos ojos de colores distintos, estilo David Bowie.

Les llevaron agua de rosas en una escudilla, para lavarse las manos, una toallita de lino y un aguardiente tibio, de arroz, como aperitivo, servido en pequeñas vasijas de porcelana azul, delgada como cáscara de huevo. Poco a poco empezaron a llegar los platos bajo pequeñas tapas de bambú (para que no se enfriaran), en pequeñas porciones humeantes, con los sabores más insólitos, los colores mejor combinados y unos aromas que hacían deshacer la lengua contra el paladar, en un mar de saliva. Comieron pasta rellena de algo que no era ni sólido ni líquido, ni animal ni vegetal, con salsa de tamarindo y ajonjolí encima; langostinos salteados con hojas de menta, ají, pasta de arroz y raíces de soya recién germinada. Pedacitos de pato laqueado al estilo mandarín. Pescado cocido en vaporeras de bambú, entre hierbas extrañas. Trocitos de cerdo escondidos entre verduras crocantes apenas pasadas por el wok, frutas fritas envueltas en huevo, con helado de pistacho y de curuba.

Animados por el vino tibio de arroz, una especie de sake japonés, con su olorcito rancio y su efecto prometedor, él satisfecho por el peligro dejado atrás y ella contenta por el dinerito conseguido sin robar, la pelirroja alegre y el malherido repuesto no paraban de hablar. La muchacha despedía una indefinible gracia natural. Tenía la piel morena, pero más clara que la de Jacobo. La sonrisa era bonita, a pesar del desorden de los dientes, que al menos eran blancos, muy blancos. Entre los dos incisivos superiores, muy separados, le cabía un dedo, o al menos la puntica de su propio meñique, y esa abertura parecía un túnel que se abría hacia adentro, un espacio oscuro con un fondo secreto. Y eso mismo le cabía, apenas un dedo, entre los senos que casi se juntaban, en rima con los dientes, entre la amplia abertura muy cálida, bronceada, cremosa, del escote, enmarcados como un paisaje montuoso por una simple camiseta del color de los dientes. Entre los senos, si uno miraba bien, empezaba la línea de una cicatriz. Le pidió al chino cigarrillos y se puso a fumar con avidez. En realidad, el cigarrillo no le cabía entre los incisivos, ni ella intentó metérselo ahí, y Jacobo suspiró con descanso al no verle cometer otra falta de gusto. La pelirroja, sin embargo, lo desmintió de inmediato, pues empezó a arrojar chorros de humo por la nariz, como un dragón. Jacobo se refugió otra vez en el escote y vio que de su cuello colgaba una cruz supersticiosa, que más parecía una flecha, una señal que indicaba la escondida senda de la sutil hondonada entre sus senos, o tal vez el comienzo de la cicatriz.

Durante aquella primera comida en el Bei Dao, extasiado en sus dientes distantes y equidistantes senos, Jacobo asistió a la demostración de que a su edad Virginia había vivido mucho más que él, sin importar que él hubiera estudiado en el norte, sin importar todos los libros leídos, el tío cura, el padre profesor, la madre efímera, la librería y los artículos de prensa. Había vivido más, sabía más de las miserias y las alegrías del mundo, y además tenía un cuerpo y una cara de belleza poco común, una belleza fea, si se puede decir, una belleza que perturbaría la mente del más ecuánime. Su cara, observada fríamente, era horrible, con un ojo de miel clara y otro de café negro, lo que le daba una miedosa asimetría en la mirada. Pero, como decía un poeta, «tenía un culo que sacaba la cara por ella y unas tetas como papayas maduras que no había necesidad de tocar para saber cómo eran». Había en ella algo más (tenía que ver con su barrio, claro, y no era culpa de nadie) que a él le repugnaba, y lo hacía estremecerse de disgusto: la manera de hablar. Usaba, por ejemplo, casi siempre, el verbo *colocar*, como si algún tabú se hubiera impuesto contra el verbo *poner*, que había sido desterrado de su léxico. También usaba siempre la palabra *diferente*, nunca usaba *distinto*, vaya a saber por qué. Y no hablaba de su *pelo*, sino de su *cabello*, y no decía *plata*, como desde siempre se había usado en Angosta, sino una forma artificial importada de la Península: *dinero*. Esa manera de decir las cosas, y la muletilla perpetua (*gonorrea, gonorrea*) y excluir del léxico la palabra *amigo*, para en cambio decir siempre *parcero*, y no decir un *tipo*, o un *hombre*, sino un *man*, y no oír nunca, sino siempre *escuchar*, todo eso era para Jacobo como pequeños golpes que lo distraían, le molestaban. Pensaba que tal vez debería volverse profesor de dicción, de fonética (no digas *nojotros*, querida, di *nosotros*, que así te irá mejor), y no digas *cómasen*, ni *siéntesen*, sino *siéntense*, como una señorita bien de Paradiso. Pero no, no quería convertirse en un Higgins, en un Pigmalión. Al fin y al cabo eran unas pocas palabras aisladas lo que más le molestaba, porque lo que decía estaba bien, solo que a veces le salía salpicado con palabras que le resultaban repelentes. No era la idea, sino algunas maneras de decir las ideas, lo mismo que habrán sentido los poetas romanos al oír que el pueblo empezaba a hablar en esas lenguas vulgares que llegarían a convertirse en italiano, en francés, en español. También los modales en la mesa lo distraían a ratos (agarraba la carne con la mano, entre el pulgar y el índice, y sorbía la sopa, se limpiaba los labios en la muñeca, sin usar la servilleta, y no le importaba carcajearse con la boca llena), y pensaba en si sería capaz de superar la molestia en una convivencia más larga y más estrecha con ella. Se dijo que sí, al instante, cuando Virginia se levantó al baño y Jacobo alcanzó a ver, por una fracción de segundo, el delicado nudo del ombligo, en la mitad de un vientre plano, liso, entre los pliegues ceñidos de su blusa blanca, un anticipo fugaz de otro oscuro orificio, anuncio y evocación del que más le interesaba. Y al menos la cicatriz que empezaba en el pecho no llegaba hasta el ombligo.

Virginia también debía verlo como alguien fuera de lugar, y mucho más desvalido que ella, en ese territorio:

—Cuando te vi hace un rato, abuelo, me diste pesar y risa. Parecías un niño perdido, con miedo de que algún grande te pegara o te maltratara. Así son siempre ustedes, los que vienen de allá, del otro lado del río. ¿Sabes qué dice Sandra, una parcera mía? Que ustedes, como no saben, llegan a nuestros barrios asustados. Creen que somos peligrosos. Piensan que los asaltaremos con navajas brillantes. Son tontos que se han perdido y caen aquí por error. Eso dice. En realidad no somos más peligrosos que ustedes, mejor dicho, somos menos, porque tenemos cuchillos, y ustedes tienen metralletas. Lo que yo sí creo es que somos otra cosa. Somos como una manada de animales salvajes, y entre nosotros nos ayudamos y tenemos nuestro código. Pero si entra uno de ustedes, solo, entonces sí, puede que pase algo, por curiosidad o violencia, algo terrible y definitivo, pero no siempre. Aquí estoy yo con usted, abuelo, y como ve, no le estoy haciendo nada, no le hago sino bien, tal vez porque me fui por el lado de la curiosidad con usted, y no por el del miedo. Usted tiene un aspecto que lo pone a uno mosca; parece también un animal de monte, aunque de otra especie, y dan ganas de conocerlo, de mirar a ver qué sabe hacer, cómo caza y cómo muerde.

Esa misma noche, después de que el barquero de las barbas largas los depositara en el otro lado con una canción de gondolero veneciano, durmieron juntos por primera vez, en La Comedia, entrelazadas las piernas, pero sin hacer el amor.

—Yo ya lo hice hoy, y tengo una norma de vida: no me acuesto con dos mujeres distintas en un mismo día —le mintió Jacobo, y la pelirroja pareció quedar contenta con la explicación.

Mientras se desvestían, Lince alcanzó a ver mejor la cicatriz: parecía una cuchillada, justo debajo del esternón, pero no quiso preguntarle nada, solamente se la tocó, pasando un dedo lento por la línea más blanca, con unos pequeños labios casi borrados por el tiempo.

—Un día casi matan a Candela. Pero un don de bata blanca la salvó, en Policlínica. Por eso Candela no odia a todos los dones de Angosta, como en cambio sí los odian todos, y digo todos, en la zona del barrio —fue lo poco que dijo ella, cuando Lince la tocó.

A la semana siguiente, invitada por el librero, Virginia dejó su casa en los primeros precipicios del Salto, su casa de taburete de vaqueta a la puerta, su casa que era también cantina y fumadero adentro, quizá también expendio de marihuana y cocaína, y se pasó a vivir al piso noveno, en uno de los cuarticos del gallinero, el del techo roto, que ella misma medio remendó con un plástico, aprovechando un veranillo que se instaló en Angosta a principios de abril. No tenía equipaje, fuera de una bolsa de supermercado con tres o cuatro mudas de ropa, un par de tenis medio rotos, y poco más.

Carlota la recibió bien porque Jacobo le pagó por anticipado tres meses de pensión. El señor Rey admitió que Virginia se quedara a vivir en una habitación del gallinero, aunque sospechaba que era menor de edad, lo que iba contra la ley, y temía que detrás de la tercerona llegaran también problemas. Después de años de amores simultáneos, ya estaba acostumbrado a que su primo prendiera varias velas al mismo tiempo. Por amistad y simpatía no se obstinó en exigir la cédula de la pelirroja, al menos no de inmediato, y le dio gusto a Lince, quien le aseguraba que la muchacha ese mismo mes cumpliría los veinte años y que él se haría responsable por todo lo que con ella pudiera suceder, como un padre. Además la pelirroja traería un tercerón albañil, vecino de su casa, que repararía el techo de su cuarto en el gallinero, por un precio increíble, lo cual le convenía a La Comedia.

Desde ese día Candela y el librero empezaron a andar juntos muchas veces, para arriba y para abajo, como si fueran pareja. Jacobo la presentaba como amiga, nada más, porque le molestaban esos veinte años de diferencia, y le gustaba que lo creyeran un seductor, no alguien que se aprovechaba de una menor, o casi. O quizá fue ella la que quiso darle a la relación un inútil aire de decencia. Pese a esta precaución en las palabras, que los hechos desmentían, nadie, al verlos juntos, podía creer que fueran solamente amigos. Todos sospechaban que algo más complicado tenía que haber, algo más carnal, como se dice, y es obvio que los que así pensaban (y decían: «Miren, ahí van la brasa con el carbón») estaban en lo cierto. Pero ellos dos, y esto se les fue volviendo una especie de juego, una inútil hipocresía mantenida por la costumbre, decían que no, y siguieron diciendo que no siempre, hasta el final, explicando que todo era amistad y nada más, aunque nadie les creyera y se burlaran de ellos por detrás: la pareja dispareja, el padre huérfano que se buscó otra hija para reemplazar a la que puede ver tan poco en Tierra Fría.

El Bei Dao se convirtió en el comedero preferido de Jacobo y Virginia, la perfecta guarida de serena conversación y felicidad. Después de unas cuantas noches no volvieron a dormir juntos en el hotel, para desmentir rumores bobos e insistir en la pantomima de su amistad, o si mucho le hacían siestas al desayuno (disfrazadas de clases de fonética), de vez en cuando, pero para sus sesiones más largas preferían usar el reservado que les prestaba Bei, tras una puerta escondida detrás de la cocina, entre cojines chinos y tenues faroles orientales. El reservado estaba al otro lado de una mampara de papel de arroz, y era también una caleta, es decir, un escondite para almacenar el sake de contrabando, y también las pipas de opio, decía Virginia, que Jacobo no había visto ni quería probar jamás, por miedo a no poderlo abandonar, y además porque sabía, pues se lo había oído decir a un adicto a la morfina, que después de caer en ese hábito maravilloso, la vida sin el opio no se podía ya soportar, porque con el opio se comprende que la existencia es solamente dolor y sufrimiento, sufrimiento y dolor y nada más.

Lince se hizo amigo del barquero, o de los dos barqueros réplicas de sí mismos (como los ascensoristas, sí, porque en Angosta la gente se repite, como los pintores y los poetas), y se aprendió el camino para llegar al restaurante sin perderse. Le daba miedo aventurarse más allá, y solo algunas veces, de la mano de Candela, había vuelto a ir, sin saber cómo, sin atravesar el falansterio, hasta la cantina que era la casa de Virginia, un antro al que no le gustaba entrar, porque allí no reinaba la serenidad del opio, sino la excitación de la cocaína, la modorra tonta de la marihuana, la locura insaciable del crack. Había entendido que al final de la Cuesta de Virgilio, hacia abajo, si se gira a la izquierda, se vuelve al río por otro sendero en ascenso, y era ese el único camino que seguía siempre, sobre todo si regresaba solo del Bei Dao. Volvía a atravesar el Turbio en la barca de remos (en esa parte no hay puente, o dejó de haberlo, porque lo volaron en un atentado hace años y el Gobierno de arriba no lo ha querido reconstruir, porque todo el dinero se gasta en Paradiso y para esta parte de Angosta los fondos nunca alcanzan), y en un par de minutos estaba otra vez en el Sektor T. Desde el muelle caminaba en dirección del Salto, dejaba atrás la Roca del Diablo, sin mirarla, hasta encontrar la boca de la estación Desesperados, que está señalada con una M torcida, una M que mira a la derecha, y allí tomaba la línea hacia el sur, para llegar, después de ocho paradas, a la estación Central, en pleno Barriotriste, el antiguo centro de Angosta, donde queda el hotel.

La reunión de los Siete Sabios, el último jueves de cada mes, empezaba siempre a las seis y media de la tarde en un búnker situado a un costado de la gerencia del Gremio de la Tierra. Si alguien faltaba, cosa que no sucedía casi nunca, daban un margen de espera de diez minutos, y si no se completaba el quórum reglamentario (cinco miembros), la junta se disolvía hasta la semana siguiente. Ese día, aun desde antes de la hora indicada, los siete miembros estaban ya presentes. Las sillas alrededor de la mesa heptagonal eran iguales, menos una, que tenía el espaldar ligeramente más alto. Todas iban marcadas por letras, en el siguiente orden: D, S, V, J, M, M, L. La más grande llevaba en el respaldo la letra D, y allí se sentaba el miembro más antiguo, quien presidía las reuniones: a su derecha estaba S, y L a su izquierda. La mesa, forrada en paño verde, parecía una sencilla mesa de juego. Sobre ella, exactamente en el centro, había un recipiente de cristal, vacío, como si fuera el cuenco de las apuestas, y frente a cada uno de los puestos, encima del paño verde, había dos balotas del mismo calibre, una blanca y otra negra. Al entrar en la habitación (tapices rojos, iluminación indirecta), los sabios se quitaban sus chaquetas de calle y se metían por la cabeza una toga negra (la capucha caída sobre la espalda) que les cubría el cuerpo hasta los tobillos. Las togas estaban colgadas en perchas que llevaban las mismas letras de los asientos.

El presidente se puso de pie detrás de su sillón, tosió, esperó unos segundos, y luego musitó unas palabras inaudibles. Quizá era una plegaria, pero no se entendía ni una sola palabra de lo que decía. Los demás contestaron con una sola frase, breve, compuesta de dos palabras: «Sí, juramos». Cuando los siete se sentaron, el presidente accionó un timbre bajo la mesa y un hombre mal trajeado, con la corbata floja sobre el pecho, entró por la única puerta y le entregó un pequeño legajo. Eran algunas hojas manoseadas, con una lista de nombres. Tras él entró una vieja encorvada que puso dos botellas de whisky, una hielera y siete vasos sobre la mesa; luego salió, sin mirar a nadie y sin decir palabra.

El presidente examinó la lista. Al lado de los nombres se registraban datos personales, ocupación, domicilio, edad. Luego se enumeraban una serie de cargos. El hombre de la corbata floja, alto, fornido, malencarado, esperaba de pie, mirando uno a uno a los presentes, con admiración y arrogancia al mismo tiempo. El presidente lo miró, asintió dos o tres veces con la cabeza y se limitó a decirle: «Buen trabajo, Tequendama, ya lo llamaremos», y el hombre se retiró de la sala, cerrando la puerta al salir, sin hacer ningún ruido.

El presidente carraspeó y dijo: «Veamos». Los otros seis se acomodaron en sus sillas de cuero. Parecían siete actores de segunda, que sin embargo se toman muy en serio su papel. «Tenemos aquí una lista de… (miró la última hoja) veintinueve individuos. La mayoría, como siempre, son calentanos. Hay cinco de T y, curiosamente, dos de Tierra Fría. Como podrán imaginarse, estos últimos son casos delicados, por el ruido que podría haber. Estoy seguro de que los nombres los habrán ya intuido. Pero tenemos que empezar por el principio».

CUADERNO DE ANDRÉS ZULETA

Encuentro. Si hay clientes de otros pisos que lo vayan a usar, los que vivimos en el gallinero no podemos meternos en el ascensor. Hay que cederles el turno, esperar a que el cliente suba y el ascensor vuelva a bajar. Es una regla, no sé si de Carlota, del señor Rey o del ascensorista negro. El ascensorista no nos dirige la palabra a los que vivimos en el gallinero, y nos sube al octavo piso con displicencia, como si él tuviera que empujar el ascensor. Tal vez esto se deba a que no tenemos plata para propinas, y él lo sabe.

Anoche hubo una confusión. Al vestíbulo del hotel llegamos casi al mismo tiempo una muchacha y yo. Ella se hizo a un lado del ascensor, como esperando a que yo subiera a alguno de los pisos decentes. Yo también me hice a un lado, casi al mismo tiempo, y la miré, esperando que fuera ella la clienta importante. Tenía algo en la cara, en los ojos, en la línea de la nariz o del mentón, en la forma de las orejas o de la frente, algo que me impedía dejar de mirarla, sin querer, como el vértigo de una caída que nos llama. El ascensorista negro asomó la cabeza y dijo: «No se queden ahí como dos bobos. Súbanse pues, rápido, que así mato dos pájaros de un tiro». Entonces entendimos y nos subimos sin mirarnos a la cara, sin que los ojos entraran en contacto, la cabeza hacia el suelo. El negro eructó. Ella llevaba en los pies unos como zuecos que le dejaban descubiertos los talones, unos talones tan perfectos que tampoco pude dejar de mirarlos. Nos bajamos en el octavo y cuando el ascensor se cerró al fin nos miramos, con una sonrisa fugaz, de complicidad. Tiene los dientes disparejos, en recreo, pero más blancos que el papel nuevo. Tiene los ojos raros, algo bizcos tal vez. Es una muchacha pelirroja, muy delgada, aunque con carnes también, no sé dónde, y el pelo, más que rojo, anaranjado. Subió de dos en dos las escaleras, con un ritmo alegre, delante de mí, con unos muslos firmes de líneas muy simétricas, manejando los zuecos como si fueran zapatos deportivos. Al llegar al noveno volvió la cabeza y me sonrió de nuevo. Me gustaron sus brazos, tal vez porque es la parte menos flaca de su cuerpo, la que tiene más carne, y me pareció ver el comienzo de una cicatriz en su pecho. Le dije «hasta mañana», y ella me dijo «sí». Fue la única palabra que pronunció, «sí», pero la dijo con un acento, con una entonación, con un aire de pulmones y un golpe de garganta que me perturbaron el sueño.

Me demoré ante mi puerta para ver por dónde se metía ella. Vi que abría la puerta 9G, y era raro, porque según me había dicho la señora Carlota, ese cuarto no se podía alquilar porque tenía el techo desfondado y se metía la lluvia. Tal vez lo hayan arreglado, pero yo no he oído ruido de reparaciones en estos días. Esa sola palabra, «sí», me desveló. Cuando uno dice «hasta mañana», el otro contesta lo mismo, o si mucho «adiós», pero «sí», no. Ese sí para mí era como una cita. O estaré soñando.

Amanecer. No me despertó la luz, ni el ruido. Me desperté en la mitad de la noche y todo era silencio, oscuridad. En los primeros segundos de vigilia me extrañé de mí mismo, como si no conociera ni supiera reconocer el sentimiento que me había despertado. No recordaba qué nombre se le podía dar a esa especie de felicidad perfecta, a esa serena plenitud que estaba sintiendo. Estaba desconcertado; no podía saber qué significaba esa placidez inmensa en la que parecía estar sumergido por completo, como un buzo ahogado en el mar de la tranquilidad. No quise prender la luz ni mirar el reloj para no espantar la marea agradable que invadía y colmaba mi pensamiento como una caricia total. De repente supe qué era, con claridad, sin titubeos, sin dudas: estaba enamorado. Me sentía feliz y profundamente enamorado. No estaba enamorado de nadie, era un amor sin objeto, pero lo sentía con absoluta nitidez. Era el amor, el amor puro. Hice lo posible por no moverme ni un milímetro, casi ni me atrevía a respirar; hubiera querido permanecer así por mucho tiempo, por toda la vida si eso fuera posible, quieto en la penumbra, apenas un breve parpadeo de vez en cuando, la respiración casi inaudible, y la honda sensación del amor. Abstracta, sin dolor, sin celos, sin inseguridad, sin angustias, sin preguntas, sin promesas, sin deseo siquiera, una perpetua respuesta, un sí permanente, nítido y perfecto como un sueño feliz: el amor completo, indudable, sin mezclas o impurezas. Estaba hundido en ese sentimiento como en esos instantes de la percepción auditiva en los que todo es música, solo música, y el resto del mundo y de las sensaciones están borrados, como puestos en un paréntesis de vacío y olvido. Pero ahora la música callada que oía era la del amor. Me aferré con todas mis fuerzas a esa maravillosa alucinación, pero con la claridad y los ruidos del amanecer (alguien se bañaba al final del corredor, la guardiana protestaba entre dientes por alguna infracción a las reglas, alguien tosió) el sentimiento se fue desvaneciendo, se confundió con el sueño hasta que volví a dormirme en esa nada en la que nos hundimos justo un momento antes de despertar. Cuando caí otra vez en la vigilia ya todo era normalidad, es decir, la rutina de las preocupaciones que se superponen, los ruidos del ajetreo matutino, los oficios por hacer, la luz en la ventana, el repaso de las diligencias del día, el recuerdo de los deberes impostergables en la fundación, el ritmo de la vida. Como quien alza los hombros ante lo inevitable, como quien dobla la página de un libro, me levanté, fui al baño común del corredor, que estaba mojado y sucio, pero por suerte vacío, y entonces me desnudé, entré en la ducha, y ya el amor era solamente un recuerdo remoto, alucinado, del amanecer.

Visita. Sobreponiéndome a una honda repugnancia —al entrar sentí náuseas, ganas de vomitar— volví a la casa de mis padres a la hora en que no hay nadie (los hombres en fútbol, la mujer en la iglesia). Olía a odio, como siempre, a odio y rabia. Aunque no había nadie, la televisión estaba prendida en un programa de canciones. Lo primero que hice fue apagarla (y vi la cara furiosa de mi padre, al llegar: «Carajo, cuántas veces les tendré que decir que no la apaguen»). Después me senté un momento en el sofá de la sala y volví a mirar la casa, la que fue mi casa durante veinticinco años. ¿Qué era lo que tanto me hacía detestarla, fuera de sus habitantes? Lo más molesto era que estaba atiborrada de cosas; casi no había espacio ni para caminar. Uno entra y a la derecha hay un perchero lleno de sacos y chaquetas y cachuchas. A la izquierda está la cocina. En la cocina no cabe ni una aguja. Sobre el fogón no hay una olla, ni dos, ni tres, hay unas veinte ollas apiladas unas encima de otras. Mi mamá dice que si las mete en los estantes le huelen a cucaracha, a grillos y a humedad. Entonces las deja ahí afuera, sucias y limpias por igual, peroles, sartenes, ollas hondas, pandas, cacerolas, woks, olla a presión, coladores, pucheros. Al lado está la mesita auxiliar donde desayuna mi papá. Platos con migas, restos de leche y de café, pedazos de pan seco, manchas de salsa de tomate, untados de mantequilla, cucharitas con restos de yogur, azúcar desparramada en granos blancos, cucarachas voladoras sobre olvidos de mermelada. En el lavadero se acumulan platos y más ollas y vasos y cubiertos que se van quedando y pudriendo ahí durante semanas. «Cuando me pongo a lavar, lavo toda la mañana, así es como me gusta», dice mi papá, que es el encargado de los trastos. Para no lavar muy a menudo, hay cientos de platos y cientos de cubiertos. En el mismo lavadero está la bolsa con la basura, y ahí se mezclan y huelen sobrados de comida, cáscaras de frutas, cortezas de queso, restos de arroz y frisoles.

Mi padre es gordo como un hipopótamo, mi madre neutra como el agua tibia, mi hermano fornido como un fisicoculturista. También me odiaban porque soy flaco, más bien endeble, y no me gusta tanto comer. Comía por mi cuenta, poca cosa, y rechazaba los platos llenos de crema, mantequilla, mayonesa, salsas pesadas de mi madre, que no engorda, pero tiene a mi padre como un buey. Son capaces de devorarse un postre entero entre los tres. Y el uno engorda, el otro saca músculos, la otra se vuelve fofa y somnolienta, como si fueran animales a punto de empezar la hibernación. No paran de comer. La nevera vive atiborrada hasta los bordes, al abrir la puerta caen al suelo cajas, empaques, bolsas, frascos, y es casi imposible encontrar nada.

Nunca se acaban de gastar lo que compran, y como en semejantes apretujos no encuentran lo que buscan, salen y lo vuelven a comprar. Así es para todo, no solamente para la comida: la ropa, los objetos, los adornos, las toallas, las sábanas, el champú. En el baño hay más de cien frascos y frasquitos de rinse, de champú, de tintes para el pelo, cremas de manos, de dientes, de cuerpo, productos para la caspa, la seborrea, la psoriasis. A la sala no le cabe tampoco ni un adorno más. Artesanías baratas, camioncitos, muñequitas, casitas típicas, chozas, relojes, tallas en madera, pájaros, loros, la colección de molinos de mi padre, la colección de payasos de mi madre, la colección de *Selecciones*, de *National Geographic*, de las obras maestras de la humanidad, de las mejores novelas del siglo, de las grandes obras científicas de la humanidad, de autoayuda, de lectura de la mano, de lectura de los astros, de cómo conquistar amigos, hablar bien en público y tener éxito en los negocios. Y la música: las cien obras maestras, lo mejor del bolero, del vallenato, de la ópera, de la música brillante. La Biblia, el *Diccionario Larousse*. Réplicas de estatuas de san Agustín en miniatura, casetes de los años de upa, fotos, fotos y más fotos familiares, del juramento de mi hermano, de la entrega de armas de mi hermano, del compromiso de mi hermano, de un viaje que hicieron a Cartagena y Santa Marta, en la Costa, de los hipopótamos del zoológico del mafioso Escobar. No hay ni una foto mía, y eso es un consuelo. Sobre las mesas, más artesanías, cajas con flores secas, CD de música bailable, porcelanas, objetos de vidrio, colecciones de tazas, tacitas, platos, más payasos, más casas campesinas, una oración enmarcada, Señor, haz de mí un instrumento de tu paz, hipócritas, un juego incompleto de ajedrez con las piezas de mármol medio rotas y llenas de polvo de años.

Salió la gata que me odia, Margherita. Arqueó el espinazo y sus pelos se levantaron, me mostró los colmillos afilados y me lanzó un zarpazo a los zapatos. Siempre me odió. Mi madre decía: «Los gatos saben quién es bueno y quién no». Se subió al sofá y me quitó del puesto, maullando furiosa. Voy a mi cuarto. Era el único sitio sin cosas, cuando yo vivía ahí. Lo quería vacío, sin nada, para compensar, para descansar. La cama con una sábana; la mesita vacía, el armario con pocas camisas, tres pantalones, zapatos, dos repisas con libros, nada más. Las paredes blancas, pocos CD en orden. Ahora lo han colonizado también, y ya está lleno, no le cabe nada más. Se ve que en estos días se ha vuelto el depósito de la casa. Sobre la cama se acumula ropa sucia de los tres, y en la mesa pusieron un equipo de sonido viejo, más CD, casetes, cajas con revistas, la colección completa de la *Gaceta Deportiva*, una montaña rosada y untada de grasa, porque mi padre las lee mientras come. Más viejos electrodomésticos que ya no funcionan, pero que no se atreven a botar ni a regalar.

Vi las pantuflas eternas del señor al que durante años le dije papá, esas odiadas pantuflas de paño de cuadros. Vi partes del uniforme militar de mi hermano, charreteras, cachuchas, chaquetas verdeoliva, municiones en cajas; vi los trapos asquerosos de mi madre, sus faldas hasta el piso de mujer que odia sus piernas o se avergüenza de ellas, o le parecen tan irresistibles que no las puede mostrar sin el temor de que todos los hombres se le abalancen (el caso era el primero, con mi madre). No miré más. Saqué dos sábanas, dos toallas, una cobija, una almohada. Esa mañana había sentido que tenía que darle algún ajuar mejor al cuarto en donde vivo, sobre todo de sábanas limpias, y sentí que todo eso sobraba en mi vieja casa. También fui a la cocina y cogí un par de cubiertos, una olla, un cuchillo de cocina y una cacerola. No sabía si eso era robar. Metí dos platos en la bolsa, también, y tres vasos, dos tazas, un cedazo para el café. Dejé una nota sobre el poyo de la cocina: «Me llevo unos platos y unos cubiertos. Aquí sobran. En todo caso los devuelvo cuando pueda». No mencioné la olla ni el cuchillo, porque los cogí de la alacena que nunca se abre. Si tuviera unas bolsitas de té y azúcar, podría invitar a la pelirroja. O café. Seguramente en la casa había, de sobra y por montones, pero era imposible encontrar los paquetes abiertos. No creo que yo pueda gustarle, a la pelirroja, pero tal vez le guste el té. O el café. No quise llevarme una bolsa de café de la despensa porque las tienen contadas y sé que eso ellos no lo podrían aguantar y hasta me mandarían a buscar por el señor capitán con una orden de captura por hurto.

Beatriz vive en Paradiso, por supuesto. Es una doña pura, inalcanzable, rodeada de muros y de luz, una luz que parece como sacada de sí misma porque es de una belleza que ilumina. Jacobo la conoció por sus clases de inglés. Saber inglés con buen acento, y conversar de corrido en ese idioma se considera un rasgo personal indispensable en la Angosta de arriba, y hay cientos de institutos, escuelas, academias, para enseñarlo bien. También abundan los clientes que piden clases particulares para pulir la dicción y siquiera acercarse a ese ideal. Además del anuncio de los libros viejos, Jacobo tuvo durante mucho tiempo otro aviso clasificado en *El Heraldo*: «English Lessons. Todos los niveles. Profesor nativo. Clases a domicilio: Sektor T». Lo de nativo era otra de sus identidades, la que usaba antes, para ganar más. Como su abuelo materno era irlandés, y de apellido Wills, él se fingía nacido en esas tierras, cuando le convenía. Después de la herencia de su madre, la difunta que al fin se murió de verdad, había resuelto terminar con las clases particulares en T y dejar a sus alumnos. Pero quiso conocer alumnos en F (y cambió en consecuencia la letra del anuncio), y fue así como conoció a varios dones y doñas, hasta que llegó a Beatriz, y después de Beatriz despidió definitivamente a todos los demás y solo conservó una estudiante, la única que valía la pena: ella. Le encantaba, le quitaba el apetito y el sueño, y le gustaba sentarse a su lado, hablarle, hablarle, hablarle, poderla corregir, poder exhibir algo bueno, algo en lo que era superior a ella, su acento perfecto. La fatiga del viaje y de la clase se compensaba con la alegría de mirarla un rato todas las semanas. Mirarla sin tocar, como en los museos, eso era suficiente, porque los rasgos de ella parecían la copia de una obra de arte, una mujer perfecta de Botticelli, de Veronese, de quién sabe quién.

153

La primera vez que estuvo en casa de Beatriz, hace bastante tiempo, sintió con rabia que la opulencia en que ella vivía lo intimidaba. No podía soportar que él, con su coraza blindada contra los dones, sintiera de modo automático una especie de respeto inmediato y gratuito hacia los signos más evidentes de riqueza y poderío. A pesar de su mentira irlandesa, a pesar de su millón secreto en el banco de Angosta. Más que una casa, Beatriz vivía en una mansión, en una fortaleza en las colinas más amenas de Paradiso, con vista hacia el lago de los Salados, la inmensa represa apacible donde se almacena el agua que se toma en Angosta, al menos en F y en T, y que es al mismo tiempo el corazón de un inmenso parque natural, con bosques, senderos y riachuelos de agua cristalina.

Hacía siempre el mismo trayecto para ir a Paradiso, todos los martes, y aprovechaba el día para salir con su hija (le compraba alguna cosa, trataba de conversar, de hacerse querer y finalmente iban a comer algo por ahí, antes de devolverla a casa de su madre) y para dar la clase semanal. Con su tarjeta verde de residente pasaba por el Check Point reservado a los automovilistas, sin contratiempos. Subía en su carrito destartalado (odiaba manejar, y solo los martes lo sacaba del garaje del hotel) y dejaba atrás las torres de la abadía de Cristales, ahora un mall con distinta ortografía. Después del retén atravesaba la Plaza de la Libertad, tomaba la avenida Bajo los Sauces, seguía a la derecha por otra avenida más larga aún, arborizada, la Avenida Moreno, llegaba hasta el río Manso y cruzaba su cauce cristalino; finalmente empezaba a subir por las estribaciones de La Colina, la zona de las mansiones, hasta llegar a la gran portería del guardabosques de los Salados. Desde allí, a kilómetros de la casa, lo anunciaban, y al cabo de pocos minutos lo hacían pasar. Un poco más adelante empieza el parque y se bordea la represa, entre pinos y prados, contra el fondo verde oscuro, casi negro, de las montañas. De la represa salen varios senderos. En el Sendero del Bosque, número 368, estaba la entrada a la casa de Beatriz. Ella no vivía en la casa principal, la mansión californiana que se veía al fondo de la avenida de laureles centenarios, sino en la casita de los mayordomos, reformada, en el ingreso del recinto.

El apellido de Beatriz es Potrero, que suena bastante vulgar, no cabe duda, pero en la Angosta de arriba basta pronunciarlo para que la gente agache la cabeza con respeto, incluso con temor. Su padre es un pez gordo: el senador Potrero. El solo hecho de que para acercarse a la casa haya que atravesar avenidas, superar retenes, pasar porterías y controles, y que en la última cuesta del trayecto el camino esté enmarcado y oscurecido por árboles centenarios, gigantescos, predispone al respeto y está planeado para intimidar.

La primera vez, Jacobo entró en la casa con esa pinta de irlandés que no tiene, la tez muchísimo más morena de la cuenta, fingiendo que hablaba mal el español, enredando la fonética y confundiendo la sintaxis, con errores de conjugación en los verbos castellanos. Parecía un buen actor, pero ese día, cuando saludó a Beatriz, una aparición, un espejismo, perdió el habla. ¿Existe gente así?, ¿reencarnan los ángeles?

Beatriz le estiró una mano de dedos ahusados, lánguida. «Siga», dijo después de apretarla brevemente, despótica. «Nice to meet you, I'm Jacob. What is your name?», dijo Jacobo con una voz que le temblaba. «Beatriz». «Señorita», le dijo, «yo creo que the best thing es que yo le hablo siempre in inglés, do you agree with me?». «Como quiera», contestó Beatriz, seca, sin abrirle ni una rendija a la simpatía. «Perfect. Then, in English all the time. Have you ever been to Britain? No? Oh, what a pity. But you speak some American English, don't you?». Jacobo hacía hasta lo imposible por parecer despejado, imperturbable como solía ser, pero por dentro se le había movido algo que lo anonadaba. Logró de todas formas dar la clase, que siguió siendo igual, todos los martes, de cinco a seis, sobreponiéndose a la inferioridad total que sentía con su única superioridad: hablar bien el inglés.

Le pagaban en dólares, como se usa con frecuencia en Paradiso, y la cifra era de quince por sesión. Lo que Beatriz buscaba era muy simple: ella planeaba irse unos meses a Boston, a sacar un diploma en Historia del Arte, pero debía prepararse desde antes, para saber defenderse con la lengua al llegar. Había estudiado con las monjas francesas del Sagrado Corazón, después en una universidad privada, pero el inglés del colegio era pésimo, porque según las monjas el francés era un segundo idioma más que suficiente para una niña bien, y en la universidad bastaba con defenderse en inglés para pasar. Al final de la clase, poco antes de las seis, tomaban siempre lo mismo, té con galletas inglesas de mantequilla, y pasaban a hablar en español media hora, antes de despedirse. En español Beatriz se volvía mucho más encantadora, y Jacobo se odiaba por tener que reconocer que nunca nunca en T ni en C había conocido una mujer como ella, jamás. A veces, para consolarse, se preguntaba si no sería la belleza lo que le hacía pensar que no tenía un pelo de tonta, y lo que hacía posible que lo sorprendiera con cualquier tema que tocara, con apuntes certeros, inteligentes y muy bien informados. Tal vez esa cara embotaba la inteligencia, bajaba las defensas, desarmaba toda censura y toda crítica. Ella lo trataba con distancia, incluso con superioridad, pero Jacobo notaba que era cada vez más amable, menos dura, menos lejana, aunque no por eso llegó a abrigar nunca ni una remota esperanza de algo más, y nunca tampoco intentó insinuar el más leve indicio de seducción. La trataba como lo que era: una alumna dotada, nada más. ¿Cuántos años tendría ella? Jacobo no conseguía calcularlo bien, algo entre veinte y treinta: la edad indefinible de sus sueños.

Una tarde, al llegar —habían pasado ya varios meses desde la primera lección—, Beatriz le dijo que debían ir sin falta a la casa de sus padres; era una orden, pues ellos querían conocer personalmente a su English teacher. Parecía tensa. Caminaron solos por la avenida arbolada hacia la mansión. Por el camino Jacobo sentía ojos que lo miraban, aunque no los podía descubrir. Se sentía observado, sin saber por quién, pero era una sensación clara, como cuando uno está dormido y sabe que alguien al lado lo está mirando fijamente y entonces se despierta y es así. Beatriz, al entrar en la casa principal, adonde nunca había entrado el profesor, se escabulló hacia las habitaciones interiores sin decir una palabra. Lo dejó allí, con un gesto de la mano que significaba que por ahora no podía seguir. Lo hicieron esperar un buen cuarto de hora en una salita al lado de la entrada, en una banca incómoda, de madera, debajo de un reloj de péndulo que acentuaba el paso de los minutos. Jacobo conocía esa otra técnica de sometimiento y sumisión; los débiles siempre están condenados a esperar. Después lo hicieron pasar a la biblioteca, inmensa aunque sin muchos libros, y los pocos que había eran todos de colección y evidentemente intocados. Falta que les haría pasarse unas horitas por La Cuña, pensó Jacobo (dándose fuerza con un pequeño rastro de superioridad), pero este tipo de personas no bajan nunca a T. Podrían ir al Carnero, entonces, la gran librería de viejo que hay en F.

El padre* de Beatriz era un señor alto, derecho, de gran nariz, pero todo su porte altivo se derrumbaba en una prominente barriga inevitable, de unos siete meses de embarazo, que se le derramaba imparable por encima del cinturón. La madre**

---

* El senador César Potrero Barros es un mulato racista que se cree blanco y que escogió a su esposa por el color de la piel. Pertenece a una familia de terratenientes, pero se hizo verdaderamente millonario (y compró más haciendas) con el negocio de la educación en el Sektor T, montando colegios y universidades privadas de pésima calidad, para seducir a tibios y calentanos con la ilusión de que algún día saldrían adelante gracias a sus esfuerzos. Es el típico político populista. Corrupto, clientelista, marrullero, ladrón. No le tiembla la mano para ordenar «operaciones de limpieza» y tiene relaciones cercanas con los jefes de la Secur. Pese a su crasa ignorancia, o quizá por ella, pertenece al sanedrín de los Siete Sabios de Angosta: lo peor disfrazado de lo mejor.
** Ofelia Frías fue reina de belleza de Angosta, hace treinta años, y aprendió glamur y buenos modales para el certamen. De una familia de dones venida a menos, es una mujer que no ha querido nunca enterarse de los abismos de podredumbre de su esposo, para no tener que odiarlo. Ama su comodidad y nada a sus anchas en ella, repartiendo dulzura y tratando de compensar con buenas obras la sospechada porquería de su marido.

ya no era hermosa, pero tenía los genes armoniosos de Beatriz, amargados por largos años de vida marital. Al principio hubo un extenso, aunque amable, interrogatorio de ambos sobre la vida y la familia de Jacobo. Parecía interés, pero era cálculo. Lince, es decir, el profesor Wills, se sentía incómodo hablando mal español e inventándose un pasado imaginario en Irlanda y Escocia. Con ellos, a la espalda del senador, estaba un hombre hosco* que no abría la boca, de mirada oblicua y labios cínicos, mal vestido de corbata, el nudo flojo, con una camisa que alguna vez fue blanca, curtida por el tiempo y el sudor. Jacobo contaba su infancia en Dublín, hablaba del abuelo marinero, del padre empleado de banco y la madre abnegada y muy cristiana ama de casa. Le sudaban las manos. Durante diez minutos lo dejaron hablar con cierta condescendencia desdeñosa.

—¡Gonorrea! —fue la primera palabra que dijo el tipo de la corbata floja, malencarado, que lo miraba desde atrás con ojos inyectados—. Vos te llamás Jacobo Lince y sos un segundón de mierda, como cualquiera; irlandés mi madre, hijo de puta. Vivís en un hotel de mala muerte, habitación 2A, y no tenés siquiera un trabajo fijo, salvo una librería cagada de libros roñosos, atendida por viejos, que no da ni para el gasto; usás la habitación de la pensión como si fuera el cuarto principal de un puteadero, siempre llevando viejas allá, una tras otra, y si no fuera por un pariente que tenés ahí, ya te hubieran botado a la calle, por cochino. Cómo te dieron el salvoconducto para venir

---

* Gastón Artuso, treinta y dos años, de remoto origen italiano. Jefe de seguridad del senador Potrero y miembro activo, del más alto nivel, en la Secur. En este ambiente se le conoce como Comandante Tequendama, y su patrón le da todo el tiempo libre que requiera. Cualquiera que haya pasado con él unas pocas horas percibe que es un psicópata y siente un miedo instintivo, como el que tienen los micos por las serpientes. Entre él y el senador no hay una relación de empleado y patrón: existe una simbiosis de conveniencia y miedos mutuos.

acá, no se entiende, gran güevón, pero también eso lo vamos a averiguar, y se te va a cancelar.

—Por favor, Gastón, un poco de modales con el señor Wills —dijo el senador Potrero, en un falso tono conciliador—. Veamos más bien qué tiene que decir a tus averiguaciones, que parecen bien fundadas.

Ahí empezaron sus problemas con Beatriz Encarnación, o mejor con su padre, el senador Potrero, y con su madre, la dulce Ofelia Frías. Jacobo tragó saliva. No había nada que hacer. Su acento se transformó y por primera vez en meses Beatriz pudo oír de su boca un español perfecto con la cadencia de T. A ella le sonó ridículo, pero también risible (soltó una risita mal reprimida, quizá contra sí misma, contra las tantas veces que le había preguntado dónde había aprendido a hablar tan bien el español) después de tanto tiempo que llevaba fingiendo que hablaba mal:

—Lo que dice este señor, salvo lo del puteadero, que no es cierto, se acerca a la verdad. En todo caso mi segundo apellido sí es Wills, y mi bisabuelo nació en Irlanda. Además, yo hablo inglés casi perfectamente, porque mi papá era profesor y me habló desde niño, fuera de que estuve varios años en Estados Unidos, siendo joven… Entiendo que lo que la señorita Beatriz necesitaba era un profesor apto, y en eso, que es lo fundamental, no hay ningún engaño. Podrán entender que el resto del decorado lo necesito para vivir, es decir, para que me contraten.

El tipo le iba a dar una patada, pero el senador lo detuvo con la mano, y con un grito fingido:

—Modales, Gastón, modales; recuerde que el señor es profesor. Es cierto que Beatriz me ha dicho que su trabajo lo hace bien y que jamás le ha faltado al respeto. Eso se le abona.

—Déjeme a mí este farsante, senador. Y que se vaya a podrir en la base del Salto, en la mera mera Boca del Infierno —dijo el guardaespaldas—. No se puede permitir que al senador Potrero lo engañe un segundón, y menos que engañe a su propia hija. Además, quién sabe qué más cosas ocultará este tipo; el que miente en lo chiquito, miente en lo grande.

Jacobo tragó saliva otra vez:

—Senador, yo estudié varios años en Nueva York, le puedo mostrar mi cartón de doctor, *summa cum laude*. Lo que sucede es que en Paradiso uno no es nadie siendo de T. Fingí ser otra cosa, lo que no soy, para que no me clasificaran, para que no me pusieran encima la etiqueta de segundón. Nadie creería que un segundón puede ser buen profesor de inglés. Eso es todo. Su hija sabrá decirle si cumplo o no con mi deber. Después de estos meses de trabajo le puedo decir que ella ha progresado mucho con su inglés —Beatriz, después de un primer momento de desconcierto, parecía divertida con la situación. Doña Ofelia tomó la palabra:

—Lo mejor es que Gastón se calme, que el señor vuelva a su hotel en T, y no se hable más del asunto. A Beatriz le buscaremos otro profesor, un inglés auténtico, o mejor una americana mujer y nacida allá de verdad, una nativa.

—No —dijo Beatriz, y era un *no* dicho con tal intensidad que sonó como un *nunca*.

El senador tosió:

—Si no fuera por ella… Pero claro que yo detesto los métodos de Gastón. En realidad no habla en serio. Es fogoso con las palabras, señor Lince, nada más. Te puedes retirar, Gastón —y le señaló al guardaespaldas la puerta, con la barbilla—. Lo mejor es que resolvamos esto amigablemente, como quiere Beatriz. Usted sigue con sus clases y deja a un lado sus engaños. Deje la paranoia, profesor; aquí arriba sabemos respetar muy bien a la gente de calidad; aquí se aprecia la cultura.

Después de dos o tres frases más, la discusión terminó. Jacobo podría seguir con las clases, pero se esperaba de él que no volviera nunca a decir una mentira. Ellos tenían ojos en muchas partes, dijo el senador, aunque a veces, por conveniencia, los podían cerrar. No en el banco de Angosta, pensó Jacobo con satisfacción. Beatriz, viendo que ese era el momento propicio, lo tomó del codo, después de la mano, lo llevó rápido hasta la casa de los mayordomos, la suya, y él se dispuso a darle, con la voz temblorosa, la clase que ni siquiera habían podido empezar. Cuando se despidieron, Beatriz le echó cincuenta dólares en el bolsillo de la camisa, le acarició el cuello con las dos manos, como en un masaje, y le dio un beso largo en la boca, con lengua.

—I will be waiting for you next Tuesday. Please come! —fue lo último que dijo, con un acento casi bostoniano.

CUADERNO DE ANDRÉS ZULETA

Nido. Me gustaría que Virginia viniera a ver el nido y los pichones, pero creo que si se lo dijera se burlaría de mí. Es de un sentimentalismo tonto e infantil ponerme a cuidar pajaritos aquí. Es posible que le parezca ridículo (o femenino, como dirían en mi casa) que yo no abra el tragaluz ni airee el cuarto, primero por unas pajas, luego por unos huevos, un nido, unos pichones (feos, además, rosados y con el cuello largo, el pico abierto, bullosos y exigentes con esos padres que todo el día trabajan para traerles gusanos y no sé qué más cosas que regurgitan sobre sus picos siempre abiertos y siempre voraces).

Vanessa. La que vio el nido fue Vanessa, la inquilina alegre. Vino a pedirme un huevo prestado y mientras yo se lo daba miró el techo. Después se sentó en la cama y no se quería ir. «Yo a usted no le cobro, muchacho. Venga». Me estampó un beso en la boca. La toqué un poco, con miedo, temblando como un pajarito, por encima de la ropa. Después ella se levantó la falda, se bajó los calzones, y yo me quedé mirándola, con miedo. Ella me indicó con la mano que me acercara, pero yo le dije que no con la cabeza. Se rio, una carcajada honda, cavernosa. Volvió a vestirse y yo vi por última vez esa sombra negrísima, mullida, entre sus muslos. Cuando se cubrió con la falda yo sentí algo parecido al remordimiento y a la decepción. Me dijo, señalando el techo, que estaba igual que esos pichoncitos, que algún día tendría que crecer, y se fue. Me sentí como un idiota.

Pocas cosas tan ridículas como un hombre virgen a los veinticinco años. Hasta escribirlo es vergonzoso, pero yo sabía que si me le acercaba, no se me iba a parar. Me da pena decirlo, pero lo que tenía oscuro en la mitad del cuerpo se veía bien, pero le olía mal.

Sábado. Al atardecer me puse un disfraz de valiente y toqué en la 9G. Di un golpecito tímido, casi inaudible, y aun así me dolieron los nudillos y me puse rojo. Ya tenía bolsitas de té, azúcar, y había puesto el agua a hervir en mi única olla. Nadie venía a abrirme y apoyé la oreja contra la puerta. Me pareció oír un frufrú de telas, un movimiento tenue sobre las sábanas, unos pasos afelpados. En esas sentí un aliento sobre mi nuca, un aliento caliente, avinagrado. Me asusté. Era Carlota. Su voz de hombre, gangosa, me dijo que tuviera cuidado con las impertinencias. La niña Virginia era la amiga de un cliente muy importante, de un amigo personal —subrayó la palabra *personal*— del señor Rey. Es un comerciante que, si quisiera, podría hasta vivir en Paradiso, pero prefiere vivir aquí, el señor Lince. A él no le gustaría que un estudiante intentara seducirle a la novia. Yo le expliqué que simplemente la iba a invitar a un té. «Un té, un té, un té», dijo tres veces, y se fue meneando la cabeza. Desde su puerta me gritó: «Estos pendejos creen que uno nació ayer». No sé si la pelirroja estaba o no, pero me volví al cuarto. La cola entre las patas, la falta de carácter, la ausencia de estrategia. Tal vez en la casa tuvieran razón, tal vez es cierto que yo no sirvo para nada, ni para invitar a una muchacha a tomarse un té. Tampoco para acostarme y perder la virginidad con una puta.

No me hallaba en el cuarto y quise bajar a tomar aire. Llamé el ascensor, pero aunque esperé mucho rato, no llegaba y decidí salir por las escaleras. Cuando iba por el segundo piso casi me choco con una muchacha alta, bonita, que venía corriendo por el corredor y se metió por las escaleras como una exhalación. No salió por la planta baja sino que la oí taconear hacia el sótano. Me quedé oyendo y la oí forcejear con una cerradura; después cerró una puerta metálica. Cuando se alejó, bajé a mirar. Hay una reja al llegar al sótano, pero de ahí no se puede pasar porque está cerrada con candado. Sin duda la muchacha tiene la llave y pasó por ahí. ¿Adónde irá y quién es? Tenía el busto muy grande.

Nido. Anoche, apenas se puso el sol, ocurrió algo sangriento. Cuando lo vi ya era muy tarde para intervenir. Yo estaba escribiendo sobre la vecina pelirroja que no conozco todavía, cuando sentí sobre mí un aletear alarmado, unos chillidos agudos, un revolotear de plumas y unos rasguños de garras sobre el vidrio del tragaluz. Subí la vista y alcancé a ver una rata enorme, gris, que se estaba comiendo los pichones de las tórtolas. Vi la sangre fresca entre sus dientecitos menudos y afilados, vi sus ojos malignos y su bigote salpicado de rojo. Las tórtolas volaban alrededor en actitud de defensa, pero incapaces de acercarse. Yo le di golpes al vidrio con una escoba, con el puño, y al fin la rata salió huyendo, todavía con un pichón entre las fauces, pero ya era muy tarde. En el nido no quedaba nada y las tórtolas se fueron. Hoy abrí el tragaluz, cogí el nido y lo tiré a la basura. Después lo saqué otra vez de la basura y lo puse encima de los libros. Tiene restos de sangre y de mierda; huele mal. Lo volví a tirar a la basura. ¿Por qué tendremos que ser lobos o corderos, siempre? Quisiera no ser nunca ni verdugo ni víctima.

Con el tragaluz abierto me hice un huevo frito que me repugnó y lo tiré a la basura, al lado del nido. Me siento como una rata. Pariente de la rata, me siento. Creo que en el aire hay ojos de tórtolas (parientes de gallinas) que me ven, me juzgan y me desprecian. Me dieron ganas de vomitar, pero me contuve. Esto no se lo voy a contar a nadie. Creo que estoy hipersensible. Cuando quiero volverme vegetariano, y me pasa casi todos los meses, es porque estoy hipersensible. Mi mamá me decía: «Tú tienes períodos, como las mujeres». No quiero que haya más nidos en mi tragaluz. Voy a comprar también veneno para ratas, pues tampoco quiero ratas en mi tragaluz. Pondré el veneno dentro de un apetitoso pedazo de carne roja. Para que aprendan. ¿Quién va a aprender qué? En realidad la vida no tiene solución. Morirse es la única solución. Es la peor, pero la única solución.

Después del descubrimiento de la verdadera identidad de Jacobo, a Beatriz dejó de interesarle el inglés y empezó a interesarse por el profesor de inglés, que llevaba una vida doble, o al menos eso creía ella. En realidad le importaba un comino que su profesor no fuera irlandés, como había sido durante meses de verbos y pronombres. Ahora, de alguna manera, le interesaba más, y la fascinaba que un segundón hubiera podido burlar por un tiempo la vigilancia de su padre, el senador, y hasta meterse en el corazón mismo de su casa, una de las más custodiadas de Tierra Fría, con otro nombre y una identidad distinta de la real.

La primera vez que Jacobo volvió para su clase semanal, una semana después del bochornoso episodio con los padres y el guardaespaldas, Beatriz le dijo, en regular inglés: «This is the first time that I have a real contact with a segundón, you know. I never have had a lover from down Angosta. Many dones, you know, I've had many dones, but no one segundón or tercerón. From that part of the city I know only the maids, the car driver, maybe Gastón, that's all, but I don't want to fuck with killers like him, even if he would, I know». Hasta ese día a Jacobo no se le había pasado por la mente que pudiera tener algo con Beatriz. Ella era de una belleza tan apabullante, que de entrada había descartado cualquier posibilidad de acercamiento. Le gustaba mirarla durante las clases, y tener fantasías, nada más. Mujeres como Beatriz, en general, aun para un tipo aventado como él, entraban en la categoría de lo imposible, es más, de lo *unapproachable*. Pero ella tenía sus diversiones, y entre ellas, quizá la principal, era que le gustaba gustar, y como se sabía de una belleza completa e inusual, no desdeñaba mostrarse, y que la vieran. Además Beatriz tenía una especie de fantasía sobre algo que podría llamarse la *fogosidad de la Tierra Caliente*, algo así, el salvajismo de la gente de abajo, de los subordinados, el síndrome de Lady Chatterley. Era curioso, pero por esta vez esa categoría segundona, que tantas puertas le había cerrado, le abrió uno de los cuerpos más increíbles que su cuerpo hubiera conocido nunca.

Después de su comentario de que él sería el primero, aunque con un mal pensamiento en la cabeza, Jacobo siguió su clase sobre los verbos irregulares, esos que en *past tense* tienen una terminación insólita. El mal pensamiento (que ella hubiera hablado en serio al usar ese verbo regular, *to fuck*) Jacobo lo combatía con un pensamiento escéptico y resignado («fue una broma solamente, no te hagas ilusiones, bobito»). Pero al final de la hora reglamentaria, y después del té con galleticas habitual, ella le preguntó si no podía quedarse también a cenar. Jacobo se quedó mudo un momento, con una táctica inconsciente de seductor. «Sí, claro», dijo al fin. Su único compromiso de los martes era el paseo con su hija, que ya lo había hecho, y la clase, que había terminado. Se podía quedar, era un honor.

Siguieron conversando en español otras dos horas, y envolvieron el tiempo en temas complicados (el arte conceptual, la escultura de Bernini, la mística española), con mezcla de una que otra anécdota personal. Después de las ocho caminaron otra vez por el sendero arborizado hasta la casa de sus padres. Tal vez era una trampa y Gastón estaría apostado detrás de un árbol, esperando para matarlo porque otra vez había engañado al senador Potrero, por no haberle revelado el saldo en el banco, su verdadera situación económica, su oficio innecesario de profesor de Inglés. Llegaron a la casa. Estaba solo la madre, la dulce Ofelia Frías, y cenaron con ella algo que Jacobo no sabía qué era porque lo comía por primera vez: ensalada de pulpo. Le supo delicioso y muchas veces volvieron a llenar las copas con un buen vino blanco, chardonnay mendocino añejado en barril de roble. Jacobo comió y bebió mucho más de la cuenta, como si estuviera en las cenas de su primo Rey, olvidando ese viejo consejo de su padre, que le decía: «Cómete todo en la casa de los pobres y en la casa de los ricos no pruebes más de un bocado». No. Comió como lo que era, un segundón hambreado, ansioso por probar platos exóticos, pero doña Ofelia, mucho más relajada sin la presencia del marido y del matón Gastón, celebró su apetito con una frase que para Jacobo era casi un permiso: «Me gustan los tragones. Desganados en la mesa, desganados en la cama. Y viceversa». Jacobo reversó mentalmente el silogismo, y lo halagó el resultado, que además era cierto.

Después de la comida, Beatriz lo llevó de vuelta a su casita apartada, otra vez de la mano, para un último trago, un bajativo, un pousse-café, lo que quisiera él. Fue ahí, sentados en el sofá blanco que nunca habían usado para las clases de inglés, donde Jacobo se atrevió, con el pretexto de oler su perfume (era su truco de siempre, acercar la nariz), a apoyar la cara contra el cuello de Beatriz, la boca en su clavícula, la mano en su brazo izquierdo y en su axila. El vino, el pulpo, el brandy, la luz tenue de la casa de los mayordomos en esa tarde de finales de octubre, la frase de Beatriz, el verbo *to fuck*, la clase de gramática, todo conspiraba para que Jacobo esa noche se hundiera ahí, en ese cuerpo, a través de la rendija más estrecha. Cuando empezaron a besarse, Beatriz hizo por primera vez ese gesto que en adelante, las veces que se acostaron, siempre repitió: se encaramó a horcajadas sobre el muslo de su profesor y empezó a presionar allí con la entrepierna, con una caricia lenta, con un frotar cada instante más intenso, como si estuviera en una moto, o montando a caballo, mejor, con un trote lento, acompasado, poco a poco al galope, más rápido, más rápido, hasta perder la ropa y casi desbocarse. Al comienzo la falda se le trepaba hasta la pelvis, y dejaba descubiertas su par de piernas estupendas, bronceadas, fuertes, sin medias.

No todas las mujeres buscan al hombre con la mano. Ella sí. Ella quería probar qué había allí. Siempre fue parecido: el trote, el galope, una larga caricia por encima de los pantalones, luego una mano hábil que abre el botón y baja la bragueta. Jacobo, mientras tanto, con sus manos, de las axilas pasaba al pecho. Las tetas de Beatriz. Durante mucho tiempo, con el recuerdo, las revivió en sus memorias de erotismo, y a casi todas las mujeres que se le aparecían allí, en el recuerdo, así fueran otras, les ponía siempre los senos de Beatriz, así no los tuvieran. Beatriz no usaba prótesis de silicona, al menos en ese tiempo, y sin embargo su firmeza y su tamaño podrían hacer pensar que estaba operada. Eran perfectas. De un tamaño ideal que apenas rebasaba la palma abierta y cóncava de la mano de Jacobo —con una areola rosada y suave, muy sensible al tacto—, de perfecta textura cuando las recorría con la lengua, mullidas y duras al mismo tiempo, blandas y firmes, aptas para la caricia y el mordisco leve.

Beatriz desnuda era una aparición; algo tan perfecto que Lince se quedó más pasmado que cuando la había visto vestida la primera vez. Le dijo que se estuviera quieta un momento, y estuvo mirándola un rato, sin poder reaccionar, el miembro estupefacto apuntando con su único ojo hacia el techo, con una tensión de fruta madura a punto de estallar. Cuando sus dedos la tocaron debajo del vello, y Jacobo halló esa viscosidad tan abundante que una tirita de baba se enredó y colgó de sus dedos, tan fina y transparente como un hilo de araña, no pudo contenerse. Quedó como el peor amante tropical que ojos humanos vieran. Se vino allí, afuera, sin haber siquiera insinuado el ademán de penetrarla. A ella no le cabía la risa en el cuerpo, y recogió el semen con la mano para untárselo alrededor del ombligo. «It's good for the skin», decía, «good for the skin», mientras se embadurnaba entre carcajadas de burla y de contento. «I'm sorry, really sorry, you are so beautiful», intentó disculparse Jacobo.

Tuvieron que esperar un buen rato, pues Jacobo no era hombre rápido para segundos asaltos. Se tomaron otro brandy, pasaron al cuarto, conversaron desnudos tendidos en la cama. Al fin, ya cerca de la medianoche, envueltos en las sábanas y en risas, estuvieron media hora confundidos en ese abrazo y esa sensación que son una de las pocas cosas que justifican todo el dolor de la existencia. Beatriz era una amante alegre, menos gritona de lo que sería Camila meses después, pero más intensa, sin la fragilidad indecisa que tendría Candela cuando la conoció. Jacobo nunca tuvo con Beatriz, al terminar, la sensación de estar saciado, ni siquiera satisfecho, y si su cuerpo hubiera respondido, allí se habría quedado, para siempre.

No era fácil volver a Tierra Templada a esa hora. Había que tomar por la autopista, y en el Check Point, antes de la bajada, hacían más requisas que nunca, más preguntas que nunca. Les resultaba sospechoso que un residente de F quisiera bajar a esas horas al infierno. Pero Jacobo regresaba con una honda sensación de felicidad. Desde ese día, durante varios meses, todos los martes hizo el amor con Beatriz, sin sentir nunca hastío ni tristeza. Tampoco amor, pero sí una ansiedad sin límites por confundirse con ella. Las clases de Inglés se convirtieron en una simple y alegre complicidad erótica, carente ya de verbos y fonética, sin tes inglesas o tes americanas, sin *shwas* o impronunciables vocales intermedias. Beatriz, sin embargo, siempre le pagaba; ella misma ponía, en un sobre, los quince dólares de su hora de Inglés, más una propina de otros diez, por las horas extras, decía ella, riéndose. Jacobo hubiera pagado lo que fuera por solo poder ver a Beatriz desnuda, y ella le pagaba para que él se hundiera en su cuerpo todas las semanas. Nunca hablaba de nada que no fuera impersonal, eso sí, ni se dejaba escapar una expresión de afecto o de intimidad. De parte de ella, eso quedaba claro, todo era deseo, simple y desnudo, ganas reprimidas, a principios de la tarde, y ganas satisfechas por la noche.

El curso intensivo duraría hasta principios de junio, cuando Beatriz se iría a hacer un diplomado en una universidad americana de la Ivy League. Pensaba hacer una despedida en la finca de Tierra Caliente de sus padres, y había invitado a Lince, que podría llevar a todos los amigos segundones que quisiera. Beatriz le había dicho que por una vez, la primera y la última, quería mezclarse con el pueblo antes de irse. A ver cómo era eso.

CUADERNO DE ANDRÉS ZULETA

Caminada. Fue ella la que tocó. Yo estaba sin camisa, asando una arepa para el desayuno, mirando el cielo y las nubes parsimoniosas de Angosta a través del tragaluz. Fue un toque decidido, no como el mío, tanto que yo pensé que sería Carlota para algún regaño, una protesta, una indicación. Era ella, la llamarada en el pelo, la fila de dientes blancos en recreo. «Hoy no bajo a desayunar con Jacobo. Dice que tiene dolor de muela, pior pa él. Está haciendo un día lindo. ¿No quiere venir conmigo a caminar?». Me asusté, iba a decirle que no podía, iba a inventar una disculpa, pero algo en mí se sobrepuso. No dije nada, me di la vuelta para ponerme una camiseta. Mientras la buscaba y me la ponía, la muchacha dijo: «Huele a quemado», y me acordé de la arepa, vi un humo denso y un olor a carbón subiendo de la parrilla. «Me le tiré el desayuno, perdón», dijo ella, y mostraba sus dientes muy blancos, armoniosamente desordenados, sus ojos bicolores. Yo quería invitarla a tomar café, pero no me salía la voz. Serví café y le entregué la taza, sin voz, ella siempre de pie en el umbral de la puerta, ya no con zuecos sino con un par de tenis raídos cubriéndole los pies.

«Me llamo Virginia, pero me dicen Candela, por el pelo. ¿Y a usted?».

«Me llamo Andrés y a mí no me dicen nada, porque no tengo nada especial».

Me puse rojo, estoy seguro, y entonces le di la espalda y empecé a abanicar el cuarto con mi toalla, para que el humo se fuera. En esas Carlota, bruja de buen olfato, gritó desde su cuarto: «¡Idiotas, van a acabar quemando este palacio!». «Espéreme abajo», le dije a la pelirroja, rápido, entre los dientes, para evitar el encuentro con Carlota, y ella me entregó la taza, medio llena todavía, y bajó sin decir palabra, como si solo hubiera pasado de largo por el frente de mi cuarto. Carlota se acercó arrastrando las piernas por el corredor, con cara de fiera, los brazos en jarras. Después de explicarle que solo había sido una arepa chamuscada, inofensiva, un pequeño descuido, me puse los tenis y bajé los nueve pisos por las escaleras para evitar más encuentros. Cuando salí, Candela me estaba esperando al lado de la puerta del hotel.

Me propuso que fuéramos en metro hasta el Ávila. Ahí podíamos coger un sendero y subir por la pendiente hasta el borde de la *obstacle zone*. Yo ni sabía qué era eso, solo lo había visto mencionado, como algo oprobioso, en un informe de la fundación. «Desde el alto del Ávila se domina Paradiso, se ve el Check Point por encima, a lo lejos. Y abajo esto, y más abajo lo demás, desde mi casa de antes hasta el desierto del valle de Guantánamo».

Fue una caminada muy larga. Al principio hay casitas de vivienda popular, todas idénticas, y la pendiente sube con escaleras de concreto. Después se llega a la cota 2000; desde ahí está prohibido construir y todo empieza a parecerse al campo. Hay árboles, maleza, matorrales, abejorros que zumban como motores de barco, algunos prados baldíos. No es territorio de nadie. Hay un pinar de las Empresas Públicas protegido por alambrados. No conviene caminar por ahí, se dice, porque está prohibido y hay patrullas que controlan, o si no atracadores, violadores, cosas así. Por la soledad. Pero mientras se remonta la cuesta, por el borde del pinar, el aire empieza a picar y es agradable, balsámico, cada vez más fresco. Además Virginia a nada le tiene miedo. Subía concentrada en sus piernas, ágil, liviana, y yo detrás.

Son al menos dos horas de caminada para llegar hasta arriba. Teníamos sed, pero no había agua para tomar. Cada vez se siente más la falta de oxígeno. Al final del ascenso, me explicaba Virginia mientras caminábamos, llegaríamos a eso que se llama *obstacle zone* y podríamos ver la malla que divide las dos ciudades. La cima del Ávila está a más de dos mil seiscientos metros. El altiplano empieza un poco más abajo, pero en todo caso, más allá de la cresta no se puede pasar. Es más, a nadie le aconsejan que se acerque a pie hasta la cima. Podrían confundirlo con las bandas de intrusos que intentan entrar por el hueco, es decir, ilegales, a Paradiso. Casi todos los días hay en la prensa noticias al respecto, y los dones han organizado grupos privados de «cazadores», así les dicen, que están autorizados a capturar segundones o tercerones que se atrevan a cruzar ilegalmente la frontera o la zona de exclusión. El hueco son unos túneles que hacen los tercerones topos, entre zona y zona, para colarse por las noches, como ratas. A los intrusos les pueden disparar sin aviso tanto los empleados oficiales de seguridad como los cazadores privados con autorización. A veces no matan a los intrusos sino que los encierran en calabozos y los dejan morir de sed, para escarmiento de las gentes bajas; al menos eso se cuenta, aunque puede ser pura exageración, leyenda urbana. Si nos creen intrusos, podría haber problemas, eso es seguro. A Candela nada de esto le importa. Dice que le hace bien el aire de la montaña, y andar, porque está acostumbrada. Dice que nada le gusta tanto como caminar, y que lo hacía mucho con su hermano el que mataron. Yo no le pregunto nada y me limito a mirarle a ella la cicatriz. Ella sonríe y me dice: «No, no fue el mismo día, esto fue antes, y mi mismo hermano se encargó de llevarme en un taxi a Policlínica, donde había un ángel que me salvó». A veces, de un árbol a otro, salta una soledad, con su cola de colores tornasolados.

Dos kilómetros antes de llegar al límite entre el Sektor T y el Sektor F empiezan a verse avisos marciales. «Usted se está acercando a la zona restringida», «Siéntase vigilado», «Sus movimientos están siendo registrados por videocámaras», «No se resista en caso de que se le solicite identificación», «Prohibido apartarse del sendero, zona minada, circule bajo su propio riesgo y responsabilidad». Virginia ni siquiera mira los letreros y sigue adelante, el paso firme y la mirada fija en la cima de la montaña. Al mismo tiempo que coronamos la cumbre aparece el sendero de huellas y la primera malla de seguridad. No se puede seguir. Bordeando la malla, sin pisar el sendero de huellas (los guardias revisan que no haya marcas cada cierto tiempo), se puede llegar hasta otro alto en la sierra, y desde allí se alcanza a vislumbrar el llano grande de Paradiso, la torre de la abadía de Cristales, la autopista de seis carriles que baja al altiplano, el verde de los bosques, las primeras casas campestres, con sus canchas de tenis y sus caballerizas. A lo lejos, también, el búnker del Check Point y los árboles verdísimos de la Plaza de la Libertad. No alcanzo a distinguir la estatua del prócer. Yo nunca había estado aquí, al borde de la malla, por prudencia. Nos sentamos a descansar y Candela saca dos manzanas de debajo de la blusa. No se le notaban, no sé cómo pudo traerlas hasta aquí.

Después de comernos las manzanas, me propone que les hagamos una broma a los vigilantes. Era la preferida de su hermano. Lo que hay que hacer es atravesar el sendero de huellas, hasta la malla, y regresar hacia atrás, teniendo cuidado de pisar en el mismo sitio, para que se vean los pasos de ida y no los de regreso, como alguien capaz de pasar a través de los alambres, sin romperlos ni hacer que se disparen las alarmas. Primero lo hace ella, sola, para enseñarme. Camina despacio, con pasos largos. Sobre el sendero quedan las marcas nítidas de sus tenis. Al llegar a la malla da marcha atrás, cuidadosamente, despacio, poniendo los zapatos exactamente sobre la horma anterior. Yo la imito y no fallo. Me dice que nos alejemos hacia el monte, para ver lo que van a hacer los vigilantes cuando vean las huellas. Al rato viene la máquina que alisa el terreno y revisa que no haya huellas. Al ver nuestras marcas se detienen y hay gran revuelo de botas. Miran el piso cuidadosamente e inspeccionan la malla por el punto donde nuestros pasos se detienen. Ven con preocupación que no hay pasos de regreso, hasta que después un oficial, seguro más experimentado, parece explicarles que las huellas son hondas, duplicadas. Y señala hacia el bosque, donde supone que nos escondemos. Barren nuestras huellas y siguen adelante.

Mientras esperamos, acurrucados, Candela y yo hablamos de Jacobo, el librero. Yo le digo que conozco desde hace años la librería, pero que a él lo conocí hará dos o tres meses, a la puerta del hotel. No le digo cómo ni por qué. No entendía bien de qué tipo era su relación con la pelirroja y quería averiguar. Ella me dice algo de Jacobo que yo ya sabía: que es amigo de Quiroz y de Jursich, el par de viejos que viven en el gallinero y trabajan a ratos en la librería. Le digo que he hablado un poco con uno de ellos, con Quiroz, porque es ajedrecista y alguna vez jugamos partidas rápidas, con reloj. También le digo que me resulta fascinante por un detalle insólito: carece de vanidad. Virginia dice que ella ha conocido mejor al eslavo, que es un encanto, la simpatía andando, y que es más avispado que cualquiera, aunque Jacobo se refiera a él como el espectro. A veces ella, últimamente, pasa las tardes en La Cuña, aprendiendo el oficio, porque Lince le quiere buscar un trabajo de librera en Paradiso, con unos amigos de él, y mientras tanto debe ir haciendo algún entrenamiento.

Dice también que Jacobo se porta con ella como un papá, pero no como un papá real, sino como el papá que ella hubiera querido tener. Le digo que la entiendo y le hablo de mi papá, el televidente obeso. Virginia no conoció al de ella. «Solamente la ropa», dice, «porque ni siquiera vino a recogerla y durante años mi mamá no la botó. Al fin la fue regalando, poco a poco, camisa a camisa y unos pantalones tras otros, todos viejos y ajados. Fue lo único que conocí de él, fuera de unos regalos absurdos que nos mandaba los primeros años, no se sabe de dónde. A mediados de octubre, sin falta, se aparecía un tipo con un costal que nos dejaba siempre la misma carga: media docena de piscos pequeños que debíamos engordar y vender para las fiestas de fin de año. En la casa no había patio, ni solar, ni nada, y mi mamá los tenía que meter en el único baño, al fondo de la casa, y les daba sobrados de arroz, maíz cuando podía, y toda la comida que fuera resultando en la casa o en el vecindario; los pavos comen de todo, casi como los cerdos. Para mí era espantoso cuando me despertaba por la noche para ir a orinar, o cuando por la mañana me quería bañar. Los piscos me miraban, desnuda, y parecían desnudarme más. Tenían esa cresta y ese moco entre rojo y morado, y hacían ese ruido horrible, como de risa sin ganas, que hacen los pavos, y mantenían el piso cagado y oliendo a lo que huele. Lo peor era entrar de noche, con muy poca luz, y sentir esos testigos que me miraban sentarme en el inodoro con terror, y que tal vez sabían que nosotros los estábamos engordando para matarlos y venderlos en diciembre».

La familia de Virginia había llegado de un pueblo del norte, cerca del mar, desplazados por la violencia, pero poco después de llegar el papá se consiguió una pelada joven y los abandonó.

«Yo nací allá», dice la pelirroja al tiempo que se da la vuelta y me señala el Sektor C, las innumerables casitas de color ladrillo que se aferran a las montañas como con las uñas, precipicio abajo, por las laderas que bajan más allá del Salto de los Desesperados. «Desde aquí no se ve todo, por la bruma, pero yo sé».

Nos alejamos del sendero en silencio, bordeando la malla metálica, sin pisar la carretera de arena de las huellas. En algunas partes vimos alambre de púas y pequeños avisos con calaveras que decían: «Peligro: si toca el cable se muere. Alto voltaje». Candela tiraba piedritas hacia el otro lado, como un pequeño desafío, sin detenerse ni dejar de caminar. En esos momentos ella me parecía un muchachito necio. De repente empezamos a oír los ladridos de los perros. Del otro lado, una jauría de pitbulls y rottweilers nos miraban y enseñaban los colmillos, gruñendo furiosos y corriendo de un lado a otro, señalando el territorio infranqueable con insistentes chorros de orina, uno tras otro, a golpes de jeringa, con la pata alzada contra la malla, como enloquecidos por nuestra presencia. Detrás de ellos se acercaban al trote algunos cazadores. Virginia me tomó de la mano e hizo que nos internáramos otra vez en el bosque que había al otro lado, más profundamente. «¿Y las minas?», pregunté yo, pero ella no dijo nada y me llevó de la mano hasta superar un promontorio y hacerme acurrucar detrás del tronco caído de un inmenso eucalipto. «No estamos haciendo nada ilegal», dijo ella, «a este lado no nos pueden disparar, pero me gusta que se pongan nerviosos». Los perros no cesaban de ladrar y los cazadores exploraban el terreno con binóculos. Yo no era tan optimista como ella: pensaba que si nos veían nos iban a disparar. De hecho dispararon, pero al aire, porque no nos veían. Al rato los animales dejaron de ladrar y los cazadores, cansados de no vernos, dieron la vuelta y se llevaron a los perros con silbidos. Seguimos caminando por el borde del bosque, hasta que vimos unas grandes grúas y máquinas excavadoras que estaban construyendo un foso, al otro lado de la malla, de la parte de Paradiso. Un poco más adelante, una cuadrilla de obreros construía un muro con ladrillos y piedras.

«Era esto lo que quería que vieras», dijo Virginia, señalando hacia una línea que se alcanzaba a divisar al fondo. Llevaban kilómetros y más kilómetros de muro construido, y esto nadie lo había publicado en Angosta. El foso estaba vacío y era profundo, tan profundo que no podía adivinarse qué tan hondo era. Al otro lado del foso se erigía la muralla, que parecía una réplica de la china, en pequeño, aunque yo no conozco la muralla china, salvo en fotos. Por encima caminaban guardianes asiáticos, fumando y conversando tranquilamente, con sus fusiles al hombro, sus perros bravos jalados por correas y sus gorros militares sobre el cráneo.

«Antes los muros se ponían para que la gente no saliera de algún sitio, por ejemplo en Berlín. Este no se construye para impedirnos salir, sino para que no entremos», dijo Virginia en un tono neutro.

«No te entiendo. ¿No es lo mismo que no te dejen entrar o que no te dejen salir? Está hecho para separar, en todo caso».

«Piensa en tu casa. Si tus cuchos te encierran en ella y no te dejan salir, es un castigo, sí, pero de alguna manera te están diciendo que te valoran y que te quieren dentro, que si te fueras perderían algo. En cambio imagínate que vuelves por la noche y no te dejan entrar, te trancan la puerta. Te están diciendo que no te quieren ver».

Yo había vuelto a mi casa en esos días, en busca de una lámpara y unas fundas de almohada que se me habían olvidado en la segunda incursión. Cuando probé la llave con la que siempre había entrado, noté que habían cambiado la cerradura. Había también una hojita pegada a un costado de la puerta, con cinta. «Cambiamos la cerradura. No queremos que vuelvas a seguir robando», decía. Al otro lado de la puerta se oía la televisión encendida. Lo que explicaba Virginia se me hizo muy claro. Este muro no estaba hecho para impedirnos salir de la Tierra Templada —de hecho no existía la prohibición de salir—, sino para impedirnos entrar en Tierra Fría. Virginia lo entendía bien: «¿De qué nos sirve el derecho a salir si no tenemos derecho a entrar? Yo pregunto: ¿podemos salir de C o de T? Claro que sí, contestan, ustedes son ciudadanos libres. ¿Podemos entrar en F? Bueno, no siempre; mejor dicho: no. Podemos salir de aquí, claro, pero al único sitio que podemos entrar es a la otra vida, y el problema es que nadie sabe si existe el más allá. Mira hacia abajo: en ese foso estamos encerrados, en ese valle estrecho, y enterrados vivos en ese hueco, como en una trampa para animales que no pueden esperar otra cosa que la muerte. En Angosta. En angustia, mejor dicho. Cada vez que subo aquí, la distancia se me hace más larga; es como si mi barrio se hundiera y estuviera cada vez más lejos. Como un abismo que crece y crece. Miro a C desde aquí y me da vértigo».

Yo empezaba a entender, creo, y le dije algo que se me ocurrió en ese instante y que he estado pensando desde entonces: que hay dos impulsos simétricos en nosotros, dos anhelos de libertad, y son poder salir y poder entrar. Yo quería irme de mi casa, quería entrar en F para tener un trabajo mejor. Si me hubieran encerrado en mi casa habría sido una gran tragedia, pero si no me hubieran dado el salvoconducto para ir todos los días a Paradiso, a mi trabajo, la tragedia no habría sido menor. En general, todos queremos permanecer en el sitio que nos es más familiar, más conocido, en el propio territorio (donde están los amigos, la familia, donde hablan con nuestro mismo acento y tienen nuestro ritmo de pensar); la patria no es otra cosa que una lengua y una colección de recuerdos de infancia y juventud; pero cuando la vida allí se hace invivible, como era invivible para mí la vida con mi familia, o para Candela la vida en C (por el peligro, por la miseria), las ganas de salir superan en mucho las ganas de quedarse. Si está en juego la vida o si la supervivencia se hace muy difícil, lo natural es querer desplazarse, huir, buscar acomodo en cualquier otra parte, así sea en la estrechez de un gallinero maloliente. Y el atentado contra la libertad no es solamente que no te dejen salir (como hacían los dictadores de antes, Stalin, Mao, Castro, Kim Il-sung), sino que no te dejen entrar, como hacen los potentes de hoy, las dictaduras nacionalistas de hoy, herméticamente encerrados en sus castillos y fortalezas, donde gozan con todo el egoísmo de que son capaces, de sus enormes riquezas, sabiendo que a muchos nos bastarían las sobras del banquete para ser más felices.

Volvimos a bordear la malla en sentido inverso hasta llegar a la boca del sendero que baja por la ladera del Ávila. Los perros volvieron a ladrar, pero los cazadores no vinieron tras ellos. Bajamos con el sol, que se iba poniendo tras las montañas, frente a nuestros ojos, conforme descendíamos por la pendiente. Era una tarde luminosa y los colores del atardecer le daban a la cara de Virginia tonalidades cálidas. Era un ocaso sangriento, exagerado como la ciudad, y los algodones de las nubes se iban empapando en la herida del sol. «Jacobo dice que Quiroz dice que los arreboles los hizo Dios en una caída de mal gusto. Que los atardeceres son la cosa más cursi que ha hecho el Creador». Yo me reí, mirando de frente los caminos de sangre del atardecer. El fuego de su pelo se le duplicaba en toda la piel, con lo encendido del cielo. Nos detuvimos un momento y yo no fui capaz de mirarla. No podía mirarla más; era tan bonita que me dolía en los ojos más que el sol. Estaba todo tan solo, el viento entre las ramas, las guacharacas con sus gritos, los pájaros con sus cantos, la hierba fresca, la presencia de ella, el aire que salía de su respiración. Abajo rugía Angosta, en un bajo continuo, envuelta en su perpetua nube de esmog. Tuve miedo de querer darle un beso, o peor, de que quisiera darme un beso. Me inventé unas inexistentes ganas de orinar y me alejé un poco, para hacerlo detrás de un árbol, sin que ella me viera. Al principio, por la falta de ganas, no me salía el chorro, y ella se burló. Después emprendimos el regreso por el sendero y hasta la estación del metro, a los pies del Ávila, y luego hasta el hotel, no dijimos una palabra. Cuando yo la miraba me sentía asfixiar. Nos despedimos en el ascensor. Ella subió solamente hasta el segundo piso y se metió por el pasillo hacia el cuarto del librero Lince; yo seguí hasta el octavo; el ascensorista negro ni siquiera nos miró.

En la suite de Jacobo había visita. Virginia se dio cuenta desde que se acercó por el corredor, pues se oían exclamaciones, casi gritos. Iba pensando en la timidez del poeta, en su dificultad para hablar, para reunir sus ideas en algo que fuera más allá de una frase breve. Hablaba de manera atosigada, como ahogado, con ansias de callarse, de volver cuanto antes al silencio. Pensaba en su cohibición incluso para mear, pero las voces que salían de la habitación de Jacobo le hicieron tomar otro rumbo a su pensamiento. Según se decía en el hotel —se lo había oído al propio Quiroz, lo había sorprendido también en una frase de la señora Rey—, Jacobo tenía una particularidad: le gustaba tener más de una mujer. La más explícita había sido Carlota, una mañana, quizá por humillarla: «No vaya a creer, niña, que usted es la única amiga del señor Lince. Él no es de los que se casan con una sola; le gusta la poligamia, como a los mahometanos. Si yo le contara la cantidad de mujeres que han dormido con él en los años que lleva aquí…». Y había dejado en suspenso la revelación. Virginia no se sentía propietaria de nada, ni tenía con Jacobo ningún compromiso; allá él con sus ganas insaciables de macho animal, pero no le gustaba la idea, en este momento, de tocar a su puerta y parecer una mendiga de afecto, si lo encontraba con otra, sin camisa, en la cama deshecha, o aunque fuera al lado de la cama tendida, ambos vestidos y tomándose una taza de café. Antes de tocar trató de oír. Jacobo hablaba muy fuerte, tan duro que en un principio Virginia supuso que había alguna discusión. Casi de inmediato se dio cuenta del error: estaba hablando con el sordo, con el profesor Dan.

Fuera de las matemáticas, el profesor Dan tenía una única pasión: el montañismo. Hacía algunos años, durante una escalada al Nanga Parbat, una de las cumbres más difíciles del Himalaya, había tenido un grave accidente (fractura abierta de tibia y peroné, más ocho costillas partidas y una cortada en el cuello, veintiséis puntos, después de rodar más de trescientos metros entre las piedras, cuesta abajo) que lo había obligado a una recuperación, internado en el hospital, de casi medio año. Desde entonces había perdido el hábito y el ánimo de caminar. Acababa de contarle este episodio a Jacobo (no era la primera vez que se lo contaba, pero a Dan le gustaba ir añadiendo detalles, reales o inventados), y le había mostrado las cicatrices en la pierna y el cuello. Cuando Virginia llegó hasta la puerta del cuarto de Jacobo, ese domingo, el librero le estaba proponiendo al profesor Dan que caminaran juntos, para conversar, para combatir el asma y conocer mejor la copa rota de las montañas que rodean a Angosta.

—Yo antes, por mi oficio de buscador de libros, profesor Dan, acostumbraba caminar mucho por las calles de T, pero ya lo hago muy poco, por el asma, y quizá por pereza. Usted no está en forma, y yo menos, pero creo que podríamos arriesgarnos a subir un día por las faldas de la montaña. Subir al Ávila, por ejemplo. Usted me daría consejos. Podríamos organizar un pequeño grupo de caminantes. Hoy, por ejemplo, supe que dos huéspedes del gallinero salieron a caminar por el Ávila. Una amiguita mía que usted habrá visto, Virginia, la pelirroja, y un empleado, el jovencito ese con cuerpo y actitud de niño. Tal vez ellos estén dispuestos a acompañarnos por trochas y caminos. ¿Qué le parece?

El Marciano dijo que él conocía mejor que nadie los caminos de Angosta, y el Ávila palmo a palmo, pues antes se entrenaba por ahí, y había subido montones de veces al pico de los nevados; hasta había descendido por la boca del volcán Poas, con máscara y tanque de oxígeno, para evitar los gases tóxicos, y tomar muestras del agua verdeazul. Pero que había dejado de caminar definitivamente. Eso lo había resuelto. Sin embargo, por motivos de amistad, podía volver a hacerlo, como diletante, así dijo. Pidió unos días para pensarlo.

Virginia, con el cuerpo pegado a la puerta de Jacobo, no quiso tocar, para no interrumpirlos. Ya era algo que Jacobo no estuviera con otra, aunque le molestaba que la tuviera vigilada, que supiera incluso con quién y adónde salía a caminar. Decidió no verlo esa noche y resolvió que más bien saldría del hotel y se iría a dormir al Sektor C, en la casa de la cuesta del Hades, donde su hermana tenía la cantina. Hacía mucho que no iba a dormir a su ciudad de antes. Fue otra vez hasta el metro y se bajó en Desesperados antes de cruzar el río. Lo atravesó con el barquero de barbas blancas, que estuvo mudo en la breve travesía. Durante varias noches ni Jacobo ni Andrés la volvieron a ver ni a saber nada de ella. Ir al Sektor C consiste también en la posibilidad de toparse con tantos problemas, con tantas situaciones absurdas e imprevistas, que a veces resulta imposible volver cuando uno lo decide.

Aunque Angosta se llame Angosta en todas partes, no todos sus habitantes viven en la misma ciudad. Una cosa es Angosta en el centro del valle, a orillas del Turbio, donde están los rascacielos y las nubes de mendigos, otra cosa Angosta al pie del Salto de los Desesperados, donde el río y la gente se confunden con la tierra, y otra más la Angosta del altiplano, donde viven los dones y los extranjeros. En esta última Angosta hace frío, las casas tienen chimenea y los niños se ponen saquitos rojos de lana; en las cavernas de abajo la temperatura es tórrida, se suda estando quietos, y los niños andan tan desnudos y sucios como los cerdos.

Los padres de Candela habían llegado a la ciudad de abajo a finales de siglo, desplazados de un pueblo de la Costa, Macondo, que había sido diezmado, primero por las matanzas oficiales y luego por las burradas de la guerrilla, las amenazas de los narcos y las masacres de los paramilitares. Lo habían perdido todo: la casa, la inocencia, el entusiasmo, la fantasía, la confianza en la magia y hasta la memoria. De su aldea de casas de barro y cañabrava, de los espejismos del hielo, la astrología y la alquimia, solo recordaban la lluvia interminable o la sequía infinita en la parcela ardiente donde intentaban cultivar en vano raíces de yuca y de ñame para los sancochos sin carne. Habían llegado a Angosta con lo puesto, salvo un pescadito de oro que su madre había heredado de un bisabuelo, y lo cuidaba como la niña de sus ojos, después de un viaje a pie de veintiséis días por ciénagas, selvas, páramos y cañadas. Candela había nacido ahí, en un barrio de invasión en las laderas de las peñas que suben desde la base del Salto de los Desesperados. Después el padre se había ido con otra, de la noche a la mañana, y su mamá los había levantado a todos, dos hijas y un hijo, a fuerza de tesón, trabajando en oficios humildes por el Sektor T, barriendo y trapeando pisos en un edificio de oficinas. La vida de los tercerones como Virginia y su familia es la más dura de las vidas que se puedan llevar en Angosta. Son la casta más abundante de la ciudad, pero en su zona nunca han tenido casi nada, ni alcantarillado, ni escuelas que funcionen, ni seguridad, ni trabajo fijo, ni un transporte decente. Conviven con el abandono, en un progresivo regreso a un mundo de violencia primitiva alimentado por la miseria y la desesperación. Como tampoco los segundones pobres cabían ya en el valle, ni tenían casas donde alojar a los desplazados que llegaban, así fueran parientes, los calentanos que llegaban como hordas desesperadas de los pueblos, expulsados por la guerra y la violencia, optaron por invadir las partes bajas de las afueras de Angosta y hacer allí sus ranchos, que con los años dejaban de ser de tablas y cartón para erigirse poco a poco en un endeble ladrillo pelado, no tan firme como para aguantar el embate de los inviernos, cuando eran muy fuertes, por lo que el agua arrasaba con los ranchos que se deslizaban cuesta abajo en avalanchas de piedras y de tierra. Niños y adultos quedaban sepultados bajo el barro, pero los sobrevivientes volvían a levantar las paredes, primero de cartón, después de madera, hasta que al fin volvían al ladrillo, y esperaban la llegada del próximo deslizamiento, algún año nefasto, en la temporada de lluvias, cuando ya parecía que iban levantando cabeza. A falta de algo mejor, contrabandeaban electricidad con alambres mortíferos para poder instalar un equipo de sonido o un aparato de televisión que los sacara del tedio y les mostrara alguna ventana fantástica de lo que se decía que era el resto del mundo.

Por los desbarrancaderos del Salto de los Desesperados se acumulan tugurios que van bajando abruptamente hacia Tierra Caliente; cuanto más bajos estén, más hundidos se encuentran en la miseria. Como la casa de Virginia era de las más altas, podría decirse que ella vivía en lo mejor de lo peor. La zona tiene muchos nombres, según se va descendiendo por la pendiente: Popular Siete, El Parche, El Cartucho, el Cucurucho, Las Cuevas, La Comuna Uno, la Dos, hasta la Trece. En el anillo más bajo del descenso, que es el peor, se llega a Boca del Infierno, un sitio que solamente algunos conocen, porque es casi impenetrable, y es la guarida de las bandas que dominan la zona. En todo el Sektor C no hay calles bien trazadas, y menos pavimentadas, ni casas con nomenclatura; allá no arrima la policía y rige el orden o el desorden de las bandas de muchachos sin padre que se dedican a imponer unas costumbres salvajes, una justicia radical y primitiva, en medio de la cual sobreviven solamente, y por pocos años, los más astutos, los más malos o los más despiadados. A ellos, con razón o sin ella, se les atribuye automáticamente cualquier cosa terrible que suceda en el valle del Turbio o en el altiplano de Paradiso.

Tampoco se habla igual en todas las Angostas. En el altiplano, los niños asisten a colegios bilingües y tanto ellos como sus padres prefieren hablar inglés, aunque no lo sepan bien; en la Cueva se habla un dialecto que tiene tantas reminiscencias del español como el español del latín. «I'd like to live in Miami», es el lema de arriba. Y abajo no hablan en inglés ni en español, sino en un dialecto curioso de vocales abiertas. Se saludan así: «Ke maaaa emaano, bieeen o kee. Sííí, gonooorreeeaaa». Ya no piden limosna «por el amor de Dios», sino con una fórmula secreta: «Don, meá colaorar, don, meá colaorar». Y así se despiden: «Vea home parce, ahi nos pillamos. Tolis gonorsofia, toobién». Ellos se entienden. Es una jerga carcelaria que se difunde por todas partes gracias a que casi todos ellos han estado o tienen algún pariente o algún amigo en la cárcel. Allá hace un calor húmedo y todo está como salpicado por el rocío amarillo y nauseabundo del Salto, o por el olor a pólvora de las balas locales o de los bombardeos internacionales. Huele a sangre y a muerte por las calles; también a fritanga, porque viven friendo cosas: buñuelos, plátanos maduros, chorizos o empanadas si hay bonanza. No hay ni un instante del día o de la noche en que no suene música. «Bailemos mientras nos matan», es la consigna de los tercerones. La música sale desde altoparlantes inmensos, desde picós o burrotecas que se mueven entre los charcos y hacen que todo tiemble: el aire, los vidrios, a veces hasta el suelo. La música embota, hace olvidar el hambre y la desgracia, impide pensar, y con alcohol empieza a sonar bien hasta la repetición incesante de un tambor eterno. Como son tantos y no tienen espacio, la soledad es algo que allí no se conoce, y como son tan pobres se ayudan entre ellos, pero también entre ellos se atracan y se roban de vez en cuando, por desesperación, o para comprar drogas o música o comida.

La vida es azarosa en el Sektor C, y muy amarga, porque está todo el tiempo salpicada de muerte. Casi todas las noches aparecen mujeres violadas, niños con tiros de fusil en la frente y muchachos asesinados, a veces decapitados, con las partes repartidas en distintos costales. Les ponen letreritos: «Pa ke aprendan». ¿Pa' que aprendan qué? No se sabe. Los mata la Secur por terroristas, o los terroristas por sapos, pero también se asaltan y se matan entre ellos. Para atacar o defenderse, o para ambas cosas, forman grupos con siglas abstrusas, los caputs, los mucs, los fendos, todos con supuestos fines políticos o sociales (de limpieza, de suciedad, contra o por el Apartamiento), y entre ellos mismos se despojan de la poca plata que levantan con sus trabajos informales en T, o con oficios manuales de construcción o de limpieza en Paradiso. La mayoría de la gente calentana, sin embargo, es pacífica y mansa, también solidaria, por lo desesperada, pero la gente mansa, por mucha que sea, casi nunca se nota. Están allá, arrinconados, sin

posibilidad alguna de mejorar sus vidas, con la entrada prohibida en todo el mundo, empezando por los demás sektores de
su propia ciudad, donde les temen y los evitan como a la misma peste. Entre los tercerones hay de todo, en bondad y en
maldad, en talento y en coraje, pero los segundones y los dones
prefieren pensar que están condenados a pudrirse allá y que no
tienen salvación, como si sus taras fueran genéticas o como si
ellos pertenecieran a una distinta especie subhumana.

Cualquier ciudadano puede bajar libremente, es decir, sin
controles oficiales ni leyes, aunque con riesgos claros, por los
senderos laberínticos de C, cruzando a la margen occidental
del río y trepando un trecho (porque hay una parte alta de la
zona baja, «la parte alta abajo», como le dice un poeta tercerón
de los mejores de Angosta, donde hace casi tanto frío como en
Paradiso), o circulando por los caracoles de las malas carreteras
destapadas que bajan a Boca del Infierno, hasta adentrarse cada
vez más hondo en la Tierra Caliente. A pie también se puede
hacer el recorrido, por calles empinadas y escaleras de cemento
que suben y bajan con azarosas pendientes de precipicio. Pero
casi nadie se atreve a moverse por ahí, sino ellos, los tercerones,
los que viven allá. A veces el ejército y la policía van, en grandes
batallones protegidos por vehículos artillados de guerra, dizque
a hacer operaciones de seguridad y a limpiar los barrios de
hampones, matones y rateros, guiados por gente de la Secur,
encapuchada. Llegan en tanques y helicópteros a las tres de la
mañana. Cañonean y bombardean un rato, matan seis niñas,
tumban una casa con el fuego feroz e indiscriminado de los
tanques, apresan diez o veinte muchachos y se vuelven a ir despavoridos, entre las balas y la furia con que les responden las
bandas.

Virginia quedó atrapada en la casa de su hermana varios
días, sin poder salir, porque el ejército estaba haciendo una operación de rastreo en la zona, al parecer contra milicianos de Jamás que habían puesto una bomba incendiaria en una calle cén-
trica de Tierra Fría y habían matado a ocho adultos y tres niños.
Hubo redadas, requisas casa por casa, bombardeos diurnos y

disparos nocturnos, se llevaron como a setenta muchachos presos, unos por milicianos, otros por marihuaneros o ladrones, otros por jóvenes, nada más, y aunque nada tuvieran que ver con movimientos políticos de ningún tipo, con drogas, rabia o delincuencia. Todos, o los que llegaran vivos, porque en el camino cualquier indisciplina se castiga con la muerte, quedarían internados en los campos de Guantánamo por tiempo indefinido, a la espera de un juicio que nunca se haría. Fue un desorden de varias noches con sus días, y un desasosiego completo porque había toque de queda con luz y sin luz, más ley seca, y prohibición de música (lo peor para ellos, como quitarles el agua), y al que asomara la cabeza fuera de la puerta le volaban los sesos. De todo eso, en las partes de la otra Angosta, la del medio y la de arriba, nunca se supo mucho, pues el Gobierno aseguraba que no debían ir allí los periodistas en vista de que en esa zona no podían asegurar la integridad de la prensa. Los operativos ni siquiera salieron en *El Globo*, y apenas en *El Heraldo*, días más tarde, apareció una breve nota en la penúltima página de la sección D, tan vaga e imprecisa que nada se entendía: «Operativo de la policía secreta en un barrio aledaño al Cartucho. Hallan granadas y bombas manuales; apresados decenas de terroristas que serán concentrados en los campos de Guantánamo». Los de la Secur prohibían la entrada de la Cruz Roja y de todo civil cuando se hacían estas redadas, así que la información no podía verificarse de primera mano. A los campos de Guantánamo tampoco podía ir nadie, salvo la brigada del ejército que los tenía a su cargo. Además, ¿dónde quedan los campos de Guantánamo? Nadie lo sabía, nadie lo sabe, y hasta algunos sostienen que no existen y que son un invento de la oposición para desprestigiar al Gobierno.

Mientras esto ocurría por la casa de Virginia, el profesor Dan le dedicó más tiempo a la decisión de si volver o no a caminar que a su mismo problema de matemáticas, la insoluble Conjetura del Sumando Directo. Había renunciado al deporte después del accidente en el Himalaya, pero en el fondo lo lamentaba, porque había empezado a ganar peso y a perder agilidad. Hasta creía que desde que había dejado el ejercicio, su mente matemática había perdido también agudeza y filo. Sin embargo, se había hecho la promesa, como un alcohólico, de no volver a probar la droga del montañismo, porque lo tomaba siempre tan en serio que hasta acababa arriesgando su vida. Durante dos semanas perdió el sosiego y no pudo pensar en otra cosa. Todo, en el profesor Dan, se convertía en un asunto problemático y trascendente, pues él todo lo hacía con absoluta seriedad, sin la irresponsabilidad y ligereza habituales de los habitantes de Angosta.

El verdadero negocio de La Cuña*, que en un principio no hacía más que gastarse poco a poco los libros de la herencia de Jacobo, consiste en comprarles bibliotecas a las familias en aprietos, y sobre todo a las viudas y a los huérfanos. No es extraño que los hijos de grandes lectores resulten iletrados, o con gustos opuestos a los de los padres, por lo que se deshacen de los libros del progenitor como de un fardo inútil, un lastre, la rémora que les impide respirar. Todos los meses hay gente que llama para vender libros. Después de una inspección de las bibliotecas, si hay dos o tres volúmenes interesantes, Lince hace

---

* Desocupado lector: este capítulo, que está en el centro de este libro, en realidad es un intermedio jocoso, o un entremés en un solo acto (como esos que solían representarse en el teatro entre una y otra jornada de la tragedia). No pretende ser más que un juego literario casi ajeno a las calles de Angosta y al entramado de esta novela. Los editores españoles me han rogado que lo suprima, para bien de los lectores que, según ellos, se aburrirán. Yo, sin embargo, le tengo mucho apego, porque es un homenaje al padre de la novela, nuestro señor Cervantes, y porque es un capítulo que en buena medida no fue escrito por mí sino por varios escritores amigos míos. Si los editores tienen razón y te aburres (querida lectora), te ruego que te brinques estas hojas hasta el próximo espacio, en cuyo caso, si mucho, te habrás perdido una sonrisa y te habrás evitado dos bostezos.

una oferta global por un precio muy bajo (el costo de los libros buenos, y una pequeña bonificación por los demás). Los huérfanos regatean hasta llegar a una cifra en todo caso muy baja, pues los que venden libros viejos, salvo que los hayan leído ellos mismos, en general sospechan que sus bibliotecas heredadas no tienen ningún valor. Cuando se hace el arreglo, Jacobo llama de inmediato a un carretillero que tiene contratado, Clímaco, para que le haga el acarreo hasta La Cuña. Cualquier día, por las calles estrechas del Sektor T, se puede ver a este dúo encaramado en la carreta, dos cabezas, dos ruedas, un pescante y una tarima jaladas por un caballo seco y famélico, de un blanco sucio, igual a Rocinante. Sobre la tarima de madera, un arrume de libros protegidos por una lona verde impermeable. Jacobo paga de contado, en efectivo, y llena la carreta con las cajas de los quebrados, de las viudas o los huérfanos, repletas con los volúmenes amorosamente coleccionados por el iluso lector difunto, y así se va surtiendo La Cuña, con transfusiones recientes, al mismo tiempo que se va desangrando la antigua linfa de los parientes muertos. Los mejores ejemplares se los lleva directamente al hotel y los va reservando para un par de libreros sofisticados de Paradiso, Pombo y Hoyos, que son los que se encargan de los negocios internacionales, porque tienen el talento y los contactos.

El oficio de librero, cuando es con libros viejos, se parece al de enterrador. Por eso una de las tareas que tiene Quiroz es vivir pendiente de las notas necrológicas de los periódicos. Una mañana leyó con satisfacción profesional —no humana, por supuesto— que Hernando Afamador, el crítico y reseñista de libros de *El Heraldo*, había muerto de una complicación hepática (eufemismo de cirrosis), aunque en los mentideros de Angosta se sabía que los médicos no habían conseguido sacarlo de un coma etílico, pese a sus muchos esfuerzos. Jacobo le pidió a Jursich que se encargara de tener acceso a alguno de los hijos de Afamador, si los tenía, o a la viuda, si es que dejaba viuda, algún día después de la novena de difuntos. Las bibliotecas de los críticos suelen ser estupendas, primero por la inmensa cantidad de libros (no los compran, se los mandan de regalo las editoriales, con dedicatorias lambonas de los autores, que intentan pagar con halagos y por anticipado una reseña favorable), y segundo porque la mayoría de ellos permanecen intonsos, como nuevos, no teniendo el crítico ni tiempo ni ganas de leer los libros que reseña. En Angosta se sabía que el lema de Afamador era el siguiente: «Reseño los libros antes de leerlos; así, cuando los leo, ya sé qué pensar de ellos».

Exactamente al décimo día de la irreparable pérdida, Jursich les anunció a sus amigos que Rosario*, la única sobrina del crítico Afamador, había puesto en venta la biblioteca de su tío. Dos días después, tres sepultureros vestidos de luto riguroso se presentaron, a las cinco en punto de la tarde, en la casa que había sido toda la vida del crítico, en una calle ciega por Barriotriste. El aposento donde estaban los libros, al fondo del caserón, era un amplísimo espacio rectangular con unos cien anaqueles repartidos en más de dos metros de altura, todos atiborrados de volúmenes. Cuando la sobrina abrió con la llave el gran espacio de la biblioteca, con la luz cenital que hacía ver un polvillo alado suspendido en el aire quieto de la habitación, a todos les pareció estar entrando en una cámara mágica y secreta.

—Nunca nos dejaba pasar de la puerta, ni a la muchacha ni a mí. Aquí mismo, en el umbral, teníamos que dejarle el almuerzo y las botellas de vodka. Como si lo que hiciera adentro, leer supongo, pero vaya una a saber, fuera un vicio nefando y solitario —dijo la sobrina. Salió del aposento a toda prisa y volvió al instante con una totuma llena de agua bendita y un hisopo—: Es mejor bendecir este lugar, porque aquí tiene que

---

*   Rosario Saavedra, cuarenta y seis años mal contados, alta y enjuta, de rostro muy pálido. Huérfana de madre, sin dotes económicas o físicas para casarse, vivió con su tío desde los quince años, y siempre fue más empleada del servicio y cocinera que pariente. Poco a poco, sin embargo, se tomó todo el poder en la casa, y su tío solo tuvo jurisdicción sobre un espacio: la biblioteca.

haber muchos demonios, vivos y muertos, los mismos que se le comieron el seso a mi tío, y no solo lo alcoholizaron, sino que le inculcaron esas tendencias de vividor y muchas creencias heréticas.

Rosario era muy piadosa y nunca había soportado las inclinaciones librescas ni la profesión de su pariente. Les atribuía a los libros todos los males posibles, y si no fuera por el provecho que, intuía, podía sacar de la biblioteca, en vez de asperjarla con agua bendita le habría prendido fuego rociándola con gasolina, en señal de castigo.

—Ojalá se lleven todo esto, y prontico. Yo no veo la hora de que salgan de aquí todas estas alabanzas al pecado. Si no salen de aquí, estoy dispuesta a tirarlos por la ventana, para que se los lleven los basuriegos y los piquen como papel, o los barra el viento como hojas de árboles.

Quiroz, Dionisio y Jacobo se sentaron en tres taburetes y empezaron a revisar la biblioteca con mucho más respeto y reverencia que Rosario. A ojo de buen cubero habría, como poco, unos seis mil ejemplares, algunos muy bien encuadernados en vaqueta, otros con su tapa dura intacta, otros más pobres en apariencia, de bolsillo, pero en perfecto estado. Los había de distinto cuerpo, en cuarto, en octavo y en dieciseisavo, flacos y gordos, con polilla o sin ella. Había anaqueles de historia y de religión, de esoterismo y artes ocultas, de poesía, de teatro, de filosofía, de ciencias naturales, de artes plásticas, de teología, infinidad de diccionarios y obras enciclopédicas. En la estantería de literatura en lengua española había una sección, bastante completa, de narrativa contemporánea, y dentro de ella, varias repisas de autores locales. Más por azar que por verdadero interés, los tres sepultureros empezaron a mirar por ahí, por los hispanos. Jursich, como un buen maestro de ceremonias, iba sacando los volúmenes, anunciaba el título y el nombre del autor, o alguna pista sobre ellos, y pasaba la obra a manos de Jacobo, que la hojeaba, la olía, emitía una breve sentencia y la pasaba a Quiroz para su respectivo veredicto. La sobrina, un poco alejada en otros entresijos librescos del aposento, seguía con su hisopo haciendo aspersiones y musitando conjuros contra los malos espíritus del abecedario. El primer libro que Dionisio Jursich les pasó fue una segunda edición de *La vorágine*, de Rivera.

—Lo triste que es volverse clásico —dijo—, todos lo conocen, pero casi nadie lo ha leído —se lo pasó a Jacobo, que simplemente comentó:

—Ni yo mismo lo he leído, pero tal vez esta sea mi oportunidad: me gusta el tamaño de la letra.

Quiroz lo acarició y leyó unas cuantas líneas.

—A mí me produce una mezcla de sentimientos, porque la selva de Rivera se parece a Angosta. Ahora, como antes, el pantanero de este país nos va a destrozar.

—No todo es bueno. ¡Miren! Toda una hilera de Paulo Coelho, traducido —anunció Jursich, y Quiroz recibió los libros con fingida reverencia, enseñando los dos únicos dientes amarillos de su boca saqueada por los años. Sonreía sin maldad:

—En La Cuña ya tenemos la obra completa de Coelho, repetida tres veces, y casi llena una pared. Es como si todos quisieran deshacerse siempre de sus libros después de haberlos comprado. Son como envases vacíos de Coca-Cola: no hay casa que no tenga alguno.

Los libros, antes de depositarse en el suelo, eran tocados otra vez por Dionisio:

—Es curioso: tiene un éxito impresionante, está millonario, se finge santo, pero dicen que es más lascivo que tú, Jacobo, y sus libros parecen plagios de la más ridícula literatura de autoayuda de todos los tiempos. Para mí es basura. Es el más indigno continuador de la estirpe de los evangelistas.

—Aquí hay un grupito de libros más nuevos. Son autores mexicanos: Padilla, Volpi, Palou, Urroz...

—¿Dedicados? —preguntó Lince.

—Ajá. Melifluos.

—Ah, sí —dijo Quiroz—. Se trata de cinco muchachos ambiciosos que decidieron convertir cinco fracasos individuales en un éxito colectivo.

—Tienen una genuina vocación literaria, y algunos tienen también lecturas sólidas —aclaró Dionisio—, pero les interesa más tener currículum que vivencias, y mucho más los premios que los libros. Según ellos, el Crack nació como una vanguardia, solo que, a diferencia del ultraísmo, el creacionismo, el surrealismo y los demás ismos, no estaban dispuestos a romper con nada porque son eminentemente conservadores (muy católicos) y quieren subir a la cima siguiendo el escalafón. Ahora son diplomáticos.

—No niego que Volpi se enreda a veces en cuestiones de ciencia, pero construye bien sus tramas, le salen armaditas —trató de salvar Lince.

—Es poco, pero lo acepto.

—Aquí está el escritor peruano que casi llega a presidente: Vargas Llosa.

—Más que de presidente, tiene ademanes de cardenal, mejor dicho, de papa. Los escritores, cuando se vuelven muy famosos en vida, envejecen mal. Pero Vargas Llosa es un mago de la técnica novelística. Y tiene historias geniales, con un ritmo que ya se quisieran muchos. Se ve que fue trotador, pues sigue vigoroso. Es culto y liberal, además, y ambas cualidades son muy raras en estas tierras.

—Fue el último, el más joven de la generación del boom, y el único que podía competir en fuerza novelística con el más grande. Tiene una obsesión que no le da tregua: el Nobel. Si no se lo dan pronto, se le puede reventar un divertículo. Ojalá no le llegue tan tarde como a Paz, que casi ni alcanzó a disfrutarlo.

—Esa estirpe es muy grande por aquí: Fuentes tiene la misma obsesión, y hasta el propio Borges, que se lo merecía más que nadie. Y ya los más jóvenes también se empiezan a morder las uñas cada octubre: Lobo Antunes, Jorge Amado.

—Ese no es joven, es más, ya se murió.

—Ah, perdón, es que aquí vi un libro, *Los capitanes de la arena*, que es bonito.

—Veamos qué es esto: parece muy leído, lleno de subrayados —dijo Jursich, y anunció—: *Bartleby y compañía*.

—¿La novela de Vila-Matas sobre los escritores que dejan de escribir? —preguntó Jacobo.

—Sí. Es un libro que es un ensayo y que, además, es una novela. Me gusta mucho —dijo Quiroz—, aunque siempre le reprocharé a su autor que, con la excusa de que el libro se le iba a volver infinito, dejara en la recámara un gran número de *Bartlebys* colombianos.

—Que yo sepa, también olvidó los coreanos, chinos y finlandeses. No veo el problema —comentó Dionisio.

—Pero ¿es que no lo ven? Yo soy *Bartleby* y habría podido estar en ese libro —dijo Quiroz con un repentino acento dramático.

Conmovidos, Lince y Agustín lo estuvieron mirando un rato, hasta que por fin los dos, casi al unísono, sonriendo, le dijeron:

—Pero bueno, Quiroz, uno no puede estar en todas las novelas.

—Sigamos. Esta repisa está llena de García Márquez. Miren, aquí va la primera edición de *Cien años de soledad*, con el barco encallado en la cubierta, antes de la de Rojo, que era mejor pero cuesta menos. Ah, también está la primera del *Coronel*, la de Aguirre, una joya en todo sentido, y la edición de *La mala hora* que corrigieron en España, para ponerla en castellano peninsular.

—Más allá de lo literario, todo eso me sirve como bibliofilia. Antes de comprarlo ya está vendido, en la librería de arriba. Estos libros solos valen más de cuatro mil dólares, señorita.

La sobrina del crítico se frotó las manos y les echó una aspersión de agua bendita:

—Esa platica me servirá para mis pobres —dijo.

Jursich fue pasando todos los tomos de García Márquez, incluyendo las memorias y las últimas novelas breves.

—Bueno, aquí no hay nada que decir. La persona podrá no haber sido siempre la más generosa con sus biógrafos, y será amigo de Castro, pero como su obra, en este rincón de América, no hay dos. Todo lo que él escribió le salía con una gracia que es como si se la soplaran los ángeles —dijo Quiroz, recuperado de su crisis anterior.

—¿Por qué hablas en pasado, si Gabo está vivito y coleando? —preguntó Lince.

—Bueno, es que de gente así se puede hablar en un tiempo intemporal. No va a pasar, te lo aseguro que en quinientos años no va a pasar. Y yo tuve la suerte de conocer a ese genio, el único verdadero genio literario que ha nacido en las cercanías de Angosta. Recuerdo cuando hablamos; fue un día, en Ciudad de México, y figúrense que...

—Ese cuento ya nos lo contaste como diez veces, Quiroz. Por favor, esta vez nos lo puedes ahorrar. Y deja de hablar de un hombre como si fuera un dios, no seas lambericas.

—Vuelvo a México —anunció Jursich—. Este también es de los nuevos: Juan Villoro.

—Leí un libro suyo de ensayos; escribe muy bien —dijo Lince con sincero entusiasmo.

—Eso es parte del problema —comentó Quiroz—. Escribe bien de los demás. Debería concentrarse en la crónica y el ensayo divertido, pero para ser novelista le falta el malsano y fecundo interés en sí mismo. Es un admirante.

—Eso no suena tan mal —dijo Jursich.

—Es nefasto y mezquino no reconocer a ningún maestro —reconoció Quiroz—, pero Villoro admira a demasiada gente. Ya no tiene edad para eso.

—¿O sea que el genio se basa en el bendito egoísmo?

—En parte. Tal vez no les he contado que cuando fui a México estuve con Villoro en algunas reuniones. Al día siguiente solo se acordaba de lo que habían dicho los demás. Sus palabras le producen amnesia. Al principio pensé que se evaporaba por cortesía mexicana; luego advertí que confía muy poco en lo que dice y no sé si se pueda escribir a partir de tal desconfianza de sí mismo. Otro punto en contra: es demasiado alto.

—¿Y Cortázar? —preguntó Dionisio, rápido.

—Con uno basta —concluyó Quiroz.

—Dejen ya a México. ¿Qué hay de Argentina, de España, de Cuba?

—Si empiezo por la A, veo a Aira.

—¿Aira? Un esnob.

—Y los que lo leen, más esnobs que él. ¡Mucho más! Tan esnob que seguramente es de los que escriben esnob sin e, snob.

—De todos modos, queda en pie la posibilidad de que los esnobs tengan razón.

—Sus libros son delirantes, y por eso mismo deliciosos. Escribe como drogado.

—Pasa a la B, ¿hay algo de Bolaño?

—Están *Los detectives salvajes*, con una dedicatoria distante.

—Sí, Bolaño. No sé si era el mejor de su generación, como él mismo se declaraba, pero sí era muy bueno, y el mejor de los chilenos desde Donoso, por supuesto. Con un editor que le cortara los excesos, habría sido genial. Pero confiaba demasiado en sí mismo, más que en los lectores. Y su editor, Herralde, era demasiado amigo, incapaz de sugerirle que quitara una sola página, aunque sobrara.

—¿No querías algo de España? Aquí hay cosas muy buenas: Javier Marías, Rosa Montero, Juan Goytisolo...

—Esos tres solos ya justifican este final de siglo español. Después de Franco (porque mientras estuvo vivo el caudillo, la narrativa española se durmió en los cuarteles) volvieron a inventar la novela en la Península. Con Vila-Matas, Javier Cercas y Muñoz Molina son seis mosqueteros que ya se quisiera tener cualquier otro país.

—Yo pondría también a un gallego más joven, muy sensible, el de *La lengua de las mariposas* y *El lápiz del carpintero*. Manuel Rivas, creo que se llama, y al de *La ciudad de los prodigios*, Mendoza, por no mencionar a otro que escribió durante el régimen y lo segregaron por motivos sexuales, Terenci Moix. Por ahí veo sus libros; son conmovedores.

—Ninguno de los libros de Marías tiene dedicatoria.

—No me extraña. Para mí es el más grande de los nuevos. En España no lo quieren, porque les parece arrogante y aburrido, y porque habla bien inglés, lo que en tierras castellanas se considera un sacrilegio. No lo saben leer, será amado cuando falte. Su sintaxis es la más novedosa, y sus ideas laberínticas como una melodía insistente, obsesiva, de las más hondas.

—Marías desconfía demasiado de la gente; es algo paranoico. A mí me gusta más este otro, Muñoz Molina.

—Pero muéstrame alguna cosita de estas tierras, y ojalá femenina, por favor —insistió Lince, en vena chovinista.

—Por lo que veo no hay libros de mujeres, salvo uno o dos. Ni siquiera están los de la exesposa de Plinio, Marvel Moreno. Ni está Piedad Bonnett, la mejor poeta de Angosta.

—De raro no tiene nada. Afamador era un machista consumado. Jamás reseñó un solo libro escrito por una mujer, pues decía que estas, salvo que tuvieran cerebro de hombre, como la Yourcenar, no eran capaces de escribir.

—Era un idiota, entonces. Hasta se sabe que las mujeres tienen más desarrollada el área del lenguaje. Si no hay más es porque se han pasado cien mil años criando niños —sentenció Jacobo.

—Aquí hay varios libros de Darío Jaramillo. Y ojo con lo que dicen, porque es amigo mío —exclamó Jursich.

—¿Quién es ese? —preguntó Lince.

Quiroz miró piadosamente a Jacobo:

—Era un tendero de Santa Rosa, un pueblo de por aquí cerquita, que escribía versos los fines de semana. También novelas, en las vacaciones.

—¿Conque era ambidextro? —preguntó Lince, malévolo—. ¿Cómo se le dice al que escribe verso y prosa? ¿Anfibio?

—Atrevido, diría yo.

—Veo que hay varios títulos —observó Lince—. Los podemos poner en la canasta de «pague uno y lleve cinco».

—Infame. *Cartas cruzadas* es una gran novela, y los poemas de amor son tan intensos que se los saben de memoria hasta los mozos de establo y las dentroderas. El otro día uno de los ascensoristas negros, el bueno, lo estaba recitando.

—¿Qué más hay por ahí? —preguntó Quiroz.

—A ver, al lado de la jota está la hache. Aquí hay algo de un colega nuestro, Hoyos, el amigo tuyo, Jacobo. *Por el sendero de los ángeles caídos*, dice el título.

—Muy largo. ¿Alguien lo ha leído?

No hubo respuesta. Era evidente que ninguno lo había leído. Lince, incómodo, dijo:

—Conozco solamente a dos personas que lo hayan leído: la crítica Valencia y el filósofo Aguirre. Este dice que el libro termina mejor de lo que empieza.

—¿Entonces termina bien? —insistió Quiroz en vena escéptica.

—No sé —titubeó Jacobo—. Hasta allá no llegaron. Lo que sí sé, porque yo a Hoyos lo conozco, es que el tipo seguirá escribiendo así no lo lea ni la mamá.

—Aquí viene otro de los que viven en F, Faciolince, el creído.

—¿Qué hay de él?

—Ese librito corto, la culinaria.

—No es malo —dijo Quiroz.

—Malo no, ridículo —dijo Jursich—. Parece que Isabel Allende o Marcela Serrano hubieran reencarnado en él. Es un libro de hombre escrito con alma de mujer. Una maricada.

—A mí me pareció todo lo contrario. Parece el canto de un jilguero, que usa sus trinos para conquistar muchachas.

—¿Por qué lo odias tanto, Jacobo?

—Tal vez porque se parece mucho a mí.

—Aquí están también los *Fragmentos* y el *Hidalgo*.

—El *Hidalgo* es lo único bueno de él. Después se engolosinó con su propia facilidad; es un talento desperdiciado, y no pasa de ahí —dijo Jacobo.

—No sabe escribir diálogos. Yo creo que si les encargara sus diálogos a otros escritores, acabaría escribiendo un buen libro. Vive en Paradiso, encerrado en su torre de marfil. Cuando va a la librería, siempre dice que tiene afán. Para mí que la mujer lo domina y no lo deja salir.

—Cambiemos de tema, no sé por qué se ensañan contra un autor menor. Sigamos, Jursich.

—Aquí está la narrativa de Mutis. Un montón de novelas con muy buenos títulos.

—Eso lo dijo Caballero, el gran columnista. Fuera del título, tienen muy poca cosa. Y en cuanto a la prosa, está hecha de frases buenas, cada una por separado, de perfecta sintaxis y sonoridad poética. Pero las historias son absurdas, soporíferas, quisieran ser Conrad y no llegan a Pérez-Reverte. Si no fuera tan buen amigo de García Márquez, tan simpático y tan buen diplomático (sabe cómo tratar a las infantas y cómo arrodillarse ante los reyes), no habría llegado donde llegó. Hasta el Cervantes le dieron.

—Sí, pero podría ser por la poesía, que es magnífica, y por el *Diario de Lecumberri*, que es bueno.

—Déjenlo en paz, *La muerte del estratega* es un cuento largo magistral, y además prepara el mejor dry martini del país.

—¿Y ese otro quién es? —preguntó Quiroz.

—Vallejo.

—¿César?

—No, pendejo: Fernando, el único. El otro ya no cuenta más.

—Por fin te oigo decir una cosa sensata, Dionisio. Hoy no amaneciste iluminado.

—Es más deslenguado y maligno que todos ustedes. Rosario, venga, muévase, traiga ese hisopo y vacíele encima lo que haya ahí de agua bendita, a ver si nos salvamos de su hiel.

Vaciaron encima de *El río del tiempo* todo lo que quedaba en la totuma. No les alcanzó ni para exorcizar a Vargas Vila.

Y toda la tarde se les fue hablando de libros; de autores locales y de otras partes. Era más fácil ser generosos en sus opiniones con escritores muertos, o lejanos, que a nadie le hacían sombra en este más acá. Al final, acosados por Rosario, la heredera, compraron toda la biblioteca a un buen precio promedio, tres pesos nuevos por volumen, más una bonificación por las primeras ediciones valiosas. Llamaron a Clímaco, el carretillero, que al otro día hizo nueve viajes hasta la librería con su Rocinante. Cada caja que salía era rociada por la heredera con chorros de agua bendita; había vuelto a llenar una tinaja en la pila de la catedral. Las cajas se acumularon durante semanas en el comedor, ahora el recibo de La Cuña.

Jacobo, desde la desaparición de Virginia, les preguntaba todos los días a los porteros de La Comedia si habían visto entrar a la pelirroja. Siempre la misma respuesta: no. En la casa de la hermana de Virginia, como en buena parte del Sektor C, no había teléfono ni otra manera moderna o rudimentaria de comunicarse. Jacobo tenía el teléfono de un vecino, que vivía a unas ocho manzanas de la cantina y tenía un negocio de billares en el que había instalado un teléfono público. Estuvo llamando allá todos los días, varias veces, pero nunca le contestaron. Tras cuatro noches de ausencia, una tarde, Jacobo resolvió ir él mismo a buscarla. Nunca había vuelto solo a la cantina donde la había encontrado la primera vez, pero suponía que si iba hasta el restaurante chino tal vez Bei Dao le pudiera dar alguna indicación para llegar, o podría buscarle a alguien del lugar capaz de servirle de guía y de acompañarlo. Cogió el metro hasta Desesperados, atravesó el Turbio con el viejo barquero, que lo despidió con las palabras de siempre: «Me paga cuando vuelva, si es que vuelve». Se metió por la Cuesta de Virgilio. El restaurante chino estaba cerrado y no había señales de vida por la cuesta. Jacobo recordaba la habitual animación de esas calles y no entendía tanta soledad, tanto silencio. Bajó un trecho e intentó evitar los sitios por los que se había perdido la primera vez, y seguir la ruta por la que lo había llevado Virginia otras veces. Al cabo de un rato, por laberintos desiertos, se encontró en una red de intersecciones y escaleras que no reconocía. La única sensación común era que a veces caminaba sobre el polvo, a veces sobre piedras y a veces sobre pantano, pero esta vez las calles estaban desiertas y se palpaba un ambiente de tensión, casi de guerra. En los muros de las casas se veían los restos del combate; los orificios de bala en las paredes escribían con su monótono alfabeto una advertencia: el próximo puedes ser tú. o o o o o o, son ceros o son oes: o tú o yo nos volveremos ceros. Se sentía inseguro por las calles vacías y curiosamente silenciosas, sin música; había rostros que lo espiaban desde las ventanas; muy a lo lejos se oían disparos, aspas de helicópteros, explosiones; Jacobo sentía que se había metido, otra vez y sin saberlo, en la boca del lobo y, lo peor, que ni siquiera sabía cuál era el camino de regreso. Dio vuelta atrás (pensaba que era atrás) y empezó a correr, con la idea de que si siempre seguía escaleras o calles que fueran cuesta arriba, tarde o temprano encontraría otra vez las colinas del valle, y un poco más abajo el río. Lo que pasaba era que todo lo que subía volvía a bajar y nunca se llegaba a ninguna orilla.

No supo de dónde, en un momento, se le acercó en dirección contraria un muchacho que venía oyendo radio, la mano izquierda pegada a la oreja con un pequeño transistor, y se cubría el cuerpo con una ruana azul. Jacobo iba a preguntarle cuál era el camino del Turbio, pero en ese momento el muchacho abrió la ruana por un lado, y apareció su brazo derecho empuñando y blandiendo un cuchillo de carnicero que lanzó unos destellos al sol.

—¡Quieto, hijueputa, o te morís!

El muchacho, una cara desfigurada por la ira y el miedo, le apoyó la hoja del cuchillo contra el cuello.

—¡Me vas entregando rapidito todo lo que llevás, rico hijueputa!

Jacobo intentó calmarlo («tranquilo, hermano, tranquilo»), y se desabrochó el reloj. Al entregárselo, el muchacho le dio la orden de que se lo pusiera. Jacobo se lo ató a la muñeca. Después sacó la billetera del bolsillo de atrás y se la entregó. El muchacho ordenó que se la metiera también en el bolsillo. Jacobo pensó que eso era todo, que ya el atraco iba a terminar, pero el muchacho se le acercó más, bajó el cuchillo y se lo apoyó con fuerza contra el costado. Mientras Jacobo sentía que la tela cedía y que la carne se le desgarraba, el muchacho le pasó el brazo izquierdo sobre los hombros, y lo abrazó como si fueran amigos.

El cuchillo, que hurgaba superficialmente en su costado, quedó oculto bajo la ruana, y el muchacho le dijo que empezara a caminar. Jacobo dio unos pasos a su lado. El muchacho lo apretaba por los hombros y lo llevaba a buen paso por callejuelas desiertas. De vez en cuando se cruzaban con un rostro fugaz que apenas los miraba. Cuando alguien se acercaba, el muchacho fingía hablar de fútbol, del Boleta, y Jacobo sentía un nudo en la garganta que le impedía gritar. De repente, sin saber bien cómo ni cuándo, llegaron a una especie de descampado por el que subía un caminito amarillo, de tierra.

—Por ahí nos metemos —ordenó el muchacho.

Caminaron un buen trecho, bajo el sol, en completa soledad. Ya no había casas y se acercaban a un muro blanco por el camino de tierra amarilla. El muro blanco tenía un boquete estrecho y al otro lado Jacobo se encontró en la mitad de un cementerio. Tumbas y tumbas, en cemento enjalbegado, y muchas cruces pobres, de madera. El muchacho lo hizo sentar sobre una de las losas. El cementerio era grande y no se veía ni un alma. Lejos, cada vez más lejos, se oían las explosiones de los combates en los barrios. El atracador le dijo que se quitara los zapatos. Jacobo se los quitó. El muchacho se quitó sus propios tenis, los guardó en una mochila que llevaba bajo la ruana, y le dijo a Jacobo que le pusiera sus zapatos. Jacobo se los puso y se los amarró. El muchacho le dijo que se quitara también las medias y las dejara tiradas sobre una de las lápidas. Jacobo se las quitó. El muchacho se puso de pie, estaba cada vez más pálido.

—A mí no me gusta robar. Hagamos una cosa, vamos a luchar a muerte por el reloj, por la plata, por los zapatos. El que gane es el dueño de las cosas.

El muchacho se levantó la camisa por encima del cinturón. Metidos entre los pantalones se veían cuatro o cinco mangos de cuchillo. Eran mangos de madera o de metal. El muchacho le dijo a Jacobo que escogiera uno de esos cuchillos, cualquiera. Él no le quería robar, quería que se mataran por las cosas. Jacobo se negó a coger ningún cuchillo y le dijo al muchacho que tranquilo, que todo eso se lo regalaba, sin problemas, que era un regalo, no un robo. El muchacho tenía una mirada lunática e insistía en que pelearan.

—Yo no voy a usar este cuchillo. Un cuchillo del mismo tamaño para los dos —y sacó dos cuchillos casi iguales de debajo del cinturón. Jacobo rechazó el que le ofrecía. Le pidió al muchacho que lo dejara ir, pero el otro repuso que no podía dejarlo ir porque él ya lo había reconocido, seguramente después lo denunciaba, le mostraban fotos de personas con antecedentes, y lo hacía matar. Jacobo le dijo que no iba a hacer ningún escándalo, que no iba a decir nada, y que nunca se acordaría de su cara. Para demostrárselo, dejó de mirarlo. El muchacho se quedó un momento en silencio. Después le dijo a Jacobo que se quitara los pantalones, y como Jacobo dudó, le volvió a apoyar el cuchillo sobre el pecho. La camisa se rompió y unas goticas de sangre mancharon la tela:

—¡Dije que te quitaras los pantalones! ¿No entendés o qué, malparido?

Jacobo se desabrochó la correa y se quitó los pantalones. En calzoncillos se sentía aún más vulnerable. El muchacho le dijo que se quitara también la camisa. Jacobo se la quitó.

—Ahora los calzoncillos —dijo la voz.

Unas manos temblorosas se bajaron los calzoncillos. El miembro de Jacobo, encogido, tímido, le daba una apariencia de niño.

—Dejá la ropa ahí y te venís detrás de mí.

Al llegar a una sepultura de cemento, el tipo se detuvo y le dijo a Jacobo que se tendiera sobre la losa, como si fuera el muerto, pero por fuera, y bocabajo. Jacobo dijo que no con la cabeza, y el muchacho le acercó un cuchillo a la yugular.

—O te acostás o te acabás.

Jacobo se sentó sobre la lápida. En ese momento se oyó una gran explosión, muy cerca, y el muchacho pareció asustarse: «Vámonos por aquí», dijo, mientras una nube de humo y un áspero olor a pólvora invadía el aire.

Volvieron a salir por el boquete de la pared exterior del cementerio. Justo del otro lado, al borde del muro blanco, el muchacho le dijo a Jacobo que se tendiera en el suelo, que lo sentía mucho pero que lo tenía que matar. Jacobo temblaba, desnudo, incapaz de pelear o de correr. Solo podía resistirse; no se quiso tirar al suelo. Le pidió otra vez al muchacho que lo dejara ir, que él no iba a gritar. El muchacho se quedó pensando, y Jacobo vio que por su cara había pasado una brizna de piedad.

—Vamos a irnos por el borde del muro. Vos te venís detrás de mí, sin irte a devolver, sin correr, y te vas quedando atrás poquito a poco. Cuando yo te lleve más de una cuadra de ventaja, te devolvés, no antes. Y no vas a gritar, gonorrea, ni vas a correr: ¡cuidado! Caminá todo derecho, hacia el río, y nada más.

El río se veía al fondo desde el muro del cementerio. Jacobo fue caminando muy despacio, cada vez más despacio. Cuando el muchacho le llevaba unos cien metros, giró la cabeza y le hizo un gesto con el mentón. Jacobo salió cuesta abajo, hacia el río, con el corazón como una batería dentro del pecho. Sintió que sus pies descalzos, al intentar correr, se lastimaban contra las piedras. Al acercarse al río empezó a ver gente nuevamente, que lo miraba pasar, haciendo comentarios, como se mira a un loco. Jacobo se tapaba las partes con una mano. Vio una casa pintada y se puso a golpear a la puerta. Nadie le abrió. Siguió caminando hacia el río, y veía más ojos que lo miraban desde las ventanas, sin decirle nada. Llegó adonde estaban los barqueros, pero ninguno lo quería llevar si no tenía con qué pagar, el viejo de la barba no estaba por ahí.

—Es que me atracaron, no tengo nada —explicaba. Los barqueros levantaban los hombros como diciendo «y a nosotros qué».

Se sentía perdido, los pies le dolían y al mirárselos vio que la planta del pie derecho, negra de polvo y mugre, le sangraba. Empezó a correr sin saber hacia dónde, y oyó silbidos de la gente, y burlas. Estaba sudando y sentía que iba a enloquecer de verdad. Desde una azotea un grupo de jóvenes armados con pistolas lo observaban. Entre ellos había un niño de unos trece años, con la mirada obnubilada del perturbado mental, que le pedía al jefe:

—Mirá, mirá ese loco, juguemos a tiro al blanco, juguemos a tiro al blanco; voy lo que sea a que yo lo tumbo al primer fogonazo.

El que parecía el jefe dijo que ese día no estaban trabajando; había tiras por ahí, era mejor no arriesgarse. Jacobo corrió y trepó a grandes zancadas por una de las calles de escaleras de cemento.

Llegó a una parte más plana y se acercó a una iglesia a medio construir. Estaba cerrada. En el borde del atrio (un poco más allá seguía un precipicio), un tipo muy sucio, vestido con los restos harapientos de una túnica que fue anaranjada alguna vez, intentaba repartir unos volantes impresos sobre papel verde. Tenía los ojos inyectados y dirigía sus gritos al viento, con alaridos de demente. Los pocos peatones que había lo esquivaban, igual que evitaban a Jacobo, pero el hombre le cerró el paso y le dijo: «Hermano, yo también voy desnudo, pero cúbrase usted con este anuncio sobre el fin del mundo», y le entregó uno de sus papeles. Jacobo lo recibió y se lo puso como una hoja de parra sobre el pubis.

Siguió andando, corriendo cuando recuperaba el aliento, brillante de sudor, con una pequeña herida en el pecho y otra en el costado, cojeando un poco por el dolor en el pie. Otra vez el barrio estaba solo, completamente solo, y se oían disparos a lo lejos. Tal vez las lágrimas de desesperación le despejaron la vista, porque de un momento a otro distinguió, como en un estallido de lucidez, la Cuesta de Virgilio. Se metió por ahí, buscó el Bei Dao. La puerta estaba entornada y Lince entró como una exhalación. Abrazó al cocinero y se puso a llorar. El cocinero intentó tranquilizarlo y Jacobo al fin pudo empezar a contar lo que le había pasado. Bei Dao le dio ropa, le prestó unas zapatillas de entrecasa, lo acompañó hasta el otro lado del río y le dio plata a un taxista para que lo llevara hasta el hotel. También le explicó que el barrio donde quedaba la cantina y casa de la hermana de Virginia estaba en toque de queda permanente, nadie podía salir, nadie podía entrar, y seguramente Candela estaría atrapada allí. Al llegar al hotel, Jacobo notó que todavía, apretada en su mano, tenía la hoja que le había dado el hombre de la túnica anaranjada. «Fin del mundo», rezaba el título, y la leyó completa: «Entre el *clochard* y el teporocho, / el joven asaltante ansioso de crack con navaja en la mano, / una mendiga de llagas supurantes, / niños que combaten en las mil guerras de ahora, / leprosos, viejos abandonados / en hipócritas campos de exterminio; / entre los *homeless* que huelen a orines / y alcohol de muerte / o aquel Gulag atroz en que dejan la vista las mujeres / que cosen vestidos de lujo a diez centavos la hora, / mientras los jefes de la compañía y los accionistas / que exigen más y más lucro sin pausa / tienen ganancias anuales de mil millones de dólares; / entre los adolescentes inhalantes con el cerebro deshecho, / hijos de la violencia que solo están aquí para perpetuarla, / las niñas prostitutas rebosantes de sida / y droga a los catorce años, / preñadas de hijos que nacerán enfermos y drogadictos: / entre todo esto y lo demás / a la vista se alza soberbio e insultante y lumínico / el Templo de los Templos, / el santuario electrónico a la deidad de la usura y el oro plástico. / ¿No le parece justo que vuelva Cristo / y actúe como dicen los Evangelios?». La hojita venía firmada por un tal Pacheco, y a Jacobo le pareció lúcida y premonitoria.

CUADERNO DE ANDRÉS ZULETA

Averiguaciones. Virginia estuvo atrapada en su barrio más de ocho días. Supe, por un portero, que el señor Lince había ido a buscarla abajo, pero que por meterse allá lo habían atracado. Se sabe que por allá, el que entra sin guía no sale, pero el hombre parece que no escarmienta con nada. Casi sin pretenderlo he ido descubriendo datos sobre su vida; no sé qué me importará a mí su vida, pero el caso es que cada vez que puedo, averiguo cosas sobre él. Ya sé por qué el hombre ha hecho tan buenas migas con Carlota; no solo le da una propina por cuidar a Candela, sino que varias veces ha pagado la pensión de Jursich y de Quiroz. Nadie ha sabido decirme qué es lo que él pretende de Virginia, y creo que ni ella misma sabe bien cuál es el tipo de afecto que lo inclina hacia ella. Lo único seguro es que él mismo, hace poco, la invitó al hotel y se la trajo a vivir aquí. Todos piensan que es una mantenida más, a la que le paga la pensión a cambio de sexo ocasional, aunque a mí no me cabe en la cabeza que él haga eso, y menos que Virginia se preste para lo mismo.

Me contaron que Lince es primo del dueño del hotel, el señor Rey. Este es otro motivo por el que Carlota prefiere tenerlo de aliado. Por eso es cómplice de sus amoríos, y hasta se portó como una espía y le avisó a Jacobo cuando Candela y yo salimos a caminar por el Ávila. Lo supe por Ramiro, el portero nocturno, que es imprudente si uno le regala ron y cigarrillos. Me le acerqué para ver si sabía el paradero de Virginia, y en cambio acabó contándome que Jacobo vigila a su novia, o mejor dicho a sus novias, porque son más de una. Me habló de otra, una que llega a visitarlo por el sótano, y que seguramente es la muchacha que vi el otro día, la tetona. Dice que esta es la misma por la que le dieron la paliza de la noche en que nos conocimos: la tal Camila que me habló por teléfono. A pesar de que ya tiene a esa muchacha, Jacobo también vigila a la pelirroja, y ha vigilado a otras. No es que sea celoso, dice Ramiro, pero quiere estar enterado de todos los movimientos de Virginia. Eso le da una sensación de control y de poder. Mientras se acuesta con Camila quiere enterarse también de lo que hace Virginia, por ejemplo conmigo. Es un acaparador. «Pero no es peligroso», dice Ramiro, «y si se quiere enterar es solo por saber, y no para vengarse». A él no le gusta ver a sus amantes a diario, sino que las prefiere por turnos y a distancia. Hace ayuno de vista por cada una de ellas, como si no quisiera memorizar sus cuerpos y temiera la catástrofe de acostumbrarse.

Jacobo desayuna en el comedor, casi siempre a las siete, en el piso de abajo, con Virginia. Jugo de naranja, pan o arepa con mantequilla, café y huevo tibio. Almuerza afuera, por ahí, donde lo coja el hambre, y casi nunca come por las noches, salvo una sopa de verduras o una ensalada que se prepara en la cocineta de su habitación. Atando cabos me doy cuenta de que es culo de mal asiento: casi nunca está quieto, y es mujeriego, enfermo por las mujeres, como un perrito. Ya le conozco dos novias, la pelirroja y la tetona. Aunque por la actitud de Virginia, yo no creo que ella se sienta novia. En todo caso me interesa saber cómo hace Jacobo para tenerlas a todas a sus pies. Espero que no sea por los dólares. No me parece tan atractivo, aunque tal vez lo sea para las mujeres. Es muy tranquilo, aparentemente, y aunque tiene la cara dura, los modales son tiernos, casi dulces. Una vez oí a Jursich decir que Jacobo tenía dos voces; una para todo el mundo, y otra para cuando está presente una mujer que le gusta. Les habla, dice Jursich, como si todas le gustaran. No parece una persona alegre, pero sí deja ver a veces una sonrisa irónica en la boca, y sus comentarios hacen sonreír. Es de brazos fornidos y tiene la piel tostada por el sol. Dicen que cocina bien y que les hace comida en el cuarto a sus amigas, cuando quiere comérselas. Candela me dijo que cocina muy bien y que siempre toma vino tinto. Es descomplicado en su manera de vestir, y parece estar siempre cómodo dentro de su ropa, no como yo, que más que estar cómodo, nado en estas horribles herencias de mi hermano. Tiene los ojos grandes, vivos, inteligentes, y la nariz muy recta, pulida. Adónde sale todos los días Jacobo, no se sabe bien; se supone que va de un lado para otro por Barriotriste, tomando café, averiguando cosas, comprando libros viejos. Tiene carnet de periodista y dicen que por eso, más algunos contactos influyentes en F, le dan salvoconducto para entrar en la azotea luminosa de los dones, y que tiene guías para recorrer el sótano sórdido de los tercerones, pero si fuera así no lo habrían atracado. Tiene un carrito viejo y lo usa para ir, casi siempre los martes, al Sektor F.

Por las llamadas que recibe (Ramiro me contó sobre los pocos que lo buscan), debe de tener también enredos en Tierra Fría. Una esposa, una hija, una alumna, unos amigos; dos libreros famosos, don Pombo y don Hoyos, que le dejan recados sobre libros raros. Según alguien que trabaja en la fundación, y que lo conoce, es dueño también de un local comercial, que le quedó por derechos de sucesión de un tío cura, en el santuario de Cristales. Este santuario lo conocí hace poco. Fue una abadía benedictina, fundada en el siglo XVIII, con su huerto y su convento, con su iglesia y su claustro incoherente de columnas románicas, arcos góticos y decoraciones barrocas, todo junto. Queda poco después del alto, donde antes empezaba la Tierra Fría y hoy es el confín del Sektor F. Ahora la vieja abadía es un centro comercial, el Mall Cristalles, escrito así, sin pudor, con sus dos eles y su lenguaje de ninguna parte. En lo que era el altar y la nave de la iglesia hoy queda el patio de comidas rápidas. Fue lo último que vendió el penúltimo cardenal de Angosta, monseñor Ordóñez Crujido, alias el Sanguinario, antes de irse a vivir a Roma, de la renta. Parece que el tío de Lince, el cura, solamente era capaz de odiar, y de decir que odiaba, a una persona sobre la tierra: al cardenal sanguinario, pedófilo, cacorro vergonzante, sin hígados, maligno como un Lucifer reencarnado.

Eso es todo lo que he podido averiguar de Jacobo. Estuve en la librería, pero los dos viejitos, mis vecinos, no me contaron nada importante, fuera del comentario que ya anoté, de Jursich. Son astutos y desconfiados: siempre callan cuando uno quiere que hablen y hablan cuando uno quiere que se callen. La tarde que estuve en el Mall Cristalles, después de salir de H, un poco por conocer y un poco por buscar el tal almacén de artículos religiosos, no encontré ni rastro de objetos sacros. Almacén de ese tipo no queda ninguno en la antigua abadía. Todo es ropa de marca, tenis y calzoncillos, muebles de cuero, objetos electrónicos y comida tan mala como rápida. El centro comercial tiene una vista bonita, eso sí, la que escogieron los monjes para una vida avara con todos los sentidos, menos el de la vista. Detrás de la abadía, sobre el amplio altiplano, se abre una gran terraza, y desde ahí se domina la ciudad de arriba. El aire es picante y fresco y uno parece estar fuera del trópico, no en la zona tórrida sino en algún valle alpino con vaquitas Holstein, montes maravillosos donde el verde es de todos los colores, calles señalizadas, semáforos auditivos para ciegos, autopistas con peaje, bancos con ventanillas para carros, gimnasios, aeropuertos, lagos, plazas. Con cualquiera que te encuentras, si le preguntas qué anda haciendo, te informa que va o viene del aeropuerto. O está llegando de Londres o va para Nueva York. Siempre. La vida en Paradiso es una copia de la vida en Soho, dicen mis colegas en H, y yo les creo, aunque yo no conozca la vida en Soho. Hay restaurantes thai, vegetarianos, tiendas naturistas, supertiendas en donde te venden las mismas marcas que encuentras en Kansas, en Verona o en Berlín. Todo lo han importado, hasta alondras de Shakespeare y perdices de España. Es posible comer faisán en Paradiso, y cordero de Burgos con vino de la Rioja, whiskey de Irlanda como aperitivo o bajativo, *prime-rib* de Texas y bife de chorizo del Río de la Plata. Es una mala copia de Miami, porque le falta el mar, dicen en la fundación. Los hospitales funcionan, los dones no se mueren de bala, sino de viejos, de cáncer o de infarto, como si vivieran en Zúrich o en Tokio, porque arriba los forajidos de la Secur no matan o matan mucho menos, y las explosiones de los kamikazes tuercen la vida, pero no modifican las estadísticas. En F la gente se saluda sonriente por la calle, las cuarentonas bronceadas trotan por los senderos de los parques, luchando con sus años. Esto quiere decir que hay parques y senderos y árboles. Los niños asisten al Colegio Británico, o al Colombo Americano, o al Liceo Francés, o al Italiano, o a la Deutsche Schule, todos bilingües o trilingües, y hablan el español como segunda lengua, con acento. Viven en unidades exclusivas encerradas en mallas de seguridad que acaban siendo como cárceles dentro de la gran jaula de oro que es todo el altiplano. La paranoia y el miedo los define (esta frase se la oí al doctor Burgos), y de ahí el Check Point, los salvoconductos, los guardias, las cercas eléctricas y los circuitos cerrados de televisión, como modernos castillos medievales. Antes las ciudades requerían muros que las defendieran del exterior, de los bárbaros o de la selva. Angosta es tan salvaje que requiere muros internos que la defiendan de sí misma. Antes de la política de Apartamiento había un muro invisible que separaba a la ciudad miserable de la ciudad opulenta. Ahora están construyendo esa especie de muralla china, aunque el modelo, según dicen, está copiado del Medio Oriente. La señora Burgos dice que la cosa es ridícula, pura escenografía. Estuve en la casa de ellos, en Paradiso. Me llevaron en el carro blindado del doctor. Tiene un parque de una o dos cuadras, y una piscina climatizada, porque los señores nadan todos los días antes de ir al trabajo. Tuvieron una conversación sobre la piscina, durante el almuerzo. Hablaban entre ellos, pero era como si intentaran explicármelo a mí. Ambos reconocían que era una vergüenza tener piscina en Angosta, cuando abajo, en C, hay miles y miles de personas que ni siquiera tienen techo ni agua corriente en sus casas. El doctor Burgos decía que la gente de F, los dones como él, se habían encerrado en el altiplano precisamente para no percibir esta tremenda injusticia y dejar de sentir culpa. Para poder nadar en las piscinas a sus anchas, sin cargos de conciencia.

Decía que los seres humanos somos muy raros. Que a todo el mundo le importaba más su propio dolor de muelas que la muerte de cien mil personas, por hambre, en África o en Corea del Norte. Que era más dolorosa la muerte del propio perro faldero que la masacre de cien niños en Liberia o en Uganda. Que lo que intentaban hacer los dirigentes de Angosta era alejar a la población pobre de la ciudad de arriba, para no verlos ni sentirlos y así evitar el compromiso y el remordimiento. Ojos que no ven, corazón que no siente. Los tierrafrías como ellos, decía, necesitan aislar abajo a los pobres de Angosta para poder bañarse en las piscinas sin sentirse miserables. Él nadaba todos los días, y se sentía miserable. Había hecho la fundación para no sentirse miserable, y luchaba contra el Apartamiento para no sentirse un pedazo de mierda (él no dice este tipo de palabras: cuando dijo esto ya se había tomado cuatro vinos). Estaba dispuesto a ir a nadar a una piscina pública, y a ceder el jardín de su casa, aunque con gran dolor, decía. Doña Cristina dijo que ellos vivían así, pero que no era una vergüenza, porque ellos luchaban porque las cosas mejoraran también para los demás; que ella no regalaría su jardín ni su piscina, pues para ella los lujos no eran vergonzosos, siempre y cuando todos tuvieran lo mínimo. Las diferencias no serían horrendas si la parte más pobre de la sociedad viviera dignamente. Yo percibía que ellos estaban escenificando esa conversación para mí, como una manera de explicarse y de explicarme, y al principio yo no quería participar en ella, pero después me fui metiendo a opinar. Dije, tal vez para consolarlos, que la piscina era tan inmoral en Angosta como en Suiza, en Estados Unidos o en Italia. Si los seres humanos eran iguales en todo el mundo, la nacionalidad no podía ser una coartada que permitiera tener piscina en España, pero no en Colombia o en Perú. Los ricos del primer mundo criticaban a los ricos del tercero, pero no veía por qué los ricos cercanos tenían que ser más responsables y más culpables que los lejanos. El doctor Burgos dijo que así era el ser humano: solo le interesa lo que puede oler, tocar, ver con sus propios ojos. Después de mil kilómetros, las cosas están tan lejos como si ocurrieran en Marte; si él no se ocupaba del Apartamiento, nadie se iba a ocupar, fuera de algunos loquitos de ONG, en Suecia o en Noruega.

Dije que desde que trabajaba arriba me había dado cuenta de algunas cosas. Los dones de Angosta eran como los nobles del mundo, idénticos en todas partes, pero aquí con unos privilegios que se notan y se critican más que en cualquier otro sitio, porque el contraste está a la vuelta de la esquina. Por eso tienen más paranoia que sus semejantes del primer mundo, porque aquí la peste está más cerca, la peste de los desesperados a los que nadie ve, pero que intentan hacerse notar así sea volándose en pedazos por los aires o dejando caer bolsas con gases mortíferos, o estornudos de frascos con bacterias infecciosas, o lanzando aviones cargados de carne humana y de gasolina contra los edificios más importantes, en ataques de odio y locura que dejan al mundo atónito.

Aquí los dones de Angosta, que son los aliados de los países ricos del mundo, tratan de mantener a raya a la horda de pobres que quisieran emigrar a esos países. Los encierran, los enjaulan en grandes campos de miseria. Les dije que a los dones de Angosta les tocaba la tarea más sucia. Como Israel, les dije, que es la frontera entre Occidente y el mundo árabe, y por eso les hace el trabajo sucio a Europa y a Norteamérica: mantener a raya a los mahometanos, o como era Sudáfrica, que era el amortiguador que intentaba mantener separados a los negros. Aquí en Angosta el asunto no es tan racial y tampoco es religioso, pero hay que encerrar y dominar a las masas innumerables de los pobres como yo, que si pudiéramos, emigraríamos al mundo de los ricos. Ese es el mayor producto de exportación de estos países: no café, petróleo o cocaína; lo que más se produce por estos lados es gente, gente pobre. (Esta idea no era mía, se la oí una vez al señor Lince. En realidad no hay una sola idea en el mundo que sea mía; todo lo he oído o lo he leído. A mí, si mucho, en toda mi vida, se me habrán ocurrido uno o dos versos). Los esposos Burgos me dijeron que iba bien en el trabajo y que… No, esto no debo escribirlo.

Desde que subo y bajo por toda Angosta no sé si el mundo es más ancho o más estrecho. Todo me parece que está mal. Solo en H me juzgan por lo que soy, me he dado cuenta. Por lo demás, me he dejado asimilar, clasificar en la etiqueta de ser no una persona sino una ficha más en la casta de los segundones. También Jacobo Lince es segundón, aunque hubiera podido ascender, parece, si lo hubiera querido, a don. Es lo mejor que he oído sobre él: que sigue siendo lo que siempre ha sido, aunque estuvo casado con doña y pudo quedarse arriba. Apunto estas cosas a toda velocidad y no tengo las ideas claras sobre nada. Solo espero que Virginia (hay ruidos en su cuarto, otra vez, desde hace poco) vuelva a visitarme pronto.

Tengo en la punta del lápiz esa otra novedad. Tengo que morderme la lengua, o los dedos, pues, porque sobre esto es mejor no dejar nada escrito. Los señores Burgos me encargaron un trabajo de campo, como dicen ellos; una investigación en el terreno, como testigo presencial. Para llevarla a cabo necesito conseguir un fotógrafo. Hasta aquí llego.

Se supone que la identidad de los Siete Sabios es secreta. Hace muchos años, cuando funcionaban más como logia masónica que como tribunal, el presidente y algunos de los miembros preferían usar capuchas negras que cubrieran sus rostros, y guantes de cabritilla que recataran sus manos. Quizá la toga sea el último residuo de aquel disfraz que con el tiempo se fue volviendo cada vez más informal y más inoficioso. Los miembros del círculo, que en un principio mantuvieron su identidad incógnita, se han vuelto cada vez más conocidos, al menos para los demás integrantes del grupo, debido al mismo mecanismo mediante el cual son nombrados: la cooptación. Cuando un miembro fallece o se retira, se elige un nuevo sabio. Los seis restantes tienen derecho a presentar candidatos. A veces a los postulados se los somete a un examen informal, una cena en la que se indaga sobre sus opiniones y su apego a ciertos dogmas y preceptos, pero por lo general los miembros del grupo ya saben a qué tipo de persona pueden recomendar, y simplemente votan hasta obtener un nombre con mayoría calificada (cinco votos). Hay muchas personas externas que saben de la existencia del consejo, y no ven la hora de poder entrar como nuevos miembros. Quizá los peores enemigos de los Siete Sabios, y tal vez los únicos, son algunos excandidatos que no fueron aceptados.

Los Siete Sabios intentan preservar cierto equilibrio de poderes: la religión, la milicia, la política, la magistratura, la industria, el sector agropecuario y el comercio. Esta muestra no es estricta, puede faltar el representante de algún gremio y otro estar duplicado, pero se intenta seguir el consejo del Gran Moreno, fundador del grupo y presidente del mismo hasta su fallecimiento, quien dejó en los estatutos esa recomendación como una medida de equilibrio y cautela. Por religión no se entiende necesariamente un jerarca de la Iglesia, si bien por muchos años, y hasta su forzoso traslado a Roma, el viejo cardenal Ordóñez Crujido ocupó una de las sillas del tribunal. Su vacante fue cedida a un prestigioso abogado solterón, no ordenado, fervoroso y devoto, que así no pertenezca a ninguna orden religiosa, se ocupa con hondura y sabiduría de todo aquello que atañe o que pueda resultar dañino para los valores que defiende la religión mayoritaria de Angosta. El doctor Del Valle —este es su nombre verdadero, aunque en el círculo se llame Miércoles—, cuando tira su balota negra, suele hacer un chiste histórico: «Está en nuestra tradición entregar algunas almas al brazo secular; es doloroso, atenta contra el quinto mandamiento, pero resulta necesario. Si se elimina a un abortista, por ejemplo, estamos salvando miles de vidas, a cambio de una sola muerte». Y después de votar se persigna, y se besa con unción el pulgar y el índice derechos, los dos dedos que toman la balota, los dos dedos con que se da la bendición en el consejo y en la iglesia.

El segundo esposo de Dorotea, Bruno Palacio*, era un conocido arquitecto de Paradiso (diseñó el Mall Cristalles, el Edificio Inteligente, el Mercado Nuevo, la Biblioteca de la universidad). Jacobo estaba en buenos términos con él, pues a los ímpetus del arquitecto con su exmujer le debía, indirectamente, la renovada tranquilidad con ella y todas las posibilidades de tener una relación más estrecha con su hija, sin tantos límites, horarios y condiciones. Desde que ese feliz reemplazo había

---

* Bruno Palacio: 48 años, 1,67 m de estatura, 76 kilos. Arquitecto ameno, frívolo, elegante. Se casó tarde en la vida, pues este era el primer matrimonio para él, ya que hasta entonces había vivido en olor de ambigüedad. En su vida profesional ha sido el consentido del Gobierno para importantes edificaciones públicas en Paradiso, y gracias a eso ha podido amasar una fortuna nada despreciable.

aparecido, Dorotea había cambiado con Jacobo; de repente había dejado de odiarlo y ahora se limitaba a despreciarlo. Pensaba en su primer marido como en un mal recuerdo, un odioso error de juventud, pero del que ya no merecía la pena ocuparse demasiado. De una semana para otra, cuando se consiguió el nuevo pretendiente, Dorotea empezó a permitir que Jacobo pasara de la puerta y se sentara en la sala, en el comedor, e incluso en la cocina de la casa. Después de años de antipatía y silencio ya no se limitaba a responder con monosílabos, sino que le hacía preguntas, le ofrecía café, le contaba historias graciosas de Sofía, le hacía comentarios sobre el colegio o sobre el tiempo. Había sido como si la hubieran cambiado por dentro, o como si le hubieran injertado en el cerebro otra personalidad. Nada mejor que un novio, u otro clavo, para sacarse el clavo de un viejo amor contrariado. Antes de medio año, Dorotea y su pretendiente ya se habían casado.

Al poco tiempo del matrimonio juntaron también el patrimonio y construyeron una nueva casa, fastuosa, diseñada por él y amueblada por ella, y esperaban un nuevo hijo, varón, engendrado por él y gestado por ella. Sofía iba unas pocas horas al colegio y no tenía una relación fácil con el marido de su madre, pues Palacio pretendía intervenir también en el diseño de su vida, así que de algún modo la niña se acercó un poco más a su padre, después del matrimonio, aunque con todos los prejuicios y reticencias que genera un segundón en una familia de dones. Jacobo podía salir con la niña no una vez al mes, como antes, sino una vez a la semana, o más, si querían, bien fuera cualquier día ordinario por la tarde (lo habitual había sido los martes, porque era el día de su clase de inglés con Beatriz), o todo un fin de semana. A veces la niña bajaba con él a T, iba a la librería, comía helados y empanadas, y se quedaba a dormir en el hotel.

El arquitecto trataba al exmarido de su esposa con una cortés curiosidad. Cada vez que Jacobo iba por la niña, lo invitaba a un trago o un café, y mientras conversaban, sentados en la gran terraza con vista, intentaba averiguar con cuestionarios qué le había visto su mujer a esa persona. No le parecía apuesto ni inteligente, mucho menos elegante, y era, por obvios indicios de su aspecto, bastante pobretón. Pensaba con horror que el inmenso capital que Dorotea heredaría tarde o temprano de su padre podría haber quedado en manos de un librero de Tierra Templada que se vestía con tanto desaliño, que se ponía un reloj, unas medias (rojas o con dibujos) y unos zapatos de pésimo gusto, y que parecía estar tan poco enterado de lo que estaba de moda en los mundos de la academia (el posmodernismo) y del atuendo (el negro).

El ideal de vida de Palacio era, en general, la elegancia. ¿Qué era esto para él? Empezaba, como algo obvio, por los datos exteriores de la apariencia, que se ceñían a una elección cuidadosa de la ropa, los muebles, los objetos, los cuadros, los carros, los tapetes, los sitios de destino durante las distintas vacaciones, los licores, los platos, el tabaco y el vino. Se vestía casi siempre del mismo color, negro cerrado, con ropa de Yohji Yamamoto, como si la vida consistiera en un perpetuo velorio. Jacobo ni siquiera sabía quién era Yamamoto, y pensaba que la elección del negro se debía solamente a un intento por disimular la silueta rechoncha del arquitecto o por acomodarse a la imperante moda anoréxica, pero Dorotea una vez se lo explicó, hablando del marido:

—Uno de los encantos de Bruno es que se viste solamente con ropa de Yamamoto, desde la camisa hasta los zapatos, salvo algunos fines de semana cálidos en que prefiere algo más fresco, como linos de Armani de color pastel. ¿No sabes quién es Yamamoto? Ay, querido, un gran diseñador japonés, para Bruno, el más grande.

La ceniza de los habanos —Cohiba o Montecristo— del arquitecto caía en ceniceros diseñados por Philippe Starck; y su trasero, envuelto en primera ronda por calzoncillos de Calvin Klein y más afuera en trapos de Yamamoto, se apoyaba en estilizados sillones ergonómicos holandeses, de Gijs Papavoine. El agua del café, importada, la hervía en una tetera de Michael Graves, luego la colaba en una cafetera de émbolo de Alessi y servía la infusión en tacitas de porcelana checa casi transparente, con un dibujo de aves repujado en el fondo de la taza. En la cocina toda la batería era también de Alessi, salvo los cuchillos, que eran una colección de Yoshikin que ya se quisiera el más sofisticado de los cocineros orientales. Al lado del café, lleno de flores gordas de Tierra Caliente, sobresalía un florero de Alvar Aalto. De todo esto no hablaba el arquitecto, pues sabía lo inelegante que es alardear, pero Dorotea se lo señalaba a su exmarido con orgullo y deleite, subrayando las firmas y tratando de explicarle la importancia y la exclusividad de cada objeto de su casa.

Porque también Dorotea, a partir de su matrimonio, se había vuelto cuidadosamente selectiva en sus signos exteriores, y aunque Jacobo era del todo ciego a esos mensajes, acabó intuyendo la importancia que estos tenían, no solo para su exesposa, sino para otros dones que los entendían (Hoyos o Beatriz, por ejemplo, que sin seguirlos se mostraban afectados por todo ese montaje de señales), y todos ellos, tarde o temprano, intentaban explicarle lo que había detrás de un cierto modelo de carro, de unas ollas, unas lámparas o un traje de Tcherassi. Jacobo podía comprender los extremos: una camisa raída y maloliente, contra una camisa nueva, de tela muy suave, bien cortada. Comprendía la diferencia entre un Renault 4 y un Mercedes, pero no leía los mensajes distintos que emitían un Lancia o un Maserati, o un Porsche comparado con un Ferrari, o lo que sugería un Jaguar y lo que expresaba un BMW. Podía sentir muy bien la diferencia entre un vino español y uno angosteño, pero no entre un barolo del 89 comparado con un Château L'Arrosée Grand Cru Classé del 90 (el arquitecto decía que eso era lo último de lo último), ni era capaz de distinguir entre dos riberas del Duero de granjas vecinas o cosechas cercanas. Lo más tonto de todo, para él, era que Dorotea y el arquitecto dijeran que reconocían el sabor de las aguas (San Pellegrino, Evian, otras) y de la sal, que importaban de Italia en cristales gruesos y envases carísimos, dizque con propiedades salutíferas y saladoras de distinto poder, porque según el arquitecto una cosa era la sal de Sicilia y otra la de Cerdeña, ambas muy superiores a la del Cabo de la Vela, vaya a saber por qué.

Para el esposo de su exmujer todo esto era crucial, así como la geometría irregular de los kilims (o el nudo de la corbata, con su largo adecuado y su marca rarísima, de una camisería de Milán), o el dibujo de los tapetes persas, caucásicos o afganos. Jacobo no era especialista en nada, ni siquiera en libros, y no creía poder distinguir a partir de un solo párrafo una novela de Pérez Galdós de una buena traducción de Zola o de Balzac. ¿Sería porque había nacido en T que tampoco distinguía la calidad del trazo de un bolígrafo Montblanc comparada con la línea de un Kilométrico? Era banal ponerse ropa hecha en serie, le decía Dorotea, repitiendo lo que le enseñaba el arquitecto, y no entenderlo era como no comprender que no es lo mismo comer hamburguesas en McDonald's en lugar de hamburguesas hechas con carne selecta, al carbón, en un buen restaurante de Houston. Jacobo, que usaba un reloj electrónico Casio, pensaba que su aparatico daba la hora igual que el Rolex del padrastro de su hija, y que ponerse el collar de piedras de Cartier que ahora usaba su exesposa era lo mismo que colgarse del cuello una cuerdecita de fique con mil billetes de cien dólares engarzados: transmitían de modo más escondido o más explícito un mensaje idéntico: yo tengo mucha plata, y me sobra tanta como para colgarme del cuello un capital.

Una vez que todas las necesidades esenciales están satisfechas, los dones tienen que buscar cómo distinguirse a través de detalles cada vez más diminutos y rebuscados. Casi todos ellos, como su esposa, vivían dentro de oleadas cíclicas de modas que los obligaban a deshacerse de cosas en perfecto estado que eran reemplazadas por otras cosas más nuevas, más o menos funcionales, pero que nadie había tenido tiempo de imitar aún, por lo que tenerlas o tener las viejas todavía era el indicio clave de si las personas seguían en la corriente del ascenso, o al menos del mantenimiento de su estatus, o si se habían estancado en la mediocridad pequeñoburguesa y navegaban, ya con las velas rotas, hacia la piedra filuda de algún desastre económico inminente. A eso se debía que casi todos los habitantes de Tierra Fría tuvieran otras dos o tres casas completas guardadas en los sótanos o en el garaje de sus casas. Había que irse despojando de muebles y cosas que ya no emitían las señales correctas de posición social, de desahogo, de opulencia, y había que salir de sofás, de mesas y de cuadros, había que cambiar las lámparas como quien se cambia de medias, y reemplazar las neveras (ahora se usaban con el aluminio y el acero pulido a la vista, sin pintura, como los aviones de American), renovar los adornos, modernizar las camas y los sanitarios, y hasta cambiar de médico, de instructor de yoga, de acupunturista y de cirujano plástico, porque su fama y su prestigio subían o bajaban con tanto capricho como los humores gástricos de su aparato estomacal o las acciones en la bolsa. Los solos garajes de Paradiso darían para surtir por completo igual número de casas en Tierra Templada, con cocinas, vajillas, cubiertos, muebles, tapetes y electrodomésticos en perfecto estado. Pero el egoísmo de fondo de los dones no les permitía deshacerse de todo eso de la noche a la mañana, con lo caro que les había salido seis años antes, o al menos no podían hacerlo antes de que los ratones lo fueran royendo y la humedad dañando. A veces, cada muerte de papa, una mañana triste de domingo, con la resaca terrible de una fiesta de sábado hasta la madrugada, entre hastío matrimonial y arcadas de champaña con casis mal digerido, al fin, resolvían sacar todos los chécheres acumulados por años, a la calle, con asco, culpa y ganas de limpieza interior, para que alguien cargara con todo eso, antes de medianoche, o si no para que el carro de la basura, el lunes muy temprano, triturara tanta parafernalia y al fin se la llevara para siempre de la casa y de la memoria.

Lo mismo con la ropa: había que renovar el guardarropas dos o tres veces al año y guardar los vestidos a medio usar en enormes vestiers, grandes como habitaciones y llenos como almacenes, en donde se iban acumulando trapos nuevos que ya no podían llevarse (aunque tampoco regalarse). Pocas cosas duraban mucho tiempo en uso, y las colecciones de zapatos, camisas, blusas, faldas, corbatas, ropa de deporte, se amontonaban

218

entre los frascos de perfume (estos tenían también su temporada y de un día para otro empezaban, sabe el diablo el motivo, a oler mal), la ropa interior, los sostenes mágicos de aumento, de decremento, los algodones, las fajas, las sedas, los encajes. ¿Por qué no regalaban la ropa que ya no se ponían? No era avaricia, necesariamente, pues ellos hasta lo harían de buena gana, pero cómo darles a personas de menos categoría trapos que habían sido escogidos para ser únicos, exclusivos, como una máscara superpuesta a la propia cara, tan individual e inconfundible como el rostro de cada uno. Antes de regalarlos era necesario esperar la cuarentena de olvido de cuarenta meses como mínimo.

Cuando Jacobo se sentaba a hablar con el esposo de Dorotea, y el hecho de que se dignaran discutir era un signo de que se entendían, aun dentro del desacuerdo, el tema de conversación casi siempre era el mismo: las diferencias de Angosta, sus sectores separados. Para Palacio la política de separación (así preferían llamarla últimamente en F, en vez de Apartamiento, que les sonaba «absolutamente sudafricano y absolutamente absurdo») era triste pero inevitable. Los pobres se reproducían a una tasa demográfica que hacía del todo imposible su asimilación. No era un problema de querer o no, simplemente en Paradiso no cabía tanta gente, y si los dejaran entrar terminarían con el paisaje, con las normas de convivencia, amenazarían de plano toda una cultura construida lentamente y con muchos sacrificios a lo largo del tiempo. Por eso consideraba necesario el Check Point, la *obstacle zone* que estaba construyendo el Gobierno sobre la cresta del altiplano, y los controles feroces para que nadie se colara. Palacio no estaba de acuerdo con los cazadores de ilegales, eso no, ni le gustaban las masacres de la Secur, pero en todas partes había extremistas que se radicalizan y se salen de madre; se podía ser firmes con el control de la inmigración, pero sin ser bárbaros. También había actos de buena voluntad. Se les podían poner cuotas de inmigración a segundones y terceros, claro está, y si demostraban la disciplina y entrega necesarias para llegar a reunir un capital, podían hacerse residentes en Paradiso al cabo de algunos años. También podían proponerse ideas ingeniosas, como esa de rifar visas de residente cada diciembre, como hacen algunos países, en una lotería anual de felicidad.

—El ser humano es territorial y no puede abrir sus puertas a todos los demás —explicaba Palacio—. Llega un momento en que algunos se quieren apartar. Los de abajo también pueden construir su propio espacio ideal, y prohibir la entrada de nosotros los de F, si quieren, eventualmente. Por ahora no, porque abajo no pueden prescindir de nuestras inversiones, pero quizá llegue el momento en que ya no nos necesiten y ellos construyan una ciudad tan impermeable como la nuestra.

Jacobo intentaba entrar en el hilo lógico del marido de Dorotea:

—Aquí arriba quieren que haya libertad de movimiento de las mercancías, del capital, de las inversiones. Lo único que no debe tener libertad de movimiento son las personas. Y abajo, nuestra mayor riqueza, quizá nuestra única riqueza, son precisamente las personas, que es lo que más abunda allá y lo que más falta les hace a ustedes, porque los ricos no se quieren reproducir sino lo mínimo posible (lo cual me parece muy sensato) ni les gusta ensuciarse las manos con muchísimos trabajos. ¿Por qué debe haber libertad de todo menos de movimiento? Se dice que el mundo se ha convertido en una aldea global. Entonces, ¿qué podemos decir de una aldea que no deja libertad de movimiento a sus habitantes? Simple: que practica una política de Apartamiento, es decir, de *Apartheid*, para ser más claros, así este no sea racial sino estrictamente económico.

—No sé si esas restricciones sean justas o injustas, pero son inevitables. Aquí no habría casas para todos, y no podemos darles un nivel de vida digno a tantos millones. Nosotros no soportamos ver a nuestro alrededor gente con hambre, viviendo en la miseria. Ustedes porque están acostumbrados…

—Pues sí, en parte, pero no estaremos tan acostumbrados, porque es precisamente para salir de la miseria que los tercerones quieren venir acá, y con tal de conseguirlo ponen en juego su vida. A nosotros tampoco nos gusta la miseria, ni tampoco la aprecian los que la padecen. Si a ustedes les preocupa la miseria (al menos eso es lo que dicen de dientes para afuera, en sus discursos), abran las puertas, que aquí con lo que a ustedes les sobra podrían vivir millones de segundones y de tercerones. Ya mucha gente de abajo vive con lo que ustedes tiran a la basura.

—Pero nos volverían esto un caos de desorden y suciedad, y les quitarían puestos de trabajo a nuestros empleados y obreros. Abajo están acostumbrados a ganar muy poco y a vivir en condiciones físicas deplorables, infrahumanas. Además, como son tantos y se reproducen como ratas, romperían al cabo de poco tiempo con nuestro tipo de vida, cambiarían nuestras costumbres y sucumbiría nuestra misma cultura.

—Ustedes no tienen otra cultura. Ustedes simplemente tienen más plata; la cultura es la misma, o al menos se parece mucho. No es justo que se escuden en la defensa de la cultura.

—Desgraciadamente la cultura también se compra con plata. En condiciones de miseria, la cultura se degrada porque el tiempo de los miserables se tiene que ocupar, casi exclusivamente, en la subsistencia. Usted niega esto, Jacobo, pero solo por populismo izquierdista.

—No, lo niego porque no acepto que generalicen. En T hay personas muchísimo más cultas que ustedes, en todo sentido, a pesar de que no les sobra tiempo. Y no sufro de populismo. No tengo una visión idílica de los pobres, ni mucho menos. El sufrimiento, en general, no nos hace mejores. Al contrario, nos vuelve mucho más resentidos, rabiosos y violentos. Si no fuera así, si la pobreza nos hiciera mejores personas, entonces no tendría sentido la lucha contra la pobreza, porque sería combatir lo más noble del ser humano. No creo que el pobre sea un bienaventurado, como dice el Sermón de la Montaña; es un desgraciado, pero no por eso deja de ser un ser humano, con iguales anhelos y los mismos atributos, y con la ventaja de ser menos exigente, porque es humilde. En todo caso yo vengo de allá, y no me considero menos culto que ustedes. Me considero más, aunque no sepa de ropa ni de ceniceros; y entre los calentanos también hay gente muchísimo mejor que ustedes, no por, sino a pesar de haber crecido en circunstancias tan adversas.

—Usted, o sus amigos, podrán ser muy cultos en algunos otros aspectos, sí, como los títulos y autores de los libros que venden. Sobre esto son especialistas en sacar listas de nombres, no menos ridículas ni más difíciles que las de los diseñadores de ropa. Se rebuscan autores o músicos recónditos, para sacar el pecho con una supuesta cultura exclusiva, única, y para sentirse superiores, igual que aquí nos sentimos superiores con lo escaso. Es parecido, porque al mismo tiempo ustedes son ciegos a muchas delicadas facetas culturales que por ejemplo usted, Jacobo, no ve, y esto me consta, y creo que no hace falta que haga alarde de su ignorancia en estos aspectos, porque son los que hacen la vida mucho más llevadera y más amable.

—¿En qué sentido la vuelven más amable?

—No se lo puedo decir. Sería como explicarle qué es el rojo a un ciego de nacimiento. Ustedes creen que lo que no ven no existe. Usted puede no ver los detalles más especiales de un gran diseño arquitectónico; y no los verá aunque yo se los muestre, pero están ahí. Y peor aún, si llegara a entender las sutilezas que yo veo, y que son el motivo de mi vida, le parecerían fútiles e incluso ofensivas.

Una vez Jacobo, en un momento de furia (pero estos momentos eran raros en él, y nunca había sido radical en política ni aprobaba los actos de violencia), había llegado a justificar a los terroristas, y había explicado sus actos como manifestaciones inevitables de la desesperación por las condiciones de ignominia en que se vivía abajo, en Tierra Caliente, en ese sitio que el arquitecto Palacio no conocía ni conocería ni podría entender jamás. Jacobo había dicho que esos actos horrendos de los terroristas eran lo único que removía la conciencia de los dones y les recordaba que no podían acostumbrarse al Apartamiento como a algo natural. Las bombas, los secuestros y los horrores eran espantosos, repugnantes, pero al menos les recordaban que ese orden no podía continuar porque entonces produciría siempre esa furia demencial, esa sed de venganza loca y primitiva. Pero el marido de su exesposa se sabía defender, y no con moralismo, sino incluso con una franqueza brutal:

—Yo entiendo lo que usted dice, y estoy dispuesto a admitir lo que sostiene: que este orden de cosas quizá sea injusto. Si todos los hombres somos iguales, entonces es evidente que es injusto. Pero yo no creo que un país, o para el caso nuestro, un sektor de la ciudad, pueda ser invadido por otros seres humanos, por iguales que sean en principio. Eso no es lo ideal. Eso es humanismo trasnochado. La vida humana es valiosa en algunas circunstancias, no en todas. Si vamos a vivir como ratas, sin cultura, por fuera de todos los beneficios de la civilización, entonces seremos ratas y tendremos los mismos derechos de las ratas: ninguno. Yo no puedo recibir aquí a todos los que quieran entrar, bien sean terroristas o doctores, atletas o analfabetos, violentos o pacíficos. Sencillamente no puedo y me reservo el derecho de admisión, como se dice en algunos bares, y por ende también el de expulsión. Y no para excluir a los negros y a los judíos, como dicen ustedes los izquierdosos, sino para excluir a los que van a destrozar mi paraíso, sean ellos del color que sean, terroristas islámicos o activistas del Ku Klux Klan. Nosotros hemos construido este país con el trabajo y con los sacrificios de centenares de generaciones. ¿Por qué tendríamos que estar obligados a recibir a todos aquellos que no han hecho (o que sus padres no hicieron) los mismos sacrificios? Lo siento, las puertas están cerradas. Si tanto les atrae esta Angosta de arriba, entonces imítenla, como si fuera una Angosta celeste, pero no nos la arruinen invadiéndola.

—Mire, arquitecto, usted es constructor, no diga majaderías. Esta ciudad ha sido construida casi por completo con el trabajo de la gente de C.

—Pero con la plata nuestra. La igualdad entre todos los hombres fue una pía idea del pasado, una invención cristiana refrendada por una revolución ilusoria, un espejismo de la

Ilustración, un ideal bastante agradable, bien intencionado y que quizá convenga predicar de dientes para afuera, pero una idea imposible de aplicar en un mundo repleto de gente. Construyan ustedes en otra parte, si son capaces, su propio paraíso, porque en este no cabemos más; este es un paraíso con un número de puestos fijos, como las butacas de los teatros.

—Pero hay países en los que no se excluyen unos a otros; en Holanda, por ejemplo...

—Bah, usted ni sabe lo que dice, Jacobo. Si usted hubiera nacido en Holanda tampoco sería holandés; y allá a casi nadie le dan visa de residente. Es lo mismo que acá: se defienden a pies y manos de los pobres, y no los dejan pasar de la puerta; si mucho les dan una limosna, o se la arrojan desde lejos, al otro lado de la frontera, como hacemos también en mi casa, o con obras de beneficencia. El ideal de la fraternidad universal es irrealizable, ante todo porque ustedes allí abajo, en Tierra Caliente (igual que en África, o en la India, o en todo el tercer mundo), se reproducen como conejos, no le ponen coto ni al deseo ni a la fertilidad, copulan frenéticamente, y paren, paren, no paran de parir, y nuestra única defensa y solución demográfica es mantenerlos allá, encerrados, y si se obstinan en venir, matarlos. Perdóneme que se lo diga con tanta franqueza, Jacobo, a usted que será siempre bienvenido en esta casa. Para nosotros no todas las vidas humanas son iguales. Son más iguales los próximos, no los prójimos en general.

—Si las cosas están así, entonces la única ley es la fuerza, la brutalidad, y cuando esa masa de Tierra Caliente crezca tanto que ya sea imposible de contener, usted no podrá abrir la boca para protestar, cuando vengan en horda a matarlo, a arrancarle las uñas y los huesos, a chuparle la sangre, a no dejar piedra sobre piedra en toda esta falsa Jerusalem, porque en ese momento será usted el menos igual, es decir, el menos poderoso, y como menos igual, merecerá perder y perecer.

—Sí, en eso tiene razón. Pero eso no ocurrirá. Para eso gastamos dinerales en armamento de todo tipo, y si fuera necesario exterminar a las hordas como si fueran insectos en una fumigación, lo haremos. Es mejor que no nos amenacen ni hagan bobadas si quieren sobrevivir, así sea con una existencia miserable.

—¿Entonces simplemente somos distintos, y nosotros abajo tenemos menos porque ustedes son superiores, porque han sido más inteligentes y más disciplinados? Lo mismo decía Hitler de los arios.

—Qué me importa a mí Hitler. Hitler perdió la guerra, pero nosotros la vamos ganando.

—¿Quiénes son ustedes?

—Usted sabe, nosotros. Los que estamos pegados al carro del progreso, aunque Angosta, esta parte de Angosta, sea solamente el último vagón de un tren muy largo.

—¿No se da cuenta de que los maquinistas y la primera clase de ese gran tren moderno los desprecian también a ustedes, los del último vagón?

—No, de eso no me doy cuenta. Ellos nos necesitan; para ellos nosotros somos también importantes aliados. El último vagón se encarga de que no se trepen los jodidos que nos ven pasar y que se quieren colar.

En últimas era siempre Jacobo el que se cansaba de discutir, y aparentemente cedía la razón, pues se callaba y miraba para otro lado, exhausto. Al arquitecto le gustaba tener siempre la última palabra. De su manera de discutir a Jacobo le agradaba que al menos era franco, brutalmente franco, y que no envolvía en una falsa retórica de fraternidad el despojo y la violencia que se aplicaba contra la gente de abajo. Era triste e inútil seguir discutiendo. Si se negaba la igualdad de las personas, entonces se volvía a un período premoderno de la concepción del ser humano, y lo único que podía esperarse eran guerras y violencia, opresión y furor: precisamente lo que desde hace años venía sucediendo. Para defenderse de esas ideas, para no apoyarlas ni siquiera tácitamente, lo único que podía hacer era seguir viviendo abajo, con los inferiores, con los indisciplinados y con los estúpidos, con los miserables, siempre, contra toda lógica y contra toda esperanza.

Una tarde en la que sostenían una de aquellas acaloradas discusiones, volvió Dorotea trayendo de la mano a Sofía, la niña, que venía vestida como si fuera a una fiesta, aunque solamente iba a salir a dar una vuelta con su padre. Jacobo se acercó y la besó varias veces. La niña se dejó, sin corresponder mucho a las carantoñas. Cuando se subieron al carro de Jacobo, la niña se hundió en el puesto de atrás, escondiendo su cabeza debajo de las ventanillas, como hacía siempre. Le daba vergüenza que la vieran subida en ese carrito de pobre. Cuando se bajaron en un centro comercial, caminaba al lado de su padre, pero no le daba la mano. Jacobo la invitó a comer pasta en un restaurante italiano, pero ella prefirió pollo frito y Jacobo le hizo caso, reponiéndose a cierta repugnancia que sentía por la comida rápida y para colmo frita. En el almuerzo, después de darle un mordisco a un muslo, la niña le preguntó de buenas a primeras:

—¿Tú sabes cuánto gana al mes Bill Gates?

—No tengo ni idea, linda —le dijo Jacobo.

—No sé decirlo en español. *Listen: forty six million dollars!*

—Ajá, es un tipo rico. Pero a ti no te gustaría ser tan rica como él, ¿verdad?

—Claro que sí. Hay muchas cosas que nosotros no podemos comprar. Y te compraría a ti un carro nuevo.

—Ah, bueno, gracias. Pero tú eres rica, eso lo sabes, ¿no?

—No, tal vez estemos bien aquí, en Angosta, pero en los Estados Unidos seríamos pobres. Eso dice mamá.

—¿Pobres?

—Mira esto —dijo Sofía, y puso una mano sobre el palo del centro de la mesa, que sostenía una sombrilla blanca—. Aquí están los más ricos de los Estados Unidos, como Bill Gates. —Bajó un poco la mano—. Aquí están los que están más o menos bien. —Bajó la mano hasta casi tocar la mesa—: Y aquí están los más pobres. Si nosotros nos fuéramos a vivir en los Estados Unidos, mami me lo dijo, nosotros estaríamos aquí —y puso la mano por debajo de la seña que había hecho en la mitad.

—Tal vez. Pero fíjate, si miramos cómo es la cosa en Angosta, en toda esta parte hay millones y millones de pobres (Jacobo señaló el palo, cerca de la mesa). Tu papá estaría por aquí (y le mostró la mitad), mientras que tú estarías por aquí arriba, en lo más alto, con tu mamá y tu padrastro. Pocos en Angosta poseen tanto como ustedes.

—Sí, pero yo quisiera ser como Bill Gates. Me gustaría tener un caballo de salto. Es posible que Bruno me lo compre, en Navidad.

Jacobo quiso cambiar de tema. Era desagradable que le disgustara la conversación de una niña de nueve años; más aún, que le molestara lo que decía su propia hija, aunque por vivir con otros tuviera tanto de extraña. Pasaba pocas horas a la semana con ella, y no quería enojarse ni pelear. Le preguntó si esa noche iría a dormir con él en el hotel.

—No, la última vez me aburrí mucho. Te faltan muchos canales de televisión. En el hotel no hay piscina, está lleno de viejos. Y huele horrible. Otro día voy, papá, otro día.

Jacobo levantó los hombros. Cuando la llevó de vuelta a su casa, la niña volvió a esconderse en el asiento de atrás, enroscada sobre la silla como una culebra, para que nadie la viera en ese carro destartalado típico de los tibios. Se despidió con un beso rápido en la mejilla y subió corriendo las escaleras de la mansión de su madre y de su nuevo padre. Jacobo condujo despacio hasta T. Le molestaba tener que confesarse que no le gustaba la manera de ser de lo que más quería, de su propia hija. Lo malo es que no quería entrar en un conflicto serio con ella por intentar cambiarla. Estaba creciendo como lo que era, una típica doñita de Paradiso, y lo que más le gustaba también a ella eran los habitantes de las primeras carrozas de un tren larguísimo al que ellos estaban pegados por la cola. Hasta el inglés casi perfecto que estaba aprendiendo a hablar en su colegio bilingüe le molestaba, a él, precisamente a él, que se había dedicado durante mucho tiempo a ser profesor de Inglés. Ante tantos malos pensamientos lo único que pudo hacer fue rascarse la cabeza con insistencia, sobre el occipital. El malestar le duró varios días, incluyendo la noche del siguiente jueves, que era la de la cena mensual del señor Rey; no abrió la boca durante toda la velada, y hasta Luisita Medina, la triste señora ciega, se lo reprochó con amargura.

Al fin el profesor Dan aceptó volver a caminar. Se lo dijo un viernes por la noche a Jacobo, como si estuviera cediendo a un pecado nefando al que su naturaleza no se podía resistir, y ya a la mañana siguiente el librero había invitado a desayunar al pequeño grupo de candidatos a caminantes, para definir un plan. Subió temprano al gallinero y despertó a Virginia (bostezos, llamarada del pelo en desorden, ojeras de sueño, ropa interior con otra llamarada entre las piernas). Le dijo que invitara también al muchacho poeta, que los esperaba abajo, en el comedor, a las nueve. Como a las nueve y cuarto ya estaban todos juntos, en una mesa grande, comiendo pan con mermelada y oyendo los itinerarios que proponía el profesor Dan.

—Desgraciadamente, ustedes saben, el país está sitiado por el miedo. Hay violencia por todas partes, y caminos minados, zonas donde no se puede pasar porque te matan o te secuestran aunque no tengas dónde caerte muerto. No podemos ir a los nevados y menos a la selva, no es posible siquiera ir hasta el Bredunco, ni hasta el Yuma, y muchísimo menos más allá, digamos a la sierra de La Macarena, que es un sitio que si se pudiera visitar no sería menos bonito que Yosemite. Nos queda esta ciudad estrecha, y para colmo dividida, pero incluso en este solo territorio es posible caminar. Yo conozco palmo a palmo todo el llano de Paradiso, y allá podríamos ir, aprovechando que está tan vigilado, incluyendo sus prolongaciones hacia el nudo de los páramos. Estos paseos se pueden hacer, siempre y cuando todos tengan salvoconducto. ¿Hay alguien que no tenga? —preguntó. Y Virginia dijo, alzando un dedo y mordiéndose los labios:

—Yo.

En realidad, de los cuatro caminantes, era la única tercerona y la única que no podía subir legalmente a Tierra Fría.

—Bueno, aunque sea solo la señorita, no la vamos a excluir ni a dejar aquí, ¿no? —siguió hablando Dan—. Tengo un plan B. El mundo es ancho y ajeno. Nos quedaremos aquí, y en el campo sin muros que hay en las tierras bajas. Lo que podemos hacer es conocer mejor la Tierra Caliente, donde termina la ciudad y empiezan las haciendas, antes de llegar a las selvas y al territorio de nadie. El sitio es mucho menos tétrico de lo que se dice, y si nos metemos por los cañaverales, más allá de la Cueva de los Guácharos, la experiencia puede ser estimulante. Hace años que no voy por allá, pero antes conocía el terreno como mi propia mano. Lo que propongo es una caminada de unas cuatro o cinco horas, todos los domingos, saliendo, digamos, a las siete, o incluso a las seis.

—Mejor a las siete —dijo Jacobo—. Y creo que podríamos empezar mañana mismo. ¿Adónde podemos ir?

Decidieron bajar en carro hasta Tierra Caliente, por los caracoles, y luego caminar a campo traviesa, por los cañaverales, hasta llegar a un resguardo de indios, desde donde podrían devolverse otra vez en algún medio público hasta el sitio donde dejaran el carro, y volver al hotel.

Al otro día, a las siete, todos estaban listos. Jacobo le había comprado a Virginia tenis nuevos, medias gruesas y sombrero de explorador; la muchacha se veía radiante, y los cuatro se metieron en el carrito viejo de Lince, para bajar en él por la carretera de los caracoles, un descenso vertiginoso, lleno de curvas de ciento ochenta grados, que en menos de media hora llevaba de Tierra Templada a Tierra Caliente, pasando por un costado de los barrios de invasión, y después más allá de la ciudad. Llegaron al límite de los cañaduzales antes de las nueve y emprendieron la marcha por entre caminos de herradura. Zumbaban insectos gigantescos y se oía el chirrido ensordecedor de las chicharras. Se cruzaban con negros descalzos que iban a la iglesia o a la cantina, aprovechando su día de libertad. Jacobo era el que más sufría, y de vez en cuando pedía un descanso y tomaba agua de la cantimplora. Sin embargo, todos fueron capaces de llegar al resguardo, y el más fresco, quizá, a pesar de estar cojo y de ser el mayor, era el profesor Dan.

Virginia, en el camino, les contó sin vergüenza lo poco que conocía del mundo y del país. Había ido algunas veces a Paradiso, pero como clandestina, con un grupo de amigos que conocían una ruta, o un hueco, como se dice, por donde se podían meter y por donde también era posible salir. Pero era muy arriesgado, sobre todo desde que empezaron las redadas y se amenazó con que todos los clandestinos pillados en Tierra Fría serían llevados sin previo juicio a los campos de Guantánamo. Después vino la política de carnetización. Todos los tercerones debían llevar un carnet bien visible, una especie de escarapela colgada del cuello. Aunque tuvieran salvoconducto debían llevar este signo a la vista, a toda hora. Así que había preferido no volver nunca a arriesgarse como clandestina por allá. Pero había algo más triste: nunca había conocido el mar.

Unos cuantos pasos más adelante, Dan tomó la palabra con cierta solemnidad. Les habló de un pasadizo secreto por la Cueva de los Guácharos —y para contarlo bajó la voz hasta hacerla casi imperceptible (él, que hablaba siempre a los gritos)—, que con cierto riesgo, pues debía recorrerse por despeñaderos subterráneos entre filos de estalactitas y cortinas de piedras vidriosas, se podía atravesar para salir a la superficie, después de algunas horas de travesía, en una cima desde la que lograba verse, a lo lejos, el mar. Todos lo miraron escépticos, pero él dijo que iba a estudiar el camino en sus mapas, pues había hecho ese trayecto una sola vez, y un fin de semana los iba a llevar. Virginia, al fin, aunque sin tocarlo, conocería el mar, lo vería desde lejos. Jacobo sospechó que Dan estaría hablando de alguna perspectiva rara de la gran laguna de La Cocha, o de la represa del Peñol, desde donde no se veía ninguna orilla, pero se quedó en silencio, feliz de que su amigo inventara una historia tan sencilla solamente para concederle a Virginia la satisfacción de un deseo infantil. En los ojos del profesor húngaro se veía ya la fiebre del drogadicto que ha vuelto a caer en la maldición de sus viejas adicciones.

El doctor Burgos y su señora, doña Cristina, no saben cómo vivir en el océano atormentado de sus contradicciones. Aman el lujo y el buen gusto con el que han vivido siempre en Tierra Fría, no se sienten capaces de renunciar del todo a sus privilegios, pero odian la política de Apartamiento y en general el orden imperante en Angosta. Les sobra el dinero, que les llega a borbotones gracias al Ron Antioquia, la empresa heredada de los abuelos, dueños de las más grandes plantaciones de caña dulce en el valle del Bredunco. Tienen tres hijas mujeres, ya casadas, y solo una sigue viviendo en Paradiso. Las otras dos se escaparon de la zona tórrida, una a Francia y otra a Alemania; las tres están dedicadas a campañas ecológicas contra el cambio climático y a escribir memoriales sobre los derechos de los indígenas del Amazonas. El señor y la señora Burgos, ya mayores, con las hijas criadas y organizadas, un poco para pagar decenios de privilegios y apaciguar remordimientos, quizá para salvarse de unas cuantas torturas en el purgatorio, habían resuelto abrir la Fundación H, antes llamada Humana, que se dedicaba a denunciar los atropellos de los dones contra las otras dos castas relegadas de Angosta, y sobre todo contra los calentanos. Gracias a su prestigio y a su capacidad de darles cierto despliegue periodístico a las denuncias que hacen (pues son accionistas de *El Heraldo* y de *La Voz de Angosta*, una emisora de noticias), se habían convertido en una piedra en el zapato para el Gobierno local.

Sus investigaciones sobre las actividades secretas de la Secur y sobre sus crímenes más tenebrosos, habían obligado al Gobierno, unas pocas veces, a fingir operaciones contra algunos de sus integrantes, o contra mandos intermedios de la fuerza pública. Incluso algunos de los cabecillas del grupo paramilitar, por las denuncias de H, habían pasado temporadas, breves, en la cárcel de Cielorroto, hasta que con la complicidad de los guardianes, siempre, lograban escapar y volvían a esa especie de clandestinidad tolerada por el alto Gobierno.

Después de unos cuantos meses de entrenamiento en la fundación, los esposos Burgos invitaron a Zuleta a la casa familiar en las colinas. Les caía bien ese muchacho hermoso, tímido y meditabundo, y querían darle trabajos de mayor protagonismo. Allí, en gran secreto, después de un almuerzo espléndido, le anunciaron un aumento de sueldo y le encomendaron su primer trabajo delicado. Debía hacer un informe especial sobre los muertos que eran arrojados al vacío, no se sabe por quién, en el Salto de los Desesperados. Cuando la gente y los periódicos dicen que no se sabe quién, en realidad sí se sabe. Son eso que en Angosta se llama «las fuerzas oscuras», pero todo el mundo reconoce en privado que esas «fuerzas oscuras» no pueden ser más claras, pues es la gente de la Secur, el grupo de asesinos que le hace el trabajo sucio a la Policía y a los militares. Los periódicos también lo saben, pero no lo publican porque podrían caer en la mira del mismo grupo, o perder millonadas en pleitos interminables por calumnia y difamación. Solo *El Heraldo*, de vez en cuando y por influencia de Burgos, se atreve a insinuarlo en frases transversales y en noticias muy cautelosas.

Andrés se sintió halagado con el cambio. Era la primera vez en la vida que lo tomaban en serio y que le encomendaban una labor importante. Lo primero que hizo a la semana siguiente fue visitar el Salto, para un reconocimiento inicial. Después se dedicó a leer las crónicas que sobre la cascada se publicaron en el siglo XIX, para entender mejor cómo había ido cambiando el destino del sitio con el paso del tiempo hasta llegar a esto. El Salto de los Desesperados había sido otra cosa. Antes, las aguas del Turbio podían no ser cristalinas, pero eran limpias, y la espuma que formaban era blanca. Ahora el agua del Salto era color Coca-Cola, y su espuma venía teñida y espesa, como de cerveza negra. Hace cien años el Salto era, sobre todo, una atracción turística. Quedaba en las afueras de un pueblo grande que no estaba partido todavía, y se organizaban paseos en carroza para ir a ver la catarata. Muchos extranjeros habían pintado el Salto y, por internet, Andrés encontró varios grabados antiguos, alemanes y franceses, pues los viajeros lo venían retratando desde hacía siglos, recomendándolo como un espectáculo único para los viajeros. Hasta hace cincuenta años el lugar era tan concurrido que los poetas le dedicaban sonetos y romances encomiásticos y hasta se construyó un hotel, el Hotel del Salto (todavía su mole semiderruida sigue en pie, a la espera de un imposible cambio de los tiempos, con restos del color rosado que tuvo alguna vez, un eco remoto de su antigua gloria), para que los viajeros pudieran pernoctar allí y ver el espectáculo de la cascada cuando los hongos de llovizna y neblina se disipaban en algunas horas del mediodía o de la medianoche.

Según las crónicas de hace varios decenios, el lugar fue perdiendo su atractivo turístico al convertirse en el sitio predilecto de los suicidas de Angosta. Esas cosas parecen epidemias; cuando dos o tres suicidas escogen un mismo lugar para matarse, la elección se vuelve moda y en adelante parece que ya no hay mejor manera de quitarse la vida, por lo que todos dirigen sus pasos hacia la misma parte, como un rebaño de locos o una procesión de ballenas sin rumbo. Eso pasó con el Salto, con la ventaja de que ahí ningún suicida fracasaba en el intento, pues quien se lance desde la Roca del Diablo solo puede encontrar una muerte segura, más segura que un tiro en el paladar. Aunque quedaran vivos o malheridos al estrellarse contra el fondo de piedras, allí se morirían, pues los rescates en esa parte de Angosta son poco menos que imposibles. La corriente turbulenta no permite que nadie se acerque, y las mismas aguas, antes de sumergirse bajo la tierra, van borrando toda huella.

En todo caso, a los turistas no les gustaba sentirse en un osario ni querían ser testigos de esos saltos al vacío desde el balcón formado por la Roca del Diablo, y menos de la desesperación de los parientes o de la búsqueda imposible de los muertos, y eso hizo que fueran desertando del sitio como lugar pintoresco. Luego vino la definitiva contaminación del Turbio y el hotel cerró sus puertas, cerraron los chiringuitos donde vendían comida rápida, suvenires y chucherías; no se volvieron a vender bocadillos, empanadas, chicharrones ni arepas con quesito, y el lugar se fue hundiendo en el abandono, que ha sido el destino de casi todos los sitios de Angosta con algún encanto, uno tras otro hundidos en el mar del deterioro y el abandono, si no contamos el altiplano de Paradiso.

Cuando también el río se volvió una cloaca repugnante, ya ni los suicidas quisieron tirarse por un abismo tan puerco y maloliente. Es raro, pero hasta quienes deciden matarse siguen teniendo consideraciones de higiene, y nadie, ni el moribundo que ha resuelto suicidarse, se aguanta el aliento podrido que se levanta de la cascada. Porque del estallido de las aguas contra las piedras, además de los oscuros espumarajos de cólera del río, se levanta una pestilencia infecta de emanaciones podridas, residuos químicos, materia orgánica descompuesta y aguas servidas. Por eso, a Boca del Infierno, desde hace diez o veinte años, llegan los asesinados, pero no los suicidas. El lugar sigue teñido de muerte, aunque en otro sentido: es un botadero de muertos. Cuando los escuadrones de la Secur matan a algún disidente, lo arrojan al río, o directamente por el Salto, y allá cae, desfigurado, en Boca del Infierno, lo que hace casi imposible el levantamiento del cadáver. Sobre la boca, los gallinazos vuelan en círculo atraídos por el olor, pero debido a la caída torrencial de las aguas difícilmente se pueden acercar hasta sus presas, salvo que algún fragmento de sus cuerpos descuartizados quede plantado en alguna roca alejada de la corriente. Boca del Infierno se ha convertido en el cementerio clandestino de Angosta, el sitio donde se entierran sin testigos las peores vergüenzas de la ciudad.

Andrés debía contar con detalle lo que estaba ocurriendo en el Salto de los Desesperados, pues aunque era una historia conocida de boca en boca, nadie lo había hecho como testigo presencial, dando una versión detallada de los procedimientos. Nadie lo había escrito letra sobre letra. La Fundación H lo sabía y el doctor Burgos quería denunciarlo, como una parte más de su campaña para hacer ver la degradación humana a la que conducía la política de Apartamiento. La ciudad estaba tan podrida como el Salto, y todos lo usaban, tanto la Secur como los terroristas, como cloaca para sepultar allí sus crímenes, bajo el manto insondable de las aguas sucias. Según un plan de trabajo elaborado por la fundación, Andrés debía ocultarse allí, una o dos noches, el tiempo que fuera necesario, en las ruinas del viejo hotel (el doctor Burgos consiguió un permiso con el nieto de sus antiguos dueños), acompañado de un fotógrafo, e intentar captar el momento en que la gente de la Secur asesinaba a sus víctimas y arrojaba al vacío los cadáveres. Las bandas terroristas, en ese período, habían sido desterradas de la zona, por lo que los usuarios del momento eran tan solo los de la mano negra del Gobierno. Era un trabajo delicado, pero, para no arriesgar mucho, se publicaría sin firma, a nombre de la fundación, y, si conseguían que no los vieran, lo cual era factible, no tenía motivos para ser peligroso personalmente, pues nadie nunca daría ningún nombre. Al menos eso pensaba el doctor Burgos, el director de la fundación, que siempre había sido un optimista con suerte.

Andrés nunca había sido un héroe, y jamás pensó que por su nuevo trabajo tendría que arriesgar el pellejo. Si aceptó la misión de irse a apostar en el Salto durante un par de noches fue porque con tal de no volver a la cárcel de la casa de sus padres estaba dispuesto a arriesgarlo todo. En realidad, nunca lo había apasionado la denuncia social y ni siquiera era muy consciente de los riesgos que él mismo podía correr. Se sentía halagado por su primer ascenso, un pequeño peldaño al que podrían seguir otros. Por lo pronto debía dedicar algunas semanas a estudiar todo sobre el Salto, el antiguo y el moderno («porque una crónica sin remembranza no tiene sabor», decía el doctor Burgos), hacer algunas visitas preliminares de inspección, durante el día, y mientras tanto conseguir un fotógrafo que se atreviera a acompañarlo y a tomar el registro de lo que pudiera ocurrir durante la noche. No había prisa, en la fundación le habían dado tres meses para llevar a cabo el proyecto, pero Andrés fue ultimando los detalles rápidamente. Como sabía que Lince tenía contacto con varios periódicos, le preguntó si no conocía un fotógrafo (prefería uno que no fuera muy conocido, no una vedete, mejor alguien anónimo) que pudiera ayudarle en un reportaje nocturno que tenía planeado hacer en un hotel decaído de Tierra Templada. Jacobo creyó que se trataba de cualquier escrito insulso sobre la decadencia de T, como tantos otros, y le pidió algunos días para proponerle el trabajo a alguien que conocía. Un sábado, casi al final de la mañana, Carlota le avisó a Andrés que Lince lo estaba esperando en su cuarto.

Jacobo estaba con Camila, que había tenido cita con el dentista. Después de los usuales brincos a los que se entregaban con frecuencia esporádica, en ese rato de relajada modorra que seguía a la delicia, Lince se había referido al posible trabajo con su vecino de arriba, un joven empleado en Paradiso, y ella pareció interesada. Andrés, al entrar, reconoció a la muchacha tetona que de vez en cuando bajaba a toda prisa las escaleras que conducen a los sótanos.

—Le presento a una amiga, Zuleta. Es muy buena fotógrafa, y si le pide permiso a cierta persona, está dispuesta a hacer con usted el trabajo nocturno que me dijo. No podrá hacerlo dos noches seguidas, pero una noche sola sí podría. ¿Le sirve?

—Creo que si vamos un martes y tenemos suerte, una sola noche puede ser suficiente. Digo suerte, y no es, es lo contrario, en lugar de suerte será una lástima, porque tener suerte para este trabajo sería lo mismo que tener mala suerte. Se lo voy a explicar de una vez, Jacobo, y también está bien que la señorita lo sepa, a ver si de todas formas acepta: este es un trabajo serio y hasta un poquito peligroso, creo, aunque haremos todo lo posible por no correr ningún riesgo y si somos prudentes no nos puede pasar nada. Lo cierto es que yo no tengo que escribir sobre ningún hotel, aunque sí nos vamos a meter en un hotel abandonado, pero no para hablar de eso, sino de la vista nocturna que hay desde ahí. De lo que se trata es de contar lo que pasa por las noches en el Salto de los Desesperados, y si es posible, sustentarlo con fotos. La denuncia no irá a nombre mío, ni a nombre suyo las fotos, por motivos obvios. Saldrían a nombre de la fundación; los directores son dones y están más protegidos. Ustedes saben lo que pasa por las noches en el Salto, supongo.

—Claro que sabemos, Andrés, no vivimos en la Luna.

—¿Qué pasa por las noches en el Salto? —preguntó Camila.

—¿No lo sabes? Matan gente, querida, matan mucha gente, y la arrojan al vacío para que no quede registro de nada y no vaya a haber líos con algún juez independiente que quiera investigar. Se sabe que a todos los que desaparecen los tiran por ahí, o río arriba, al agua, lo que al final es lo mismo: los cuerpos caen por la cascada y nunca aparecen: se los traga la tierra y los devora el agua. Y sin cadáver los fiscales no emprenden investigaciones por asesinato, sino que añaden una cifra a los desaparecidos. En Angosta mucha gente se esfuma, y entonces se dice que se metieron a un grupo terrorista o que se colaron por algún hueco a otro país.

—Ay, no, yo no sabía. Prefiero no vivir muy enterada de esas cosas.

—¿Y haría el trabajo? ¿Sería capaz de tomar esas fotos en la semioscuridad? Tiene que llevar una cámara muy sensible.

—Por la parte técnica no hay mayor problema. Se puede hacer. Basta que la oscuridad no sea completa.

—Hay algo de iluminación pública, y vamos a escoger una noche con luna llena, ya la tengo vista en el calendario, a finales del mes próximo. No tiene que contestarme hoy; me manda la razón con Jacobo cuando quiera. Solo le pido una cosa, ya sea que diga sí o no: que esto que acabo de decirle no salga de nosotros. Usted entenderá que si ciertas personas se enteran de quién hizo este trabajo, entonces yo... —y Andrés hizo un gesto claro con el dedo pulgar, que le cruzó el cuello con un corte de franela.

—No se lo digo a nadie, tranquilo. Tengo que solucionar algo, inventar una disculpa para pasar la noche fuera, porque hay una persona a la que no le gusta mucho que yo salga. Claro que si le aviso con tiempo, la sospecha baja. Además le diré que usted es mujer (y aquí Camila disimuló una sonrisa, porque Andrés le parecía femenino de verdad), para que no haya celos.

—Por mí… Bueno, entonces así quedamos.

—Así quedamos.

A Jacobo la idea no le gustó. En realidad, antes no se había imaginado de qué se trataba, y no se le había cruzado por la imaginación que fuera algo tan enredado. No le gustaba que la gente cercana a él se metiera directamente en causas políticas o en actividades arriesgadas, pues le parecía inútil; sabía que el mundo está dominado por los violentos, que la gente cede ante los prepotentes, y veía que Andrés y los de la fundación querían luchar contra las fuerzas más poderosas, aquellas que en Angosta dominaban. Podía ser una locura y terminar en tragedia. Se rascó la cabeza, porque también veía que era difícil dar marcha atrás. Zuleta era muy joven y era sin duda un insensato; no había tenido tiempo de aprender el egoísmo que viene con los años. Contarle así, de buenas a primeras, el propósito de un encargo tan delicado a una muchacha que acababan de presentarle, demostraba que era un ingenuo, un iluso que no sabía cómo funcionaban las cosas en Angosta. Y menos aún quería que Camila se arriesgara. Pero ya la piedra había empezado a rodar cuesta abajo y no sería fácil detenerla. A Jacobo no le gustaba divulgar su cobardía, ni siquiera disfrazándola de prudencia, y oponerse a ese trabajo sería visto como la actitud típica de un cobarde.

Sería difícil encontrar personas más distintas que los dos propietarios de la librería El Carnero, Hoyos y Pombo*,

---

* Andrés Hoyos y Mauricio Pombo: cuarentones en pugna por no ser cincuentones. El primero es elegante, sofisticado; cuando se deja la barba corta se parece a Van Gogh, pero si se le crece queda igual a Tolstoi; el segundo no se aliña jamás ni se parece a nadie. Son de esos antiguos

quienes, pese a su incompatibilidad de caracteres, les tocaba compartir el mismo espacio en la refinada librería del Callejón de los Tres Gatos, en la zona comercial más cara del altiplano. Pombo, flaco, alto, desgarbado, con el pelo muy negro salpicado de canas, era el último pimpollo de una familia de dones venida a menos; y Hoyos, rubio de piel rojiza y pelo desteñido, de calvicie incipiente, de baja estatura y siempre en lucha extenuante por no ganar peso, era ese hombre nuevo, típico representante de una familia de segundones venidos a más. El primero basaba sus juicios bibliográficos y vitales en criterios antiguos como el honor, el desinterés, los valores nobiliarios antiburgueses; el segundo era liberal, mercantilista, tolerante y pragmático. Pombo ponía en el negocio la pasión y el conocimiento certero de los valores estéticos, históricos y tipográficos de los libros antiguos; Hoyos sabía lo que la gente, con criterios quizá menos objetivos, más dictados por los caprichos de la moda, pagaba por las cosas. A Pombo le parecía ridículo que alguien quisiera dar diez mil dólares por una primera edición en rústica de García Márquez, sin correcciones ni variantes de autor, y solamente mil por una rarísima primera edición —firmada y con apuntes autoriales— de Jorge Isaacs. Cuando tomaba alcohol (tenía muy malos tragos), Pombo se volvía agresivo y adoptaba los modales de una verdulera, con léxico igual de ofensivo pero más rebuscado, y aprovechaba esos estados de obnubilación para descargar su furia contra toda la fauna de macuqueros, trujamanes, mercachifles, filisteos y abderitanos —ese era su léxico— que poblaban el para él decaído altiplano de Paradiso, ya no dedicado a ningún noble oficio sino al bajo comercio de bienes canjeables por papel moneda y sin ningún valor. A Jacobo le divertía conversar y negociar con los dos, pues tenían criterios tan opuestos para todo que era suficiente

---

compañeros de clase, inseparables, que sin embargo ni siquiera saben bien si se quieren o se odian. Conocen a Jacobo Lince, con quien hacen negocios de rarezas bibliográficas, y son buenos amigos del autor de este libro.

oírlos para quedar empapado de dos visiones antagónicas del mundo, la derrotada (Pombo) y la triunfadora (Hoyos).

Ambos se oponían, por ejemplo, a la política de Apartamiento, pero Pombo lo hacía por motivos estéticos y paternalistas. Estaba bien que cada casta permaneciera en su sitio, pero las clases elegidas debían tener con sus inferiores actitudes generosas y condescendientes. Hoyos, a su vez, se oponía por motivos prácticos: el resentimiento que se cultivaba entre los segundones y tercerones podría terminar en una gran revuelta, que dejaría arrasada la ciudad, o en atentados terroristas como los que ya la tenían golpeada y maltrecha, todo a causa de un Gobierno torpe y poco liberal, incapaz de canalizar de modo más civilizado el descontento. Hoyos tenía un gran mérito: a pesar de haber estado durante meses secuestrado por un grupo terrorista, encerrado como un perro en una pocilga de dos metros en C, no había perdido la ecuanimidad ni era un fanático. Era capaz de distinguir y no había extendido el odio por sus secuestradores contra todos los calentanos.

Apreciaban al segundón Jacobo porque este sabía complacerlos a ambos. A Pombo le enseñaba incunables granadinos, novenarios impresos por los jesuitas, raras ediciones de cronistas de Indias, extraordinarias encuadernaciones de la primera edición de don Juan de Castellanos y cartas manuscritas de los próceres. A Hoyos le reservaba obras más plebeyas pero de más valor en las ferias de San Francisco, como ediciones príncipe de escritores recientes, documentos autógrafos con un valor más farandulero (asuntos de camas y de cuernos) que documental, o cartas con chismes de alcoba sobre el Libertador. Cuando estaba allí, lo que más divertía a Jacobo eran los gruñidos con que ambos se agredían, y la acusación de Hoyos de que por los manejos de Pombo El Carnero nunca había sido un buen negocio (lo cual era cierto), pues espantaba a los clientes con burlas por su crasa ignorancia bibliográfica y se dedicaba a comprar cosas caras que jamás se venderían y que solo les interesaban a los desplatados, mientras despreciaba las obras fáciles de vender en el exterior, y se negaba incluso a exponerlas en lugares destacados. Pombo, a su vez, acusaba a Hoyos de no tener más criterio que el monetario, de ser incapaz de darles a los libros su valor intrínseco, más que su precio real, según criterios bibliográficos que, aunque no estuvieran en boga, eran los únicos serios. En fin, la librería se encaminaba a la catástrofe, pero sobrevivía gracias a esa otra librería segundona de Tierra Templada que conseguía en viejas bibliotecas de provincia las obras, nobles y plebeyas, que les permitían sobreaguar y capotear las crisis.

Menos mal que Hoyos, por encima de su mentalidad mercantil, no tenía un pelo de avaro, y cada mes sacaba de las ganancias de sus otros negocios (era un Midas en todo lo demás que emprendía: camiones de transporte, huevos de codorniz, carros blindados, sistemas de alarma satelital, aceites vegetales) el dinero suficiente para comprar más libros, pagarle a Pombo el sueldo y mantener los fastuosos gastos de su local en el Callejón de los Tres Gatos. Quizá por el mismo hecho de no ser un don de varias generaciones, Hoyos se hacía a una propia nobleza y reputación, financiando como un mecenas magnífico empresas culturales condenadas al fracaso comercial. Además de la librería, que daba pérdidas siempre, sostenía también una estupenda revista literaria, la única digna de Angosta, y les compraba cuadros a casi todos los artistas del país, que en parte vivían de sus encargos y de sus donaciones. Fuera de eso escribía, de seis a diez de la mañana, extensas novelas históricas muy bien documentadas, eruditas como ninguna, perfectamente escritas, que aunque no tenían gran éxito comercial (y en esto su mentalidad era contradictoria, mercantil en todo, menos en sus propios libros), sí eran muy elogiadas por críticos tan exigentes como Caicedo o Aguirre, aunque denigradas por muchos otros, por pesadas.

Cuando Jacobo reunía dos cajitas completas de libros (la caja Pombo y la caja Hoyos), llamaba por teléfono a El Carnero y les anunciaba una visita. Le daba rabia tener que ser él quien iba a la montaña (ellos jamás bajaban de Tierra Fría), pero aprovechaba alguna visita a su hija o algún torneo genital con Beatriz para hacer la diligencia. Se sometía a la humillación de las requisas (los chinos no podían ver a nadie que viniera de T con un paquete pesado, aunque tuviera tarjeta de residente), peleaba con los guardias por la manera infame en que buscaban droga o explosivos entre las hojas de sus incunables, poniendo en riesgo ediciones cuidadas con esmero durante siglos, despotricaba mentalmente contra todos los blancos, los ricos, los falsos nobles, y al fin llegaba, entre sudores de bilis, al Callejón de los Tres Gatos, donde los socios de El Carnero lo recibían mejor que si fuera un don. Cada cual era simpático a su manera, Pombo por su humor burlón y soñador, y Hoyos por su franqueza práctica y su extraordinaria generosidad. Hoyos le terminaba ganando en todo a Pombo; en casi todo acababa por imponer su criterio (al fin y al cabo era también el que ponía el billete), pero en un solo asunto siempre Pombo se lo llevaba por delante, con todo y que era feo: en los asuntos de faldas. Al de vieja familia le llovían mujeres con ganas de hacer el amor, y al nuevo mercantilista parecía que la sangre le hubiera decretado un programa genético de solterón, pues espantaba a las mujeres como si oliera mal o tuviera un retraso, sin siquiera darse cuenta de la manera en que las espantaba. El lema de Pombo era el siguiente: «Las mujeres tienen una ilusión: que se lo pidan; y un sueño: darlo». El de Hoyos era mucho más pesimista: «Las mujeres acusan a los hombres de que solo queremos una cosa. Pero ellas son peores, ellas no solo quieren una cosa, ellas lo quieren todo».

Conversando de esto y aquello, mientras Pombo elogiaba un rarísimo atlas de José Manuel Restrepo (que venía con algunos ejemplares de su *Historia de la revolución*), y mientras Hoyos se embelesaba con una primera edición de *Moby Dick* (ya hacía cuentas de su precio en Nueva York) y con otra más modesta, pero bella, del *Coronel no tiene quien le escriba*, la del sesenta y dos, en perfecto estado, pues era el ejemplar que había pertenecido a Aurita, la mismísima moza del editor, dedicada por ambos (autor y editor), Jacobo vino a saber que la librería El Carnero estaba buscando un empleado que desempolvara

242

los libros que Pombo se negaba a sacudir aunque Hoyos se lo ordenara, y atendiera a los pocos clientes que a la hora del almuerzo venían a comprar y que Pombo espantaba con desplantes de sabio.

—¿Y no podría ser una empleada? —preguntó Lince, pensando ya en una candidata.

—¿Por qué no? —dijo Hoyos—, a nosotros nos da igual.

—No —dijo Pombo—, a nosotros no nos da igual, y no hable por mí, porque a mí no me da igual. Las mujeres no pueden ser buenas libreras de viejo. Para eso se necesitan hombres, y cuanto más maduros, mejor. Hasta Jacobo emplea solamente varones, y viejos, además, porque a un tipo de la edad de él todavía le falta mucho por aprender. A una mujer, en estas materias, nadie le cree, y no por un prejuicio machista, sino con razón, por causas objetivas. Hay dos cosas para las que no sirven las mujeres, o mejor, tres: el ajedrez, las matemáticas y los libros raros.

—Todo eso es ridículo y machista. Ahora dirá que solo sirven para parir, amamantar y criar niños. No sé cómo le va tan bien con ellas; es el mayor misterio de mi tierna vida. En todo caso no es para prestar asesorías, Pombo, ni para hacer avalúos, ni para conversar que la necesitamos: es para quitar el polvo y abrir la puerta, carajo —dijo Hoyos, malgeniado.

—Ah, y el machista soy yo. Mejor ni opino. Haga lo que le parezca; aquí siempre se hace lo que dice usted.

—¿Y quién es su candidata, Jacobo?

—Es una muchacha muy despierta que vive en el hotel.

—Perdóneme la pregunta —intervino Pombo—, usted sabe que yo no discrimino, pero sí lo hace la gente de inmigración. Supongo que es segundona, si vive en su mismo hotel.

—Peor que eso: es de abajo, don Pombo. Pero hábil como Hoyos y delicada como usted.

—¿Edad?

—Tendrá veinte años.

—Qué horror. Usted lo que quiere es despertarnos las adormiladas hormonas y distraernos de nuestro trabajo. Ya con las mujeres que vienen aquí tenemos de sobra para perder el sueño. Ni riesgos. No nos faltaba más sino una calentana calentadora. Ni riesgos. En vez de quitar el polvo nos quitará el sueño por tener un polvo.

—Qué criterio de cura decimonónico. Una muchacha bonita atrae los clientes, Pombo, deje de ser anticuado y ridículo. En todo negocio debe haber, como mínimo, una mujer bonita atendiendo; es la clave del éxito, así como su cara de bilioso es la clave de nuestro fracaso. El problema, más bien, es que nosotros no le podemos tramitar el permiso de trabajo. Ahora el que se mete en eso se vuelve sospechoso. Basta que aquí uno trate de conseguirle entrada a un tercerón para que piensen que está apoyando terroristas. Si ella consigue el salvoconducto, yo le doy el empleo.

—Pero una carta de que la necesitan aquí sí me la pueden dar, ¿o no? —dijo Jacobo.

—Tal vez eso sí, pero sin compromisos —aclaró Hoyos.

—Sin compromisos, no —saltó Pombo—. Hay que comprometerse con ella, si la vamos a contratar. Yo redacto la carta, y le aseguro que le daremos un sueldo decente, un trato adecuado y un tratamiento humano. Eso es lo que falta con los tercerones en este país. Cuando eran esclavos y nos pertenecían, estaban mucho mejor, y el país también, porque el pastor cuida con amor y dulzura de su grey.

—Pero de quién se trata, Jacobo. Cuéntenos algo más sobre su candidata.

—Se llama Virginia, pero le dicen Candela, y en los últimos meses yo la he convertido en mi guía de Tierra Caliente (como les dije, es de allá) para unos trabajitos periodísticos que me ha tocado hacer. También es mi peluquera, mi manicurista, mi, ustedes me entienden, yo de esas cosas no hablo, en fin, mi compañera de sábanas en una que otra ocasión. La madre de Virginia es o era empleada en el Sektor T, pero la vida allá abajo es tan dura que aun con madre empleada no se puede sobrevivir. Me la llevé a vivir a La Comedia porque me parecía que allá, por las estribaciones del Salto, se iba a perder, o la iban a matar, como a su hermano, como a varios amigos que tuvo, todos muertos. Es una historia triste. A ella misma ya la hirieron una vez. Si no la sacamos de allá, a pesar de todas sus cualidades, nunca podrá progresar. Ustedes saben... digo, no saben, pero se imaginan lo que es nacer tercerón. El cuarto de ella es diminuto, sin ducha, en el último piso del hotel, apenas con un sanitario compartido en el corredor. Lo paga ella, cuando puede, y si no puede se lo pago yo. No podría decir que es bonita, pero uno la ve y no puede dejar de mirarla; tiene algo raro, una asimetría en la mirada, ojos de dos colores, una blandura firme en el cuerpo, y camina con una gracia que parece que estuviera haciendo el amor con el aire... A ella no le enciman el desayuno, como a mí. Por la mañana se sienta en una esquina del hall. Cuando me oye salir del ascensor y entrar al comedor, asoma siempre la cabeza, rojísima, muestra sus dientes blancos, y yo la invito a desayunar. Conversamos. Después subimos al cuarto y ella se baña en mi ducha. Cuando sale desnuda, casi siempre, no podemos controlarnos y caemos sobre el colchón. Y no lo digo por hacer alarde. No sé exactamente lo que siento por ella (compasión, miedo, angustia, ganas), pero se ha convertido en mi mejor compañía, casi siempre. Últimamente, con un pequeño grupo, salimos los domingos a caminar.

Pombo y Hoyos, al oír la descripción de Virginia, fueron adquiriendo un aire soñador. En últimas quedó definido que Jacobo intentaría sacarle un salvoconducto de trabajo a la pelirroja y, si lo conseguía, Hoyos y Pombo le darían empleo de medio tiempo en El Carnero. Hablaron de sus negocios. Sin regateo alguno, Jacobo vendió por un buen precio las dos cajas. Con los bolsillos llenos, se fue a visitar a su hija y la llevó a comprar chucherías al Mall Cristalles. Después comieron algún asco oriental u occidental en la plazoleta de comidas rápidas, y esta vez no tuvieron discusiones sobre lo que se debe tener y comprar en esta vida. Le aclaró que aunque ella fuera tan rica como Bill Gates, a él no le gustaría nunca cambiar de carro. Luego, como por compensar, le compró todo lo que quiso:

ropa, juguetes, embelecos. Le daba rabia tenerla que conquistar con las mismas armas de Dorotea y su marido. A pesar del gasto con la hija, volvió a Tierra Templada con los bolsillos todavía medio llenos (y los vació en las manos de Jursich y Quiroz, como bonificación extra) y con el entusiasmo de conseguirle algo a su querida pelirroja, rescatada por él mismo, así creía, del infierno del Sektor C.

Cuando llegó al hotel subió directo al gallinero, y como le molestaba —porque sentía culpa— lo estrecho que era el rincón de Virginia, los olores del corredor y los chiflones de viento que se filtraban por el techo mal reparado, la invitó a bajar a su habitación. Le contó lo que había pasado con los dones libreros, y la empleada que buscaban. A ella la sola posibilidad la entusiasmó. Convinieron que juntarían los papeles para ir, cuando les dieran la cita, a M y M, la oficina de Movimiento y Migración, para pedir el salvoconducto. Jacobo la pensaba acompañar, a ver si por suerte les caía un funcionario conocido de él, que con seguridad se apiadaría. Era una apuesta de veinte a uno, pues solo caerían en esa ventanilla por azar. Además, a los tercerones no se les concedían salvoconductos temporales, a diferencia de los segundones, que al menos podían intentar conseguir un trabajo en F con un pase de horas. Había pocas posibilidades de que le dieran el permiso, casi nulas, pero más pierde la pava que el que le tira.

Llegaron, Virginia y Jacobo, ante la puerta de Movimiento y Migración, antes de las cinco de la mañana, pero ya la fila de solicitantes le daba casi la vuelta a la manzana. Pasaban vendedores de café, con sus termos plásticos manchados y sus vasitos transparentes cargados a la espalda. Los compradores amanecidos, con lagañas en los ojos y bostezos felinos, metían las uñas negras en las cajas de cartón para sacar los cubitos de azúcar después de pedir el café. De las bocas salía un vaho de vapor y del cielo caía una llovizna traicionera, que parecía no mojar, pero que al cabo de media hora había calado a todos los que no se cubrían con un plástico. Jacobo y Virginia, al poco rato, tenían el pelo y los hombros empapados, pues no se les había ocurrido traer paraguas, así que alquilaron un plástico ellos también.

Hicieron algunos cálculos y se dieron cuenta de que tendrían que comprar un puesto más adelante en la fila si querían entrar a la oficina ese mismo día. Adelante, los primeros puestos costaban treinta dólares; eran un poco menos caros más atrás. Jacobo compró un puesto de veintidós dólares. A las ocho empezaron a recoger las citas (eran autorizaciones para entrar) y a repartir las fichas con la numeración; eran de cartón usado, mejor dicho, sudado por huellas de muchos dedos, llovido por muchas lluvias, sobado por muchos nerviosismos, con un número consecutivo ya borroso que indicaba los turnos. Poco antes de las ocho la fila se fue animando, los taciturnos empezaron a hablar y los habladores se quedaron callados. Todos tenían grabada en la cara la marca indeleble de la pobreza, que salta más a la vista que un tatuaje en la nariz. El súbito movimiento y la humedad sobre los cuerpos y la ropa resaltaba los olores. Antes de hacerlos pasar por el detector de metales, se acercaron los guardianes uniformados con los perros y estos husmearon toda la fila en busca de explosivos. Un labrador amarillo con apariencia mansa le pasó a Virginia la nariz por la entrepierna. Ella intentó acariciarle la frente, pero un grito iracundo la detuvo: «¡No lo toque!». Después de la inspección, la fila fue avanzando lentamente. Al fin les dieron su ficha, la 164. Daban doscientos turnos cada día. Con la pausa de los funcionarios para el almuerzo, no pasarían a la ventanilla antes de las cuatro de la tarde, pero si no entraban ahora, ya no podrían entrar hasta el otro día, con otro turno, otro pago y otro madrugón, lo cual tampoco aseguraba que consiguieran uno de los primeros puestos.

En la sala de espera hay unas veinte o treinta sillas de plástico, alineadas en pocas filas. Los que se alcanzan a sentar se sientan y los demás se apeñuscan, de pie, por toda la sala y en los corredores, turnando la pierna de apoyo para descansar o recostando un hombro en la pared. Con el paso de los minutos empieza a hacer calor y el aire se enrarece. Huele mal, porque la pobreza y la suciedad son compañeras habituales. Casi todos los aspirantes son tercerones. La ropa de Virginia y de Jacobo también olía mal, sobre todo después de la llovizna del amanecer. Algunas personas tosen, otras se rascan, el aire y el ambiente se vuelven densos, pesados. Los funcionarios rugen detrás de los vidrios antibala, a través de micrófonos que distorsionan la voz. Parece que nadie nunca tuviera los documentos en regla, los papeles completos, parece que ninguno de los postulantes hiciera nada bien. Niegan los salvoconductos uno tras otro, sin importar que la gente llore, implore, grite. A veces entran guardias y sacan en andas a los que no se quieren resignar. Los tiran a la calle y les dan un bolillazo en el último pataleo, pa' que aprendan. Jacobo reconoce a su amigo en la ventanilla 17. No se miran ni se hacen el menor gesto de reconocimiento. Sería fatal si descubrieran que son conocidos. Jacobo sabe que él intentará llamarlos, pero es muy difícil hacer coincidir un número que el funcionario ni siquiera conoce. Jacobo intenta marcar ese número con los dedos, pero es difícil que el otro lo detecte desde lejos. Si los supervisores chinos o norteamericanos se dieran cuenta de algo irregular, podrían no solo despedir a su amigo, sino incluso meterlo en un pleito de infamia por alta traición.

La funcionaria más feroz es una rubia teñida, en la ventanilla 14; Jacobo le hace una estadística mental. De unas trece personas que ha atendido (es más de mediodía), le ha dado el salvoconducto a una sola: un joven de aspecto saludable, levemente más blanco que los demás, y quizá segundón. Casi todos en la sala de espera tienen bastante melanina en la piel.

—Estas moñas teñidas son las peores —le susurra Jacobo a Virginia—. Son racistas. Si vieras cómo es la cosa en Paradiso. Hay más rubias que en Noruega. Pero a lo mejor te convenga tu pelo irlandés.

Candela sonríe con sus dientes blanquísimos, en recreo.

—De todos modos, ojalá no me toque con la de la 14, porque con ella seguro que habrá un corto circuito. Ya nos hemos cruzado dos veces la mirada, y saltaron chispas. Esa no me dará nunca el maldito papel —confiesa Virginia al oído de Lince.

Tienen mala suerte. Cuando se ilumina el número de su ficha en una pantallita de bombillos rojos intermitentes, este se prende sobre la ventanilla de la rubia teñida, la 14. Se dirigen allí con los hombros caídos y entregan los papeles con gesto de desánimo, ya derrotados antes de la batalla. La rubia ruge:

—En esta carta los de esa librería no se hacen responsables de usted. Solo dice que le darían empleo, nada más. ¿Quién nos asegura que usted no va para cuestiones de sabotaje industrial?

—Yo solamente quiero trabajar.

—¿Y usted quién es?, ¿qué hace aquí? —grita, dirigiendo la mirada hacia los ojos de Lince.

—Un amigo.

—Aquí no se necesitan padrinos ni palancas ni amigos. Retírese de inmediato, por favor, si no quiere que llame al vigilante.

Jacobo vuelve cabizbajo, pálido, iracundo, al corredor. Todo pinta negro para Virginia. Desde lejos las oye discutir. Al fin Virginia abandona su sumisión y le empieza a contestar en el mismo tono de ella, desafiante.

—Tercerona vendida, perrita faldera de los ricos, perrita guardiana de los dones. Nos ladras a nosotros por protegerlos a ellos, pero un día también a ti te van a dar la espalda, segundona sin alma.

La rubia teñida se enfurece, hasta se pone de pie. Lanza gritos y gruñidos a través del micrófono. Lo último que se alcanza a oír por los altoparlantes es una amenaza.

—¡Insolente, podría hacerla detener por desacato e injuria a la autoridad! Lárguese. Su identidad va a quedar reseñada. ¡Ni se le ocurra volver por aquí!

Cuando Virginia llega hasta donde está Jacobo, tiene los ojos encharcados de rabia. Musita palabrotas que no alcanzan a brotar con todo el volumen, aunque no por eso dejan de tener intensidad. Cuando salen otra vez a la llovizna, Candela lanza un rugido de furia. «A veces me parece que entiendo a los que se hacen volar por el aire en las calles de los dones, con tal de no tener que soportarlos». Jacobo la toma por el brazo, luego le pasa la mano por el hombro y acaricia su cuello con un movimiento que quiere ser sedante. Caminan hacia el metro sin decir nada más.

Después de comer algo se encerraron en el cuarto a rumiar el rencor. Virginia parecía una fiera enjaulada en La Comedia. Se movía de un lado a otro por la suite de Jacobo, comiéndose a dentelladas un mango sin pelar y repasando todo lo que les había ocurrido esa mañana y esa tarde en la oficina de Movimento, con una furia antigua, animalesca. Jacobo, por calmarla, hacía planes vengativos sobre la forma en que ella podría colarse en Paradiso, por el hueco, o sobre cómo conseguir el dinero para comprar un salvoconducto (sabían de la existencia de funcionarios corruptos que los vendían por veinte o treinta mil dólares). Lince no quería decirle que él tenía manera de facilitarle esa plata, si ella quería, y para no decírselo resolvió por dentro que él haría la gestión por su cuenta, quizá a través de su conocido en M y M (aunque él no los vendía, pero tal vez conociera a alguien dispuesto a hacerlo). En esas estaban cuando Virginia miró por la ventana y vio a lo lejos una inmensa llamarada sobre una de las montañas de la ciudad, al occidente.

—¿Qué parte de la ciudad es esa, Jacobo? Parece que se está incendiando.

Jacobo se asomó y cuando abrió la ventana para ver mejor, entró un lejano olor a humo, a plástico quemado y a madera chamuscada.

—Si no estoy mal, esa es la colina de Versalles, el viejo basurero; cada año se incendia, sin falta —dijo Jacobo—. Pero mejor pongamos las noticias, porque me parece que esta vez las llamas están más grandes y debe de haber muertos.

En los canales locales de televisión estaban hablando de desfiles de modas y de goles. El presidente asistía al partido y los ministros al desfile.

250

Jacobo se orientó bien y no le quedaron dudas: era Versalles. Así le decían los angosteños, con su inclinación por el humor negro, a la colina que había dejado el viejo basurero de la ciudad, a la orilla del Turbio, en la única curva que quedaba de su paso lineal por el valle. Durante más de treinta años todos los desperdicios de Angosta habían sido arrojados allí, dentro de la U que dibujaba el meandro del río, hasta que se había formado una montaña de basura. Cuando el lote se saturó y los camiones ya no pudieron escalar la cuesta para arrojar su carga, el Municipio tuvo que cercar el terreno con alambre de púas, dejar que los gallinazos hicieran su trabajo durante años, hasta que al fin la colina, con el agua y el sol, se fue cubriendo de vegetación. Después los malos olores menguaron y el terreno pareció afirmarse. Entonces algunos desplazados por la guerra invadieron la parte baja de la colina y construyeron encima sus tugurios de cartón, de latas o de tablas. Los más avispados fueron parcelando pedazo por pedazo el terreno libre, loma arriba hasta la cumbre, y fueron escriturando poco a poco, con documentos hechizos, lotes ilegales para que los recién llegados erigieran sus casuchas. Así, encima del antiguo basurero nació un barrio: Versalles. Era un barrio sin servicios, por supuesto, pero también sin alma, con las tripas podridas y sin ninguna brizna de compasión humana.

Lo más grave de Versalles no era que el piso de la colina, muy inestable, se moviera, y que en la temporada de lluvias muchos tugurios se deslizaran cuesta abajo con la gente adentro, al tiempo que se abría el vientre de la montaña y se desenterraba la basura vieja, como vísceras en descomposición que traían una vez más de vuelta las nubes de gallinazos y las mareas de moscas. Lo peor era que de vez en cuando, por alguna ranura de la tierra, la digestión de la montaña soltaba pedos azufrados, terribles flatulencias pestilentes, y lo más peligroso, gas metano, inodoro, para el que bastaba la llama de una vela para prender un soplete de muerte y un incendio. A lo largo de los años varias veces Versalles se había incendiado, quemando a su paso tugurios, muebles, esterillas, colchones, niños encerrados (los adultos, cuando van a trabajar, suelen dejar amarrados a los niños dentro de los tugurios, para que no salgan a un sitio tan violento), pero al cabo del tiempo la última tragedia se olvidaba y otra vez los abusivos les vendían y escrituraban lotes a los desplazados, para ilusionarlos con una vivienda que no sería más que olores, plaga de mosquitos, llamaradas y muerte. El Municipio se hacía el desentendido, claro está, y como la cosa se repetía cada muchos o muy pocos meses, la noticia ya ni siquiera era digna de los noticieros.

Virginia, en todo caso, se alarmó, porque en Versalles se habían asentado unos primos suyos llegados hacía pocos meses en otra multitud vagabunda proveniente de la Costa. Por eso se despidió de Lince y salió despavorida para el Sektor C, a ver si podía hacer algo por sus parientes, llevarlos a la casa de su hermana, quizá, y para averiguar de una vez en Tierra Caliente si alguien sabía cómo conseguirle por vías subterráneas el maldito salvoconducto que necesitaba para trabajar en Tierra Fría. Desde la ventana, Jacobo la vio salir y desde la ventana miró el espectáculo conmovedor y hermoso (por lo distante) de Versalles ardiendo: una colina de fuego contra el horizonte, como un cuadro de El Bosco visto desde lejos. Una montaña de llamas azules y anaranjadas, una humareda que llenaba el cielo. La televisión, a sus espaldas, solo tenía ojos para las nalgas de las modelos (desfile de ropa interior, ojos voraces de ministros) y los goles del Boleta en el último triunfo del Independiente de Angosta, gran equipo, y gran lavandería de dólares de los mañosos y de los demás.

CUADERNO DE ANDRÉS ZULETA

Desde las espesuras del sueño oí que alguien llamaba a la puerta, con golpes insistentes, con afán. Eran más de las dos de la mañana y me desperté sobresaltado, con miedo de que vinieran a darme una mala noticia. Mientras me levantaba hice un repaso de posibilidades y no pude encontrar en mi cabeza una mala noticia personal: ¿la muerte de mis padres, de mi hermano? Sería un contratiempo, no una tragedia. Tal vez que había perdido el trabajo o que habían matado a un amigo, a una amiga, pero esas noticias no corren tanto casi nunca y suelen esperar hasta el otro día. Abrí casi irritado, sin curiosidad. En la puerta estaba Virginia con un papel en la mano. Se me tiró encima sin pedir permiso, cerró la puerta, me arrastró hasta la cama, me besó en la frente en el cuello en el pecho en la boca. Me iba desvistiendo y al mismo tiempo se reía, se reía, y agitaba el papel sobre mi cabeza diciendo:

«Lo conseguí, lo conseguí», y soltaba otra vez su carcajada.

«¿Conseguiste qué?».

«Pues el salvoconducto, bobo, un pase por un año para entrar en Paradiso».

«¿Lo conseguiste? ¿Y cómo? A lo mejor es falso».

«Es auténtico, es bueno. Tuve que ir hasta la porra, pero lo conseguí. Es que ustedes no entienden la Tierra Caliente. Allá se mueven muchas más cosas que en este purgatorio, en este limbo. Allá hay tanta gente, tanta, y tan distinta, que se mueve mucho más billete que aquí. No lo tienen todos, lo tienen muy poquitos, pero son más poderosos que cualquier don. Estuve donde el Putas. No vayas a creer que es fácil llegar hasta él. Pero él creció por la casa y era amigo de mi hermano. Cuando lo mataron estuvo en el entierro y me hizo una promesa. Me dijo: "Yo voy a hacerle un favor, pero uno solo. Piénselo bien, medítelo, y un día me lo pide. Se lo juro por la memoria de Élver. Élver era tan hermano mío como suyo, aunque después se me voltió. Vaya a la Boca y me lo pide, cuando quiera. Usté sabe que yo puedo. Lo que sea, que yo puedo". Desde esa promesa pasaron más de tres años. Pedirle algo a él era humillarme, y yo no le iba a pedir nada. Pero ahora me tragué el orgullo, y ya tenía miedo de que se le hubiera olvidado esa promesa. Se lo dije. Me dijo: "A mí nada se me olvida, Virgi, nada. ¿Ya sabe qué es lo que quiere?". Y yo le dije: "Sí". "A ver", me dijo él. Y yo: "Un salvoconducto, un permiso de trabajo en Paradiso, anual, de los que se pueden renovar por buena conducta". "Bueno", dijo, "venga pasado mañana por él". Y hoy volví. Me lo dio, pero me dijo que me emborrachara con él, para recordar a Élver entre los dos. Y estuvo hablando toda la noche de Élver, hasta hace un rato. Sus guardaespaldas me trajeron hasta acá en una mafioneta. En el camino me dijeron: "Usté es pendeja; el Putas a usted le hubiera dado mucho más. Le hubiera conseguido la residencia en F, si lo hubiera pedido: allá viven las hermanas de él, unos primos, las tías. Usté es boba, ¿no ve que el Putas se muere por usté?". Pero ese es un asunto concluido desde hace muchos años, desde hace más años que la muerte de Élver. Ese man a mí nunca me gustó. Él insistía, insistía, hasta me amenazaba. Se lo tuve que decir a Élver. Élver era el único en todo el barrio que lo frenteaba y le decía la verdad. Entonces ellos pelearon y nunca más se volvieron a hablar. A veces yo pensaba que a lo mejor el Putas lo había mandado matar. No sé, no creo. O sí, a veces sí. No soportaba que hubiera alguien en el barrio que le dijera la verdad. En todo caso me cobré la promesa, lo último que Élver me pudo dejar. Creo que él me entendería si supiera el motivo. Y el Putas me tiene respeto, sabe que para tocarme me tendría que matar, y él ya no quiere más cargos de conciencia conmigo. Ya los tiene, por haber matado a mi hermano, su mejor amigo de infancia. No me lo ha confesado, nunca, ni nunca lo va a confesar, porque eso no está en su manera de ser, demostrar ninguna debilidad, reconocer alguna equivocación. No puede. Y tal vez no lo mató él. Tal vez únicamente lo permitió. Porque por allá no se mueve una hoja sin que él lo sepa y nadie mata un perro sin su consentimiento. El Putas conoce cada ladrillo y cada pelo que se mueve en el barrio, y le basta una señita para cortar el pelo, para quebrar el ladrillo. Ni se diga para una cosa tan grave como matar a Élver, que era una persona a la que todo el barrio adoraba, por único, por distinto. Algún día te cuento la historia de Élver, pero hoy no; hoy estoy contenta. Les conseguí una pieza a unos primos que llegaron del pueblo no hace mucho, porque la casita se les quemó en el incendio del otro día en el morro de basura de Versalles. Además conseguí el salvoconducto. Fueron días muy buenos, productivos, y yo estoy feliz. Solo me falta una cosa que hace tiempos vengo pensando, desde el día que subimos al Ávila. Es lo único que me falta, en este momento, para que todo sea perfecto. Yo solamente quiero que me abraces y que nos quedemos toda la noche abrazados, y, si quieres, sí, si quieres, también más».

«¿Y Jacobo?», le pregunté.

«Jacobo está seco por dentro. Tiene tan seca el alma como la piel. A Jacobo no le importa ni esto ni todo lo demás. Ese es su encanto, pero también su límite. El Putas, el Marciano, cualquiera tiene más sentimientos que Jacobo, porque Jacobo se los secó aposta».

«¿Y tú?».

«¿Yo? Yo soy dura, más dura que nadie, pero hay una única cosa que me disuelve. Algo que creo que nunca me va a hacer daño. Alguien en quien confío desde aquí hasta el otro lado del mundo, alguien que es la única persona que me podría matar». Y en vez de usar el pronombre (vos, tú, usted), Candela me tocó el pecho con el índice. El dedo siguió su camino y me hizo una larga caricia sobre el pecho. Yo entendí, nítida, como en un alfabeto conocido, la frase de sus dedos.

Nos despertó la escoba de Carlota ya pasadas las ocho de la mañana. Por primera vez desde que estoy en H llegué tarde a mi trabajo. La señora Burgos no me dijo nada, no me regañó, pero se quedó mirándome, me siguió mirando, con esas miradas que son una pregunta que no se formula, que son un reproche que no se dice, y duelen más que todos los reproches. «Si supiera el motivo por el que llegué tarde, señora, no me miraría así». Eso hubiera querido decirle yo, pero hice mi trabajo en silencio, todo el día, sin hacer la pausa del almuerzo. Y por la tarde la señora Burgos me sonrió como siempre, sin molestarme, sin meterse en mi vida, porque ella parece que adivinara los pensamientos.

No sé cómo escribir lo más importante, y lo postergo, aunque sea evidente: ya no soy lo que era. Es raro, algo tan simple. Haber sido eso que la gente llama virgen durante veinticinco años, y ya no serlo un día después. No serlo y seguir igual. Me miro, miro la flor vencida, pienso en la fruta abierta y caigo en la absoluta hipnosis de la memoria, cuando el recuerdo no pasa por la mente sino por las manos. Ah, no sé cómo escribirlo. Me gustaría contarlo para revivirlo en mi cabeza una vez más mientras lo copio. En realidad no he hecho otra cosa que recordarlo, pero escribir es más difícil que recordar: hay que traducir las imágenes y las sensaciones y los pensamientos en palabras, y no siempre existen las palabras.

No soy capaz. En todo caso esas partes, mi parte y la suya, esas partes que se unieron y se mezclaron, siguen iguales; solo tienen conciencia de que ya conocen algo más. Odio las palabras explícitas que tendría que decir para escribirlo: esta excrecencia en la mitad de mi cuerpo, por ejemplo, que tiene un nombre que no digo, que se endurece solo cuando quiere, se introdujo por una flor carnívora (no sé cómo llamarla, su nombre no lo nombro en vano, solo a ella se lo digo) en la mitad del cuerpo de Virginia. Flor caprichosa, también, pues se humedece cuando le parece (me debo perdonar esta bendita rima). Así es como funciona, supongo, aunque funcionar no es un verbo que me guste porque no somos máquinas (¿o sí?). Amo a Virginia (pero odio el verbo amar). Nos unimos por ahí, en resumen, eso fue todo, y le besé la cicatriz hasta que me cansé, agradeciéndole al destino que Candela no se hubiera muerto antes de conocerla, que el alma no se le hubiera colado por esa herida, donde quedó la marca. Siento que la vida vale la pena por esto. No es lo mismo que con la mano, aunque, claro, es lo que más se le parece. Lo raro es que no puedo pensar en otra vez y otra vez, como un adicto, un morfinómano, aunque uno no pueda quedarse mucho tiempo en la cumbre, como en el Himalaya, por falta de fuerzas. Que ella vuelva esta noche y me muestre su flor, eso es lo que quiero, y por la mañana, y por la tarde. Es como una fiebre. ¿Por qué habré esperado tanto tiempo para conocer esta sensación? Entiendo mejor al señor Lince y su desafuero por conseguir una y otra vez lo mismo. Pero para mí no sería lo mismo con cualquiera. Lo quiero hacer con ella, con ella y con ella, con Virginia, con ese fuego vivo, con su mirada doble, contradictoria y única, solamente con ella, la que amo, aunque odie profundamente el verbo amar, tan manoseado que ya quien lo escriba queda como un imbécil.

Vinieron unas pocas semanas en las que Candela y Andrés se levantaban al mismo tiempo, se bañaban a la misma hora, salían juntos a coger el metro, se tomaban un café con un buñuelo o un pandeyuca en el camino hacia la estación Central, iban codo a codo en el tren, apeñuscados entre la multitud de la hora pico, y solo se separaban en las filas del Check Point, donde los hombres y las mujeres debían dividirse para las requisas de seguridad reglamentarias antes de entrar en Paradiso. Cuando las máquinas estaban funcionando, el proceso de entrada era relativamente expedito y volvían a verse en los corredores de Sol, antes de salir a la superficie en la Plaza de la Libertad. Al ver otra vez la luz del día se colgaban del cuello el distintivo que los identificaba como TS (trabajadores solidarios, aunque ellos, y todo el mundo, sabían que en el fondo la T y la S querían decir que eran o bien terceros o si mucho segundones). Caminaban juntos por la Avenida Bajo los Sauces y Andrés la acompañaba a pie hasta El Carnero. A veces se veían para el almuerzo (un sánduche y un jugo), y casi siempre se encontraban otra vez para bajar juntos a T, al final de la tarde.

El trabajo de la pelirroja en la librería de Hoyos y Pombo era solo de medio tiempo, pero ella se quedaba casi siempre hasta las seis. Sacudía los libros, barría el piso, hacía café, contestaba el teléfono y a veces reemplazaba a los dueños cuando los dos salían, sobre todo a la hora del almuerzo. De no ser por el carnet reglamentario (con la foto, el grupo sanguíneo, la dirección de residencia, la fecha de vencimiento y la anotación «No puede pernoctar») ya no sería posible distinguirla, físicamente, de ningún residente en Paradiso, y de hecho, mientras estaba en la librería, los dueños (que no estaban de acuerdo con la política de carnetización a la vista) le solicitaban que no llevara el distintivo visible porque los ofendía, ya que ella no era «una vaca en una exposición», como decía Pombo al denigrar de las escarapelas. Por eso mismo algunas tardes Virginia, al salir del trabajo, cuando sus jefes volvían del almuerzo después del mediodía, tampoco volvía a ponerse el odioso distintivo, o se lo quitaba al salir, lo guardaba en el bolsillo y se iba a caminar por las calles de Paradiso como una doña más. Corría un grave riesgo al no llevar la escarapela en sitios públicos, pues si la policía llegaba a detectarla no solo perdería el salvoconducto de por vida, sino que podría ser sometida a un juicio penal que seguramente le daría algunos meses, si no años, de cárcel. Pero le gustaba correr ese riesgo, lanzar el desafío, y experimentar la sensación rara de ser una doña con todos los derechos, con todos los respetos, con todos los piropos irreverentes o las lascivas ojeadas o las miradas respetuosas que nunca le lanzaban los dones cuando llevaba el carnet a la vista.

Como Jacobo no solamente había conseguido pulirle la dicción, sino que también la surtía con vestidos y zapatos que Dorotea descartaba cada dos o tres meses de su inmenso vestier, su atuendo era un disfraz impecable, un uniforme perfecto de doñita joven de Paradiso. Como tenía buen oído y el mismo Jacobo le había dado un curso intensivo de Inglés básico, era capaz de imitar las inflexiones y los tics verbales típicos de Tierra Fría, *you know*. Ser doña por unas horas cada día no era tan difícil, y Virginia experimentaba también algo más nuevo para ella: el odio o el respeto en las miradas de sus congéneres de T y de C, la actitud humilde, servicial y envidiosa de los arribistas, o el gesto inamistoso y desconfiado de los resentidos. Un día, mientras caminaba tranquila por la Zona Rosa fingiéndose una doña que va de compras, notó que un hombre joven, con el uniforme anaranjado de los basuriegos, se la quedaba mirando fijamente, sin sumisión y sin resentimiento.

Los «basuriegos de anaranjado», ese era su título, eran tercerones a quienes se les permitía escoger material reciclable en las basuras de Paradiso. Subían desde lo más hondo de Tierra

Caliente, apeñuscados en camiones, de madrugada, sin tener que pasar por el Check Point (eran requisados en retenes militares), pues en realidad no contaban con el salvoconducto reglamentario, sino que tenían un permiso especial para ejercer el oficio. Al llegar, todos los días, les entregaban unos carritos con tres tipos de bolsa (verde para el plástico, blanca para el vidrio, roja para el papel), y podían estar en Paradiso hasta las cinco de la tarde, recogiendo y escogiendo basura por las calles de la ciudad de arriba. Al final del día llevaban el fruto de su sudor a unos grandes depósitos cerca del mercado central, volvían a subirse en los camiones y bajaban de nuevo a Boca del Infierno, donde vivían. No tenían sueldo sino que funcionaban como cooperativa. Por la tarde les pesaban cada una de las bolsas que habían recogido, y al final del mes les pagaban en bonos alimentarios (que podían usarse en grandes tiendas de T o C) según el número de kilos reunidos en esos treinta días.

Virginia sintió los ojos fijos del basuriego que la miraban desde ese uniforme de un color tan parecido al de su pelo. Había dejado de tirar botellas vacías en su bolsa blanca (estaba al frente de un bar), y la miraba entre maravillado e incrédulo. Después de unos segundos, el cerebro de Virginia también hizo clic en un sector del reconocimiento de rostros. Era un muchacho del barrio que a veces iba a la cantina de su hermana a bailar y a fumarse un baretico de marihuana. Nunca ninguna doña hablaba con un basuriego, nunca ningún basuriego miraba a una doña, pero este basuriego y esta doña se conocían. Virginia caminó hacia él:

—Freddy, qué más, hermano.

—¿Virginia, la hermana de Alina, o estoy viendo visiones?

—Ajá, Virginia, la hermana de Alina.

—¿Y esa pinta? ¿Se casó con un rico o qué?

—Disfrazada.

—No estará metida con los de Jamás, espero.

—No, es otra cosa. Trabajo aquí y por la tarde me quito la escarapela.

259

—Se jode si la pillan. Y es mejor que no hable conmigo. Es la primera doña que me habla en los ocho meses que llevo trabajando aquí.

—Trabajo en el Callejón de los Tres Gatos, librería El Carnero. Pase un día por la mañana. Le doy café y le doy papel para que llene dos bolsas de las rojas en un ratico. Vaya, no me falle.

—Mañana mismo voy, tranquila. Y tenga mucho cuidado, que esto por aquí está lleno de tiras. Ese de gafas negras de la esquina, el que nos está mirando, es tira.

Virginia siguió andando como si tal cosa. Al pasar frente al tipo de las gafas negras, este le preguntó:

—¿La estaban molestando, señorita?

—*Not at all* —le respondió ella, altiva, como Jacobo le había enseñado que se portara allá, sin siquiera dedicarle una mirada al policía vestido de civil.

Al otro día Freddy, el basuriego, se paseó varias veces frente a la casa de El Carnero, sin atreverse a timbrar, fingiendo que escogía pedazos de plástico en una caneca de basura. No tenían permitido tocar o pedir material en ningún establecimiento de Paradiso. Hoyos fue el primero en notarlo, por la ventana:

—Hay un basuriego anaranjado que lleva más de media hora rondando por aquí, y no recoge nada. Debe de ser un terrorista.

Virginia corrió a la ventana.

—No, doctor Hoyos, perdone, es un amigo mío. Lo vi ayer por la calle y le prometí que le regalaría las revistas y los libros deteriorados que decidimos tirar a la basura. No se preocupe por él, es un buen tipo. ¿Puedo?

Hoyos levantó los hombros y Virginia salió a la puerta. Le hizo señas a Freddy, que se acercó mirando hacia los lados, con miedo de que alguien pudiera detectarlo. Virginia lo hizo pasar y le ofreció un taburete. Hoyos asomó la cabeza desde arriba, miró un momento con desconfianza y volvió a su oficina. Virginia le llevó a Freddy una taza de café con leche y le mostró las cajas de libros despedazados que había en el garaje. Freddy acercó su carretilla y llenó en poco tiempo las tres bolsas rojas que llevaba. Había mucho más papel y prometió volver al otro día.

Hoyos estuvo debatiendo consigo mismo si era necesario contarle a Pombo, su socio, esa anomalía. El Gobierno no había sido muy claro al declarar cuál era la conducta correcta con los basuriegos, así que resolvió llamar a la Oficina de Movimiento. ¿Estaba permitido llamar a un basuriego anaranjado y darle desechos descartados (papel o vidrio, por ejemplo) para que se los llevara? En la Oficina de M y M le dijeron que estaba permitido como situación ocasional, pero ojalá nunca al mismo individuo, de modo que no se estableciera ningún tipo de nexo personal con ningún basuriego. Por lo demás, desde la introducción de este tipo de figura de trabajador foráneo, las calles de Paradiso lucían más limpias, pero el Gobierno evaluaba si era conveniente seguir corriendo el riesgo de que a través de los basuriegos pudieran infiltrarse terroristas, si bien este personal se escogía siguiendo parámetros rigurosos de seguridad. Hoyos dio las gracias y al otro día le dijo a Virginia que podía regalar el papel a los basuriegos, siempre y cuando no fuera al mismo, y que en adelante no los hiciera entrar a la librería, y mucho menos les ofreciera tinto.

Más tarde, cuando Freddy se presentó a la puerta de El Carnero, Virginia le dijo que se fuera, de afán, y que más bien se encontraran esa misma tarde en la Zona Rosa, frente al bar de la primera vez, para explicarle. Lo esperó con la escarapela puesta para no correr riesgos, en el mismo sitio del primer encuentro. No podía regalarle basura siempre a la misma persona, pero él podía hablar con cuatro o cinco compañeros para que cada semana fuera uno distinto. Para él, dijo Virginia, reservaría el mejor lote, el de papel de más peso, y así decidieron que lo seguirían haciendo.

Una semana antes de que Beatriz saliera para Boston, la esposa del senador Potrero, la dulce Ofelia Frías, le organizó a su hija una fiesta de despedida. Beatriz quiso que la fiesta no fuera en la mansión de Paradiso, sino en La Oculta, la antigua hacienda familiar de Tierra Caliente. Allá era posible que fueran a dormir algunos invitados, aunque fueran de abajo, y exigió que en la lista estuvieran, además de unos pocos amigos y amigas de Paradiso, también su profesor de Inglés, Jacobo, y un pequeño grupo de segundones amigos de él, los caminantes, que ella quería conocer. Al menos para ir a la hacienda en Tierra Caliente no se necesitaba salvoconducto; bastaba la invitación del senador, y no irse por la autopista de los dones sino por la carretera nacional que atravesaba las plantaciones de caña, cruzaba las minas viejas y atravesaba el Bredunco por el paso de los pobres, más allá de Bolombolo.

La Oculta, mil doscientas cuadras de la tierra más fértil, más de mil cabezas de ganado de ceba, sembrados de tomate, sorgo, caña de azúcar, plantaciones de café, cacao y maíz en las tierras más altas, era un pequeño feudo sin problemas de seguridad, pues la tierra estaba vigilada veinticuatro horas al día por un grupo paramilitar de unos treinta hombres a quienes les decían los Sinfónicos. Lo de ellos no era la armonía, sino la percusión, por el traqueteo de las ametralladoras y quizá por el ruido de las motos en que se movían de un lado a otro, por todo el perímetro de la hacienda, siempre comunicados a través de radios, celulares y walkie-talkies. Esta no era la única hacienda del senador Potrero, pero sí la más querida, porque la había heredado de su padre, y su padre de su abuelo, y el abuelo de su bisabuelo, y el bisabuelo se la había comprado barata al cacique borracho y corrupto de un resguardo de indios aburraes que la vendió sin la autorización del cabildo, o con una autorización falsa, algo así, según la leyenda que se contaba con más orgullo que vergüenza en la familia.

La casona vieja de la hacienda, una construcción de dos pisos con paredes de tapia y techo en cañabrava, pintada abajo de rojo sangre y arriba de cal viva, pisos en tablones de madera noble (cedro, comino crespo, guayacán), balcones con varillas de macana, fogón y horno de leña, había sido construida a finales del XIX, pero ahora se usaba como dormitorio de jornaleros en las dos temporadas de cosecha de café, y se conservaba solamente como una curiosidad de otras épocas menos opulentas. La vieja edificación quedaba en la parte más alta de la finca, para alejarla del horno de las tierras bajas, de espaldas al poniente, y expuesta a las benéficas brisas de la tarde.

En una hondonada, a unos doscientos metros de la casa vieja, se había edificado, hacía unos quince años, la nueva mayoría de la hacienda, que para distinguirla de la antigua era llamada Casablanca. Se trataba de una inmensa construcción de paredes blanqueadas, de techos muy altos, amplias terrazas, largos corredores embaldosados con piedra verde pulida, que se abría por sus cuatro costados hacia los cuatro paisajes de la finca: el Bredunco hacia el sur, con su andar majestuoso y amarillo, los farallones del Chocó al occidente por la parte trasera de la casa, puntudos como pirámides y opulentos como senos de mujer encinta, las peñas hacia el norte, afiladas y duras, y las vegas verdes y fértiles, a la orilla del río Cartama, un afluente del Bredunco, hacia el oriente. Desde la altura de la casa, hacia este último punto cardinal, se dominaba, a lo lejos, casi toda la tierra de la hacienda, empezando por los sembrados intensivos en las vegas del Cartama (naranjas, tomates, mandarinas, pomelos), hasta las dehesas innumerables, con linderos marcados por alambradas eléctricas que se apoyaban en un cerco vivo de matarratón, el cual, varias veces al año, florecía de un color morado pálido, casi lila. En esos potreros pastaban novillos gordos, de raza brahma, y unas cuantas yeguadas de paso fino colombiano. A un costado de la casa vieja, la del bisabuelo, estaba el beneficiadero de café y de cacao, atravesado por una gran corriente de agua cristalina que bajaba de la cordillera. El beneficiadero, de varios pisos, tenía amplias terrazas que sobresalían al sol para el secado del grano y graneros donde se acumulaban montañas de café sin tostar, seco, del color de la paja. La misma corriente con que se lavaba el café maduro recién cogido alimentaba un gran lago artificial que se extendía, oscuro y ominoso, hacia el costado norte de la casa, en cuya superficie se reflejaban las peñas del borde del altiplano, amenazantes y filudas como premoniciones de cataclismo. Había canoas de colores para remar por el lago, pero su fondo oscuro y fangoso era muy temido por las innumerables historias de ahogados, buenos nadadores que nunca habían vuelto a salir de allí después de la primera zambullida, o malos nadadores nadaístas que se tiraban al agua con una piedra y un costalado de versos amarrados al cuello.

Desde el segundo piso de la casa nueva, al otro lado del lago, podía dominarse un amplio huerto de árboles frutales, guanábanos, mangos, limoneros, ciruelos, guayabos, salpicado de ceibos centenarios y bordeado de esbeltísimas palmas reales y grandes árboles de sombra como búcaros, cámbulos, robles, madroños, pomos, gualandayes y castaños. Por el tronco de un inmenso mamoncillo trepaba una enredadera lasciva como una muchacha. Había senderos en piedra que serpenteaban por la arboleda y que iban y venían entre luces y sombras hacia la zona social de la casa, un gran espacio abierto de techos altísimos con un precioso trabajo artesanal en cañabrava. Los techos se alejaban formando radios desde la piscina ovalada, que en vez de baldosines tenía en el fondo un polvillo blanco de arrecifes coralinos traído de las islas de San Bernardo.

La fiesta sería de sábado a lunes, pero la familia Potrero y algunos invitados de Paradiso llegaron desde el viernes en tres viajes sucesivos del helicóptero del senador. Gastón, que además de guardaespaldas personal de Potrero se desempeñaba también como piloto del helicóptero, hizo los tres viajes, y con él llegaron, en la primera tanda, la dulce madre, Ofelia Frías, con Beatriz y su mejor amiga, Martola, más un pequeño batallón de personas del servicio, cocineras, camareros y empleadas. En el segundo viaje llegaron Lili Toro con su esposo, un médico de origen italiano con cara de galán de telenovela, y Lina Gutiérrez con su marido, un alto ejecutivo del Banco del Comercio, ambas parejas con su colección de niños despejados y niñas bonitas, entre tres y doce años, todos como de aviso publicitario con perro labrador y familia feliz. Después, y por último, casi al anochecer, el senador Potrero con su secretaria privada, una gafufa anoréxica e hiperactiva que sin detenerse un minuto le contestaba sus tres celulares, enviaba fax y recibía e-mails en la oficina de la finca, con un lápiz de carpintero engarzado en la oreja y las uñas comidas hasta la raíz debido a los gritos del senador y la tensión nerviosa.

Beatriz, desde el viernes, preparó un cuarto de emergencia (ella siempre buscaba un refugio alejado de sus padres) en el desván del viejo beneficiadero, un largo entablado bajo el techo situado encima del cuarto de los avíos. Si quería acostarse con Jacobo, y seguramente querría, tenía que ir preparando un refugio digno y alejado. No sería fácil escaparse de la vigilancia de sus padres y de sus invitados de Tierra Fría, pero se le había metido en la cabeza que su despedida debería incluir una última revolcada despaciosa con el tibio amante de abajo con el que tanto gozaba los martes por la tarde. Sobre una cama de café seco puso algunas sábanas y montones de almohadas, además de una pequeña lámpara de pilas y botellitas de agua. Si lograba fugarse con Jacobo en cualquier momento del día o de la noche, ya tenía donde esconderse con él.

Los invitados de T llegaron el sábado hacia el mediodía, acalorados y sudorosos, en el carrito destartalado de Jacobo, después de un viaje de más de tres horas, con pinchazo y cambio de agua al radiador recalentado, por la carretera nacional. Con Lince venían el profesor Dan, hosco y silencioso, de mirada evasiva, rojo como un tomate por el sofoco del sol, atraído por la perspectiva de subir a las nubes en largas caminatas; Virginia, animada y feliz con la aventura, llena de curiosidad por todas las cosas, más sonriente que nunca, asombrada pero no amedrentada ante tanta maravilla, y Andrés, tímido y soñador, ojos inmensos, con una sonrisa de lela lejanía fija sobre los labios, y con la duda de si en esa mansión encontraría sitio para verse a solas con Virginia, como soñaba, pero como temía que no podría hacer. En el carrito de Lince habían viajado atrás, y los muslos se habían tocado todo el viaje, las manos se habían rozado, los alientos se habían mezclado en el aire cercano, pero por respeto a Jacobo no habían pasado a más. Llevaba su cuaderno de apuntes bajo el brazo y una muda de ropa en una bolsa de supermercado.

La dulce Ofelia Frías fue más cálida que nunca al recibirlos y trataba incluso con excesiva deferencia a los recién llegados, como suele suceder cuando alguien tiene una ineludible sensación de superioridad que quiere a toda costa disimular. El ambiente estaba aún más relajado y cordial porque esa mañana el senador Potrero había tenido que regresar de urgencia a Paradiso en el helicóptero, citado por el Gobierno, y tanto su ausencia como la de Gastón y la de la secretaria hiperactiva hacían que todo, a pesar de los lujos, resultara más familiar y más sereno. Cuando el carro de Lince se acercaba a la hacienda por el camino destapado, dejando una estela de humo y polvo detrás, en una de las muchas portadas de la hacienda, una avanzada de los Sinfónicos los había parado, pero como tenían a mano la lista de los invitados, después de hacerlos identificar los habían dejado seguir hasta Casablanca sin siquiera requisarlos. Mientras verificaban las identidades de cada uno, Jacobo miraba las armas que llevaban, de gran calibre y largo alcance, fusiles automáticos, metralletas, pistolas.

Almorzaron en una gran mesa rectangular frente a la piscina. Al principio sirvieron vino blanco, muy helado, en esos frascos barrigones de boca ancha típicos de Italia, y después una gran paella de carnes y mariscos, todo mezclado y humedecido con litros y más litros de sangría. El trago y la cantidad de comida, el color del azafrán y el aroma de las viandas hicieron que el almuerzo fuera largo y muy animado. Duró hasta bien entrada la tarde, pero antes de la caída del sol se organizó una caminada loma arriba, hacia los farallones de occidente, para ayudar a la digestión, y el grupo avanzó cantando, charlando, recitando, con algunas parejas tomadas de la mano y otras —Jacobo y Beatriz, Virginia y Andrés— que también habrían querido tomarse de la mano y detenerse tal vez detrás de un árbol o de un peñasco para recuperar el aliento agitado con una sesión de besos apretados. No podían hacer ni lo uno ni lo otro, Beatriz porque sus amigas no entenderían que ella se metiera con un señor maduro de Tierra Templada, y los segundos porque no sabían cómo podía reaccionar Jacobo, que protegía a Virginia en el hotel y de algún modo se sentía dueño de ella. Regresaron a Casablanca cuando la noche ya había caído. Tomaron primero refrescos, jugos, y más tarde tragos fuertes: ron, vodka, whisky, aguardiente. Comieron solo quesos, frescos y curados, con pan y arepas recién asadas. A la hora del sueño las parejas legítimas se fueron a sus cuartos, tal vez a dedicarse sin muchos ímpetus a sus amores bendecidos, mientras Beatriz intentaba alargar la noche a ver si con la ayuda de la oscuridad podía fugarse con Jacobo, y Andrés buscaba en su cabeza algún pretexto para salir de noche a dar una caminada por la arboleda llena de cocuyos. Al amparo de la oscuridad, las piernas se juntaban como por accidente y los ojos emitían señales que solo el otro entendía, pero ninguna de las dos parejas hallaba la ocasión para fugarse.

El profesor Dan y la señora Frías seguían conversando, frente a la piscina, si bien entre ellos la mutua simpatía que el alcohol les había hecho sentir no los llevaba hasta el punto de desear un mismo cuarto y una sola cama, como querían los otros. A eso de la una se despidieron, pero la madre verificó hacia dónde caminaba su hija, y llevó a la pelirroja hasta su cuarto, mientras Jacobo y Andrés tenían que compartir lo que menos deseaban compartir: una misma habitación donde ambos sentían que el otro era su propio vigilante.

También el domingo fue un día bueno, aunque con el mismo defecto del anterior. Hubo un largo rato libre para la lectura después del desayuno (un best seller norteamericano, la dulce Ofelia Frías; Beatriz, una guía ilustrada de Massachusetts; poemas de amor españoles, leídos en voz baja por Andrés Zuleta para Virginia; el profesor Dan se hundió en una geografía de los caminos de Angosta, por don Manuel Uribe Ángel, y Jacobo en una novela de Javier Marías, con un protagonista que llevaba su mismo nombre, en largos y voluptuosos párrafos en los que todo se analizaba hasta el cansancio y nunca sucedía nada). Los invitados de Paradiso habían salido temprano a montar en bicicleta por los caminos de herradura, y los niños de revista se bañaban en la piscina, o los más grandecitos remaban en el lago, supervisados por un peón salvavidas. Hacia las tres sirvieron otro almuerzo monumental, esta vez la bandeja típica de Angosta, con frisoles hechos a fuego muy lento, en leña y olla de barro, desde la víspera, con chicharrones de once patas cada uno, con patacones de plátano verde, anchos y brillantes como grandes monedas de oro, acompañados con guacamole o con hogao —un refrito de tomate y cebolla junca—, más arroz blanco, huevos fritos, carne en polvo, cuadritos de plátano maduro, ensalada de repollo picado con tomate y cebolla, chorizos, morcillas y arepas, todo mojado con la mejor cerveza de Angosta, espumosa y amarguita (como la vida), una premium de las cordilleras que solamente salía al comercio en diciembre pero de la que el senador Potrero, por su condición, podía disponer durante todo el año. También los postres fueron típicos: cuajada con melao, postre de natas, dulce cortado y arequipe, acompañados con postreras, es decir, leche ordeñada directamente en los vasos, esa misma mañana, con la crema íntegra flotando en el borde y el leve sabor a hierba fresca, a flores silvestres, todo rematado al final con café negro del lugar, tostado y molido en la misma finca pocas horas antes.

—Ustedes no viven mal —dijo Andrés por la tarde, sin asomo de ironía o de resentimiento—. No sé por qué no son más felices si tienen casi acaparada la felicidad. Tampoco sé por qué no nos enseñan o nos ayudan a todos a vivir así. No se necesitan casas tan imposibles como esta. Pero la vista y la tierra alcanzaría para todos. Cuando veníamos hacia acá, antes de llegar a la primera portada, había muchas casitas al borde de la carretera. Si se les pudiera dar siquiera una o dos cuadras a cada una...

—Ese fue el sueño de muchos, que todo esto alcanzara para todos; era todavía el sueño de algunos cuando yo llegué a Angosta —dijo el profesor Dan—. Después algo se rompió aquí y todo se fue al carajo.

—Los que vivían así, como vive Beatriz, tuvieron miedo de no poder seguir haciéndolo, creo yo —dijo Jacobo—. Y en su miopía (tenían terror de que los envidiaran) se dedicaron no a mejorar las cosas, sino a matar a todo aquel que, en apariencia, estuviera amenazando sus privilegios, o queriendo tenerlos sin ser de las familias fundadoras.

—Después le preguntamos a mi papá, pero según él Angosta se jodió cuando vino la moda del comunismo. Él dice que todo este despelote fue culpa de la guerrilla y de los comunistas —comentó Beatriz con una sonrisa indefinible, entre sincera e irónica.

—Lo mismo piensan en mi casa, y eso que no son ricos ni senadores —dijo Andrés—. Mi hermano, que es capitán, piensa exactamente lo mismo, y de hecho se dedica, si no estoy mal, a exterminar a los comunistas por orden del Gobierno. En cambio el doctor Burgos, donde yo trabajo, dice algo distinto: él piensa que el trópico es tan rico que la abundancia alcanzaría para todos. Pero la situación está cada vez peor desde que se impuso la política de Apartamiento, y la rabia y la desesperación de abajo alimentan el miedo y la crueldad de arriba. Se vive para el odio y el terror, nada más. Los de abajo se sienten de otra especie, de otro país, y odian visceralmente a los de arriba; y los de arriba sienten ese odio, y lo temen, y lo combaten con una furia histérica que no sirve de nada, o sirve solamente para que el odio llegue cada vez más lejos, hasta el absurdo terrorismo de ahora. Pero él opina que el Apartamiento se debe, en últimas, a la cantidad de desplazados del campo; y los del campo se desplazaron porque no tenían tierra ni protección contra la guerra.

—Odio hablar de política —dijo la señora Ofelia, con un dulce gesto—. Prefiero dejarle ese tema a mi marido. Estas cosas siempre terminan en pelea, y se daña el ambiente. —También los amigos de Beatriz que venían de F hicieron lo posible por llevar la conversación hacia otro lado.

Por la tarde, cuando la mayoría de los invitados hacían su caminada del ocaso, vieron pasar muy bajo, casi rasante, el helicóptero del senador Potrero, y alcanzaron a ver un brazo que se agitaba en señal de saludo desde la ventanilla. Cuando volvieron a la casa el ambiente ya era otro, tenso, y esto se notaba hasta en la cara de la dulce Ofelia Frías, ahora amarga. El senador se metía entre pecho y espalda, rápido, uno tras otro, vasitos de aguardiente, y la voz la tenía ya alterada, sucia; se dirigía a su esposa de mala manera, exigiéndole que le sirviera otro trago, carajo, que le quitara los zapatos y le trajera las pantuflas, que les ordenara a las muchachas que trajeran rapidito la fritanga. Entre una orden y otra, quería hablar él solo, y más que hablar pontificaba. Su guardaespaldas y piloto, apostado en una esquina con otros dos sujetos malencarados, asentía siempre, con cara de querer matar a todo aquel que se atreviera a contradecir a su patrón. En realidad nadie le hablaba, ni siquiera para darle o quitarle la razón, sino que lo dejaban discurrir, como si fuera un aparato de radio que nadie sabe cómo se apaga.

Sin embargo, al cabo de un rato, el senador mencionó algo sobre la violencia en Angosta, y Beatriz se animó a preguntarle en qué momento se había jodido todo y por qué. El senador echó entonces su retahíla contra la guerrilla, los terroristas y la izquierda, prometiendo que cuando la derrotaran definitivamente —y habría que exterminarlos como a la maleza— las cosas se iban a componer y hasta sería posible abrirles las puertas de Tierra Fría, no digamos a los calentanos, pero al menos sí a los tibios como ellos. Su mirada recorría, triunfal, los rostros de los invitados de su hija, y se veía que estaba orgulloso de su tono demagógico, de campaña política, que esperaba un aplauso, sin tener siquiera veniales de la *gaffe* que cometía en ese mismo instante con Virginia, que lo miraba como desde lejos, indiferente o tal vez acostumbrada a este tipo de comentarios. En vez de oírlo, decidió concentrarse más bien en las manos de Andrés y en la esperanza de una noche de amor con él, al fin, escondidos en algún rincón de este sitio cálido y bonito, lejos de todos los ruidos y violencias de Angosta. Andrés no quería prestarle atención a las teorías del senador Potrero pues había visto que no había ni una rendija por donde pudiera meter en la conversación el tema de los miles de casitas sin tierra que rodeaban su hacienda. Al fin el senador, entre efluvios de alcohol, bravuconadas políticas y pedazos de cerdo frito, se quedó dormido.

Entre los tres guardaespaldas lo llevaron al cuarto y lo acostaron. Estos, después de cumplir su deber, no se retiraron, como si tuvieran que vigilar a los que habían venido desde T en el carro. Los miraban con desconfianza, y sobre todo Gastón perseguía con la mirada todo movimiento de Jacobo y de la hija de su jefe. Nunca le había gustado esa intimidad sin la necesaria distancia entre personas de tan distinta condición. Había celos y odio en esa vigilancia, pues no existía acertijo más incomprensible para él que esa muchacha perfecta, con los mejores atributos, que insistía en tener trato con las personas que él había aprendido a despreciar como una categoría inferior con la que se podía ser hasta cierto punto indiferente, pero nunca cercano ni familiar. Él mismo era un segundón que había dedicado su vida a subir, por cualquier método, y no entendía que alguien de arriba se obstinara en bajar, en intentar coser, anudar o remendar una cuerda que las personas como su patrón habían decidido cortar definitivamente.

Cuando los invitados se fueron retirando hacia sus cuartos, Gastón, desde la misma esquina, espiaba los movimientos de Beatriz y Jacobo. Andrés y Virginia, al fin, habían anunciado que iban a la arboleda a cazar luciérnagas y mirar estrellas. Beatriz, en voz baja, le había dicho a Jacobo que quería mostrarle el beneficiadero de café, que de noche tenía una luz y un ambiente incluso más ameno que de día. Beatriz le dijo a su madre que iba a mostrarle algo al señor Lince, en la casa vieja, y que al rato volverían. La madre asintió, al parecer sin sospechar nada, pero Gastón salió detrás de ellos, pisándoles los talones, iluminando sus pasos con el chorro de luz de una linterna.

—Señorita —dijo, con la voz gangosa por la ira cuando casi llegaban a la casa vieja—, es más seguro que usted vaya y se meta en el cuarto. Fuera de la casa principal no le podemos garantizar la vigilancia.

—Ayer nadie me vigiló y no pasó nada. Yo no me meto en lo que usted hace con sus armas, Gastón; no se meta usted en lo que yo hago con mis piernas. Déjeme andar tranquila y váyase a descansar, que yo me cuido sola.

El tipo dio media vuelta. No estaba acostumbrado a que nadie, fuera del senador, le dijera lo que tenía que hacer. Se dirigió a grandes zancadas hacia Casablanca, donde dormía con los otros dos guardaespaldas en un cuartico separado detrás de la cocina. En el camino se iba grabando en la memoria, por segunda vez, el aspecto y el nombre de Jacobo Lince. «Algún día me las paga todas juntas este tibio malparido», musitó mientras se metía, solo, en la cama. No se durmió de inmediato. Uno de sus compañeros ya roncaba (el otro estaba de ronda por la casa). Rumiaba su venganza y decidió que tenía que revivir la vieja acusación que le había hecho el senador Potrero al profesorcito: falsa identidad, adobada con el condimento de que en La Cuña se repartía propaganda subversiva. En fin, la cosa se podía arreglar en el Consejo.

Cuando Jacobo, casi en la madrugada, volvió al cuarto que compartía con Andrés, este acababa de entrar y miraba el techo, despierto todavía, con el recuerdo de Virginia tendida sobre su camisa, en el prado de la arboleda. Tenía miedo de que Lince hubiera salido a buscarlo y los hubiera visto, aunque también pensaba que había valido la pena, y si era necesario se le enfrentaría. Por eso le extrañó que este, al entrar, dijera simplemente: «¿Te desperté, Zuleta? Perdón, tuve que ir al baño; demasiado trago». «No, yo también salí un instante, por el calor, a ver si me refrescaba con el sereno». Uno y otro se durmieron al fin, con la conciencia intranquila, pensando cada cual que su compañero de sueño no había creído su propia mentira.

Es muy posible que ninguno de los Siete Sabios conozca de nombre a un solo calentano, salvo, quizá, y sin el apellido, al jardinero o a la muchacha del servicio de su propia casa. En realidad, aprobar que se elimine a algún tercerón es una simple formalidad que algunos han propuesto que se omita: «Sobre los calentanos debemos dar autonomía a los comandantes, suprimir su lectura del orden del día y ahorrar tiempo», han sugerido algunos. Pero la mayoría quiere preservar, al menos formalmente, esta cautela. Lo único que en el fondo se verifica es que los condenados no sean, por algún remoto azar, conocidos de cualquiera de los Siete. O que por falta de información no se sepa que alguno de ellos desempeña oficios de espionaje beneficiosos para la causa de Angosta y el Apartamiento.

—Veamos esta gente del Sektor C; como siempre, son demasiados —Domingo, el presidente, lee con rapidez los nombres y los alias, más algunas imputaciones—. Jáder, Léider y José Moncada. Pertenecen a una banda de jaladores de carros. Estaban advertidos; reincidieron. Voten. —Esperaba un momento hasta ver caer los votos—. Siete balotas negras. Siguiente.

—Jota Jota Vanegas, alias el Chupo. Expendio de bazuco, miembro de una banda que podría estar en contacto con el grupo Jamás. Voten. —Los miembros sacan y meten las mismas balotas, con un cierto desgano, del recipiente central de la mesa.

—Siete negras. Sigamos. Edwin Alonso Cote, alias Soplamicas. Está organizando invasiones barriales en sectores aledaños a la zona minera. Se metió en tierras de los Sierra y esto se podría salir de las manos. El comandante Zuleta, encargado de invasiones de predios, propone que se dé un castigo ejemplarizante. Voten. —Como casi siempre sucede, llegan hasta el final de la lista de calentanos sin poner ninguna objeción, sin una sola balota blanca que delate el más lejano escrúpulo de conciencia. El presidente anuncia que a continuación leerá los nombres y los cargos contra los acusados de Tierra Templada.

—Jacobo Lince, alias Jacob Wills. Librero, profesor de Lenguas, periodista mediocre y tibio frente a las políticas del Gobierno. Entra en Tierra Fría con documentos falsos.

—No me parecen cargos tan graves como para despacharlo —dice Jueves—. El nombre no me es desconocido. Y recuerdo una anécdota curiosa de un banco: se ganó una lotería o recibió una herencia. Tiene plata, puede haberse acogido a la Ordenanza de Empoderamiento.

Martes carraspea:

—Fue un señalamiento mío, pero lo hice hace meses; después le comuniqué a la rama operativa que no era necesario seguir el procedimiento, pues todo se había aclarado satisfactoriamente. No entraba aquí con documentos falsos, sino a mi casa, y solo con nombre falso. Yo mismo solicité que ya no se lo incluyera en ninguna lista. Era el profesor de Inglés de mi hija y hasta estuvo en la finca, poco antes de que ella se fuera; me parece una persona inofensiva. Creo que Gastón está obstinado en llevar a cabo el trabajo. Me temo que no soporta que nadie se le acerque a mi hija, ni siquiera como amigo, y al parecer hubo un altercado en la finca. Por mí, balota blanca. Y recomendarle a Tequendama que se calme al respecto.

—¿El tuyo es un voto de veto, Potrero? —pregunta el presidente.

—No, no llego a tanto. Simplemente que ya no estoy de acuerdo; sería una acción completamente inútil; lo propuse hace un tiempo, en un ataque de mal genio, pero ya le había dado instrucciones a Gastón para que no lo presentara en la lista.

Hay un mecanismo de veto que todos los miembros pueden ejercer durante un máximo de seis sesiones consecutivas del Consejo, para proteger a alguien de la acción del grupo operativo. Los sabios tratan de no usar ese poder sino excepcionalmente, y ninguno lo ha usado más de una vez, y a favor de una sola persona, cada año, pues llevar más lejos la conmiseración sería una indudable falta de decisión y de carácter.

—Se vota sobre este tal Jacobo Lince —dijo Domingo.

Fuera de dos balotas negras de los más recalcitrantes y sanguinarios («no veo por qué deba vivir alguien que miente sobre sí mismo», «no me gustan para nada los vaivenes de Martes»), otras cinco balotas blancas lo salvaron.

A las siete en punto de la noche, no todos los días, pero casi sin falta los miércoles y los viernes, el maestro Quiroz arrastraba sus pasos, sus largas piernas flacas, su pecho macilento, sus manos huesudas de místico español dibujado por Ribera (con largas uñas de momia chibcha), por el corredor principal de La Cuña, y cerraba la puerta. A partir de esa hora, si alguien quería entrar en la librería, tenía que tocar el timbre. De alguna manera La Cuña, a partir de las siete, se convertía en cantina y en café. De ese momento en adelante estaba permitido tomar trago, y alrededor de la mesa del comedor empezaba la tertulia. Como a Jacobo la mayor parte del tiempo se le iba en sus conquistas (o en cultivar a sus conquistadas), en las visitas a la hija, o en sus ataques de asma alérgica reales o fingidos, no estaba presente casi nunca. Estaban siempre Dionisio Jursich, y a veces, como si la mitad del gallinero se trasladara a la librería, se presentaban también el joven poeta Zuleta con su amiga (cuando Jacobo la dejaba por otra), la caminante de piernas firmes, voz dulce, pelo rojo y nombre virginal.

Adentro, encerrados entre los miles y miles de libros, como detrás de una coraza de historias y de gestas, de crónicas reales o inventadas, de papeles parlantes, se sentían protegidos, ajenos a los permanentes sobresaltos de Angosta, a sus hechos de sangre, sus robos furibundos, la lucha y discriminación entre sus castas enfermas de desprecio o de resentimiento, todas teñidas de odio y suspicacia. Los libros, en esta ciudad estrecha y sitiada, eran su único refugio, el oasis arcádico en medio del desierto, la música callada que los sacaba del mundo de la ira, del terror y de la competencia. Ponían música, de acuerdo con los gustos de cada uno, y por turnos. Quiroz amaba los bambucos y en sus días ponía a Obdulio y Julián, a Garzón y Collazos, y los ojos se le encharcaban de recuerdos. Jursich intentaba convencerlos de las virtudes de la música dodecafónica y los aturdía en sus noches con acordes difíciles de Schönberg, o con largas tiradas de Shostakóvich, con pájaros enjaulados de Messiaen o misticismos nietzscheanos de Górecki, pero en sus días de buen genio, que eran la mayoría, se volvía completamente ecléctico, suspendía la alta cultura y se volvía hacia lo popular, se mudaba a la música antillana (bolero, salsa, son), al jazz, al tango y las milongas. Cuando venía la pelirroja se imponían los ritmos más nuevos de abajo, el rap, el rock de barrio, la cumbia metálica, o si estaba condescendiente transigía en poner rock canónico, desde Bob Dylan y los Beatles hasta David Bowie, Bruce Springsteen y Eminem y Nelly. Andrés prefería lo clásico, las cantatas profanas y religiosas de Bach, las interpretaciones perfectas de Glenn Gould, o lo mejor de la música de cámara (Brahms, Beethoven, Schubert). Si llegaba Jacobo, en cambio, la música cesaba, porque Jacobo odiaba la música, todas las músicas, y prefería un único rumor, el de las palabras y las voces de la conversación. Por respeto a su casa (no se les olvidaba que La Cuña había sido su casa y seguía siendo de su propiedad) y aprovechando que sus visitas no eran ni mucho menos cotidianas, cuando Jacobo estaba se suprimía ese capítulo de acordes, armonías, instrumentos y voces.

A veces, en la música y en la comida, se dejaban guiar también por los libros. Sacaban por ejemplo una novela de Cabrera Infante y trataban de identificar los boleros que ahí salían, para irlos poniendo, o los vallenatos a los que se aludía en *Cien años de soledad*. O perseguían con notas las páginas de Bernhard o de Tolstói (leyeron en voz alta la *Sonata a Kreutzer*, sintiendo las pasiones de Beethoven, y las *Variaciones Goldberg*, una y otra vez, una y otra vez, hasta el empalago). La Cuña tenía toda un ala de discos, en viejos surcos de acetato o en menos viejos CD digitales, por lo que no era difícil oír lo que quisieran. O intentaban comer algo que saliera en los cuentos de Carrasquilla o de Isak Dinesen, o copiaban con ingredientes tropicales (cidrón en vez de tila, guajolote en vez de perdiz), las recetas fastuosas que aparecían en Proust o en Flaubert.

Jacobo, aunque no asistía siempre a estas tertulias, las disfrutaba mucho, y como estaba por aquellos días más en contacto con lo que pasaba arriba, en Paradiso, podía comparar. En La Cuña la entrada estaba abierta a todo el que pasara, y el café era gratis para todo el que se lo quisiera servir. Si al poeta Zuleta le parecía que la vida en Tierra Templada era triste, entre tantos hombres solos y mujeres que hablaban entre ellas, Jacobo intentaba hacerle ver las ventajas de todo esto, o al menos las ventajas de sitios como La Cuña, incontaminados todavía de las inútiles sofisticaciones y controles de arriba.

—Mire, Zuleta, en Paradiso, donde usted trabaja, la gente no va a los cafés, sino a los clubes. Y eso ya es muy distinto, eso marca una diferencia sustancial. Ellos abren uno y otro club para distinguirse y excluirse entre ellos. Esa es la lógica de sus vidas, la misma lógica que le han contagiado a esta ciudad, la de la exclusión. Pero aquí, en el valle del Turbio, tenemos todavía reductos de verdadera comunión, y mucho más que en las iglesias, porque en Angosta las iglesias fueron siempre también para ricos o para pobres, sin que se mezclaran nunca los dones con los calentanos. A La Cuña puede entrar todo el que quiera. Lo decía mejor un gran escritor del exilio, que ya murió, espérese le busco la cita. Quiroz, por favor, ¿has vuelto a ver ese libro sobre los cafés?

Quiroz le entregó un enorme libraco azul, y Jacobo leyó en voz alta:

Yo creo en el Café sobre todas las cosas y por eso no aspiré nunca, ni admitiré jamás, que se me lleve a otras instituciones. Al Café no se le puede someter a junta directiva ninguna ni nadie puede cerrar sus puertas al que quiera entrar. No es antro de escogidos por votación o por más o menos amañada elección y, sin embargo en el Café no todos son iguales. En el Café la autoridad depende de lo que se diga y de la conducta que se tenga, sin que intervengan esas formas de imposición que son el nombramiento o la credencial. La base esencial del Café es que nos dejen en paz y que dejemos en paz a los otros, tanto que basta estar completamente solo en una de sus mesas para no ser discutido. Allí toda vanidad es contrarrestada por la presencia de los indiferentes y de los desconocidos que tienen el mismo derecho a sentarse en cualquier sitio y de pedir café con el licor que señale su dedo en la anaquelería llena de botellas, pues nada les está prohibido ni es tan caro que no puedan permitirse ese lujo.

—La cita es buena, Jacobo. Pero los tercerones no podemos permitirnos ese lujo. Y hasta si entramos en La Cuña, piensan que vinimos a atracar, o se cansan de darnos café gratis, porque abusamos con los terrones de azúcar, o porque se dan cuenta de que en general no tenemos ni ganas ni paciencia para ponernos a leer. Mejor dicho, para nosotros no existe ese regalo del café, sino la primera vez. —Esto aclaraba con rabia la pelirroja, con ese resentimiento inevitable de los tercerones, para quienes incluso el supuesto igualitarismo abierto de los segundones es un insulto de opulencia.

Fue en agosto, el mes más cruel en Angosta, y a principios de la tercera semana, cuando había luna llena. En agosto se trabaja normalmente en Tierra Templada, igual que si fuera abril (a diferencia de F, donde el trabajo o el ocio de la vida se rigen por el ritmo de otros continentes). En T no existen las vacaciones de verano, porque el verano mismo no existe, o mejor, porque el verano allí es la ley de todo el año. Y Andrés escogió un martes, día de la guerra, aunque no por eso sino porque, según las estadísticas de la fundación, la noche del martes solía ser la más sangrienta de toda la semana, cuando más muertos aparecían y más vivos desaparecían hasta volverse niebla. No se sabe bien por qué, ese día los matones matan más y con más saña, quizá porque el domingo es día de descanso, es decir de borrachera, y el lunes es el día para pasar el guayabo, mientras que el martes se pretende recuperar el tiempo perdido y empezar con pie derecho la semana. Para ver bien sin mucha iluminación, la luna llena importaba, si podía confiarse en un cielo sereno, y ese era el motivo por el que había esperado hasta finales de agosto, que además suele ser un mes de pocas lluvias y cielos despejados.

Andrés y Camila se encontraron en una cafetería por Barriotriste y repasaron los últimos preparativos. Había que llevar sacos de dormir, algo de fiambre, agua, dos velas, fósforos, la libreta de apuntes, una grabadora, la cámara dispuesta para luz de muy baja intensidad y, si no era mucho pedir, también un trípode. El día señalado salieron con tiempo, se encontraron a las tres y media en la misma cafetería, como si fueran un par de excursionistas, cogieron el metro y llegaron al hotel abandonado todavía con mucha luz, a las cuatro de la tarde. El guardia de la patrulla diurna revisó la autorización firmada por sus patrones y antes de dejarlos solos («aprovecho y no vuelvo más por hoy, ustedes cuidan por mí, mañana vuelvo»), les abrió los candados de la verja, herrumbrosa, carcomida de tiempo y humedad, y de la puerta principal, desvencijada, con un reguero de comején en el umbral. Los pisos de madera crujían bajo sus pasos, pero el hotel estaba relativamente limpio, a pesar de los años de abandono. Alguien debía de ocuparse también de barrerlo, de cuando en cuando. Algunos pájaros revolotearon asustados; tenían sus nidos adentro, pues había montones de vidrios rotos. También Andrés y la fotógrafa prepararon sus nidos, en el amplio espacio donde una vez quedó el restaurante, al lado de los ventanales que daban hacia el Salto. Por los mismos vidrios rotos por donde entraban y salían los pájaros entraba el hedor del Salto. Era un hedor húmedo y putrefacto, como debe ser el aliento de los gallinazos. Andrés y Camila habían llevado tapabocas y se los pusieron, para tratar de olvidarlo. Estaba cayendo una llovizna desganada y se quedaron de pie frente al ventanal, absortos, mirando caer las gotas que no hacían más caudalosa la cascada, y cruzando los dedos para que el cielo se despejara. Al fondo, hacia la derecha, como encaramada sobre un montículo, se veía la Roca del Diablo, y Andrés se la señaló a Camila:

—Desde ahí se lanzaban los suicidas, y se dice que antes, para los indios, fue una piedra ceremonial, donde hacían sacrificios humanos; no hay documentos, sino indicios, una oquedad y un caño que baja por un costado de la roca, especie de arcaduz para la sangre. El mito chibcha dice que el valle de Angosta estuvo inundado durante muchos siglos después del diluvio (un diluvio precolombino, distinto al de la Biblia), hasta que vino un dios y abrió las peñas con un rayo, para darles salida a las aguas estancadas. Y con el fin de que nunca más el desagüe se taponara, había que ofrecer sacrificios humanos cada año. Jóvenes, vírgenes o esclavos debían ofrecer su corazón al dios del rayo, pues de lo contrario las aguas inundarían otra vez el valle fértil donde los indios sembraban maíz y papa.

Camila sacó la cámara, la fijó en el trípode, activó el zoom y tomó varias fotos de la piedra plana, como una meseta en miniatura, que se asomaba al abismo del agua y de la montaña. En el viejo comedor había una chimenea, y no era difícil acarrear leña de los muebles viejos, pero sería peligroso prender fuego. El hotel abandonado estaba húmedo, quizá por el rocío que se levantaba en la caída y se pegaba como una babosa a las paredes. Se sentía más frío dentro de la edificación que afuera, o tal vez ambos ambientes se habían enfriado, por la quietud y sobre todo por la expectativa. Faltaba mucho tiempo para la hora en que tenían que empezar a estar vigilantes, con los ojos puestos en los posibles sitios donde se cometían las matanzas. Según informes de personas allegadas a la fundación, los asesinatos raramente ocurrían antes de la medianoche, y por las huellas recogidas en el sitio se sabía cuáles eran los lugares preferidos por los asesinos. Al llegar tuvieron la sensación de que algo iba a suceder en cualquier momento, pero con la luz y la calma y los minutos todo adquirió un aire de normalidad y parecía imposible que allí pudiera pasar algo distinto a la perpetua caída del agua. El agua sucia y el agua limpia tienen el mismo sonido. Quizá por esto mismo, incómodos con las mascarillas, acabaron quitándoselas.

Andrés miraba extasiado el líquido marrón que se doblaba en el borde de la montaña y que empezaba a desbaratarse en espumarajos blanquecinos poco más abajo. La caída le despertaba una fascinación ancestral, un estupor hipnótico de desconcierto ante la maravilla. El encanto solo se rompía a veces, cuando por las vidrieras se colaba el vaho nauseabundo de las aguas del Turbio que se precipitaban al vacío, o cuando alguna masa amorfa (basura, animal, tronco) era arrastrada hacia el abismo por la corriente incesante. Arriba daban vueltas los gallinazos, ominosos y negros, pausados en sus cálidos remolinos de aire. Camila sacó un libro («para la tesis», dijo), se clavó en la nariz sus gafitas redondas, falsas, de miope que no es, y se puso a leer. Era el tratado de geografía de Guhl que Jursich le había conseguido en La Cuña hacía meses, el verdadero causante de su encuentro con Lince. Leyó algunos párrafos con la luz lateral de las ventanas y casi sin percibir el ruido de fondo del Salto, que minuto a minuto dejaba de ser estruendo y se iba convirtiendo en ruido blanco, en una invisible cortina de silencio:

En lugar de Siete Colinas, como Roma, Angosta tiene dos morros. De nombres no tan ilustres como Campidoglio o Quirinale, sus dos morros se llaman simplemente cerro Nutibara —en honor a un indio descuartizado por los conquistadores— y morro Aburridor —en honor a un tedio que es consustancial a los dones que lo bautizaron así—. Los dos morros de Angosta no cuentan con magníficos monumentos. Del morro Aburridor puede decirse que, a pesar de haber sido declarado parque municipal por el Gobierno, hasta hace algunos años estaba ocupado ilegalmente por los caballos, las mulas y las vacas de una familia de conocidos narcotraficantes de Angosta. Cuando estos no pudieron seguir imponiendo su voluntad a la fuerza —pues los vecinos se organizaron y siguieron en pie después de muchas amenazas y a pesar de varios muertos—, el cerro volvió a ser parque público, pero fue utilizado para un fin incluso menos noble que el de ser pastizal de semovientes mafiosos; se convirtió (en competencia con el Salto de los Desesperados) en otro «botadero de muertos», es decir, en el sitio donde son arrojados los cadáveres de las personas asesinadas en Angosta.

El otro cerro, el Nutibara, sí tiene en su cumbre un pequeño monumento. Se llama El Pueblito, y es una especie de réplica en pequeña escala de lo que eran las aldeas rurales de esta comarca de los Andes, hace uno o dos siglos. Es curioso que la metrópoli industrial y comercial erija un monumento —es decir, un sitio levantado para el honor y la memoria— a la negación de lo que ella misma es. Angosta es una ruidosa ciudad mecanizada, pero le rinde homenaje al viejo villorrio, como si quisiera volver al pasado y añorara ser solo un pueblito: rural, sosegado, religioso, tradicional, con todos los valores del criollismo rústico. En la cumbre del cerro Nutibara se hace un intento de idealizar esa pacífica y bucólica aldea campesina que Angosta nunca ha sido en los últimos cien años.

Los angosteños, al no sentir su ciudad como un refugio seguro, padecen una especie de desarraigo, o exilio interior, y no han podido asumir con tranquila pasividad y con sereno espíritu imitativo el viejo tópico del elogio a la propia tierra. El encomio lírico y sentimental lo intentan a veces sus gobernantes, poniéndoles hasta sueldo a poetas oficiales que solo consiguen escribir himnos que parecen parodias de sí mismos. Angosta no es un lugar amable. Más que el lugar de encuentro que suelen ser las ciudades, se ha convertido en la encrucijada del asesinato, el sitio del asalto, la vorágine de una vida peligrosa y muchas veces miserable e indigna. Quizá por eso sus poetas y pensadores más dignos, al escribir sobre ella, no han optado por el panegírico sino por la diatriba. Es más, hacer la diatriba de Angosta es ya una tradición entre ellos, un nuevo tópico. Sin embargo, esta constante crítica no tiene una raíz autodestructiva, como denuncian algunos políticos. Mientras la realidad siga siendo esa lacra, esta terrible herida histórica, lo constructivo no es inventar una fábula rosa ni hacer un falso encomio del terruño, sino seguir reflejando la herida. ¿Cuál herida? Que Angosta sea, para empezar, una ciudad partida por muros reales y por muros invisibles, y como si esto fuera poco, también la ciudad más violenta del planeta, con un índice de asesinatos por habitantes que está muy por encima del de Sarajevo o del de Jerusalem en sus peores momentos. Y lo más serio: esta carnicería no la comete un enemigo externo ni se puede culpar de ella a un antagonista extranjero o a un enemigo étnico o religioso, sino que es perpetrada por poderes bien identificados nativos de la propia ciudad: por un lado, algunos de los grupos terroristas más feroces y despiadados de la tierra; guerrilleros polpotianos sin hígados, que secuestran y asesinan a todo aquello que les huela a «sangre de dones o cara de ricos». Y por el otro lado los grupos aliados del establecimiento, igualmente crueles, que creen que es posible eliminar el descontento matando a los descontentos.

También Andrés había sacado su libreta, y mientras Camila leía el libro de Guhl, «para la tesis», él miraba el estruendo y la caída de las aguas, al tiempo que intentaba pulir un poema que llevaba varias semanas escribiendo. La idea se le había ocurrido mientras leía las crónicas sobre los muertos que se llevaba el agua del Turbio, rumbo al Salto, y acababa de definir la última versión: «Hay un muerto flotando en este río / y hay otro muerto más flotando aquí / Esta es la hora en que los grandes símbolos / huyen despavoridos: mira el agua / hay otro muerto más flotando aquí / Alguien corre gritando un nombre en llamas / que sube a tientas y aletea y cae / dando vueltas e ilumina la noche / hay otro muerto más flotando aquí / Caudaloso de cuerpos pasa el río / almas amoratadas hasta el hueso / vituperadas hasta el desperdicio / Hay otro muerto más flotando aquí / Duerme flotación pálida desciende / a descansar: la luna jorobada / llena el aire de plata leporina / Tomados de la mano van los muertos / caminando en silencio sobre el agua».

Antes de que el sol cayera (la llovizna había cesado y el cielo se abrió), sintieron una punzada de apetito y sacaron el fiambre. Camila había llevado también una botella de vino barato, dulce, pero resultó bueno para combatir esa sensación mezclada de debilidad, palpitaciones y aislamiento que también podría recibir otro nombre más simple: miedo. Cada vez menos gente pasaba por los alrededores del hotel, rumbo a sus casas o hacia el embarcadero de balsas sobre el Turbio, por donde cruzarían al otro lado para empezar el descenso hacia Tierra Caliente. Los últimos transeúntes, desconfiados, miraban hacia los lados, con temor de que la noche los cogiera en ese sitio malfamado y con miedo de ver lo que no debían ver. El agua seguía corriendo, como si tal cosa, sobre las últimas piedras, doblándose hacia el vacío, cayendo en las profundidades, contra otras piedras que no alcanzaban a distinguirse abajo, muy abajo, en Boca del Infierno.

Comieron papas hervidas y huevos duros. Les echaban pizcas de sal. La noche fue cayendo, silenciosa, y la oscuridad se metió también en el hotel. Prendieron una de las velas que habían llevado. Andrés no se percató de que Camila se le iba acercando. Se dio cuenta de ella, de su cuerpo, solo cuando sintió un muslo que le pareció inmenso encima de su pierna, y un agradable olor penetrante que venía desde el cuello de la muchacha. Algo en su carne, en la mitad de su cuerpo, se conmovió con el inesperado contacto. Camila le hizo una caricia en la espalda, le echó aliento en la cara (un aliento dulce de vino y cigarrillo) y luego le dijo que quería tomarle también a él unas fotos, esa noche, que se dejara, que no se moviera. Lo empujó con suavidad hasta hacerlo yacer de espaldas sobre el saco de dormir, le quitó los zapatos, le zafó la correa, le bajó los pantalones. Andrés cerró los ojos, sin saber qué hacer, con el corazón retumbándole en el pecho. Sintió que una ventosa chupaba su miembro y que este crecía, crecía. Un relámpago le iluminó los párpados, y la risa de Camila le tintineó en los oídos. Andrés sentía que estaba traicionando algo, a alguien; la imagen de Virginia, y sobre todo la señal de su cicatriz en el pecho, se le vino a la mente, pero luego se le borró como un meteorito que se apaga, y no pudo pensar más en ella. Abrió los ojos y dijo que a él también le gustaba hacer fotos, que a él también le gustaba ver. La noche había caído pero quedaba un tenue resplandor, por la luz de la vela y por los faroles amarillos del alumbrado público. La luna no había salido todavía. El Salto era ahora de un color más cálido, menos oscuro que de día, en el contraste de la escasa luz nocturna. Camila desnuda era carne, pura carne apetecible, humedades, pelos, músculos. Andrés le abrió las piernas, la lamió. Nunca antes había hecho eso, ni siquiera a Virginia, y no sintió asco (como temía en su mente), solo la sensación de que el olor era fuerte, aunque menos fuerte de lo que pensaba, de que el sabor era fuerte, pero mucho menos de lo que pensaba. Le tomó fotos al principio del túnel rosado que se le ofrecía como un pasadizo a la otra vida. Después la penetró con una urgencia nueva para él, como si eso que sentía fuera una irreprimible necesidad fisiológica de la que tenía que deshacerse de una vez. Ella empezó a gemir casi de inmediato, él perdió la conciencia, y alcanzaron a llegar, juntos, en un grito simétrico que acabó con la tensión.

Esperaron con calma alguna novedad, hundidos en una curiosa sensación de inocencia. Estaban a medio vestir, y casi no creían que en una noche tan sosegada pudiera pasar algo distinto al ritmo obstinado pero sereno de sus palpitaciones o al monótono estruendo de las aguas. A veces compartían un cigarrillo (Andrés no sabía fumar, tosía, pero le gustaba cómo se iba el tiempo enredado en las volutas del humo) y hablaban muy poco, apenas monosílabos. Virginia había vuelto con fuerza a la memoria de Andrés, pero no con semblanzas de remordimiento; no se arrepentía de lo que había ocurrido, le parecía casi irremediable, y el tipo de besos que acababa de aprender, en lugar de olvidarlos, más bien decidió que llegaría a practicarlos después, también con ella. Ese ejercicio clandestino se justificaba porque lo había vuelto mejor amante. Mientras armaba sus cadenas de razones, con la mirada fija hacia fuera, vio un perro vagabundo que pasaba, husmeando entre los matorrales, seguramente hambriento, con una tenue sombra de luz lunar bajo el lomo manchado. Algo espantó al animal, que salió corriendo, despavorido, como una liebre.

Un segundo después las luces de un carro oscuro, alto, iluminaron por un instante las vidrieras del hotel. Se acercaba lentamente hacia las piedras de la orilla, dibujando una amplia curva. Andrés y Camila se acurrucaron bajo la ventana, con todos los sentidos en tensión. La cámara estaba instalada ya en el trípode, apuntando hacia el Salto. Zuleta apoyó la palma de su mano sobre el pabilo de la vela, que se apagó de inmediato, y Camila pisó la colilla encendida de su cigarrillo. El tenue olor a humo se disipó de inmediato. A pesar del estruendo del agua, oyeron cómo se abrían las portezuelas y después se cerraban. Oyeron o creyeron oír un grito ahogado de miedo, capaz de superar el ruido del Salto. Se asomaron, apenas media cabeza por la abertura de las ventanas, los ojos fijos y negros, tensos, con las pupilas muy dilatadas. Habían bajado del carro a un tipo amordazado, entre dos, un tipo moreno, vestido con camisa y pantalones blancos. Lo empujaron entre los matorrales hasta que cayó al suelo y lo empezaron a patear; le arrancaron la ropa, los zapatos, e iban arrojando todo lo que le quitaban al precipicio vacío llenado por el agua. El ruido de los golpes no alcanzaba a llegar hasta el hotel. El hombre había quedado en calzoncillos, y el claro de luna le daba a su piel un tono azul muy pálido. Con un alicate que pareció nacer del fondo de la noche (un brillo metálico robado al aire) empezaron a arrancarle pedazos de piel del vientre, y la sangre brotaba, al mismo tiempo que le hacían preguntas. «¡Diga los nombres, diga los nombres si no se quiere morir!». Los gritos alcanzaban a llegar hasta los vidrios rotos del ventanal. El hombre se doblaba de dolor sobre sí mismo, y gemía, y decía algo que no se alcanzaba a distinguir, tal vez imploraba. Camila, temblorosa, apuntó con el lente de la cámara, sin flash, y disparó varias veces.

—No hay mucha luz, y pueden quedar movidas, pero algo se va a ver, seguro —dijo con un tono casi inaudible.

Andrés prendió también la grabadora y dirigió el micrófono hacia su boca: «Es una camioneta Toyota, grande, con vidrios polarizados, creo. No alcanzo a ver la placa. Los tipos son cuatro, y algunos tienen chaquetas de cuero. Tienen el pelo rapado y llevan linternas muy potentes. Por el cuerpo, ninguno de ellos tiene más de treinta años. Le están dando patadas al tipo que tienen amarrado. Es negro, o casi negro, y tiene un cuerpo atlético. Lo desnudaron y lo siguen golpeando. El tipo está bañado en sudor y la piel brilla en la luz, brilla. También brilla la sangre. Le están arrancando pedazos de piel con unas tenazas. Grita de dolor. Lo siguen torturando».

—Trata de enfocar el rostro de los tipos —Andrés se dirigía a Camila en un susurro—. Que se vean las caras a ver si averiguamos quiénes son. Qué hijueputas, qué hijueputas, y uno sin poder salir.

Camila disparó la cámara una y otra vez, hasta que dijo:

—Mierda. Se me acabó la memoria; tengo que cambiar la tarjeta.

Buscó con ansiedad otra tarjeta en su maletín y la cambió lo más rápido que pudo. No habían pasado más de treinta segundos, pero para ellos se hicieron casi eternos. La golpiza seguía; los tipos trabajaban con esmero, ensañados contra el cuerpo atlético del hombre negro.

Los cuatro matones, oscuros como buitres, seguían estrellando las puntas de sus botas contra el cuerpo, como contra una gran pelota de juego que se hundía a cada golpe. Gritaban, se reían. El hombre desnudo era ya un bulto inerte, sanguinolento, inmóvil cuando no le pegaban. Uno de ellos lo sacudió por los hombros y después se llevó la mano a la cintura para sacar una pistola. Apoyó el cañón contra la cabeza. Se vio un chispazo anaranjado, como candela, y luego solamente las convulsiones del cuerpo, muy pocas, y el boquete blanquecino en el cráneo, iluminado por la luna pálida. Camila también hundía sus botones, sin cesar. Andrés decía pocas palabras. Emitía un gemido ahogado, de vez en cuando, en la oscuridad, y se le salían suspiros de horror. Estaba pálido, mucho más pálido que Camila, que mostraba una actitud más fría, casi profesional, aunque las manos le temblaban. Los tipos cogieron el cadáver de pies y manos y lo arrojaron al vacío, hamacándolo en el aire. Al caminar de regreso hacia el carro se limpiaban las manos en la hierba, y luego en los costados de los pantalones. Tres iban riéndose; el que había disparado y parecía el jefe, iba más serio. Se subieron a la camioneta y pusieron en marcha el motor.

Cuando ya se marchaban, en ese mismo momento, rápido, llegó otro carro, y los chorros de luces se enfrentaron. Camila seguía tomando fotos. Por precaución cogió la primera tarjeta de memoria que había tomado y la escondió en una rendija angosta que se formaba entre las tablas del piso, en un rincón. Miró el número de fotos y vio que aún tenía espacio en esta memoria. Los del Toyota, mientras tanto, habían sacado las armas y se refugiaban dentro del carro, con las ventanillas subidas por encima de la mitad. Del otro jeep se bajaron tres tipos armados, con una mano en alto, como en son de paz. Camila reconoció a uno de los nuevos. Era Chucho, el guardaespaldas del Señor de las Apuestas, su protector.

—¡Es Chucho! —gritó en voz baja—. ¡Es Chucho, me deben estar buscando!

—Pero nadie sabe dónde estamos, solo Jacobo, y no creo que él… —susurró Andrés.

—Hay otro que sabe. Se lo tenía que decir.

—Sos una imbécil. ¿Quién?

—Mi novio, Emilio, el tipo que me mantiene. Si no le decía la verdad me hacía seguir, venían hasta aquí, y pensé que iba a ser peor. Le dije que era un trabajo del periódico, una orden del director. No le dije para qué. Le dije que era con una mujer, una redactora de *El Globo*, y que era un trabajo sobre el viejo hotel del Salto. No fui capaz de decirle que con un hombre. Me mataba, no me dejaba venir, cualquier hombre que yo conozca, sobre todo si es joven, es un enemigo para él.

Los tipos de los dos carros se habían reconocido, y hablaban entre ellos. Primero todo pareció muy amistoso, puras risas y palmadas en el hombro, lenguas de encendedores y ascuas de cigarrillos. Después empezaron a discutir, gritaban y miraban con desconfianza hacia el hotel. Camila tomó varias fotos de la discusión de los dos grupos.

El que había disparado la pistola dijo, a los gritos: «Primero las cogemos, las interrogamos y después decidimos qué hacer». Los demás estuvieron de acuerdo y el grupo se fue acercando hacia la verja con pasos felinos. Camila escondió la segunda tarjeta, con las últimas fotos, en la ranura de las tablas. Puso una tercera, vacía, y tomó fotos hacia la oscuridad y hacia las paredes del hotel. En la pantalla no se veía casi nada: el recinto vacío del comedor, alguna silla vieja tirada en un rincón, el tenue resplandor de la ventana. Intentaba preparar una mentira que revelara su inocencia. Estaban tumbando la puerta a golpes, y Andrés tiritaba de miedo, de frío, paralizado. Tenía la piel de gallina y la cabeza erizada casi le dolía. Podría haberse tirado por la ventana, pero no se sentía capaz de correr. Pensó en que deberían subir por las habitaciones abandonadas, correr a esconderse en alguna, pero cuando se decidió a decirlo y a ponerlo en práctica se oyeron pasos pesados sobre la madera del piso, que crujía, y los chorros de luz de varias linternas les encandilaron el rostro.

—Conque dos peladas, güevón. Este tendrá cara de niñita, pero es hombre. —El que hablaba era el tipo que había disparado.

—Camila, el patrón nos dijo… —empezó Jesús—. Ahora sí se la llevó el putas. En este sitio, y con un man.

—Cójanlos —gritó el jefe del otro grupo.

—A ustedes qué se les perdió por aquí, ¿ah? Y usted quién es, ¿ah?

La pregunta era para Andrés y el tipo lo zarandeaba agarrándolo de la camisa.

—Me llamo Andrés Zuleta, vinimos a escribir una nota sobre este hotel abandonado.

—Una crónica, para *El Globo* —trató de explicar Camila.

—Usted se calla. Estoy hablando con él. ¿Una crónica nocturna? Da hasta risa. A ver, muéstreme el carnet del periódico —le dijo a Zuleta. Andrés temblaba cada vez más.

—No lo traje —alcanzó a decir, con un hilo de voz.

—Requísenlo, quiero ver el nombre; me parece haberlo visto alguna vez —dijo el hombre—, y a ella también.

A Zuleta, en ese momento, le pareció que reconocía al tipo que había disparado, pero no se acordaba de dónde ni de qué; el miedo le impedía pensar bien. En la cartera de Andrés encontraron, además de la cédula, el salvoconducto. Ahí estaba escrito el motivo del permiso de entrada en Paradiso: «Empleado de la Fundación H. Calle Concordia, No. 115».

—Periodista una mierda, malparido. La Fundación H es una pantalla de los terroristas. Periodista una mierda. ¿Cómo es que se llama el malparido del director? Uno que hace bulla por carajadas; un día de estos lo vamos a callar.

—Burgos —dijo alguien.

—Sí, Burgos. ¿Lo conoce?

Andrés asintió con la cabeza:

—Claro que lo conozco, si trabajo con él cómo no lo voy a conocer. —Una bofetada le quitó este último arresto de valentía.

—Qué estaban haciendo aquí, digan, expliquen.

—Es verdad —dijo Camila—, un trabajo para el periódico, sobre el hotel. No importa que él trabaje para esa fundación. También hace trabajos periodísticos, es verdad.

—Verdad un culo. Quítenle a esta la cámara. ¿Y la tuya, dónde está la tuya? —le preguntó a Andrés.

—Yo no sé tomar fotos.

—Esta no me la creo. —El hombre escaneó con la linterna toda la habitación y aunque no encontró otra cámara, dio con la grabadora de Zuleta. La miró y la hizo funcionar. Silencio. Entonces la hizo ir hacia atrás y puso otra vez play. Se oyó el murmullo de Andrés: «Es una camioneta Toyota, grande, con vidrios polarizados, creo. No alcanzo a ver la placa. Los tipos son cuatro y algunos tienen chaquetas de cuero. Tienen el pelo rapado y llevan linternas muy potentes. Por el cuerpo, ninguno de ellos tiene más de treinta años. Le están dando patadas al tipo que tienen amarrado. Es negro, o casi negro, y tiene un cuerpo atlético. Lo desnudaron y lo siguen golpeando. El tipo está bañado en sudor y la piel brilla en la luz, brilla. También brilla la sangre. Le están arrancando pedazos de piel con unas tenazas. Grita de dolor. Lo siguen torturando».

El tipo se puso pálido de ira.

—¿Y esto para qué es, para la crónica del hotel, sapo malparido?

Intentó ver fotos en la cámara de Camila, pero solo había paredes y manchas negras. Entregó los dos aparatos.

—Tomen, tiren la grabadora por el Salto, y también la cámara —dijo el jefe—. De este pelado nos encargamos nosotros. Y si no fuéramos pendejos, también a esta vieja la deberíamos despachar de una vez.

—No, ella es la novia del patrón. Si le pasa algo, la pagamos nosotros. A ella la tienen que respetar —dijo Jesús.

—De esta gonorrea nos encargamos nosotros, ya les dije.

—Por el pelado no hay problema, hagan lo que quieran con él, está bien. A ella nos la llevamos nosotros, y que el patrón decida —dijo Jesús—. Y usted tranquilo, que el patrón va a decidir también lo que usted quiere, esta mentira no se la va a pasar.

—Díganle a don Emilio, él me conoce, díganle que más le vale que de esto no salga nada. Si algo sale de aquí, si algo se sabe de lo que pasó hoy, no solamente ella la va a pagar, sino también él. Díganle así, tal cual: no solo ella, él. Díganle también que yo trabajo con autorización del Consejo, díganle así nomás, con autorización del Consejo, para que lo tenga bien claro.

—Está bien, yo le digo —dijo Jesús—. Tranquilo, que no creo que esta se la perdone. No es la primera vez que esta vieja se la hace.

—Con el mancito me quedo yo; tiren al agua todos estos trapos, que no quede nada —dijo el primero, señalando los sacos de dormir—. Y ahora lárguense con esa puta de una vez, antes de que me arrepienta. Está buena, y no me chocaría hacerle un favorcito, y hasta alcanza a llegar preñada a los infiernos.

Los tipos se reían. Camila miró un instante a Andrés, y desvió la mirada. Andrés temblaba de pies a cabeza, como un niño aterido por el frío.

—¡No se vayan! —dijo, casi sin voz—. ¡No se vayan! ¡Camila, me matan! ¡Por favor, no se vayan, no me dejen aquí!

—Te callás o te arranco la lengua con la mano —dijo otro de los matones, empujándolo por un costado.

—No me maten, yo no he hecho nada —imploró Andrés, pero un nudo le cerró la garganta y las palabras se le atragantaron. Se oyó el ruido de un carro que se iba.

—Sáquenlo —dijo el jefe. Llevaban la cámara y la grabadora en la mano, y las arrojaron por el Salto. Otros llevaban los
sacos de dormir, el libro de Guhl sobre Angosta, las botellas de
agua y de vino, e hicieron lo mismo. Salvo unos pedazos de sillas rotas, habían dejado limpio el piso del comedor.

Andrés pensaba confusamente en que se iba a repetir en su
propio cuerpo lo que acababa de presenciar en el otro. Sentía
los poros como canillas abiertas por donde brotaban charcos de
sudor frío que le pegaban la ropa contra la piel. Pensó en Virginia con una intensidad que le hizo cerrar los ojos, y su imagen le dolió mucho más que la bofetada que le habían dado. Se
despidió mentalmente de ella. Recordó con estupor el cuerpo
de Camila. No volvió a pronunciar una sola palabra, con la
garganta cerrada por el miedo. Tenía ganas de vomitar y de que
todo terminara. Le parecía extraño que no le pegaran; había un
silencio y una oscuridad incomprensibles. Estaba esperando a
que lo desnudaran y que le arrancaran pedazos de estómago
con el alicate, o al menos que le dieran patadas en el vientre y
las piernas. «Esto es una pesadilla, y también el miedo es pura
ilusión, como será ilusión el dolor, cuando lo sienta», se repetía
mientras esperaba el primer pellizco de hierro sobre la piel.
Pero no. También esperó ver un chispazo y oír un ruido seco
antes de que la bala entrara en su cabeza y borrara su conciencia, pero tampoco. El jefe tenía la pistola en la mano e iba a
disparar, pero ese rostro inocente, casi infantil, con los ojos
muy grandes, muy negros, asustados, no lograba darle la suficiente rabia. En vez de dispararle le arrancó la camisa de un ma-
notazo, y la luna brilló sobre la piel del muchacho. Era un
torso delgado, sin una sola marca, con una tersura inocente,
infantil. El matón se detuvo, como si se hubiera colado la voz
de una prohibición por alguna rendija de su pensamiento.
Dejó de mirarlo y prefirió dar una orden, para que otros hicieran el trabajo:

—¡Mejor súbanlo a la piedra y lo tiran desde allá!

Andrés forcejeó inútilmente, sin fuerzas, y los matones
cargaron con él como se carga un niño de brazos. Tampoco

ellos hablaban ni insultaban. Lo subieron arrastrado hacia la roca plana, en forma de meseta, y lo pusieron un instante sobre la piedra. Mientras lo arrastraban había perdido los zapatos, que le quedaban grandes. Uno de los tipos preguntó:

—¿Está seguro, Tequendama?

El otro dijo, sin ganas:

—Toca.

Andrés, bocarriba sobre la piedra fría, vio un pedazo de luna y el rostro de su abuela sobre la almohada de la cama, cuando estaba agonizando. Notó que lo elevaban por los pies y los hombros, y luego sintió un vacío en el vientre y una contracción en todos los resortes del miedo. Los ojos se le abrieron, desorbitados, pero solo vio la oscuridad; sintió lluvia en la cara, después un diluvio y luego sintió frío, mucho frío. Estiró los dedos, arqueó la espalda y al entrar en contacto con el aire y el agua, de repente, le pareció que su cuerpo no pesaba, como si tuviera alas. El gran chorro de agua no lo hundía ni lo empujaba, solo lo acompañaba, y percibió su cuerpo ingrávido no cayendo sino flotando, volando entre los rápidos. Abrió sus brazos amplios como ramas y sus piernas largas como dos raíces desgarradas. La melena, el torso blanco, los ojos abiertos, líquidos, todo su cuerpo intacto parecía limpiar el agua.

Flota, vuela, nada, su cabeza por momentos se sumerge y sale, entre el aire y el agua. Antes de que lo rocen las puntas de los primeros peñascos hay un último destello en su conciencia, y son de nuevo los rostros y los nombres de aquellos que más quiso, la abuela, unos amigos, la cara sonriente de su madre antes de los años de amargura, el rostro de Virginia con los dientes en desorden y el pelo luminoso como una llamarada. Lo que quedó de Andrés, polvo, aire, agua, se detuvo en un sitio en el que nadie nunca volvería a verlo. Sus cuadernos, sus poemas, una que otra palabra suya podría derramarse por fuera de la muerte. También quedaría un amoroso recuerdo en la memoria de Virginia, y la imagen de su cara dulce de ojos grandes, inolvidable, en la cabeza de unos pocos. Había probado por un instante un pequeño terrón de paraíso, pero el terror de Angosta, que no daba tregua, lo había desterrado.

El miércoles Jacobo les preguntó a los porteros por Andrés. No había vuelto. También la pelirroja había preguntado por él un par de veces, antes de salir a trabajar, con una horrible sensación de abandono y soledad. Antes de irse le había metido una notica por debajo de la puerta, en su cuarto del gallinero, rogándole que la despertara esa noche, sin importar la hora a la que volviera, en cualquier momento. Le mandaba besos a él, al aire, y repetía por dentro su nombre, como un conjuro, Andrés, Andrés, Andrés, para que volviera. Jacobo pensó que tal vez Zuleta se había ido directo a su trabajo en Tierra Fría, sin pasar por el hotel, pero por la noche volvió a preguntar y obtuvo la misma respuesta. Virginia se presentó en su habitación; alarmada, había llamado a la Fundación H y allá le contestaron que no había ido a la oficina, que estaba haciendo un trabajo de campo de dos noches. Ella sabía que Andrés iba a hacer un trabajo delicado, aunque no tenía detalles, pero él le había dicho que una noche nada más. Jacobo le contó sin detalles lo que él sabía, mencionó a la fotógrafa, amiga suya, y, casi obligado por la pelirroja, se atrevió a llamar al apartamento de Camila, pero no contestaron, aunque llamó varias veces y dejó repicar el teléfono mucho rato. Virginia llamó a Pombo y le pidió permiso para no ir a trabajar al día siguiente. Planeó con Jacobo que irían al Salto, temprano, a tratar de averiguar algo. Se quedaron juntos en el cuarto; ambos necesitaban compañía.

No pegaron los ojos, aunque a ratos una y otro fingían dormir, solo por darle al de al lado una ilusión de tranquilidad. Virginia se imaginaba, con ayuda de sus peores recuerdos, las escenas más terribles, y las veía en su imaginación con una nitidez de película: sangre brotando a borbotones del cuerpo de Andrés y ella misma que luchaba con manos, trapos, vendas, algodones, para que la vida no se le fuera entre los chorros de coágulos, entre las vísceras expuestas, entre la palidez y la respiración que se cortaba hasta volverse inaudible. Temblaba, movía la cabeza a un lado y a otro, con furia, por intentar desechar la visión y el pensamiento, pero entonces otra imagen incluso peor de destrucción se hacía presente, como una foto, en su imaginación. También Jacobo, aunque con una escenografía más vaga del Salto, pensaba en una caída de dos cuerpos que se iban hundiendo en la oscuridad, gritando al unísono, hacia el vacío, Andrés al lado de Camila, tomados de la mano, hundiéndose en la noche, sonrientes antes de destrozarse en las piedras. Solo algo trágico podía haber sucedido, pensaban, decían, aunque también a ratos hacían lo posible por inventarse una cadena de pensamientos que los llevara a un consuelo: Jacobo, por ejemplo, insistía en que la realidad es vasta, variada, mucho más prolífica que la imaginación, y quizá esta inexplicable ausencia se debiera a algo lógico, imposible de calcular por falta de datos, pero con un resultado tranquilizante e incruento. También cuando ella, Virginia, había desaparecido unos días, él, Jacobo, había pensado lo peor, y lo peor había sido su atraco, no la ausencia.

Después caían otra vez en el pesimismo, porque Virginia sabía que en Angosta casi siempre las peores hipótesis, los más nefastos presentimientos eran los que se cumplían, y no las ilusiones y esperanzas. Entonces él o ella, por abreviar la noche, iban al baño, hacían algo sin ganas, con líquidos ordeñados a la fuerza, tomaban agua, se asomaban a la ventana y creían distinguir a Andrés en cualquier silueta, en cualquier transeúnte, incluso en la más discordante, un gordo bajito, una mujer con falda, un viejo. Al descubrir el error, ya sin lugar a ninguna ilusión óptica, Virginia reprimía un grito de impotencia, lanzaba un gemido de desesperación, «no es, no es, ese tampoco es, maldita sea», y volvía a sumirse en el desconsuelo. Era horrible no saber, no poder entregarse al dolor o a la tristeza, no poder sentir furia, ganas de venganza, intentos de reparación, no poder correr, porque hacia dónde, en auxilio de ellos.

El jueves amaneció lluvioso, y antes de salir con Virginia, Jacobo llamó al dentista a ver si tenía alguna cita programada para Camila. Nada. Mientras desayunaban, tragándose el café sin ningún apetito, a la fuerza, buscó alguna noticia en los periódicos. Se hablaba de la desaparición del presidente de un sindicato de maestros del Sektor C. Era un líder negro, decía la nota, que sostenía la importancia de la educación en los barrios populares y era el responsable de varias huelgas de maestros que le exigían más recursos al Gobierno. Se sabía que estaba amenazado; el martes por la tarde se lo habían llevado varios hombres, en un jeep, y desde entonces no se sabía nada de él. Eso era todo, más una pequeña foto del hombre, sonriente, vivo.

Cogieron el metro hasta Desesperados y caminaron hasta el Salto. El parquecito alrededor de la caída estaba envuelto en neblina y vapores fétidos, como siempre. Se acercaron a las paredes rosadas del hotel por una calle aledaña. Caminaron alrededor del hotel bajo la llovizna, pero no vieron nada. Subieron a la roca del Diablo y miraron hacia el vacío donde las aguas rugientes primero se deslizaban sobre la peña y luego se estrellaban y se hundían entre las piedras. A partir de cierto punto en la caída solo se veía un hongo neblinoso idéntico a la nada. Las puertas del hotel estaban cerradas, al igual que la reja exterior, y las paredes desconchadas tenían restos de pintura rojiza. Los pocos transeúntes los observaban con desconfianza, porque la pareja miraba todo el tiempo, sin moverse, buscando por todos lados algún indicio, algo. Cuando notaron miradas sospechosas de unos guardias que venían a bordo de una patrulla, y no les quitaban los ojos de encima, prefirieron volver a La Comedia, desconsolados.

Nadie sabía el nombre de los padres de Andrés, ni la dirección, ni el teléfono, pero a Virginia le parecía imposible que hubiera vuelto allá, con lo que él le había contado sobre su familia. Llamar a la policía sería inútil, fuera de comprometedor. Hicieron una ronda de llamadas por los hospitales, pero en ninguno había ningún paciente que respondiera a esos nombres o a la descripción que Jacobo y Virginia les daban de Andrés y de

Camila. Virginia se puso a llorar y después de un rato se quedó dormida en la cama de Jacobo. Pasaron juntos la tarde y la noche. Tristes, inquietos, con rabia e impotencia. Aunque se sentía incapaz de hacer nada, Virginia madrugó a bañarse y se fue a su trabajo en Tierra Fría. Pensaba ir a la fundación a preguntar otra vez.

Ese mismo viernes, un poco más tarde en la mañana, el doctor Burgos se presentó en el hotel. El portero le dijo que desde el martes nadie había vuelto a ver a ese muchacho, Andrés, y que algunos huéspedes ya estaban alarmados. Burgos asintió y ya se iba cuando se detuvo y le hizo una pregunta más.

—¿Y aquí no hay nadie que sepa dónde vive la familia?

—La familia, no creo —dijo el portero—. Pero él aquí era amigo, sobre todo, de Virginia, una que vive al lado de él, arriba, en el gallinero. A veces salían a caminar. Ella no está. Y era también conocido del profesor Dan, que debe estar en clase, y de don Jacobo, que sí está en la habitación, si no estoy mal. Si quiere se lo llamo.

El portero llamó a la habitación de Jacobo y el doctor Burgos subió. Se sentaron en la salita de la habitación. Jacobo le recordó que se habían conocido años atrás, en un acto en la universidad, y el doctor Burgos fingió acordarse de él. Jacobo le dijo que sabía lo que Andrés estaba haciendo en el Salto y le contó que conocía también a la fotógrafa que lo estaba acompañando, Camila Restrepo. Volvieron a llamarla desde la habitación, pero el teléfono seguía sin responder.

—Tal vez nunca debimos encargarle ese trabajo —dijo el doctor Burgos.

—Tal vez debió haberse encargado usted mismo —dijo Jacobo, seco, casi con rabia.

—Sí. Hay cosas que no se deben delegar en nadie, pero nosotros ya no damos abasto. Además, estaba planeado con total discreción; no se necesitaba tanta suerte para que pasaran inadvertidos. Pero me temo lo peor, ahora, para ese muchacho. Era una linda persona. Estamos viviendo el momento más malo de los últimos años, usted sabe. Matan por cualquier cosa; todos estamos en peligro. Y lo malo es que no sé cómo probarlo, si le hicieron algo; solo puedo revelar qué era lo que la fundación le había encargado y adónde lo habíamos enviado, nada más. Lo único que me queda por comprobar es si la familia sabe algo. No nos dio ni la dirección ni el teléfono de ellos. En la hoja de vida solo aparece que es hermano de un oficial del Ejército, Augusto Zuleta. Yo no he querido llamarlo; los militares no me inspiran confianza.

Jacobo sugirió que llamaran de todas formas a la brigada, por averiguar. Allí dijeron que lo conocían, claro, pero que no se encontraba. Estaba al mando de un operativo en la zona bananera, y no volvería antes de una semana. No quisieron darles el nombre ni el teléfono de los padres. Miraron en la guía telefónica. Había unos seiscientos Zuletas. Aun suponiendo que sus padres estuvieran en el directorio, sería un trabajo muy largo intentar localizarlos. El doctor Burgos llamó a la fundación y le pidió a una secretaria que por favor llamara uno por uno a todos los Zuletas del directorio hasta localizar a una familia que tenía dos hijos: Andrés, de veinticinco años, y Augusto, capitán del Ejército. No sabían el nombre de los padres. Cuando el doctor Burgos se fue del hotel, después del mediodía, la secretaria no había encontrado a nadie. El sábado ya había marcado todos los números, sin dar con el paradero de sus padres.

Por las noches Virginia y Jacobo dormían juntos, abrazados, sin deseo. Tiritaban de miedo y temblaban de rabia. El nudo del abrazo no deshacía el nudo en la garganta.

El lunes Camila pidió una cita con el dentista, alegando un diente flojo. Esta vez el motivo era cierto y palpable, por los golpes que le había dado el Señor de las Apuestas. Llamó ella misma a Jacobo, brevemente, a decirle que iría, para contarle todo. Le anticipó que Andrés no iba a volver. El Señor de las Apuestas la había golpeado más por la compañía («con un hombre estabas, putarrona, con un muchacho, mentirosa») que por el trabajo, y celebraba que el compañerito ya estuviera dándoles de comer a los gusanos y a los gallinazos. Con los días había dejado de golpearla y la había obligado a varios actos humillantes en la cama. Que tenía un diente flojo, le había dicho ella el lunes, y la dejó ir al dentista. También el hermano del señor Rey le avisó a Jacobo después de la llamada, y Jacobo dio las gracias aunque ya supiera que Camila iba a venir. La fotógrafa llegó al hotel poco antes de las diez. Jacobo la recibió; estaban alterados, temblorosos, sin sombra de deseo. Se abrazaron con miedo, con terror. Le vio un ojo morado y los labios hinchados. No estaba llorando, pero en los ojos se le veía lo que había llorado.

—Siquiera estás viva. Pensé que los habían matado. Pero casi te matan, eso se ve —dijo Jacobo acariciándole la cara mientras la miraba. Iba a preguntarle por Andrés, pero ya ella estaba hablando.

—Esto no es nada —dijo ella, e hizo ese gesto de la cara cuando a duras penas se puede contener el llanto. Hablaba atropelladamente, sin orden—: El hijueputa me quiere y por eso me cree. Creo que me cree o, mejor dicho, me quiere creer. O no me cree, pero no le importa, porque no es capaz de matarme, no es capaz. Por eso me pega tanto. Todo iba bien en el trabajo con Andrés; era un muchacho lindo, tierno, era un ángel. Después llegaron los guardaespaldas de él, los mismos que te pegaron a vos. Allá están las fotos de ellos y sobre todo la de los otros hijueputas. Está muerto, estoy segura de que está muerto. No, no, no, ay. Lo mataron. —Las lágrimas de Camila volvieron a salir de sus ojos enrojecidos. Siguió hablando, con otra voz, y con un hipo que le interrumpía a veces las vocales—: A Andrés lo mataron ellos mismos, con seguridad. Allá están las fotos, vos las tenés que recuperar. Lo malo es que si se sabe, si las publican, yo estoy muerta también. Hay que hacerlo, de alguna manera, no sé cómo. Pero por ahora hay que recuperarlas, como sea, como sea, Jacobo. Ahí está la prueba de que lo mataron. —Hablaba sin coordinar muy bien las ideas y Jacobo no le entendía del todo, no podía entender quién era quién, qué había pasado, cómo, por qué Andrés estaba muerto, qué le habían hecho, dónde, quiénes.

Logró calmarla y Camila le explicó más despacio lo que habían visto esa noche, lo que había tomado con la cámara, las dos tarjetas de fotos en las ranuras de las tablas; todavía había pruebas innegables, a pesar de que le hubieran quitado la cámara. Después le contó la llegada de los guardaespaldas de su novio, la entrada de los dos grupos al hotel, el forcejeo, y cómo a ella le habían postergado la sentencia; creían que seguramente el novio la iba a matar. El Señor de las Apuestas la había dejado encerrada cinco días en Paradiso, en un cuarto. Tal vez había pensado en matarla, pero no era capaz. La quería, tal vez la quería algo, o estaba encoñado con ella. Solo la había golpeado, después le había pedido perdón y había dicho que hablaría con los matones para que a ella no le hicieran nada.

—Necesito un pasaporte y una visa, necesito plata, necesito irme de aquí cuanto antes —dijo Camila, sollozando—. Y no puedo quedarme mucho rato. Los guardaespaldas me van a esperar a la salida del dentista. Mejor dicho, tengo que irme ya. Si él sospecha algo de esto, me mata, me mata.

Jacobo trató de detenerla. Tenía miedo de que en verdad la mataran. Le propuso que él la escondería hasta que pudieran decidir algo. Él mismo la ayudaría a salir, pero Camila insistió en que en ese momento sería muy peligroso perderse, tenía que seguir fingiendo que era algo para un periódico, y mantener tranquilo al Señor de las Apuestas, que le había creído el cuento. Si se escondía, el tipo la haría buscar por todas partes, la encontraría y todo sería peor, más peligroso, incluso para Jacobo. Había que mantener el secreto unos días y ser prudentes. Se fue.

Esa tarde Jacobo tuvo que contarle a Virginia, cuando volvió del trabajo, la historia que había sabido por Camila. Ella no lo había podido presenciar, pero era casi seguro que a Andrés lo hubieran tirado por el Salto. Los habían pillado a ambos haciendo el trabajo para la fundación, espiando y fotografiando uno de los tantos crímenes de la Secur, y eso era imperdonable. Había sido una coincidencia fatal, y una imprudencia de la fotógrafa, aunque no tenía culpa. Ella no estaba muerta porque la protegía un mafioso con poder, el Señor de las Apuestas. Virginia asentía con la cabeza y de sus ojos caía un llanto mudo. Era una tristeza honda, pesada, como una piedra enterrada en el pecho, una tristeza que no sentía desde la vez que habían matado a su hermano. A él no lo había matado la Secur, sino el otro bando, la guerrilla de Jamás, porque no había querido unirse al Putas y a los de la pandilla del barrio. Después de años, al fin, había encontrado un muchacho que le evocaba la misma bondad de su hermano; se había hecho la ilusión de que él la acompañara y la cuidara. Ahora este no existía tampoco, y tenía que dejarse consolar por los brazos secos de un hombre seco, casi sin sentimientos. Miraba a Jacobo con rabia. Le daba rabia que le diera así, como con frialdad, la peor de las noticias. No que no se la esperara, pero odiaba la confirmación segura de sus peores miedos. Se dejó abrazar, sin embargo, y apoyó la cicatriz de su pecho contra el pecho seco de Lince. Después durmieron juntos, o fingieron dormir, pero dándose la espalda. Cada uno, en el fondo, sentía un rencor inconfesable. Jacobo, rencor por el muerto, al que sabía mucho más amado que él mismo. Candela, porque habría querido que el vivo fuera otro, y otro el muerto.

El doctor Burgos no pudo conseguir que le abrieran nuevamente el hotel del Salto. Sus conocidos se habían enterado de que algo grave había sucedido aquella noche, pues habían recibido una llamada anónima en la que les advertían que el hotel sería quemado si se seguía usando para fines de grupos que actuaban en la clandestinidad contra el Gobierno. Así que si Jacobo quería recuperar las tarjetas sería necesario entrar al escondido o por la fuerza. Virginia se ofreció a acompañarlo. Al parecer los guardianes del hotel estaban dentro solamente por la noche. De día hacían patrullajes frecuentes por el lugar, pero no había vigilancia permanente. Debían ir al Salto, reconocer a la patrulla y actuar inmediatamente después de una ronda de los vigilantes.

Candela conocía al dueño de un bar en las inmediaciones. Si se sentaban a tomar algo en una mesa al lado de la ventana, desde allí podrían dominar el hotel, y actuar apenas pasaran los guardianes. Violar los candados sería muy difícil, pero entre los dos podrían trepar la malla y quizá entrar por una ventana rota sin que los vieran. Si no era posible, Virginia intentaría abrir con una ganzúa alguna de las puertas laterales; ella sabía hacer eso.

Desde el bar vieron que las ventanas estaban demasiado altas para trepar hasta ellas. Habría que saltar la malla por la parte de atrás, la que daba al Salto por el lado de la Roca del Diablo, por donde pasaban menos transeúntes y se podían despertar menos sospechas. Después Virginia tendría que abrir la puerta con la ganzúa. Cuando pasó la moto de la vigilancia, dejaron el bar deprisa y treparon la malla sin contratiempos. Pero la puerta no se abría. Tal vez Candela había perdido práctica. Desanimados después de más de un cuarto de hora de lucha con la cerradura (les parecía que los celadores estaban a punto de volver a hacer su ronda), se iban a marchar. Jacobo, en un gesto de rabia e impaciencia, como despedida, le dio una patada a la puerta, con ira. Medio podrida por años de humedad, la cerradura saltó y la puerta se abrió de par en par. Entraron, subieron aprisa las escaleras de servicio y buscaron el comedor, cerca de la ventana, donde Camila les había indicado. Estuvieron un rato inspeccionando las ranuras, hasta que Virginia alcanzó a ver una pequeña franja amarilla. Muy cerca una de la otra estaban las dos tarjetas de memoria. Salieron despavoridos, con el corazón rebotando en las costillas y la sensación de que los iban a descubrir enseguida; saltaron la malla, corrieron hacia la calle y cogieron un taxi para volver al hotel.

Antes de llamar al doctor Burgos o de que Camila viniera, querían ver las fotos, pero para eso necesitaban una cámara. Jacobo sacó la cajita metálica, tomó trescientos dólares, y fueron hasta el centro comercial que hay detrás de la catedral.

Examinaron las cámaras electrónicas con pantalla incorporada, y pidieron una que cargara el mismo tipo de tarjeta de memoria que usaba Camila. Volvieron al hotel a las carreras, ansiosos por ver lo que había en las dos memorias. Jacobo intentaba meter las tarjetas intuitivamente mientras Virginia leía las instrucciones. Sin poder reprimir su viejo tic de sabueso, Jacobo olió los pequeños dispositivos con las fotos, y un recuerdo muy vivo se le vino a la mente: era el olor de Camila, su posesión, y eso le transmitió a su cuerpo una agradable oleada de familiaridad. Después de varios ensayos fue capaz de poner una de las tarjetas en el aparato. Al fin la cámara se encendió y en la pantalla apareció su cuarto, el sillón de lectura, la puerta del baño. Hundió el obturador y en la pantalla se vio una foto fuera de cuadro, con el marco de la ventana que miraba hacia las montañas; un letrero en la pantalla le indicó: «Memoria insuficiente, disco lleno». Lo importante era no cometer el error de borrarlo. Quería ver lo que había. Hundió el botón correcto, al azar. Lo primero que Lince vio fueron varias fotos de la Roca del Diablo, sin suicidas, sin víctimas; avanzó hasta que vio un cuerpo desnudo, tendido en el suelo, pero tampoco era lo que estaba esperando; los desnudos se veían felices, casi un antónimo del sufrimiento; reconoció el cuerpo de Camila, su cuerpo grande y terso; adelantó con la flecha; también Andrés estaba desnudo, y le habían hecho un close-up sobre el miembro. Más fotos de cuerpo entero, con la luz blanquecina del flash. Por un instante se le pasó por la mente que Camila le estuviera tomando el pelo, o dándole una lección. Virginia, concentrada en el manual de instrucciones, no veía lo que él estaba viendo. Venían luego varias fotos de Camila (el pecho, el vello púbico, las piernas) y una foto tomada probablemente con el automático, en la que se veían ambos cuerpos entrelazados, haciendo el amor, tendidos en el piso de madera, apoyados a medias sobre un saco de dormir, al lado de un reguero de vino. Le molestaba ver esto, como si estuviera espiando por el ojo de una cerradura, sin quererlo. Virginia le preguntó qué estaba viendo.

—Todavía nada —dijo Lince, que iba pasando rápidamente las fotos íntimas de Andrés y Camila, sin curiosidad y sin celos, solo con impaciencia.

Al fin cambió el escenario, al exterior, y apareció la primera foto de los matones, bajándose del carro.

—Hay algo. Pero se ve de lejos y está muy oscuro. No se entiende muy bien qué es lo que pasa —dijo Lince.

Siguió la secuencia, y, a pesar de que cada instantánea detenía los movimientos en el aire, le parecía ver los golpes que le estaban dando al pobre hombre, algo movido bajo la tenue luz de los pocos faroles y el claro de luna. Era un salto brusco y molesto, pasar de ellos desnudos y felices al gesto brutal de los matones. Después de cada foto la víctima se encogía más y más, y en su piel se notaba un nuevo golpe, tumefacciones. En la secuencia lo iban desnudando y arrojaban al vacío las prendas que le quitaban: pantalones, zapatos, camisa. Le pareció verse, desnudo, inerme, el día que lo atracaron por la casa de Virginia. Luego venían fotos tomadas más de cerca, con el zoom, y estas aparecían aún menos nítidas, porque Camila había tratado de enfocar la cara de los asesinos, rostros contorsionados por la maldad y por la ira, aunque muy desenfocados por la falta de luz y el movimiento. Eran las últimas de esa tarjeta. Jacobo cambió la memoria. Los dedos le temblaban.

Puso la otra tarjeta. Entre la mala iluminación podían distinguirse dos alicates que se acercaban a la carne, la mordían, le daban un semigiro y la laceraban. En la foto siguiente se veía un turupe de carne y sangre que salía de la piel morada. Después se veía el efecto de una bala, el boquete en el cráneo, el cuerpo inerte al que todavía le daban golpes, el tipo ya desmadejado, la forma en que lo llevaban hacia el Salto, de las cuatro extremidades, y el instante en que lo arrojaban al vacío. Pese a que la cámara trataba de enfocarlos, los rostros no se distinguían, o se veían mal, borrosos en la distancia, al menos en la pequeña pantalla. Virginia había observado el terror y la conmoción reflejados en la cara de Lince. Ahora intentaba arrebatarle la cámara, para mirar ella también. Quería ver a Andrés, quería ver si Andrés estaba vivo o muerto.

—Eso no vas a verlo aquí —dijo Jacobo—. Cuando los cogieron ya Camila no podía hacer más fotos. Esto que vas a ver fue antes.

Virginia tomó otra vez las instrucciones y sugirió que le pusieran el cable a la cámara e intentaran ver las fotos en la pantalla del computador, como se indicaba en el manual de instrucciones. Lince lo encendió y conectaron la cámara. Faltaba el programa. El CD estaba en la caja de la cámara nueva. Lo instaló con impaciencia. Cada minuto parecía una hora. Mientras tanto le advirtió a Virginia que además del asesinato iba a ver algo que quizá también fuera doloroso para ella, aunque de otro modo. Camila no se lo había advertido, pero había fotos de ellos dos juntos.

—¿Cómo así juntos? ¡Claro que estaban juntos! ¿Qué quieres decir? —preguntó Virginia casi con rabia.

—Acostándose.

Virginia cerró los ojos y no dijo nada. Quería ver todo. Instalado el programa, conectaron la cámara. Como por arte de magia las fotos empezaron a emigrar al computador y a verse, pequeñitas, en la pantalla, del tamaño de pruebas de contacto o diapositivas. Cuando terminó de descargarlas todas, Jacobo puso la otra tarjeta y descargó también estas. Virginia, antes de ver las fotos duras, las de la muerte, quiso ver las de ellos vivos. Empezó a llorar, y le daba vergüenza confesarse que en ese momento tenía más rabia que tristeza.

—Me hubiera parecido normal ver fotos así de ti, o incluso mías —le dijo Virginia a Jacobo—; pero de él no. No lo creía capaz de algo así. No tenía por qué decírtelo a ti, que tienes tantas, pero Andrés y yo estábamos juntos, juntos en todo sentido; juntos de verdad, comprometidos con las palabras hasta más no poder, con todos los juramentos. Me duele que me haya hecho algo así. Como está muerto, pienso que lo debo perdonar, pero él no sabía que se iba a morir.

—Los hombres somos así.

—No, Andrés no era así; él no era como todos los hombres, y menos como tú.

—Hasta los mejores hombres son así, Virginia. Si nos dan la oportunidad precisa, perfecta, cedemos, dejamos de pensar. Es más fuerte que nosotros. No quiere decir nada, no pienses mal. Además creo que él te lo hubiera confesado. Tenía ese tipo de ingenuidad.

—Se dejó tomar fotos; es el colmo.

—Es lo único que sabe hacer Camila. Esas cosas no se piensan ni se deciden: pasan. Y tal vez eso nunca te lo iba a contar.

Virginia lloraba con pocas lágrimas. Había rabia y decepción en su cara. Movía la cabeza de un lado a otro, en una negativa.

—Hay un motivo adicional por el que no debería haberlo hecho. El domingo yo le había dicho algo importante.

—¿Qué?, si se puede saber —preguntó Jacobo.

—No, no se puede saber, ni lo quiero contar. Sonaría bobo. En todo caso él me gustaba más que tú, y me hubiera gustado… Me gustaba mucho más.

Jacobo se rascó la cabeza. Pensó en algo, y dijo lo contrario de lo que pensaba:

—Bueno, yo ya sabía que te acostabas también con él; lo que no sabía era que fuera tan buen amante.

—Ser buen o mal amante no tiene nada que ver. Eso no importa. Me gustaba más en otros sentidos. Aunque tú seas mejor amante, él me gustaba mucho más como persona. Era más dulce y más joven, estaba mucho más vivo que tú, y me perdonas.

Virginia tenía cara de angustia. Dejó de llorar y se elevó en la cadena de sus pensamientos, lejana, sola con ellos. Jacobo no quería mezclarle al dolor la molestia del sentimentalismo. Al cabo de un rato la pelirroja pareció sobreponerse. Reconoció que lo suyo no era nada comparado con lo que había pasado. Le pidió a Jacobo que vieran lo otro, las fotos del muerto.

—No lo mataron por posar desnudo, no lo mataron por las fotos de él, sino por ver lo otro. Veamos de qué se trata.

Jacobo hizo clic sobre algunas de las fotos. Cuando la imagen llenaba la pantalla del computador podían verse casi todos los detalles. Además los rostros, al ampliarlos varias veces con el zoom del programa, se volvían caras nítidas, muy reconocibles, por un momento, hasta que las imágenes se veían tan pixeladas que perdían nitidez. Jacobo enfocó un detalle del rostro del tipo al que estaban torturando con los alicates. A pesar de la mueca de dolor, podía distinguirse la cara. Creyó reconocerlo; era el sindicalista desaparecido que había en la foto del diario. Hurgó entre los papeles, encontró la hoja de diario que había guardado, y le pidió a Virginia que comparara los rostros. Era él, sin duda. Después ampliaron y enfocaron las caras de los asesinos. A Jacobo le pareció reconocer una de ellas. Sí, también el traje desaliñado, la corbata floja bajo la chaqueta de cuero negro. Se le iluminó una luz en la memoria: Gastón, el guardaespaldas de Potrero, cuando lo amenazaba en la casa de Beatriz, cuando los perseguía hacia el beneficiadero en la hacienda de Tierra Caliente. Era él, no cabía ninguna duda; también Virginia recordaba su cara.

Llamaron a la puerta con brusquedad, con golpes insistentes. Jacobo cerró el programa precipitadamente y le hizo señas a la pelirroja para que escondiera la cámara.

Gritó que esperaran un momento, pero en breve los golpes se volvieron a oír. ¿Los habría seguido alguien? Jacobo puso el ojo en la mirilla. Era el profesor Dan, que entró como una exhalación.

—Me dijo el portero que Andrés está desaparecido. No puede ser, no puede ser. ¿Qué sabe usted, señor Lince? —No había visto siquiera a Virginia, hasta que la localizó a un lado del cuarto y le hizo un saludo con la cabeza. Jacobo no contestaba—. A ver, no sean misteriosos. Cuéntenme qué pasó, tal vez yo pueda hacer algo. Conozco gente arriba, tengo contactos; Andrés es la bondad andando, no pueden hacerle nada.

Jacobo, sin mostrarle las fotos, le contó brevemente lo que sabían: el trabajo arriesgado para la fundación en el Salto, el grupo que los había descubierto a Camila y a él; lo que se suponía que podían haber hecho, que era casi seguro; el último llanto de Andrés y sus súplicas de que no lo dejaran solo. El profesor Dan se sentó en el sillón, como fulminado, un bulto que se desploma, y se tomó la cara entre las manos. Meneando la cabeza a un lado y a otro, al poco rato salió, sin pronunciar ni una palabra.

Jacobo y Virginia abrieron otra vez el programa del computador y siguieron viendo las fotos, una tras otra, con cuidado, aplicando el zoom a los detalles, ampliando rostros, fogonazos, alicates, brazos, armas, caras, con una curiosidad casi morbosa. Virginia estuvo un rato en el baño, vomitando. Creía haber reconocido al Putas entre los matones, pero no estaba segura. No quería ni pensar que la misma persona estuviera involucrada en la muerte de los dos hombres que más había querido. Siguieron. Al lado de las escenas de muerte estaban también las otras, sobre los sacos de dormir en el hotel. El cuerpo grande y mullido de Camila sobre el más afilado y flaco de Zuleta. Virginia lo miró con una mezcla de ternura y rabia. Tenía una expresión de incredulidad en el rostro. No podía creer que también Andrés, la persona en la que más confiaba, pudiera haberle hecho eso, lo más banal. Jacobo la dejó que mirara a sus anchas, sin hacer comentarios. También a él le dolía ver el dolor en el rostro de Virginia, más de lo que podía haberle dolido ver a Camila con Zuleta. Nunca la había querido, nunca le había pedido que no se acostara con nadie. Lo que le parecía increíble era lo que estaba constatando: que dos de sus amantes hubieran preferido tan ostensiblemente a Zuleta, al muchacho segundón sin plata y para él sin encantos. Era una pequeña lección a su vanidad.

En el segundo disco venían las fotos del encuentro de los dos grupos, entre los que estaban los guardaespaldas del Señor de las Apuestas que tanto cuidaban los pasos de Camila. Entre ellos podía verse a los mismos que habían golpeado a Jacobo al lado del hotel, la vez que salió a bailar con Camila, hacía ya varios meses. Esa misma noche había visto a Zuleta por primera vez. El tal Chucho debía de ser uno de ellos (Lince no recordaba sus caras), y los otros seguramente eran los mismos; pero Camila podría reconocerlos mejor, y darles nombre. Lince grabó todas las fotos en un archivo que llamó AZ. No sabía cómo avisarle al doctor Burgos que habían recuperado las fotos y que ahí estaban las pruebas que la fundación necesitaba. Era una de esas cosas que no podían decirse por teléfono. Tampoco quería presentarse en la fundación ni andar por la calle con las dos tarjetas de memoria. Pensaron que lo mejor sería ponerle un mail y citarlo para el día siguiente en la librería de Pombo y de Hoyos, arriba, donde trabajaba Virginia. Allí le podrían entregar el material. Pero antes Camila tenía que estar de acuerdo. La dueña era ella. Le pidieron al dentista que llamara a darle una cita lo más pronto posible.

Camila llamó de un teléfono público, más tarde. Dijo que con las fotos no podía hacerse nada hasta que ella no estuviera a salvo, lejos del país, en otra parte. Le dijeron que ya el doctor Burgos estaba trabajando en las visas; Jacobo tenía arreglado lo de los pasajes y el dinero para los primeros meses. Debían armarse de paciencia. Camila no tenía presentes las otras fotos: las de ellos, antes de la matanza. Cuando Jacobo se las mencionó, como de paso, ella lloró, dijo que no las vieran y que se las devolvieran sin sacar ninguna copia, porque era un asunto de ella, de ella solamente. Quería verlas una sola vez y ella misma se encargaría de borrarlas. Había sido algo casual, por combatir la soledad, pero bonito. No se arrepentía; al menos Andrés se había llevado de la vida un buen recuerdo.

Aunque ellos mismos no se dan cuenta, a los Siete Sabios les molesta cuando algún candidato que se ha propuesto para la solución definitiva es eximido del golpe de la rama operativa. Lo sienten como una íntima derrota, como una muestra de condescendencia que en el fondo les parece indicio de debilidad y falta de carácter. Por eso, en los casos que siguen se vuelven más rígidos e irreflexivos, más implacables, si se quiere. Después del salvamento de ese tal librero desconocido, un tonto titubeo de Martes que propuso y suprimió una tarea del cuerpo de inteligencia, el mal humor se había apoderado de ellos. Cuando llegaron a leer el último de los segundones, el periodista Ortega, el ambiente se caldeó. Seis de los siete sabios, refunfuñando, arrojaron la balota negra casi sin pensar. Curiosamente, Domingo, el último en votar, dudó, y eso llevó hasta el colmo el desconcierto y puso a los demás, si se pudiera, aún de peor humor. Domingo se tomaba su tiempo y había apoyado el mentón sobre la mano izquierda.

Ya había leído los cargos, en tono neutro: «Antonio Ortega*, abogado y columnista de *El Heraldo*, exdirector de la revista *Caretas*. Lleva años haciendo declaraciones infamantes contra el Gobierno y azuzando de manera sutil e indirecta a los partidarios de la revuelta contra el Apartamiento. Es un aliado subterráneo del grupo Jamás, un idiota útil de la subversión y un instrumento de discordia, un sembrador de cizaña. Conviene eliminarlo de una vez por todas».

—Miren —dice Domingo—, por extraño que les parezca, yo quiero a Ortega. Escribió un artículo, una vez, muy elogioso sobre un hermano mío, un bohemio que se murió de cirrosis hace mucho tiempo, un hacedor de versos. Además, lo creo un

---

* Antonio Ortega, cuarenta y ocho años, periodista pulcro e independiente, ajeno a cualquier presión del poder, imposible de comprar con halagos o influencias, es todo lo contrario de lo que dice su sentencia de muerte. Desde hace casi veinte años mantiene la columna de opinión más radical y crítica de toda Angosta, pero no tiene ni la más remota relación con los grupos violentos. Odia la violencia, tanto la de Jamás como la de la Secur o la de los narcos, y las denuncia todas, mencionando las innegables complicidades de los aparatos del Gobierno. Los Siete Sabios, o al menos seis, ya no pueden soportar más el ruido de sus denuncias, que les pica en la piel como el escupitajo de un bicho venenoso.

libertario, cosa que detesto, pero no un terrorista. En honor a la memoria de mi hermano, yo no puedo permitir esto. Balota blanca y veto, por raro que les parezca.

Los demás sabios se asombraron con los motivos; no estaban acostumbrados a esas debilidades de carácter, a miramientos por apegos filiales. Casi nunca hay reuniones que se presenten así, con tropiezos, discordias y desavenencias. Tal vez nunca antes, en una misma sesión, se habían librado de la sangre dos cuerpos. El mal humor se pone todavía más denso. Fuman, el whisky se termina y tienen que apelar al timbre varias veces. Algunos tienen calor y piden pausas para tomar aire o ir al baño. Viene lo más arduo y serio, además, pues siguen los candidatos que viven en F, y estos, por una irremediable cuestión de casta y de territorio, siempre han sido más difíciles de resolver.

Domingo, con la cara algo congestionada, da dos golpecitos sobre la mesa. Empezará a leer los nombres de los señalados en Tierra Fría. El primero es un personaje curioso. Acaba de salir de la cárcel por haber tenido nexos con Pablo Escobar, el célebre mafioso. Se hizo rico con él, apostándole a sus envíos de coca, invirtiendo grandes capitales en negocios de mucho riesgo, que se perdían del todo o pagaban el mil por ciento. No era matón, se dice, ni intervenía directamente en el tráfico, pero colaboraba y se había hecho amigo de esa gente. Domingo carraspeó y leyó los cargos.

—Álvaro Blanco Acero. Purgó nueve años en la cárcel de Cielorroto acusado de tráfico de estupefacientes, salió hace tres meses, pero hay gente molesta, mucha gente, personas allegadas al Consejo, dones con grandes influencias. —Suspendió la lectura, levantó la vista—. Hay algo que no dice el expediente, señores, y lamento tener que mencionarlo en voz alta: varios maridos cornudos se quejan de que Álvaro ha vuelto por sus fueros, a pesar de la lección que le dimos en Cielorroto. Lo de Escobar ya está saldado, pero está el detalle de que seduce a señoras de bien, y hace alarde. Además, quedan viejos rencores, ustedes saben, hay muchos dones que creen que Acero estuvo de

311

cómplice de Pablo en líos de secuestros. Puede que no sea cierto, pero se dice que suministraba información confidencial sobre transacciones financieras, giros en divisas, dinero escondido en las islas Caimán. Hay personas importantes que aseguran haber oído su voz o visto sus corbatas de seda, sus zapatos inimitables, en el sitio del delito. Está bien que a veces algunos se tengan que untar de mafia y de drogas para fines loables y campañas antiterroristas; pero llegar al secuestro de personas de F, eso nunca se puede tolerar. Creo que no tengo que decirles más; ustedes deciden. Votemos.

Malhumorados después de dos absueltos, hubo una sola balota blanca, la de Viernes, que era primo lejano del sujeto. Antes de dos semanas, pese a sus guardaespaldas y su carro blindado, frente al club más exclusivo de Tierra Fría, perecería baleado con montones de impactos el habilidoso hombre de negocios, muy tahúr y muy donjuán, un caballero curioso, un don de vieja alcurnia: Blanco Acero.

Jacobo subió al cuarto de Isaías Dan. Tocó dos veces, sin énfasis, y bajó el picaporte sin esperar respuesta, pues Dan nunca oía los llamados a la puerta. El profesor Dan no lo oyó entrar. Estaba de pie, de espaldas a la ventana, con los ojos cerrados, y movía rítmicamente el cuerpo, adelante y atrás. Por sus mejillas rodaban algunas lágrimas y tenía puesto sobre los hombros una especie de manto de seda, blanco con líneas azules, del que colgaban algunos hilos en las puntas. Anudada a su frente con unas tiras de cuero tenía una especie de gran dado negro, brillante, y un objeto parecido se anudaba a su brazo izquierdo, con cuerdas también de cuero que le envolvían el antebrazo como lazos de sandalias que apretaba en su mano. Un solideo negro le cubría la coronilla. Estaba canturreando una oración en una lengua desconocida para Lince.

—Perdón —dijo Jacobo; después tosió, y el profesor Dan abrió los ojos enrojecidos por el llanto.

—Ah, Jacobo. Perdóneme usted. Es una debilidad. No es que yo crea en esto, pero no sé qué más hacer. Cuando alguien que yo quiero se muere, o lo matan, como en este caso, me dan ganas de llorar. Y como no sé qué hacer con el llanto, para no gritar como un loco, recito el Kaddish. Es una manera de calmarme, también. Como tomarme un Valium, o como rezar el rosario para los católicos.

—No sabía que usted fuera practicante, profesor. ¿Qué es lo que reza? ¿Está en hebreo?

—No, en arameo. Y ni siquiera sé bien lo que quiere decir. Pero lo repito muchas veces y me calma. Ni siquiera sé si soy judío; mi abuela lo era, mis bisabuelos también; soy circuncidado y preparé en la sinagoga mi bar mitzvah; también una parte de mi familia cree ser judía, aunque ni siquiera sepamos bien qué es eso; la familia de mi prometida quería que yo lo fuera. En realidad no me importa, pero rezo el Kaddish cuando me ocurre algo muy doloroso. Andrés era un excelente muchacho.

—Repita el rezo otra vez, por favor, me gustaría oírlo.

Y Dan empezó a balancearse y a recitar en tono cantinelante una larga oración de cadencia dolorosa. Volvió a llorar. También Jacobo se conmovió, pero, un rato después de oírlo recitar, misteriosamente, sintió que la oración le producía una especie de tranquilidad, como si la melodía monótona poseyera algún poder de encantamiento. Al fin, Dan se calló y empezó a quitarse los ornamentos, despacio, y los dobló con cuidado antes de meterlos en unas bolsitas de terciopelo.

—¿Y ese manto qué es?

—Se llama tallit. Los judíos se envuelven en él para rezar. Me lo regaló el que iba a ser mi suegro poco antes de mi matrimonio, es decir, poco antes de haber decidido que no me casaría. En la familia de mi prometida rezaron el Kaddish por mí cuando rompí el compromiso; romper un compromiso es más grave que morirse; peor que divorciarse. Aunque no me casé, ya no lo devolví. Y estas eran las filacterias de mi abuelo; adentro tienen trozos de la Torah. Están tan viejas que las cuerdas se empiezan a reventar. También la kipá está vieja y raída, pero no importa. Son objetos que no sé por qué guardo; como recuerdos de familia, pero despojados del halo sagrado que tuvieron para todos ellos. Yo ya no creo en nada que esté más allá de nosotros, fuera de las matemáticas. El Kaddish me lo enseñaron desde muy joven, a los trece años. No estoy seguro de pronunciarlo bien, aunque tal vez sí, porque esas cosas nunca se olvidan del todo. Es como aprender a nadar o a montar bicicleta: se sabe para siempre. Ni siquiera tengo derecho a recitarlo, pues para rezar se necesita la presencia de al menos diez varones. Yo hago de cuenta que todas las patas de la cama y de las sillas son hombres.

—Reste una pata, profesor, que aquí estoy yo. Pero vine porque quería pedirle un favor, mi querido Dan. Es arriesgado, aunque no mucho para un extranjero. Se trata de llevar un material a Tierra Fría para entregárselo al director de la Fundación H, donde trabajaba Andrés. Es un material delicado, definitivo para hacer una denuncia, porque son las fotos de los mismos asesinos de Zuleta. Es muy fácil de esconder, porque es diminuto, pero no debe llevarlo ningún TS porque a ellos los requisan más a fondo. Yo pienso llevar la mitad en el carro; tal vez usted podría llevar en metro la otra mitad. Si quiere fijamos una hora y yo mismo lo recojo en la Plaza de la Libertad. Quedamos de encontrarnos a las tres con el doctor Burgos en la librería de unos amigos míos, El Carnero, donde trabaja Virginia.

El profesor Dan no lo dudó ni un momento y empezó a cambiarse para salir. Jacobo le entregó una de las tarjetas que había tomado Camila y se guardó la otra en un bolsillito de condón que llevaba en los calzoncillos, un viejo resabio de cazador furtivo. La totalidad de las fotos estaban copiadas en su computador, por si los interceptaban, y Virginia tenía una copia más, en disquetes, por si algo llegara a suceder. El doctor Burgos pensaba hacer una publicación especial con las dos denuncias: la del sindicalista del que había registro, y la sucesiva desaparición de Andrés, que había quedado en poder de los mismos hombres, en el mismo sitio, al borde del Salto.

Dos horas después, los dos amigos llegaron juntos a El Carnero, sin contratiempos. La librería no parecía estar vigilada. El doctor Burgos los estaba esperando, fingiendo mirar libros. Hoyos y Pombo no sabían el motivo de esa visita, y le ofrecían asesoría para libros de historia y de política, pues pensaban que estaba interesado en esos temas. Virginia, limpiando libros limpios, lo vigilaba de lejos, pues ella sí sabía el motivo de la visita y esperaba, nerviosa, la llegada de Lince. Cuando Dan y Jacobo entraron pareció descansar. El doctor Burgos se apartó con ellos y le entregó a Jacobo el pasaporte de Camila. Le habían conseguido una visa para Noruega y podría salir en cualquier momento. Le darían estatus de refugiada. La fundación podría hacerse cargo de otros gastos, si era necesario. Hoyos y Pombo, sorprendidos con la visita de su amigo de T, y más sorprendidos aún cuando vieron que emprendía una conversación en voz baja con Burgos, se apartaron hacia sus escritorios. El profesor Dan miraba, como siempre, con una cara ausente que no correspondía a lo que estaba pasando. De vez en cuando se tocaba la tarjeta en el bolsillo, con un tic de ansiedad.

El doctor Burgos le explicaba a Jacobo la importancia de que Camila saliera pronto del país, para proceder a la publicación del material en breve tiempo, antes de que el tema pudiera parecer agua pasada. Cuando apareciera la denuncia, esto debía saberlo también Jacobo, correrían riesgos todos los implicados. El solo hecho de haber sido vecinos y amigos de Andrés en La Comedia sería un indicio para los asesinos; iban a perseguirlos a todos, de eso podían estar seguros. Dan y Jacobo le aclararon que su única relación con Andrés habían sido pocas conversaciones y algunas caminadas. La pelirroja, desde el fondo, los miraba. El doctor Burgos la observó con cara de interrogación. Jacobo dijo que vivía también en el hotel y había sido, al final, una especie de novia de Zuleta. El doctor Burgos preguntó si se llamaba Virginia y Jacobo se sorprendió de que conociera ese nombre; tal vez también el doctor Burgos tuviera su servicio de espionaje. Este siguió hablando y dijo que no sería mala idea que el grupo de caminantes se tomara unas vacaciones o algo así. A ver cómo evolucionaban las cosas, porque todos los que tuvieran algo que ver con Andrés resultarían sospechosos; y más la muchacha (señaló a Virginia con el mentón) si habían sido públicas sus relaciones. Dan dijo que él no se movería ya nunca más de La Comedia, aunque lo mataran, que él al fin y al cabo ya estaba medio muerto. Jacobo dijo que lo iba a pensar. Estaba Virginia de por medio, y sus amigos de la librería, Jursich y Quiroz, aunque estos muy indirectamente.

—Mire, Jacobo, cuando a la Secur se le mete algo en la cabeza, llega hasta el fondo. Ellos los llaman operativos de limpieza. Yo mismo, después de que salga la denuncia, me tomaré unas vacaciones en Europa. Es lo más prudente.

Jacobo pensó que todos los dones, por bondadosos que fueran, así fueran filántropos de mucho valor, como el doctor Burgos, no dejaban nunca de ser dones, en el fondo. ¿De dónde sacaba que una persona como Virginia, una tercerona, podía irse de vacaciones a otra parte? No conocía ni siquiera el mar, ni ninguna otra ciudad fuera de la Angosta baja, no se había subido jamás a un avión, y le recetaba vacaciones. La conversación languideció y al fin hablaron de las fotos. Dan y Jacobo entregaron los pequeños dispositivos con la memoria.

Burgos recibió las tarjetas y se las llevó a la fundación. Su mujer, doña Cristina, lo estaba esperando compungida, y vieron juntos las fotos en el computador de la oficina. Jacobo había borrado el testimonio de lo que había pasado entre Camila y Andrés antes de que llegaran los asesinos. La calidad no era muy buena, para la impresión, pero era suficiente. Sobre todo los primeros planos de los matones, aunque permitían distinguirlos muy bien y no dejaban ninguna duda sobre su identidad, era posible que les dieran alguna coartada a los abogados, en el caso de que encontraran, y no era improbable, jueces complacientes. Al menos eso era lo que opinaba el doctor Burgos. En todo caso nunca los habían pescado tan directamente, en flagrancia, haciendo lo que venían haciendo desde hacía años en total impunidad. Fuera del folleto de la fundación sería muy importante conseguir que otros medios publicaran también parte del material y de la historia. El doctor Burgos iba a tratar de imponerlo en *El Heraldo*, donde tenía mucha influencia, lo mismo que en una revista y en una emisora radial. Harían todo el ruido que pudieran hacer. Jacobo, que había sacado algunos poemas de los cuadernos de Andrés, se había ofrecido para hacer una semblanza, sin firma, del muchacho, resaltando su talento literario, incipiente quizá, pero prometedor.

Lince y Dan bajaron juntos a T, en el carrito. Casi no intercambiaron ni una palabra. En el camino llamaron a Camila al apartamento, desde un teléfono público, a ver si quería ir a La Cuña por otro libro para su tesis. Ella dijo que no podía ir esa tarde, pues tenía cita con el dentista, pero que iría al día siguiente, sin falta. Mientras llegaba Camila, Jacobo le compró pasajes por internet para el día siguiente e hizo que se los situaran en el mostrador del aeropuerto de Paradiso. El vuelo hasta Oslo haría una breve escala en Madrid. Le preparó un sobre con tres mil dólares en efectivo y un cheque que le daría para vivir un año sin contratiempos. En Noruega, además, estaría protegida por el Gobierno. Revisó el saldo de su cuenta bancaria y vio que las últimas restas ni siquiera se notaban: meros rasguños a los intereses, que no alcanzaban a tocar el capital. Bendijo a su madre, la difunta, que le permitía hacer esos gastos sin sentirlos.

La despedida de Camila fue rápida y más llena de nerviosismo que de emoción. Jacobo le entregó el pasaporte con la visa, la plata, y luego se abrazaron largamente. Ambos estaban pálidos, temblorosos, pero sus ojos siguieron secos. Lo importante era que el Señor de las Apuestas no sospechara nada. Esa noche dormiría con él, en un hotelito donde solían verse, en Tierra Fría. Al otro día pensaba ir, normalmente, a la universidad. El vuelo a Madrid salía a las cuatro de la tarde. Pensaba almorzar también con su falso protector, si él se lo pedía, y después, casi sin equipaje, se iría en un taxi al aeropuerto y se metería en la sala de emigración. Al mismo Señor de las Apuestas no le convenía hacer ruido sobre su fuga, pues sabía que si los de la Secur se enteraban, el muerto podría ser él. Él mismo tendría que esconderse. Jacobo le deseó suerte. Se auguraron un encuentro, algún día, muchos años después, en algún sitio del mundo, con la esperanza de que toda esta pesadilla fuera para entonces solo un cuento. Luego Camila salió corriendo por las escaleras y los sótanos, de vuelta al consultorio del dentista. Los guardaespaldas, que estaban esperándola al frente del edificio, la llevaron otra vez a F.

Al día siguiente, por la tarde, la señora Burgos se presentó en el hotel. Su marido no podía venir, porque sentía que lo estaban siguiendo. Traía la buena noticia de que Camila ya estaba en vuelo hacia Madrid. Había venido, aunque sabía que era una imprudencia, porque su marido necesitaba una foto de Andrés para publicarla en el periódico, al lado de la denuncia de su desaparición. Venía a recoger, además, la semblanza que Lince estaba preparando, y los poemas, pues *El Heraldo* estaba dispuesto a publicar algunos en el suplemento literario. Ojalá la noticia no se filtrara al Gobierno antes de la salida del periódico, el domingo siguiente. Burgos, por el momento, se había negado a entregar ningún material, y solamente lo haría la víspera. Tenía los espacios reservados, con un titular en la primera página.

Nadie tenía fotos de Zuleta en el hotel, y su hermano, el que trabajaba en la brigada, o no había vuelto de sus operativos en la zona bananera o no le interesaba llamar. Jacobo recordó las fotos de la última tarde de su vida, las que le había hecho Camila desnudo. Tal vez podría recortarse solamente la cara, para publicarla en el periódico. Le pidió a la señora Burgos que lo dejara buscar un momento algo en el computador; tal vez él pudiera resolver el problema. Estuvo ampliando y recortando varios rostros de Andrés. A veces tenía los ojos cerrados, y no se podía publicar una foto con los ojos cerrados. O se lo veía acostado, y tampoco se publican fotos de acostados, como podía deducirse por la posición de la cabeza. Al fin encontró una con la expresión muy intensa en el rostro, una expresión que leída sin el contexto no se sabía qué podía significar, podía ser de agonía y de éxtasis al mismo tiempo. Por el momento no tenían otra solución, y se podría interpretar como una cara invadida de intensidad poética. Cuando se la mostró a doña Cristina, esta dijo:

—Lo recordaba distinto, más apuesto y más compuesto, pero si no hay más…

Para Virginia era odioso que publicaran esa foto, por motivos que solo ella sabía. Y Jacobo pensaba en la paradoja de que su foto más triste, la del anuncio de su muerte, se publicara con la imagen de ese momento que para los hombres es quizá el de mayor afirmación.

El doctor Burgos escogió bien los tiempos para hacer pública la denuncia. Él mismo, basado en las fotos de Camila y en el relato que Jacobo le había transmitido, se ocupó de escribir y de firmar el texto principal. También Camila, antes de su salida, había dejado una hoja firmada con su testimonio de lo que había ocurrido esa noche. El artículo de Burgos era un crudo señalamiento contra los hombres de la Secur y, una vez revelada la identidad de los responsables, personas que tenían cargos entre las fuerzas secretas del Estado, se hacía evidente la complicidad o al menos las omisiones del Gobierno. Tampoco el Señor de las Apuestas quedaba bien parado, aunque no se lo podía acusar de estos asesinatos. El doctor Burgos terminaba acusando al Gobierno de complicidad criminal si no tomaba acciones en contra de quienes habían perpetrado los asesinatos.

El periódico publicaba las fotos del crimen y daba los nombres y los cargos de los cuatro matones involucrados en la muerte del sindicalista en el Salto. Dos de ellos eran oficiales activos; los otros dos, retirados. Luego venía la foto de Andrés, y también las fotos de los otros matones que habían llegado al sitio, identificados como guardaespaldas del Señor de las Apuestas, dos de ellos también oficiales en retiro. El reportaje contaba cómo Zuleta, un poeta joven (y se publicaban algunos versos suyos al lado de una foto con cara de ensoñación), había quedado en manos del mismo grupo que había asesinado al sindicalista, y que estaba desaparecido desde ese momento. Si lo habían tirado por el Salto, encontrarlo sería una diligencia imposible. Por indicios, sin embargo, resultaba muy claro lo que había ocurrido, aunque no hubiera cuerpos.

El Heraldo, pese a la presión de Burgos, no quiso comprometerse más publicando también las fotos más crudas y más explícitas de la tortura al miembro del sindicato de maestros, pero estas aparecieron en un folleto que la fundación puso a circular gratuitamente al otro día, el lunes, en T y F. Las emisoras de radio no pudieron ignorar el asunto, y hasta la televisión, aunque como de paso, y muy brevemente, mencionó «los confusos hechos» en que habían quedado involucrados algunos civiles y miembros de la fuerza pública, según investigaciones del periódico *El Heraldo*.

También la revista *Palabra* publicó el testimonio de Camila y la denuncia de Burgos, además de la semblanza, sin firma, que Lince había escrito del joven poeta de T. Misteriosamente, toda la edición de la revista desapareció el lunes en la madrugada; el camión que la repartía en los kioscos y puntos de venta fue interceptado por un grupo de hombres vestidos de civil, que le prendieron fuego. Tampoco *El Heraldo* del día anterior había podido conseguirse en los kioscos, y solo los suscriptores leyeron la noticia, pues desde muy temprano un ejército de hombres se había dedicado a comprar los ejemplares en todos los puntos de venta. Pero no se podía tapar el sol con las manos, y parte de la verdad salió a la luz. El doctor Burgos, aún más enardecido con el intento de boicot a su denuncia, organizó una manifestación silenciosa por las calles de Plaza de la Libertad y frente a las oficinas del Municipio. Lo acompañaban menos de veinte valientes, que agitaban pañuelos blancos y mostraban las fotos ampliadas, en pancartas, del asesinato en el Salto. El doctor Burgos había llamado al hotel para invitar a Jacobo a participar, pero el librero se negó con una disculpa cualquiera. Pensó que su negativa era cobarde y necesaria al mismo tiempo; para caer en el abismo de Desesperados no tenía afán, y participar en esa manifestación era firmar una sentencia de muerte, sobre todo para un tibio. Estaba seguro de que Virginia, si se lo hubieran dicho, habría participado en la manifestación, pero él mismo se encargó de ocultárselo. Nada más fácil para la Secur que suspender un salvoconducto y luego desaparecer a una tercerona.

Al día siguiente de las publicaciones, el ministro del Interior declaró que el Gobierno era completamente ajeno a esos hechos censurables, atribuibles a miembros descarriados de la fuerza pública, y que se tomarían medidas para castigar a los responsables. De hecho, el mismo jueves la Fiscalía cogió presos a tres de los hombres que aparecían en las fotos, menos al sindicado principal, el jefe, un tal Gastón Artuso, que había huido, según declaró un comandante de la Policía, y estaba ahora en la clandestinidad. El Gobierno envió un comunicado donde se aseguraba que a los responsables les caería todo el peso de la ley. Ningún medio, fuera del folleto de la fundación, se atrevió a decir que Gastón pertenecía al grupo de escoltas personales del senador César Potrero. Los demás periódicos de Angosta no recogieron las denuncias, y si mucho aludieron a ellas en una breve nota, a una columna, en página interior. Los noticieros de televisión, salvo el primer día, olvidaron el asunto y se dedicaron a cosas más urgentes. El mismo martes estalló una bomba en los parqueaderos del Mall Cristalles, causando cinco muertos, y la sangre de los heridos, el llanto de las mujeres y de los niños fue tomado en directo por la televisión y por supuesto opacó las otras desgracias de la semana. En Angosta las muertes de los unos sepultan las masacres de los otros, los secuestros sirven para que no se hable de los desaparecidos, y los desaparecidos a veces consiguen que desaparezcan los miles de secuestrados. Así, en los días siguientes, llegaron, puntuales, otros actos horrendos cometidos por asesinos del Jamás, de modo que, como ocurría siempre en la insaciable máquina tragona del periodismo, nuevos hechos de sangre cubrían con más sangre la sangre anterior, así como los nuevos goles, espectaculares, hacían olvidar otros goles más o menos buenos de la semana pasada, o como el tráfico de armas hacía olvidar el tráfico de cocaína, y viceversa. Nada mejor, para la impunidad de los agentes de la Secur, que las atrocidades igualmente crueles de los terroristas.

Domingo volvió a carraspear.

—Nos queda el último nombre de la lista. El más delicado, porque vendrán protestas internacionales en caso de que decidamos proceder contra él. Ya otras veces había entrado su nombre en esta sala, y quizá por error fuimos condescendientes hasta ahora con esta persona. Las cosas llegaron más lejos de lo que pensábamos y esto nos demuestra que no podemos ser pusilánimes. Hacia el futuro tendremos que ser más rigurosos, y arrancar de raíz la maleza cuando apenas empieza a salir, sin esperar a que invada el potrero. Ya ustedes se imaginarán de quién se trata, pues son *vox populi* los últimos problemas que el doctorcito nos ocasionó. Tres de nuestros mejores hombres están hoy tras las rejas por su culpa, y por un caso menor, insignificante. Ya ustedes conocen el injusto revuelo que ha armado la prensa por un segundón inútil, un muchacho infantil y para colmo marica, según fuentes fidedignas, que desapareció en los alrededores del Salto, por mirón, o por haber querido convertirse en el ojo del medicucho. No había alternativa, pues fue el causante de todo esto. Registró lo del sindicalista Yepes, que se había resuelto en la última reunión, un procedimiento limpio que no dejaba dudas y que se votó por unanimidad, siete a cero.

Habló Sábado:

—Yo siempre he sido partidario de cortar de un tajo este asunto. Es más, no sé por qué en la lista está incluido solo él. Habría que hacer un procedimiento en el que participe también la consorte. En estos días ocurren muchos accidentes. Automovilísticos, por ejemplo. Esa vieja no se queda atrás en impertinencia y en ganas de joder.

Miércoles tenía otra hipótesis sobre lo ocurrido en el Salto, una teoría que tranquilizaba su conciencia cristiana:

—Los enemigos del Estado, en particular este individuo atrabiliario, profeta de discordias, están tratando de hacer pasar como un crimen político algo que en realidad, y tengo muy buenas fuentes, fue un crimen pasional. Lamento corregirlo, Domingo: ese muchacho muerto no era homosexual, como se dice; al contrario, era un individuo que había seducido con engaños y trampas a la mujer, quiero decir a la moza (y me perdonan la expresión), de un conocido negociante de Paradiso, el señor Emilio Castaño. Este hombre tiene muchas virtudes, pero no es un cornudo complaciente, y en un ataque de ira e intenso dolor ordenó a sus hombres que se deshicieran de ese perfumado donjuancito que pretendía arrebatarle lo que él más quería, su mujer, algo que desde antiguo se considera como la más preciada propiedad de un hombre. Claro, ahora Burgos hace pasar como una persecución política lo que fue un simple y sórdido incidente de faldas. Lo hemos sostenido siempre nosotros y lo repito ante esta sabia concurrencia: sin devociones y sin controles al desorden sexual, nuestra sociedad va camino de la disolución. Al menos hoy celebramos que tenemos un disoluto menos en el Sektor T, una parte de nuestra querida ciudad que tantos pecados de desenfreno comete, y por eso no medra.

—Interesante teoría, Miércoles. Tú como siempre tan elocuente y con datos tan privados que parecen como sacados del confesionario. Te felicito. Creo que es la versión que debemos divulgar a través de los medios amigos. Encárgate tú mismo de transmitirla a *El Globo*, para que la publiquen. Así, además, ponemos tras las rejas a ese comerciante, que será virtuoso, como dices tú, sin duda, pero no es hombre prudente ni de fiar. Pero déjenme leerles, de todos modos, los cargos contra ese don sobre el que debemos decidir, y que en mi opinión no se merece ya el título —dijo Domingo. Volvió a aclararse la voz, se tomó un largo trago de whisky, y después leyó—: Gonzalo Burgos, médico. Tiene prestigio en círculos universitarios del país y del extranjero. Se ha dedicado, y ha dedicado buena parte de sus recursos, que no son pocos, a calumniar al Gobierno local y a despotricar contra la indispensable política de Apartamiento.

En su malfamada Fundación H, antes Humana, acoge a personajes de muy dudosa reputación, y publica panfletos y artículos que perjudican el orden en Angosta y afectan la estabilidad del país. Es un antipatriota y un fanático dañino, informante de diversas ONG europeas que hablan mal del país y deterioran la imagen de Angosta. Su última publicación, para la que se apoyó en la caja de resonancia de *El Heraldo*, periódico del que es socio, nos ha traído mala prensa local y tan mala imagen internacional, que hasta podría comprometer importantes partidas de ayuda militar. Hemos tenido que retirar temporalmente del servicio a algunos hombres del brazo operativo que se vieron involucrados sin saberlo en aquel molesto episodio en el Salto de los Desesperados. Uno de los comandantes de la Secur, a raíz de estos inconvenientes, amenaza con retirarse de la rama operativa y hacer ruido si no se suprime de un tajo esta permanente fuente de malestar que es la Fundación H, y en especial su director. Dice que con gente así no se puede trabajar, y que sus hombres dudan en actuar, porque viven bajo el molesto síndrome del miedo, y temen que los jueces los persigan injustamente. Si va a haber represalias por las acciones que el Consejo ordena como justas, ellos no pueden seguir operando —Domingo alzó la vista—. Hasta aquí las sindicaciones, que obviamente están resumidas, porque contra Burgos habría mucho más, y todas sus palabras les hacen el juego a los terroristas; su prontuario de infamias no tiene fin. Creo que el que se queja tiene razón; no podemos darles una orden a sus hombres, y luego, cuando la cosa se sabe públicamente, combatirlos regularmente, con fuerzas policiales o de la magistratura. Si no pueden actuar con seguridad, todo se desmorona. Lo que les leí tiene apartes de una carta del comandante Triple Cero. Se ofrece él mismo para hacer un operativo relámpago e impecable contra Burgos, y lo antes posible. Se abre la discusión.

Nadie defendió a Burgos, y las palabras en su contra, más largas o más breves, fueron despectivas y contundentes. Solamente Jueves había permanecido en silencio, sin hacer ningún comentario. Tomó la balota blanca y la acarició entre sus dedos. Había sido compañero de clase del doctor Burgos y sabía muy bien que no se merecía la muerte. Sería algo exaltado, de posiciones equivocadas y extremas frente al Apartamiento, pero era un hombre pacífico, y sus argumentos, aunque completamente equivocados, eran sinceros y sólidos. No era una persona violenta ni había tenido jamás nexos con los que organizaban atentados. Algunos, en el Consejo, conocían sus vínculos de amistad con él. Lunes, Martes y Miércoles habían puesto ya la balota negra en el recipiente central; un voto más, y Burgos era hombre muerto. Su voto en contra no salvaría a Burgos; simplemente postergaría un paso (hasta el voto de Viernes), la sentencia. Podría ejercer su veto, durante seis meses, pero los cargos contra Burgos eran gravísimos, y la animadversión de sus colegas, completa. Si se lo dejaba seguir adelante con sus denuncias, incluso algunos miembros del Consejo correrían peligro. Él mismo correría peligro por oponérseles, pues algunos de los más agraviados por las denuncias de Burgos estaban entre las personas más poderosas del Gobierno. Todos lo miraban. Acarició también la balota negra. No, está bien no arriesgarse con el veto, pero al menos tenía que ser capaz de votar en contra. Habló:

—Ustedes saben, ideológicamente estoy con ustedes, y si se tratara de otra persona, aprobaría el procedimiento. Pero conozco a Burgos desde la adolescencia; es una persona equivocada, sin duda, y en este momento dañina, pero es honorable, y en el fondo bueno; no puedo sentenciarlo yo también, por motivos personales. —Arrojó en el cuenco la balota blanca—. Les dejo la decisión a ustedes.

Viernes, curiosamente, arrojó también una balota blanca; nadie entendió en un principio por qué, pues de palabra lo había condenado. Solo dijo:

—Bastaría asustarlo, para que se vaya; no me gusta eliminar a personas como él; tácticamente también es un error.

Pero Sábado y Domingo completaron la mayoría en contra: cinco a dos. Eran casi las tres de la madrugada cuando se levantó la sesión. Al salir, Domingo le entregó a Tequendama, el comandante del brazo operativo, los veredictos. Los casos aceptados iban marcados con una cruz. Tequendama le echó un vistazo a la lista y le molestó que el nombre de Lince no hubiera sido aprobado. Le dijo al presidente que sobre él había nuevas acusaciones: era amigo del muchacho del Salto, el que trabajaba con la Fundación H.

—Ya eso se decidió por hoy, Tequendama —dijo Domingo, de mal humor—. Si quiere, vuelva a presentarlo en la próxima reunión y por ahora conténtese con Burgos, que va a ser un caso duro con la prensa. Ojalá que no fallen.

El comandante agachó la cabeza. A partir de ese momento los días del doctor Burgos podían contarse con los dedos de una sola mano.

Jacobo se miró en el espejo y como no le pareció reconocerse, acercó más los ojos. Sí, era él. «Esta es la cara que voy a tener —le dijo a su imagen— si llego a viejo». Era la primera vez en su vida que se sentía envejecido de verdad, no viejo por coquetería, no viejo como cuando se lo proclama en broma y solo con la intención de que el interlocutor te lleve la contraria: ahora se sentía anciano de verdad. Esa mañana había recibido una visita desagradable; el capitán del Ejército Augusto Zuleta, el hermano de Andrés, había venido a advertirle que debía cuidarse. Se había enterado por los periódicos de lo que le había ocurrido a su hermano y, por lo que veía, como era de esperarse, su hermanito se había metido con personas indeseables y la había pagado. En todo caso, él no quería que los únicos que habían estado al lado de su hermano al final corrieran la misma suerte. Le quería hacer un favor: tanto él, como un tal Dan y una tal Virginia Buendía, tenían que largarse, porque en cualquier momento los hacían desaparecer. Estaban en una lista a la que él había tenido acceso. Eso fue todo lo que dijo, antes de marcharse con un saludo marcial.

Esa misma tarde, en la puerta del hotel, Antonio, el peluquero, se le había acercado, lo había tomado del brazo y se lo había llevado a una cafetería cercana. Uno de sus clientes, el día anterior, le había dicho que el mismo hotel La Comedia estaba bajo la mira de la policía secreta. Se creía que en algunos pisos se albergaban terroristas, y estaban planeando hacer un allanamiento en busca de armas y municiones. Su cliente le había dicho que un librero estaba entre los implicados. Se lo decía porque él estaba seguro de que todo eso eran inventos, pero después de la muerte de Andrés, todo se podía esperar. Esa gente no se paraba en detalles, y si necesitaban pruebas de terrorismo, en el hotel iban a encontrar granadas, fúsiles, panfletos, lo que fuera.

Jacobo subió a la habitación del profesor Dan y le dio la noticia. El profesor había vuelto a ser el que era, una persona impasible, un Marciano.

—Mire, Lince, a mí no me importa mucho que me maten. Yo nunca me he metido en política, porque considero que todo eso es mezquino. No hay heroísmo en ninguno de nosotros; ni siquiera en Andrés. No nos merecemos la muerte, y quizá por eso mismo ni siquiera nos merecemos la vida. Angosta es un sitio inmundo, sin heroísmo y sin estética. Todo esto no es sino sórdido. Yo voy a seguir pensando en mi problema, igual que antes, hasta que me maten o hasta que me muera. Es lo único que importa.

A Jacobo le habían crecido más canas en las últimas semanas que en todos los años anteriores de su vida, y tenía hondas las ojeras por falta de sueño y marcadas las arrugas, que no eran ya una huella de la risa sino de la angustia. Arrugas nuevas en el ceño y alrededor de la boca. También su paso era lento, pesado, y sentía por dentro un gran desánimo, como si no pudiera cargar con el peso de su propio cuerpo. Sentía miedo, claro, mucho miedo, pero en vez de correr, su primera reacción consistía en rendirse. El hotel era una trampa, pero quería seguir ahí. Sin embargo, se obligó a salir, sin ganas. Esa era la mejor parte de su disciplina, o de su indisciplina: no obedecía a sus primeros impulsos.

Dirigió sus pasos, como un autómata, hacia la librería, hacia ese oasis, su casa y sus libros, adonde llevaba varios días sin ir. En el camino pensaba resolver algo, o buscarle razones y motivos lógicos a algo que por dentro ya había resuelto. Quería pasar también por el correo, para enviarle a Beatriz (tenía su dirección en Boston, y una que otra vez se mandaban mails informativos) varias copias del folleto de la fundación, donde aparecían las fotos de los matones al servicio de su padre, el nombre de su padre; le parecía importante que ella supiera, pero no se lo quería comentar por correo electrónico, sino por papel. En la plaza de la catedral miró las imágenes de su viejo almacén de ornamentos; quería seguir de largo, pero entró y preguntó si no vendían filacterias; ni siquiera sabían lo que quería decir. Salió y mientras subía por la calle Machado oyó ruido de sirenas y notó en el aire un lejano olor a humo. Pavesas de ceniza caían sobre las aceras, y la gente se movía con ese evidente nerviosismo que tienen los que saben que algo raro ha pasado cerca de sus vidas. A Jacobo no se le ocurrió que fuera nada que tuviera que ver con su vida. Suficientes tragedias habían sucedido en los últimos días como para pensar que otra piedra le podía caer encima. Pero, como decía su padre, las desgracias nunca vienen solas, y al doblar por la carrera Dante, ahora 45D, vio al fondo dos grandes máquinas rojas del cuerpo de bomberos que arrojaban chorros de agua contra las paredes y sobre el techo de su casa. En el viento se elevaban bocanadas de fuego anaranjado que salían por las ventanas. Caían pedazos de techo derruidos por la fuerza del incendio, y los bomberos se limitaban a intentar que el fuego no se pegara a la funeraria vecina ni al consultorio del doctor Echeverri, el cardiólogo.

Jacobo corrió hacia la casa. Frente a la puerta estaban Quiroz y Jursich, los ojos rojos y la expresión atónita, sin poder creer lo que la vista les confirmaba. Los sesenta mil libros de La Cuña estaban ardiendo, combustible perfecto, enorme llamarada.

Se oían los chasquidos de la candela y hacía mucho calor. Jacobo pensó en dos libros que le gustaría salvar de las llamas: una edición de *El nombre de la rosa*, dedicada por Eco, y otra de una de las novelas preferidas de su padre, el original en alemán de *Auto de fe*. Era imposible rescatarlos del incendio.

—¿Qué pasó? —preguntó Jacobo con la voz de otro hombre, una voz nueva y gangosa que le salió del fondo de la garganta. Jursich le contestó:

—Vinieron cuatro tipos en un carro. Yo estaba con un cliente, Gonzalo Córdoba, que iba a comprar la *Iconografía del Libertador*. Primero dijeron que estaban buscando un libro, dizque *El ateísmo* de Marx, así dijeron; era evidente que no sabían leer ni tenían idea de pedir lo que supuestamente buscaban. Cuando les dije que eso no existía sacaron pistolas. Yo pensé en un atraco, y les iba a mostrar que no había casi nada en la caja. Entonces preguntaron por ti y les dije que no estabas, que ya no venías nunca por acá. «¿Ah, no?», dijo uno, «apuesto lo que sea a que hoy sí va a venir. Sálganse los dos, ya mismo, ¿hay alguien arriba? No queremos quemar a nadie». Llamé a los gritos al maestro Quiroz, que estaba arriba con doña Luisita y Lucía, conversando, y no me oían o no querían bajar. Al fin ellos mismos fueron arriba y los empujaron por las escaleras. «Pa'afuera viejitos, pa'afuera si no se quieren chamuscar», les decían. Nos dijeron que nos saliéramos para la calle. Doña Luisita, que intuyó lo que iba a pasar, se puso a insultarlos; les decía que eran los mismos asesinos de su marido; que Angosta era un nido de bestias y de lobos, que la mataran también a ella, como a su hija, como a su hijo, como a su marido, y hasta lo pedía por favor. La empujaron hasta la puerta, pero no se quería salir y les seguía escupiendo insultos, hasta que uno le dijo: «Cállese, vieja enana, si no se quiere morir. Y agradezca que es vieja y ciega, porque si no la dejábamos como un chicharrón», y entonces Córdoba se la llevó prácticamente cargada, porque si seguía gritando la mataban de verdad, o la quemaban viva, porque se les veía la rabia en la cara, y las ganas de callarla de una vez.

»Salieron a la puerta, donde tenían un carro estacionado, y después entraron con varias canecas de gasolina que traían y rociaron el combustible por todas partes, en los dos pisos, sobre los anaqueles, encima de las mesas, por el suelo, y en el olor que llegaba hasta la calle podía presentirse ya el desastre. Llevaron un hilo de gasolina hasta la puerta, encendieron un fósforo y le prendieron fuego. Esperaron un par de minutos para estar seguros de que las llamas cogieran fuerza. Se subieron al carro y salieron. Ni siquiera parecían tener afán, y arrancaron muy tranquilos, despacio, como quien acaba de hacer un trabajito menor. "Saludes a Lince, y que esto es solo el principio", fue lo último que dijeron, asomando la cabeza por la ventanilla. Doña Luisita les gritaba más insultos, pirómanos, delincuentes, malnacidos, hasta que al fin Lucía le tapó la boca con la mano. Llamamos a los bomberos desde el bar de la esquina, pero cuando llegaron era muy tarde, las llamaradas ya estaban saliendo por el techo. Llamamos al hotel, para avisarte, pero Óscar dijo que acababas de salir. Tal vez no deberías quedarte aquí; esto podría ser un anzuelo para atraerte: qué tal si vuelven.

Jacobo levantó los hombros con una mezcla de ira y de resignación; acababa de aprender de Dan, al menos, un gramo de estoicismo. Pensaba que había llegado el momento de irse de Angosta, sí, pero no corriendo despavorido como una gallina asustada. Necesitaba tres o cuatro días. Que lo mataran antes, si lo encontraban; si lo querían matar podían ir directamente al hotel, subir al cuarto; todo el mundo sabía que vivía allá. Además, no quería irse solo, necesitaba un mínimo de tiempo, y mientras tanto no tenía intenciones de esconderse.

Una humareda gris se elevaba en grandes hongos hacia el cielo de Angosta, azul e indiferente. Jacobo veía el humo ascender y recordó unas palabras que cantaba de niño, cuando iba a misa: «Te ofrecemos Señor, este santo sacrificio». Se rio de sí mismo por el tonto recuerdo: cuál Jacobo, Jabobo debería llamarme, se dijo. Algunas gotas rodaban por las mejillas de Jursich, que se frotaba los ojos y decía con rabia:

—Este maldito humo, me irrita la vista.

Quiroz se había ido a la esquina del frente, y miraba desesperado desde una mesa de la cantina. Se jalaba los pelos de la barba y se tomaba un aguardiente tras otro mientras se sonaba estruendosamente los mocos. Las manos le temblaban. Doña Luisita tenía la cabeza apoyada contra la misma mesa, aspiraba el olor del fuego y decía:

—Es igual que antes, igual que siempre; son los mismos, los mismos que mataron a mi marido y a mis hijos.

—Vamos donde Agustín —dijo Jacobo, que los miraba de lejos. Se sentaron con ellos y pidieron también un trago. Insultaron a los incendiarios entre dientes.

Hubo una explosión dentro de la casa. «La pipeta de gas», gritaron los bomberos. Toda la cuadra estaba llena de humo, y la gente asomada se tapaba la nariz y los ojos con pañuelos. El corrillo de curiosos era muy grande y hacían comentarios absurdos: «Era una clínica de abortos. Vinieron a quemarla los del Movimiento por la Vida, los que defienden fetos pero queman cristianos». «Era otra funeraria que quería montarle competencia a la de al lado; el dueño del Más Allá es un duro que no se deja joder». «Era un sitio donde vendían pornografía y filmaban películas de niños en pelota, para pedófilos». Hasta había algunos más enterados que dijeron: «Era una librería. Vendía obras panfletarias que apoyaban el terrorismo». El trío de libreros no quería defenderse. Solo Luisita, de vez en cuando, gritaba alguna frase, con una misma palabra repetida: «Infames, infames». Jacobo, ya con varios aguardientes en el pecho, les dijo a sus amigos:

—Yo no soy capaz de volver a empezar. Pero ustedes dos sí. Voy a irme de Angosta para siempre, pero algo digno puede quedar sobre los hombros de ustedes. Yo tengo plata, mucha más plata de lo que parece. Vamos a fundar otra librería en otra calle y con otro nombre, un nombre de náufrago resucitado, por ejemplo. O mejor dicho, la van a fundar ustedes, y ustedes mismos la van a sacar adelante. Yo les doy el primer empujón antes de irme; conseguimos un local y tres mil libros, eso no es imposible. No se preocupen, no se van a quedar en el aire, ni se van a dar por vencidos tan fácil. Yo sí me doy por vencido, pero ustedes no; ustedes pueden volver a empezar. Dentro de uno o dos años, vuelvo a darle vuelta al nuevo local, si es que vuelvo. No porque sea mía, porque la librería no va a ser mía sino de ustedes; para ver cómo sigue en pie y cómo crece.

Quiroz y Jursich decían que ya no tenían ánimos de emprender nada, a sus años, y después de tantas cosas. Angosta no se merecía ni siquiera una librería; que todo se acabara, que todo cerrara, que los tiraran también a ellos por el Salto. Jacobo les dijo que se buscaran un socio más joven y más entusiasta, para que los apoyara. El cómico Valencia toda la vida había querido ser librero. Lo llamarían a él, y con su empuje todo saldría bien, y los citó para el otro día en el comedor de La Comedia, para entregarles un cheque. Quiroz y Jursich no dijeron ni sí ni no. Tal vez les gustaría irse también, como Jacobo, a buscar mejores aires, pero no tenían plata ni para llegar al Bredunco. Caminaron en grupo hacia el hotel, pero Jacobo, impaciente, se les adelantó. Llevaba el olor del humo pegado a la ropa y metido en la piel, como un arenque. Más atrás, despacio, se fue rezagando Luisita al lado de su lazarilla y blandiendo su bastón blanco como si fuera una espada que pudiera atravesar el inocente cuerpo del aire. Jursich y Quiroz, más despacio y más abatidos que la ciega, venían detrás, con su paso claudicante aún más pesado después de la desgracia. Jacobo subió al gallinero y tocó en la puerta de Virginia. No estaba. Le deslizó una nota por debajo de la puerta: «Tenemos que hablar, baja ahí mismo que llegues, J».

Se conectó a internet y revisó el saldo de su cuenta. «Bienvenido, Jacobo Lince. Banco de Angosta. Posición global. Cuenta personal en divisas. Saldo disponible: $1.046.318». Su capital estaba intacto y una vez más le rezó una oración de agradecimiento a su madre, la difunta, la Rosa con espinas, la que lo había abandonado a él y también a su padre, pero que en últimas le había concedido quizá el mayor de los favores: no lo había vuelto rico, sino algo mucho más importante: lo había hecho libre, sin atarlo a una fortuna y sin dejarlo amarrado a la pobreza. Ahora tenía que resolver otro asunto. Pensó en un país que no pidiera visa todavía, y encontró a Argentina. Se iría a Argentina, se escondería en la Patagonia, si fuera necesario, pero solo con Virginia, no sin ella. Entró a Cheap Tickets en internet y compró dos pasajes, solo de ida, a Buenos Aires, con salida cuatro días más tarde, a nombre de Jacobo Lince y de Virginia Buendía. Si ella no quería acompañarlo, se quedarían con los pasajes de recuerdo, la prueba de un destino nuevo y abierto y rechazado. Se hizo situar los tiquetes en el aeropuerto. Mientras la esperaba, Jacobo pensó que en ese momento la necesitaba tanto, estaba tan a su merced, que hubiera estado de acuerdo en compartirla con Zuleta, si ella lo hubiera exigido. Pero ahora, con Andrés muerto, de repente se sentía más monógamo y fiel que nunca en su vida; quería que Candela lo acompañara esta vez y siempre, con todo su deseo y con todas sus fuerzas. Había perdido la librería y la seguridad; quería algo firme. Temía que Virginia se negara. Sentía que había dejado atrás un larguísimo período de su vida, el de las parejas que cambian y se reemplazan como ropa sucia, y que había llegado el momento de envejecer en paz, amar la rutina y despertarse sin sed y sin ansias mirando siempre el mismo rostro y las mismas ojeras a su lado. Pensó en declarar todo eso que se le ocurría (estaba débil, sin duda, por dentro y por fuera), pero cuando Virginia llegó, al fin, por la noche, no le dijo nada sobre Zuleta, pues ella no podía tener ya nada con un fantasma, y su oferta habría sonado como un inútil chantaje moral, ni tampoco (por una vieja estrategia de amador) le declaró el tamaño de su compromiso, ni las ganas que tenía de sentar cabeza y dedicarse a una sola mujer, que era ella, y para siempre. No le convenía declararlo así, fuera de que Virginia jamás se lo creería, y solo con el tiempo se lo podría demostrar. Por eso le propuso más bien un pacto de compañía y mutua conveniencia, con una caducidad breve, si a ella le parecía mejor.

Esa madrugada, después de discutirlo muchas horas, Candela aceptó irse con él al Cono Sur, o a cualquier parte. Antes quiso advertirle claramente que no lo quería, que no estaba enamorada de él y que solamente quería a una persona, que ya estaba muerta. Jacobo no la podría culpar si en algún momento, donde fuera, ella lo dejaba solo, tirado. «No me vas a echar culpas, abuelo, si te dejo tirado y más solo que un perro», así había dicho. Jacobo solo le pidió uno o dos meses de gracia, dos meses juntos; después el contrato caducaba y ella quedaría en completa libertad. A los sesenta días, o a los noventa, si aguantaba, podía largarse adonde quisiera, y él le ayudaría con todo lo necesario, se lo juraba, pero en este momento le resultaba indispensable su compañía. No quiso confesarle que sentía algo más por ella, más apego que nunca, algo que no sentía hacía muchos años, ganas de juramentos, rituales, intercambios de anillos, y para disimularlo le dijo que él, a estas alturas, ya no se enamoraba, ni quería compromisos definitivos, ni nunca cambiaría sus costumbres de libertad, y una y otra vez seguiría buscando la cercanía de otros cuerpos jóvenes, por lo que todo en ellos sería temporal, una alianza conveniente dictada por las circunstancias. Le molestaba mentir así. Si alguna vez en la vida había sentido ansiedad por tener una sola pareja, estable, para siempre, era ahora. Pero en las relaciones le gustaban las rimas, no las disonancias, y él hablaba con el mismo tono usado por ella, distante, necesario, conveniente. La pelirroja lo hería con su evidente falta de amor, y esa herida silenciosa lo enamoraba más.

Virginia lo convenció de que se escondieran los pocos días que faltaban en el Bei Dao, y al fin Jacobo accedió, con rabia de esconderse, pero con complacencia por desobedecer a su primer impulso. Supo por el portero que a la mañana siguiente, poco después de que ellos se habían ido, dos hombres habían preguntado por él en el hotel y lo estuvieron esperando. Más tarde Jursich y Quiroz se encargaron de llevarle una maleta con sus cosas más importantes al restaurante. También el profesor Dan estuvo allí, y todos participaron, tristes y silenciosos, en una última cena de despedida. Estaban los huéspedes más amigos del hotel, incluidos el señor Rey y su esposa. Esta última le comentó a su marido, cuando supo hacia dónde se iban Jacobo y Virginia: «Qué dicha. Buenos Aires es igual que París, pero en español; lo que no entiendo es cómo un hombre tan culto viaje con esa cualquiera; en fin, así va el mundo». La única que se disculpó (porque le daba miedo pasar el río sin verlo) fue Luisita Medina con su lazarilla. Antonio, el peluquero, se presentó con Charlie, y sollozaba, decía que él sabía mejor que nadie el tamaño de tantos crímenes y tantas injusticias, porque sus clientes le contaban, y él oía callado, aparentando incluso complacencia por los operativos de los asesinos, sin poder hacer nada. El profesor Dan estuvo más serio y frío que nunca; sentía que todos lo estaban dejando solo, solo en el hotel y solo en su corazón. Jursich le llevó a Lince un libro de regalo. Había encontrado, por casualidad, otro ejemplar de la geografía de Guhl sobre Angosta, la misma que le habían vendido a Camila hacía seis meses, y que tenía una pintura del Salto de los Desesperados en la cubierta. Jacobo le agradeció el libro y lo metió en su maletín de mano. De nada sirvió que Dao se esforzara con la variedad y suculencia del menú. Los comensales casi no probaron la comida, solo el sake.

La víspera de la salida, Lince le mandó una razón a Dorotea, su exmujer, a través del librero Pombo, que fue hasta su casa en las colinas de Paradiso para transmitírsela personalmente. Debía bajar con la niña al Sektor T, y esperarlo en una de las bancas traseras de la catedral, sin falta. Jacobo iría allí para explicarle algo muy importante, y fijaron una hora. Cuando Jacobo entró, solo, mirando hacia atrás y hacia los lados, con miedo de que alguien pudiera estar siguiéndolo, vio que en la catedral había misa. Distinguió desde lejos la cabecita de su hija, sentada en una banca de madera, al lado de su madre. Dorotea no entendía el motivo de una cita tan absurda, en semejante sitio, y tenía rabia de que la hubieran obligado a bajar a T, con lo molesto y lo peligroso que resultaba para ella meterse en esa parte de Angosta. Jacobo intentó explicarle; ella vivía tan fuera del mundo que ni siquiera se había enterado de las denuncias que habían aparecido en los periódicos, no tenía la menor idea de que esas cosas ocurrieran, y le importaban tanto como los terremotos de la China; además, no podía entender que Jacobo estuviera ni remotamente implicado en asuntos tan turbios. Su primera reacción fue regañarlo: «Tú siempre te metes en donde no debes, y después te arrepientes, porque, claro, las pagas». Jacobo no había ido para discutir, sino para despedirse de la niña. Le dijo que tenía que irse a otro país, y que era difícil saber si por un tiempo o para siempre. Así que, si su madre no la llevaba o la mandaba, podrían pasar mucho tiempo, años, sin verse. A Jacobo le dolía la garganta al explicarlo, al pensarlo, pero Sofía lo miraba contenta, casi divertida, como si le estuvieran contando el comienzo de una aventura o los detalles de unas vacaciones. Le dijo que le deseaba buen viaje, que pasara muy rico, y que si podía le comprara muchísimos regalos. Jacobo prometió llamadas por teléfono todos los días, para saber cómo estaba, para enterarse de cómo crecía. Se sintió patético con sus ganas de llorar, con su dolor por no volverla a ver, con su voz quebrada y frágil, frente a la tranquilidad y casi indiferencia de la niña. Al final la abrazó tan fuerte que Sofía gritó que no la quisiera tanto ni la abrazara tan duro, porque le dolía. Dorotea le estiró la mano, fría, de mal humor. Las dos salieron caminando rápido por la nave central de la iglesia, y Jacobo miró la espalda de la niña hasta que el resplandor del atrio se robó la imagen. Estuvo esperando a que volviera la cabeza para una mirada, para un último gesto de adiós, pero la niña caminó dando saltitos, de la mano de su madre. No había más despedida. De todos los amores que he tenido, pensaba Jacobo, este es tal vez el más intenso, y el menos correspondido. Para un niño que no vive con el padre, ese señor se convierte en un extraño, en un pariente lejano que importa menos que un primo. Sin aceptar ningún desplante, pasando por alto toda manifestación de indiferencia, Jacobo se prometió luchar por ese amor hasta la muerte, como por ninguno. Se rascó la cabeza: el amor por los hijos era tan irracional y absoluto como irremediable; no tenía atenuantes ni condiciones, y en su caso, pasara lo que pasara, seguiría intacto ante cualquier circunstancia, y aunque el océano entero se interpusiera entre ellos. Las oraciones de la misa se interrumpieron un momento y el gran órgano de la catedral invadió la iglesia con algunas notas de Bach que desataron toda la tristeza de Lince, el miedo en medio de la desolación, el amor cercado por la indiferencia. Oyó la melodía hasta el final, unos pocos minutos. Luego se secó los párpados con el dorso de la mano, y sin haber oído ni una palabra de las oraciones ni del sermón del cura, cogió de nuevo el metro hasta Desesperados, y regresó a su refugio con Virginia, en el Bei Dao, frontera de la Tierra Caliente, donde debían pasar aún esa noche escondidos.

El día de la partida, Jacobo y la pelirroja llevaban poco equipaje, como si se fueran para unas cortas vacaciones. El vuelo salía en la madrugada, y en toda la noche no habían pegado los ojos. Cuando llegaron al aeropuerto de F, estaba oscuro todavía. Todos los periódicos traían, a ocho columnas, la noticia del asesinato del doctor Gonzalo Burgos, el gran filántropo, ocurrido la tarde anterior, a pocas cuadras de la fundación. Le habían dado siete balazos, a quemarropa, en el tórax y en el cráneo. En una gran foto de *El Heraldo* se veían su esposa, su hija, su yerno, al lado del cuerpo ensangrentado y cubierto a medias por una sábana blanca. Jacobo y Virginia ya sabían la noticia, y esa noche se habían acostado en su escondite del Bei Dao a no dormir, abrazados en silencio y sin deseo, contra el fondo homogéneo de la oscuridad.

En el Check Point, primero, y luego en la ventanilla de emigración, mientras les revisaban los pasaportes, pensaban que en cualquier momento los detendrían y no los dejarían salir del país, para llevárselos a algún calabozo, o a los campos de Guantánamo, o al mismísimo Salto de los Desesperados, con cualquier pretexto. Disimulaban el miedo y trataban de controlar el temblor de las manos. Las simples ganas de sobrevivir les disipaba el dolor por tantas muertes. Temían lo peor, pero guardaban también algunas esperanzas, pues sabían por experiencia que Angosta es el territorio del desorden y de lo imprevisto. El Estado y la Secur no eran exactamente lo mismo, ni pueden estar en todo, y había funcionarios decentes, policías que cumplían la ley, cosas que funcionaban como en un país normal.

En todo caso, solo cuando el avión cogió impulso sintieron que tal vez lograrían escapar de la red que los perseguía, de la fiera furiosa que les respiraba en la nuca mostrando los colmillos. Al fin el aparato despegó, apoyado sobre el aire, e hizo un amplio giro a la derecha. Sobrevoló el altiplano y llegó al borde del estrecho valle, donde empezaba T. Jacobo le sonrió a Virginia, que tenía la mirada perdida en el vacío. Era la primera vez en la vida que Virginia se subía a un avión, pero no parecía emocionada ni tenía miedo de volar. Miraron al mismo tiempo por la ventanilla. Les resultaba extraña la belleza de su ciudad desde arriba, el verde tan intenso, la regularidad de las calles, la curva delicada de las montañas, el filo de las peñas, el silencio. Es curiosa la quietud y serenidad de la naturaleza cuando se la observa desde lejos y no se alcanza a ver ni un solo ser humano. Empezaban a verse las colmenas de casitas de color ladrillo de Tierra Caliente. Pasaron sobre el Salto y Jacobo se lo señaló a Virginia con la mano. Parecía limpio y tranquilo, desde lejos, un hermoso espectáculo natural, inocente, de agua que no cesa y de espuma que crece. Ella lo observó con calma, sin parpadear y sin decir una sola palabra. Por dentro le dijo adiós a uno de los cuerpos que estaban allí sepultados, lavado por el agua y borrado por el tiempo. Después el avión se estremeció levemente, al meterse en los primeros estratos de nubes. De repente, hacia arriba, todo se puso azul, pero hacia abajo ya no se veía nada, solo una mancha extensa, espesa, algodonosa, del color de la leche.

Jacobo le tomó la mano a Virginia. Estaban huyendo como animales asustados que han olido los pasos hambrientos de una fiera o las llamas devastadoras de un incendio. En unas cuantas horas aterrizarían en otro mundo, quizá un poco mejor. Atrás quedaban millones de personas atrapadas, que no podrían huir. Él era un privilegiado y un cobarde, incapaz de ayudar a hacer de Angosta un sitio mejor. No era un héroe ni un mártir, sino una persona común y corriente: insegura, lasciva, indefensa, con ganas de no morirse. No podía saber si ese territorio que sobrevolaban estaba condenado o no. De lo único que estaba seguro era de que él ya no era capaz de seguir viviendo allí, y de que ahora tenía la tarea más difícil para un seductor: dejar de seducir y al fin enamorar; algo para lo que no estaba entrenado.

Virginia sacó de su bolso algo que quería leer de nuevo. Había encontrado los cuadernos de Andrés en su cuarto y los leía con la concentración e intensidad con que se lee una carta de amor que se lleva semanas esperando. En los apuntes del final había varias páginas en las que ella estaba mencionada. Y también en lo último que había escrito Andrés antes de salir a su trabajo de campo, estaba el nombre de ella. A Virginia le daba pesar ser protagonista de ese cuaderno, pero era lo único que le quedaba de él: un rostro y un cuerpo hermosos en el recuerdo y unas palabras escritas a mano. El cuaderno se suspendía en el momento en que Andrés salía hacia el Salto. Sobre eso era la última página:

Salto de los Desesperados. He ido a verlo varias veces. Es sucio, pero atrae todavía, como una fuerza de la naturaleza. Su vacío, inmenso, produce vértigo. Y el olor nauseabundo ayuda a que todo allí parezca más terrible, más atractivo y repugnante al mismo tiempo. El doctor Burgos me dijo ayer, al despedirse, que me deseaba suerte y que tuviera mucho cuidado de que nadie me viera. «Tienes que ser invisible, como el pensamiento», me dijo. Se veía más nervioso que yo y me contagió en parte su estado de ánimo. La señora Burgos me pegó una reliquia en el borde de la camisa, con un gancho. «Es un Agnus Dei, para que te proteja», dijo. Es agradable que alguien se preocupe por mí, aunque me parece una superstición de otros tiempos. Anoche Virginia durmió conmigo, como ocurre siempre desde hace algunos días; ya es como si fuera yo mismo, su cuerpo; no la siento, no me estorba, su pierna entre las mías como una tercera pierna que saliera de mi cuerpo. Estamos confundidos y aunque yo me muriera, creo que seguiría viviendo con su cuerpo, dentro de su cabeza, por más tiempo. Ella salió temprano para su trabajo arriba; sabía que yo tenía que quedarme y que esta noche no vengo. Nos abrazamos largo, en la madrugada, convertidos en uno, sin querer separarnos. No había querido darle detalles sobre el trabajo que me encomendaron, para que no supiera, para que no cargara con el peso de saber, y para que no se preocupara. Pero a ella hay algo que no le gusta de todo esto. Tiene como un sentido extra, que adivina las cosas, y cuando nos separamos me dijo que estaba oliendo el peligro, como lo huelen las bestias. Me rogó que no fuera, que hoy no fuera. Espero que no existan los presentimientos. O que solamente haya leído mal, y al ver en mi cara el temor, se haya preocupado más de la cuenta. Lo que pasa es que en Angosta uno siempre debe esperarse lo peor, porque casi siempre es lo que ocurre de veras. Pero este es mi primer trabajo de verdad y no puedo tener miedo. Si tengo suerte, conoceré la muerte de cerca y veré la cara de los asesinos, y los señalaré, para que no sigan haciendo lo mismo sin que nadie lo muestre. Lo que yo vea y lo que yo cuente servirá para que no sigan matando. Eso es lo que creo y lo que justifica ir al Salto, a pesar del miedo. Para eso sirve la fundación, para combatir a los que siembran el terror y para defender a los que tienen miedo. Para eso buscaron a alguien que supiera redactar, y para eso me escogieron. Que supiera redactar: eso fue todo lo que pidieron de mí, y eso es lo único que yo sé hacer: redactar. Iré al Salto y redactaré el informe, pondré en palabras lo que vea.

Ya casi son las tres; se me hace tarde. Tengo cita con la fotógrafa dentro de media hora, y ya tengo que irme. Todo está preparado. Si las cosas salen bien, mañana vuelvo.

También Lince, mientras Virginia se hundía en el cuaderno de Andrés, tomó un libro que había puesto en el bolsillo de la silla de adelante. Era el regalo que Jursich le había llevado al Bei Dao. «Qué obstinación la mía: seguir leyendo sobre esto mientras me alejo de esto», se dijo. Abrió el pequeño volumen por la mitad y lo olió, con un viejo tic de librero. Después alejó las hojas, leyó el título, el nombre del autor, y miró la cubierta. No se parecían, la pintura del Salto y el Salto de la memoria. Abrió una página al azar. Sus ojos se demoraron un instante para enfocar las letras; luego reconoció una frase que ya había leído, meses atrás, el mismo día que conoció a Camila y a Zuleta: «La capital de este curioso lugar de la tierra se llama Angosta. Salvo el clima, que es perfecto, todo en Angosta está mal. Podría ser el paraíso, pero se ha convertido en un infierno».

Nota del autor

Esta novela, irremediablemente, está salpicada de ideas, frases y poemas ajenos. La trama, muchas veces, me obligó a citarlos, primero por conveniencia, pero también por admiración y cariño. Con los escritores vivos fue fácil la comunicación, y casi todos ellos me dieron, muy generosamente, el permiso de reproducir sus frases o versos sin comillas, e incluso me escribieron breves diálogos pensados específicamente para este libro (en un episodio que quiere ser un homenaje a nuestro señor Cervantes, o mejor, al capítulo VI de la primera parte del *Quijote*).

Con los escritores muertos, pese a mis múltiples esfuerzos, no hubo contacto posible, así que en su caso carezco de autorización para citar sus palabras o invenciones sin cometer el bochornoso plagio que aquí admito. Menciono a unos y otros, en orden aleatorio, en primer lugar para reconocer la deuda y deshacerme de la angustia de la influencia, pero sobre todo para expresarles mi agradecimiento sin límites.

Si no hay más, son ellos: Óscar Hahn, Leopoldo Alas, Joseph Roth, Francisco de Quevedo, Enrique Vila-Matas, Italo Calvino, Luis López de Mesa, Juan Villoro, Franz Kafka, Sandra Cisneros, Raúl Gómez Jattin, José Emilio Pacheco, Piedad Bonnett, César Aira, Bei Dao, Andrés Hoyos, Gilbert K. Chesterton, León de Greiff, Lope de Vega, Juan Vicente Piqueras, Aurelio Arturo, Juan Diego Vélez, Alfonso Reyes, Helí Ramírez, Ramón Gómez de la Serna, José Manuel Arango, Joseph Conrad, Fernando Vallejo, Elias Canetti, Dante Alighieri, Juan Bonilla, Darío Jaramillo y Juan Carlos Onetti. Hay otra persona a la que le debo las mejores sugerencias de este libro: se llama Ana Vélez.

HAF